Author. LOKA IQUO
Illust. Rolua

V.
IV.

I. サリサ・リンドール
II. ベルガナム・モートレット
III. ロロ・リングボルド
IV. ボッチ・タイダラ
V. クルト・シュテルン
II.
Author. LOKA IQUO
Illust. RoLua

V.
IV.
V.

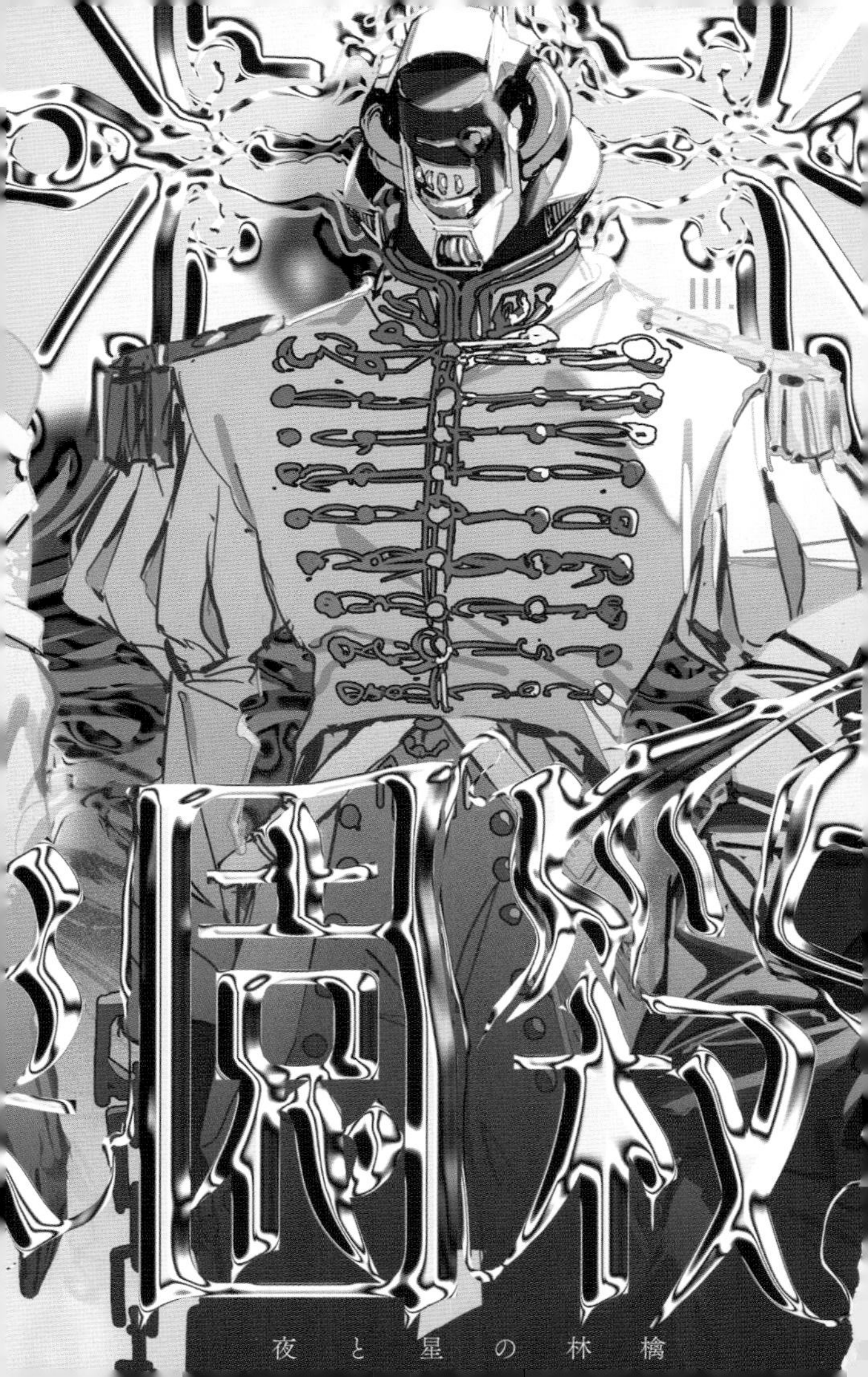
III.
夜と星の林檎

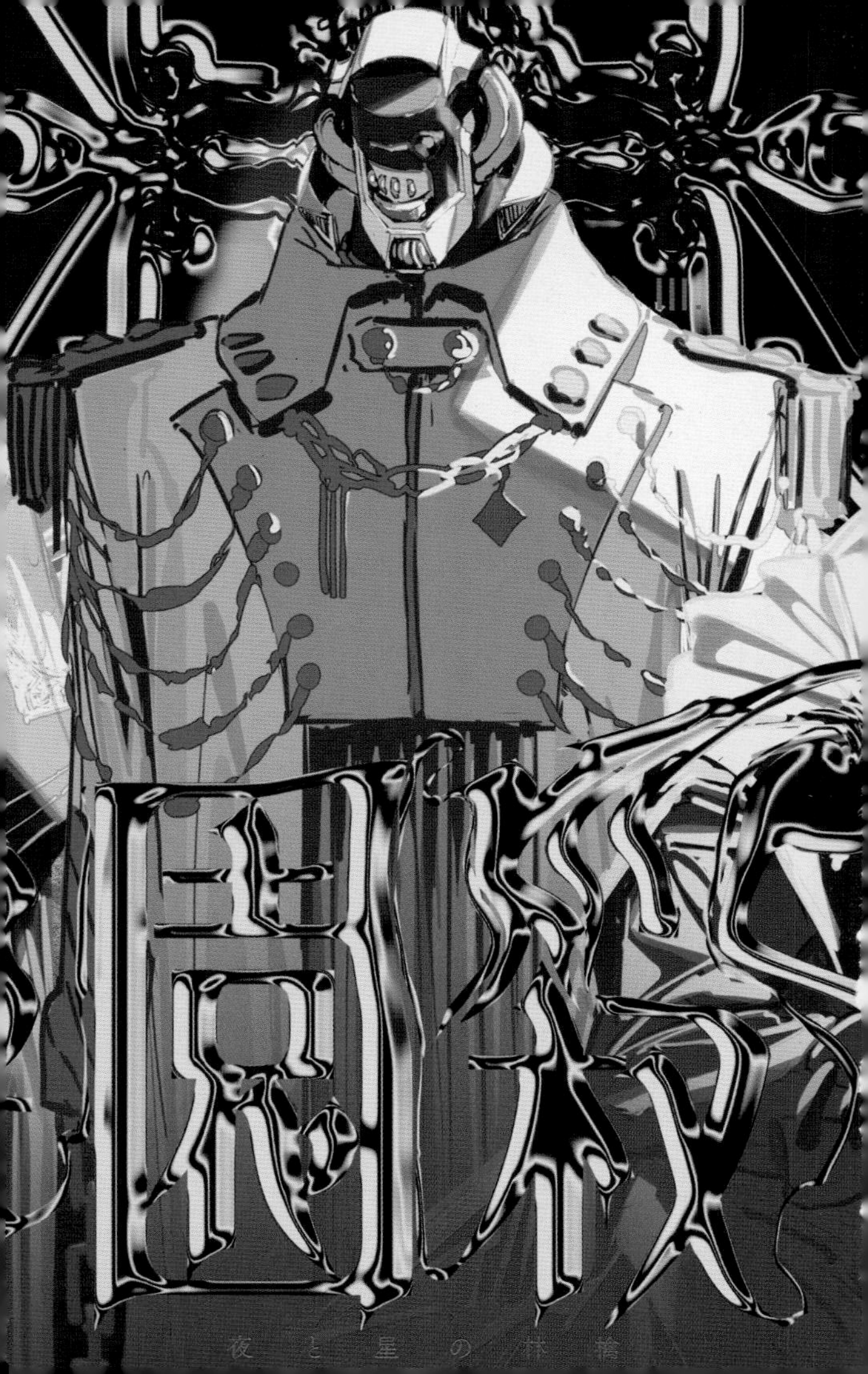
夜と星の林檎

シルヴィ・バレト：警肆級粛清官。親の仇をさがしている

シン・チウミ：警肆級粛清官。シルヴィのパートナー

ボッチ・タイダラ：警壱級粛清官。謎多き男

シーリオ・ナハト：警弐級粛清官。ボッチのパートナー

ライラ・イライッザ：警伍級粛清官。新人でシルヴィの後輩

テオリ・クラマ：警伍級粛清官。頭が切れるライラのパートナー

ノエル・シュテルン：偉大都市の歌姫。盟主の娘

クルト・シュテルン：中央連盟の盟主の一人。ノエルの父

ビルケット・ナウン：シュテルン家の執事長。

ロロ・リングボルド：警壱級粛清官。「無限牢」の異名を持つ

アカシラ：補佐第一課所属。ベテラン職員

エノチカ・フラベル：警参級粛清官。スラム地区の出身

キャナリア・クィベル：警参級粛清官。ロロ配下の尖兵

ウィリッツ・アルマ：警参級粛清官。キャナリアのパートナー

アンドレ・バラニスタ：情報局第一情報室副室長。同局のエリート

ベルガナム・モートレット：砂塵教の大司教

サリサ・リンドール：砂塵教特別司祭。踊り子

リツ・イーサマン：砂塵教の助祭。混沌を望む

character

中央連盟盟主
200 年ほど前にこの地を訪れた、超がつくほど有用な砂塵能力者の集団〈Dの一団〉の子孫たち。現在も、メンバーのほとんどが偉大都市の大企業の長を務めている。初代盟主長エバ・ディオスが遺した言葉のとおり、彼らは円卓について中央連盟の舵を取り、広大な偉大都市を治めている。現在の盟主長は、ディオスバンクの現頭取でもあるエリヤ・ディオス。

零番街
〈Dの一団〉がこの地の開墾に着手する前の時代から存在している地下都市《ジオフロント》の総称。地上の偉大都市よりも広いとさえ言われており、現在の詳しい人口は中央連盟にも把握しきれていない。零番街はおもに居住区《コロニー》と道《バス》によって構成されており、「案内人」と呼ばれるガイドに依頼をしなければ、目的地に辿り着くことはほとんど不可能だと言われている。

砂塵《ダスト》教
塵禍以降の世界を牛耳る最大宗教。人間が開祖ではなく、女神の幻覚（?）を目にした者たちが次から次へと門を叩くため、信仰を禁じることが原理的に不可能である。かつて彼らの活動に頭を悩ませた中央連盟が穏当に戒律を改めさせて、しかたなく布教を認めた後発宗派を「正教」と呼び、それ以外の排外的で差別的な宗派を「唾塵派」と称しているが、歴史的にみれば後者のほうが本流である。

粛清官
中央連盟に所属するひと握りの精鋭たち。警壱～伍級までの階級があるが、最下位の警伍級でさえも連盟員としてはかなり高位に属する。警壱級位ともなれば、その行動を制限できる者は、同じ警壱級格か、あるいはその上の盟主たちしかいなくなる。その雛形は、中央連盟の発足以前より〈Dの一団〉に仕えた傭兵たちであり、粛清官という名にあらためられたのは、作中時系列よりおよそ九十年前のことである。

砂塵共生生物
有毒物質である砂塵粒子と共生している、塵禍以降の野生動物たちの総称。砂塵の影響か、大半は獰猛な肉食生物と化しているため、自然界は非常に危険な場所である。偉大都市のなかでも姿をみかけるスナダカドリなどはEランクの危険度とされているが、それでも都市には専用のハンター職があり、日々除去に奔走している。なお、ミセリアワームの巨大種は文句なしのAランク危険度である。

用語解説

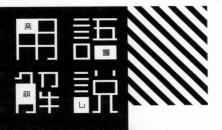

前巻までのあらすじ

砂塵教の過激派の襲撃によって大騒動が起きた記念式典。敵の目的が〝歌姫〟ノエル・シュテルンであると知ったシーリオの命を受けて、第七指揮所属の粛清官が奪還に向かうも、主犯である大司教ベルガナムに撃退されてしまった。

そればかりか、夢幻の砂塵能力にかかったシンまでもが砂塵教に連れ去られてしまう事態に。

かくして惨劇として幕を閉じた周年式典だったが、この前代未聞の事件の裏側では、もうひとつのとある重大な事件が始まっていた……。

責務とは、みずから探して感じ取るものではない。

それはつねに双肩にのしかかり、片時たりとも目を背けることが適《かな》わぬものを指すのだ。


クルト・シュテルンは、病床に伏せる父親の傍《そば》に立っていた。

痩《や》せ細った身体で、浅い呼吸を繰り返す姿を見下ろしている。砂塵《さじん》に冒された肌には、点描法で描かれた絵画のごとき、黒い疾患の証《あかし》が浮かんでいた。

あきらかに、父はもう長くなかった。メティクル・ホスピテルの病室を嫌い、本邸の自室で終生の日々を過ごすことに決め、審判の日がおとずれるのを静かに待っていた。

「忘れるな、息子よ。お前が背負うのは、ただその当主の紋章ばかりではないのだと」

「はい、父上。私が背負うのは、当主の座や盟主の冠だけではありませぬ。シュテルン社の抱える社員たちの命運と、民たちが生きるための聖水の源泉もまた、この私の背に」

父が長年の苦労が刻み込まれたような顔をこちらに向けた。

まだ老衰には程遠い年齢だが、砂塵障害はいつなんどき、だれの命を奪ってもおかしくはない不治の病だ。そして自分たちの一族は、普通よりも砂塵障害に弱いきらいがあった。

「大切なのは、誇りだ」

と父は言った。

「はい、無論」

「いや、そうではない。お前は、まだわかっておらぬ。というのも、私が話していなかったのだから当たり前だがな……クルトよ、お前には告げなくてはならぬことがある」

「なんでしょうか」

「われわれは、シュテルンは、特別なのだ。それは、ほかの盟主の家と比べても、だ。これは志の話だが、ただそれだけというわけでもない。われわれは実際的に、ほかの多くの盟主とは一線を画する状況にあるのだ」

クルトには、父の言っていることの意味がわからなかった。

夜よ、と父がかすれた声で呼ぶ。

扉が開き、当代の夜であるビルケット・ナウンがあらわれた。このまま当主の座が自分に渡れば、自分の右腕を務めることになる年上の従者だ。

「あれを、クルトに」

「は、お館さま」

ビルケットが、一冊のファイルを手渡してきた。それは、クルトもこれまでみたことのないものだった。表面の革には、シュテルン家の家紋が彫られていた。

「それには、わが一族史がしたためられている。初代当主エリオットーさまが直接記された、当時の手記からはじまる。それを熟読しておくのだ」

そこで、父が大きく咳《せき》をした。白いシーツに赤い液体が散ったのをみて、彼は目をみはった。あわててベッドに寄ると、思いのほか強い力で、スーツの胸倉を摑《つか》まれた。

「よいか、クルト。大切なのは、誇りだ。お前に当主の座の継承を許したのは、その浄化の能力と同時に、この誇りをも万全に継いだと判断したからだ」

その凄味《すごみ》の宿る表情に、彼は息を呑んだ。

「あのとき林檎《りんご》の欠片《かけら》を手にした家は、今の盟主の、半数以上。そのうち林檎を現存して持つのは、今やシュテルン家と、ミラー家だけだ」

そう言うと、父は深く息をつき、力なく横たわった。

心電図に変化があらわれて、ビルケットが「医者を！」と声をあげる。

対して、彼は——クルト・シュテルンは、茫然《ぼうぜん》と立っていることしかできなかった。

……林檎の欠片？

その知らない言葉が、どうしてかずっと、頭に響いていた。

＊

クルトの目の前に、ひとりの男が座っている。

瞼《まぶた》の上できれいに切り揃《そろ》えられた前髪と、マネキン人形のように均整のとれた肉体からは、あまり人間らしさを感じない。その年齢さえも、見た目から窺《うかが》わせることはない。人生の荒波を経験してきた壮年のようにも、この先の希望を見据える若輩者のようにもみえる、
さもありなん、とクルトは思う。この男は——シュテルン当主の座に就く身からしても認めざるをえないほどに——この都市において特別な男だからだ。

彼は、かつてDの一団を導いた偉大なる女傑、エバ・ディオスの直系子孫。

現在のディオス・バンクの頭取にして、中央連盟の盟主長を務める男。

その名も、エリヤ・ディオスだ。

「歓待の儀に先立つことにはなりますが、まずはこの言葉を。シュテルン家当主、クルト・シュテルン殿——いいえ、盟主シュテルン。あなたの此度《こたび》の入宮を、心より歓迎いたします」

「ありがとうございます、盟主ディオス」

「並びに、お父君のこと、お悔やみ申し上げます。盟主かくやというべき、ご立派な御方でした。病床に臥《ふ》せられてからは、なかなかお会いする機会にも恵まれなかったものですが」

「砂塵《さじん》障害です。だれも、あれから逃れることはできない……それに、父にはやり残したことはなかったはずです。それだけで、ひとの一生涯とは幸福なものでしょう？」

「そうですね——そのとおりかもしれない」

エリヤは、その墨を流した水晶玉のように淀《よど》みのない瞳《ひとみ》を閉じた。

まるで異次元の狭間に迷いこんだようなふしぎな場所を、クルトは今いちど見渡した。

この水晶宮と呼ばれる厳かな建物は、中央連盟本部のすぐ真後ろ、エデンの仮園の手前に位置している。クルトでさえ初めておとずれる、盟主たちが集まる伝統のサロンだ。

かつては、クルトの父や、ずっと前の初代当主エリオットーも足を踏み入れ、この水晶宮の円卓に席を連ねたものだ。そしてこれからは、ほかでもない自分がそうすることになる。

「盟主ディオス。なによりもまず、非礼を詫《わ》びさせていただきたい。突然のご連絡にもかかわらず、こうして快くお会いしていただき、誠に光栄の至りです」

「お気になさらず。あなたとわたしは、すでにして対等な盟主――この先、ともに円卓にてこの都市の舵を取ってゆく身です。ぜひご友人やご家族にそうするように、この先も気軽に接していただきたいものです」

エリヤはやわらかい口ぶりだった。が、言葉とは裏腹に、得も言われぬ圧を感じもした。そうした棘《とげ》のない威圧を、クルトは自分にあえて向けられたものではないと推察する。

おそらくこの男は、つねに巨大な重圧に耐え、そればかりか力強く挑戦してきたのだ。果たして盟主長という玉座にも似た特等席が、彼をこのような眼光を放つ者に育てたのか……。

「それで、大切なお話とはなんでしょうか」

エリヤが本題をたずねてくる。

ここにきて、クルトはその話をすることに躊躇《ちゅうちょ》を覚えた。だが、いちど呼び出してしまった以上、やっぱりやめましたというわけにはいかない。

意をけっして、クルトは口にした。

「単刀直入に申し上げましょう。――私がしたいのは、林檎《りんご》の話です」

やはりか、とでもいうかのように相手が目を細めた。

あのとき父から渡った一族の手記を、クルトはその日の晩に寝ずに読みこんだ。

そこに記されていたのは、まさしく衝撃の事実だった。

〈Dの一団〉による都市建設史は、クルトも幼少のころから当たり前のように聞き及んできた伝説だ。いずれ自分が当主の座を継ぐことはわかっていたから、どこのだれよりも深く祖先たちの歴史を学び、自分が彼らの末裔《まつえい》であるという誇りを、その胸のうちで育ててきた。

だが初代当主の手記に書かれていたのは、クルトがこれまで聞かされていた話とは違った。

そこには伏せられていた真実があったのだ。

Dの一団がこの土地にたどり着いたあと、中央連盟が成立するまでに数十年の混乱期が続いたのは、ただ単に塵禍《じんか》に由来する闘争が後を絶たなかったからではない。

禍根《かこん》を呼んでいたのは、林檎と呼ばれる特別な塵工物《じんこう》だ。〈林檎の欠片《かけら》〉〈エデンの遺物〉〈鍵〉〈黄金果実〉など、さまざまな呼び名があるようだが、どれも同じ物を指している。

使用者の操る砂塵《さじん》粒子の力を増幅、あるいは変質させる、旧文明が遺《のこ》した超技術品《ロストテクノロジー》。

エリヤ・ディオスは、みずからの家紋が綴《つづ》られたネクタイをわずかに緩めると、姿勢を変え、少々前のめりになった。

「盟主シュテルン。じつをいうと、その話はわたしのほうからもするつもりでいました。あなたからのご連絡がなければ、近くこちらから使者を出すつもりでいたのです」

盟主長として、エリヤも当然、その秘匿物について知っているようだ。

いや、ただ知っているばかりではない。彼は複数の林檎《りんご》を束ね、管理してきた一族の男だ。ついこのあいだその存在を知った自分よりも、ずっと前から深くかかわってきたのだろう。

「盟主シュテルンは、林檎の話をお父君から?」

「ええ」

「その話を聞いて、どのように思われましたか。ぜひ、あなたの率直なご意見を窺《うかが》いたいものです」

クルトは返答に迷った。どう思ったか……それは難しい話だ。だが、ここの回答は肝要になる。シュテルンの当主として、けして侮られてはならない。

クルトはよく考えてから、口にした。

「……納得を、覚えました」

「納得?」

「ええ。というのも、もとより私は疑問を抱いていたからです。中央連盟が結成される以前より、初代当主エリオットーは、民たちを生かすための浄水を用意しました。しかし、それは尋常なる量ではなかった。今でいう都市第一ダムの前身施設を利用していた当時でも、その保管水の分量は、二千万立方メートルをゆうに超えていたといいます。無論、いちどの能力行使でそれらすべてに砂塵《さじん》的な加工を施したわけではないにせよ、ひとりの人間が賄うにはほとんど不可能と断じてしまってかまわない量です。が、彼はそれを成し遂げていた」

相当に驚いたという真実を伏せたことを除けば、クルトは本心を明かしたと言える。

同じ砂塵能力を継いだからこそ、クルトには初代当主がやってのけたという、その偉業とも呼ぶべき浄化の力の伝説に、かねてより畏敬《いけい》の念を覚えていた。

排塵機《はいじんき》の流通とインジェクターの利用が日常になった昨今とは異なり、Dの一団が生きていた時代は、現代とは比較にならないほど恒常的に砂塵を経口摂取していたという。その結果、死のリスクこそ強まれど、彼らは砂塵に対して、より適応した肉体を持っていたそうだ。

おそらく祖先たちからすれば、現代人はひ弱な連中と評されることになるのだろう。

そうした環境の違いから、今の自分と初代当主の時代では、顕現する能力にも多大な差異が生じていた——そのようにクルトは理解していたが、実態は異なっていたようだ。

初代当主エリオットーは、林檎を利用していた。

それに底上げされた力をもってして、莫大《ばくだい》な数の民たちを生かしていたのだ。

「ゆえに、わがシュテルン家、並びに民を生かす大任が与えられていた連盟盟主の各御家に、能力を底上げさせる特殊な塵工物《じんこう》が伝わっていたというのは、私にとっては驚愕《きようがく》よりも納得がまさる話でした」

「なるほど。……噂《うわさ》に聞いていたように、あなたは聡明な方のようだ。盟主シュテルン」

「いえ」

クルトは、どうやら自分が舐《な》められなかったようだと知ると、安堵《あんど》した。

「ともあれ問題は、今なお林檎《りんご》が現存しているという、その一点に尽きるでしょう。あなたがどこまでお父君から聞き及んだかはわかりませんが、今のわれわれからすれば、あれは……」

そこでエリヤはいったん口をつぐんだ。次の言葉を選び直したか、言い方を変えた。

「たしかに、林檎は過去のある一時において、われわれを生かしました。しかし誤解を恐れずにいえば、今や林檎は、この都市の大いなる負債とも呼べるものです」

負債。そんな強い単語を、クルトは口中で復唱した。

「盟主シュテルン、あなたは中央連盟の林檎がどこに保存されているか、ご存じですか」

「いえ。どこかしらに、厳重に保管されているとしか」

「――林檎が眠るのは、この水晶宮の地下です」

その言葉に、クルトは思わず床に目を落とした。

相手も同様に、一瞥《いちべつ》した。

「現在、連盟が把握している林檎は、合計で七つ。そのうちの五つは、この水晶宮にて保管されています。そして残りの二つは」

「シュテルン家とミラー家が、それぞれを個人的に保有している」

「……そのとおりです」

エリヤが神妙にうなずいた。

これこそが、林檎にまつわる逸話の妙といえた。

かつて、盟主たちは個人として林檎を所有していた。だが、林檎をめぐる争乱によって血が流れると、次第にその塵工物の所有をきらうようになった。たとえ連盟の誇る精鋭たちの活躍で林檎が取り戻されようとも、ふたたび自分が持つことを拒んだ家もあった。

偉大都市《いだいとし》が発展してからは、どの家も林檎の力に頼る必要はなくなっていたからだ。だとすれば、そんな災いを招くだけの無用の長物を、なぜいつまでも手元に置き続けなければならないのか。その性質からまともな破棄もできず、悪人が手にすれば利用されるだけの代物を。

そのようにして、大半の林檎は、各家ではなく、連盟全体で共有する負債となったのだ。

だが、そうした判断を下さなかった盟主の家が、ふたつあった。

それが、シュテルン家とミラー家というわけだ。

「盟主シュテルン。あなたは、林檎を直接その目で確認しましたか？」

「ええ。知らされてすぐに」

「いかがでしたか、あれは」

その簡潔な問いに、クルトはまたも返答に詰まった。

林檎《りんご》の存在を確認したのは、つい先月のことだった。シュテルン家と関係の深いとある場所に、その塵工物《じんこう》は秘匿されていた。

クルトは、当代の夜であるビルケットとともに向かい、林檎の実在を直接たしかめた。

そのときに抱いた感情には、形容しがたいものがあった。

少なくとも、いい感情ではなかったのはたしかだ。クルトはひどく気分が悪くなり、あまり長いあいだ、その場に留まろうとしなかった。

その嫌な感覚は、父の死や、盟主という大役を継いだことに加え、歴代当主たちの遺《のこ》した手記を読んだことによる、一種の精神的な負荷がもたらしたものだとクルトは理解していた。

だが、この盟主長の言いぶりから考えると……おそらく、そうではない。

「なにか、魔力のようなものを感じました。それは、あの塵工物がただ特別だからというのではなく……まるであの機械のなかに、魑魅魍魎《ちみもうりょう》のたぐいが潜んでいるかのような……」

気づけば、クルトは本心を明かしてしまっていた。

だが、相手はおどろかなかった。笑うことも、否定することもなかった。

むしろ、彼がしたのは同意だった。

「わたしも、同様の思いを抱きました。そしておそらく、われわれ以外にとっても、あれはそうした代物だったはずです。だからこそ災いを招き、われわれの手から相応数がうしなわれることになり……それどころか、かえってわれわれに牙《きば》を剝《む》きさえしました」

　彼の口ぶりは、かの塵工物の存在を忌諱《きき》しているようだった。

「さて、盟主シュテルン。ここからが、わたしがもっとも話したかった内容です。これは出すぎた発言かもしれませんが、どうかお気を悪くせずに聞いていただきたい」

　真摯《しんし》な目つきでこちらを見据えて、エリヤは続けた。

「今の林檎は、百害あって一利なしです。歴史的にいって、所有していて無事でいられた例はほとんどない。シュテルンの林檎さえ、過去には狙《ねら》われたことのあるものでしょう。あの道具の持ち主が危険に晒《さら》されるのは、都市建設の時代から続く、一種の業《ごう》だとさえいえる。それを踏まえて、お聞きします。あなたには、林檎を手放すおつもりはありませんか」

　エリヤがしたのは、今や持っていても危険なだけの代物は手放し、全体で負債を引き受けようという提案だった。クルトはその問いに、合理性があると判断する。もしもこれがメリットとデメリットだけを考えてよい経営の話だったなら、間違いなくクルトはうなずいただろう。

　だが、これは有益か無益かだけの話ではなかった。

　だからこそ、クルトは首を横に振った。

「寛大な御申し出には感謝いたします。ですが、私にはそうすることはできません。シュテルンの林檎は、これまでどおりシュテルンに任せてはいただけないでしょうか」

　ミラー家がなぜ、林檎を持ち続けているのかはわからない。機会があれば、あの銀髪の当主にたずねてみてもいいだろう。だが、少なくともシュテルンのほうの理由はわかっている。

初代当主エリオットーは、手記にこう書き残していた。

――林檎《りんご》は、断じてだれにも渡してはならぬ。

かの罪作りの果実は、シュテルンの美しき水底に永遠《とわ》に沈めておけ、と――

偉大なる初代当主の言葉に背くことは、どの子孫にもできなかった。その誇りのために、父も、祖父も、曾祖父も、そうしてきた。

ならば、なぜ今になって自分がそれに背けようか？

「願わくば、すべてこれまでどおりに――ご安心ください。シュテルンが、かの塵工物《じんこうぶつ》を使用するつもりは毛頭ございません。必要とあらば、この家名を賭《か》けた宣誓をいたしましょう」

果たして話がどう転ぶか、とクルトは緊張を覚えた。

この要求は、少なからずほかの盟主たちの意向にたいして背く傾向のものだ。これから盟主たちと穏当にやっていきたいのなら、こちらから譲歩すべきものともいえる。

考え抜いたすえに、エリヤが口を開いた。

「……以前、円卓の会議にて林檎にかんする議題があがり、とある合意が取られました」

「それは、どのような合意だったのですか」

「ミラー家とシュテルン家の林檎も含め、中央連盟の把握する林檎をすべて保管庫に移し、あらためて負債として各位の意識を改め、明文化するという取り決めです。もっとも、両家が欠席していた場でしたので、来るべき時を待って決定するという暫定事項とはなりましたが」

その話に、こんどはクルトのほうが熟考した。

やはりシュテルンが代替わりを迎えるタイミングで、盟主たちは林檎の処遇を決める会議をおこなっていたようだ。

ふたつの家が欠席していた会合とはいうが、われわれがいないからこそ進めた話であると解釈していいだろう。それが当然こちらにも暗に伝わると踏まえたうえで、エリヤは今の話を明かしたのだ。それも、こうして秘密裏というかたちで。

この状況だけで、エリヤがこちら側に歩み寄ってくれていることはわかる。少なくとも、自分は歩み寄る姿勢をみせているのだと、こちら側に主張している。

「盟主シュテルン。さきも言ったように、あなたはすでにして対等な同志です。われわれとしても、何卒これからもよい関係を築いていきたいと考えています」

「それは無論、こちらもまったく同じ心構えです」

「そのうえで、はっきりと述べておきましょう。あれは、やはり個人が負うには、責任が重たい代物です。悪しき思想の持ち主に渡ったときの被害は、われわれのみならず、都市全体にまで及ぶ可能性がある。ぜひとも、連盟で一括管理させていただけないでしょうか」

雲行きが怪しくなってきたことを、クルトは察した。

答えに窮するクルトに向けて、

「――とはいえ」

と、相手のほうが続けた。

「盟主シュテルンのご意向も、わたしにはよくわかります。ゆえに、次回の議題ではこのような折衷案を出すというのはいかがでしょうか」

「なんでしょうか」

「もしもシュテルンの林檎《りんご》が狙《ねら》われるような事態が起きたときには、所有権をそのままに、中央連盟の保管庫に林檎を移していただくという取り決めです。連盟の誇る諜報チームならば、よほどのことがなければ事前に危険を察知できるでしょう。これが、互いの考えに寄り添える、現状では最適の提案かと思いますが、いかがですか」

エリヤの表情から、クルトはそれが相手方のできる最大の譲歩であると見て取った。

だが、こちら側にも言い分はある。

これは自分たちの代よりも遥か昔に端を発した話であり、またシュテルン家の正統な所有物の話だ。現状維持の意思表明は、それじたいが非難されるべきことではないはずだ。

なによりこの一五〇年にわたり、きちんと林檎を守り抜いてきたという事実も無視してはならない。

(……いや、しかし……)

クルトには答えを下すことができない。

林檎は、断じてだれにも渡してはならない――

初代当主の遺《のこ》した文言を無視することが、どうしてもできなかった。

長い沈黙は、ふたたび相手のほうから破られた。

「失礼しました、盟主シュテルン。今すぐのお返事というには、どうしても難しいお話でした。そちらにも長く続く家のしきたりがあることは重々承知しているというのに、思いつきのようなかたちで踏みこんだ提案をして、申し訳ありません」

「いえ……こちらこそ即答ができず、面目次第もございません」

「今すぐに決める必要はありません。今後、よい着地点を見定めていきましょう」

そこでふたりの盟主は、いったんは主題が終わったことを悟った。

クルトの全身から、いっきに緊張が解けた。きゅうに継いだ盟主の座に加え、予想もしていなかった負債の処理の話に、この密会にはかつてないほどの緊迫感があった。

だが、問題は先送りとなっただけだ。林檎にかんする事柄は、この先も熟慮していかなくてはならない議題であることにかわりはない。

それから、ふたりは少しのあいだ、この先の職務について話を交わした。来月の頭に正式な歓待の儀を迎えれば、クルトは晴れて円卓の席に連なることになる。

これから首脳のひとりとして意見を述べることになるクルトの頭脳に、エリヤ・ディオスが心強く思っているという世辞を言ったところで、密談の時間は幕を閉じた。

「盟主シュテルン。わたしは、盟主の各家を心の底から尊敬しています」

コートの袖に腕を通し、いざ水晶宮を去ろうとするクルトを、最後にエリヤが止めた。

「たしかに、我が一族の砂塵《さじん》能力は必要なものだったでしょう。ですが、それも他の盟主のお力が前提にあってこそ。ゆえに、その一団の末裔《まつえい》であるシュテルンの血が綿々と続くことを、連盟の長として心より望んでいます」

「……かのディオス家の当主にそのような御言葉をいただけるとは、恐れ多いものです」

クルトはいちど着けた仮面をふたたび取り、深々と礼をした。その心のうちでは、最後にわざわざ差しこまれた社交辞令に対する、若干だけ冷めた目線があった。

だが、相手が述べたのは社交辞令ではないようだった。

その証拠に、エリヤはこう続けた。

「何卒お気をつけください。かの果実は、つねに流血を求めました。あたかも黄金に塗られた林檎《りんご》が、その本来の色を追い求めるかのように。盟主シュテルンにおかれましては、その事実をゆめゆめお忘れなきよう――」

その言葉は、まるで棘《とげ》のようにクルトのなかに残り続けた。

＊

「いかがでしたか。お館さま」

自家用車に乗りこんだクルトに、ビルケットがそうたずねてきた。

クルトは、その問いにうまく返すことができなかった。

それは、水晶宮の独特な雰囲気が肌に残っていたからではない。

あの塵工物《じんこう》をみたときに生まれた、形容のしがたい嫌な感覚が、今にして蘇ったからだ。

林檎の欠片《かけら》の、重きこと――目にみえない分厚い布が、この双肩をずっしりと覆いかぶさるのを感じる。

シュテルンの先人たちが遺《のこ》したものを、自分はこの先も守り続けなければならない。

それができるのは、自分しかいないのだ。当代の当主である、自分しか。

それでも、クルトには弱音を吐くことはいっさい許されていなかった。

「本社へ向かえ、ビルケット。やり残してきた仕事がある。……私は、シュテルンをより大きくせねばならない」

「かしこまりました」

執事長が従い、進路を変更する。

……私にも、子が必要だ。窓の外を眺めながら、クルトはふと、そう考えた。

自分と同じく、この誇り高き砂塵《さじん》能力を継ぎ、そしてなによりも、シュテルンの理念を――初代当主の言葉を重く、真摯《しんし》に受け止められる誇りの持ち主が。

その星の名を継ぐ者が、この身を押しつぶさんとする重圧を、いつかきっと、やわらげてくれる。

INTERLUDE／（幕間）

1

空前絶後の大事件。

そう評してしまってもかまわないだろうというのが、中央連盟情報局付き第一情報室副室長、アンドレ・バラニスタのはじめの感想だった。

最近になってこめかみに白い物が混ざるようになったアンドレは、今年でちょうど四十をかぞえる。栄誉ある情報局への入局からははやくも二十年近くが経っており、今では実効的な判断を下す連盟の中核として、局の職員たちを動かす立場となっている。

非常事態が起きたとき、中央連盟にはマニュアル化された組織的な対策の流れ《フロー》がある。情報室の所属であるアンドレの最大の仕事は、一にも二にも情報規制だった。

昨年の獣人事件においても、現場の指揮であった高位の粛清官《しゅくせいかん》と連携して、組織内外の情報統制に奔走《ほんそう》したものだったが、今回求められている迅速性は、その比ではなかった。

なんといっても、事件が起きたのは周年式典の現場なのだ。

メディアが事件の発生を報じた速度はまさしく電光石火のごとしで、式典ちゅうは本部にいたアンドレでさえ、連盟内の緊急連絡とニュース速報のどちらで先に事件の報《しら》せを聞いたのかわからないほどだった。

この事態を受けてアンドレが採った方策は、こうしたケースにおける最大の強硬策だった。連盟側の発表と許可があるまで、すべての報道局に続報を禁ずる——。

偉大都市《いだいとし》法令に基づく緊急事態の発令をおこない、情報の錯綜《さくそう》に誘発される市内のパニック状態を防ぐ——そういった名目で行使される、情報室の力技である。

そうした対策は、しかし本来であればそこまで功を奏さないはずだった。記者たちのなかには、連盟の圧力をおそれない者も多い。そしてどう策を講じようとも、人々のしゃべる口は止められるものではないからだ。

だが、そこに今回のケースのなによりも奇怪な点があるといえた。

意外にも、現場にいた市民たちは口を開かなかった——否、開けなかったのだ。

彼らはみな強大な精神操作の砂塵《さじん》能力の影響下におり、事件から数時間が経過した現在でも、いまだその影響から抜け出せていなかったからだ。

観客の半数は、今もアサクラ・アミューズの会場内にいる。

事件直後のセレモニーホールは、すさまじい有り様だったという。

それは、単純な流血の量の話ではない。

ひとえに、会場全体がまるで氷河期がおとずれたかのような極寒地帯と化していたからだ。

緊急通達を受けて駆けつけた救助班の面々は、なによりもまずその光景に慄《おのの》いたという。

冷気の中央には、本部の者たちがよく知る粛清官《しゅくせいかん》の姿があった。

その白面をつけた粛清官は、言葉どおり死力を費やしたのだろう、まさしく死人のような肌の色をして床に伏せていたという。

彼の周囲には、醜い触手を生やした異形の身体の持ち主が幾人も凍結しており、その絵こそがなによりも悪夢的であるように救助員たちの目には映ったそうだ。

救助員たちはすぐさま安全な解凍に必要な人材・機材の手配に駆けまわり、また同時に、この極寒地帯を作り出した張本人の介抱に向かった。

「ナハト警弐級《けいにきゅう》殿、ご無事ですか！　──おい、担架を急げ！　最優先だ！」

「わ、私のことはいい。それよりも、歌姫は」

無理やり起きようとするシーリオを、救助員たちは総出で止めようとした。その手をはねのけると、めずらしく乱心した様子で、彼は叫んだ。

「バレトはどこだ！　地海《ちうみ》でもいい。いや、だれでもだ。状況を、教えろ。歌姫は、ノ、ノエルさまは、ご無事、か……」

数歩だけ歩いてから、彼は前のめりに倒れこんだ。

こんどこそ救助員が大声をあげて、彼はそのまま本部内の治療室に運ばれることとなった。

連盟側が性急に知るべきは、現場の粛清官《しゆくせいかん》たちの状況だった。それは単に仲間の安否を案じてというわけではなく、彼らが必要な情報を持っていると思われたからだ。

主犯の所属については、はやくから判明していた。

ダスト教の一派、唖塵派《あじんは》。女神との邂逅《かいこう》を経験したと言い張り、入信する者が後を絶たないため、信仰を禁ずることが原理的に不可能な、古くから存在する宗教の過激派だ。

過去に連盟が布教を認めた、比較的穏当に戒律が改められたダスト正教のほうに所属することを拒んだ彼らは、一般人には想像に苦しむほどに終末的な思想を持つという。

肝心なのは、彼らの犯行動機だった。

それを、初動段階の中央連盟側は把握できていなかった。だれが殺され、だれがいなくなったのかも判明していない状況では、それも無理からぬことといえた。以前にも例があるように無差別な虐殺そのものが目的だったのか、それともほかに狙《ねら》いがあったのか……。

真相を究明するために、まだ現場付近にいるはずの残党を捕らえることを目的に、本格的な鎮圧用の装備に身を固めた本部の機動部隊が繰り出すことになった。

だが、そこで部隊が目にしたのは、またしても奇妙な光景だった。

現場の宗教徒たちは、あますことなく全員が自死を遂げていた。もともと備えがあったのだろう、服薬自殺をおこなっていた彼らの骸《むくろ》には、
For the Goddess. ——女神のために。

そんな血文字が刻まれていたという。

宗教徒たちは、全員が例外なく笑顔で死んでいたようだ。まるでおのが死によってのみ救われると心得る、悲しい生き物であるかのように。


ともあれ、粛清官レベルの人間がみつからず、それどころか連絡もつかないというのは尋常なことではない。機動部隊はそのまま、会場内を入念に調べることになった。

「おそらく地下だろーな。あの状況ならそこしかありえねーだろ」

と意見したのは、第一機動に所属する粛清官、エノチカ・フラベル警参級《けいさんきゅう》だった。

当人も周年式典に参加していたエノチカは（もっとも彼女は関係者席ではなく、一般客と同じ方法で席をおさえ、丸一日の有給を取ったうえでライブに参加していたらしいが）、多くの宗教徒たちを現場粛清し、被害をおさえるのにひと役買っていたという。

エノチカ以外にも相当数の粛清官が現場にいたが、彼らは恐慌状態にあったせいで使命をまっとうすることはできなかったようだ。

ではエノチカにどうして戦闘が可能だったかというと、

「なぁ、そういうの女に聞くなよ――トイレだよ、トイレ！　帰ってきたら会場がクソやべーことになってたから、商売道具もねーのにあのきもちわりー連中をぼこってたんだよ！　っとに、死ぬかと思ったぜ。せっかくの休みだったのによぉ」

彼女は化粧室のあった二階の鎮圧に努めていた際、第七機動所属のライラ・イライッザ警伍《けいご》級《きゅう》と出会い、ごく簡単なやりとりをしたそうだ。

その情報によると、第七機動の粛清官《しゅくせいかん》たちは、どうやら恐慌状態を免れていたようだ。

であるならば、彼らは敵の追撃に向かったはずだ。

そう増援部隊が判断し、セレモニーホールの地下に向かったときのことだった。

機動部隊の隊員たちは、地下通路の向こうから、何者かが懸命に歩いてくるのをみた。

彼女は傷ついた身体に鞭《むち》を打って、ふたりの人間を背負って帰ってくるところだった。味方勢力と合流できたとみると、身体の力がいっきに抜けたらしく、その場にへたりこんだ。

それから、必死の声でこう叫んだ。

「はやく――はやく、お医者さんを！　テオと、シルヴィ先輩が！　そ、それと、追撃の部隊もすぐに。地下の奥に、やつらは消えて行ったみたいであります！　このままじゃ、このまじゃ、ノエルちゃんが」

その言葉を聞いた隊員は、すぐさま連絡員を走らせた。


ときを同じくして、補佐課のベテラン職員、アカシラ班長が昏倒《こんとう》状態から目を覚ました。

彼は会場内で起き上がると同時に、救護員の襟首を摑《つか》むと、こう口にした。

「状況はどうなっている！　まだなにもわかっていないだと？　ああ、なんということだ」

このときのことを、アカシラはのちに深い自責の念とともに振り返ることになる。

せっかく貴重な情報を報《しら》せてくれたナハト警弐級《けいにきゅう》に、自分は報いることができなかったと。

アカシラが連絡に走る前に、宗教徒との交戦で気をうしなってしまったからだ。

負傷しているにもかかわらず、アカシラはすさまじい剣幕でこう叫んだ。

「今すぐ本部に報せろ！　敵の狙《ねら》いは歌姫——盟主のご子女、ノエル・シュテルン嬢だ！」


そのようにして、重大情報はイライッザ警伍級とアカシラ班長の両名から同時に伝わった。

時刻は、事件発覚から二時間半あまりが経過した、同日二十一時ごろ。

第一情報室の副室長アンドレも含め、情報局の面々と一部の粛清官が集合し、この前代未聞ともいうべき事件に対し、最適と思われる対処法を喧々諤々《けんけんがくがく》に議論しあっていたタイミング。

本部では、退勤後に呼び戻された各課所属の職員たちが、大動乱のごとき仕事の嵐に襲われていた。

主犯の情報と目撃証言、更新される被害状況の整理、すべてを含めた被害状況の割り出し、解凍作業が終わり正気を取り戻した参列者の各証言の聴取、会場内の監視カメラから取り出せる有意データの抽出、現場部隊から随時あがってくる報告の取りまとめ、過去の類似事例の参照、敵の砂塵《さじん》能力の推測と既知の犯罪者との照合、支部と工獄への増員の要請連絡。

そうして、連盟本部が去年の獣人事件以来の過熱状態に達していたとき。

だれもが事件はとりあえず幕が引かれ、次は連盟《こちら》が準備して動く番だと考えていた。

だが、それは大いなる勘違いだった。


その日の事件は、まだ終わっていなかった。

むしろ連盟にとっては、こちらこそが真の大事件と呼ぶべきものだったかもしれない。

ノエル・シュテルンが連れ去られたという報告は、いの一番に情報局の局長であるロロ・リングボルド警壱級《けいいっきゅう》に伝えられた。

式典に参加していた盟主各位をしかと水晶宮まで送り届けたあと、みずからも対策本部に向かっている途中だったロロは、その報告を受け取ると、雷に打たれたように踵《きびす》を返した。

彼が部下に要求したのは、式典に欠席していた盟主クルト・シュテルンへの性急な連絡。

当主への連絡は取れなかった。かわりに出たのは、本邸にいる使用人だ。

その電話応手がいうには、当主は事件の速報を受けて、少し前に本部へと向かったという。

だが、クルトはいつまで経っても姿をあらわさなかった。エデンの仮園と目と鼻の先にあるはずの本部まで、車の故障でもなければものの十数分で辿《たど》り着くはずだというのに。

にもかかわらず、彼のベルズはいっさいの応答をみせなかった。

つまりは。

クルト・シュテルンの行方が、知れなくなっていたのだった。

2

それは、周年式典のクロージング・セレモニーが開催されている最中のことだった。

執事長ビルケット・ナウンは立ち止まると、ふと、だれの姿もない廊下を振り返った。

シュテルンの本邸には、奇妙なほどに音がない。

それは偉大なる壮年の主人が、静寂こそを望んだからだ。

だがビルケットは、その静けさをよいものだとは思っていなかった。

これはただ静謐《せいひつ》であるというよりも、もう少し鬱屈《うっくつ》とした感情で構成されたものであり、奉仕する使用人たちにとっても、あまりいい雰囲気とは言いがたい。

（……本邸に、お嬢さまがいらしたときは）

と、いつものようにビルケットは考えてしまう。

人の感情に鋭敏な彼女は、果たしてこの重たい空気を打破するためか、いつもきれいなクラシック音楽を大広間で流してくれていた。学園の合唱部の発表が近いときは、それを名目に屋敷のなかでみごとなアカペラを使用人たちに聴かせ、感想を募ってくれたものだ。

みながノエルの人柄を愛し、慕っていたものだ。

彼女が本邸を出て行ったことで空いた穴は大きい。今では若いメイドたちが持ち回りで別邸での奉仕に向かっているが、彼女たちがはやく自分の番が回ってくるのを待ち望んでいることは、わざわざメイド長の口から聞かずともわかっていることだった。

だからこそ、ビルケットは今の時間、若い使用人たちがこっそりと裏に集まり、セレモニーの実況中継をみていようとも、まったく目くじらを立てるつもりはなかった。それどころか、彼らにはこの時間は好きに休むようにと、事前に伝えてあったくらいだ。

お嬢さまの晴れ舞台を、本当はみな、ぜひ直接その目でみたかったことだろう。

そしてその権利をだれよりも正当に持っているはずの主人は、会場にはいない。

そのことを、ビルケットはだれよりも惜しく思っていた。

今回の式典に、本来クルトは盟主としてきちんと参列するつもりだったのだ。だが、かねてよりの体調不良が悪化してしまい、けさから休養を余儀なくされてしまっていた。

お館さまのご体調はいよいよ深刻だ、とビルケットは考える。

もう、あらゆる手は尽くしている。名医という名医をすべて呼び、メティクル社の最高の医療設備で入念な検査もおこなった。それでも、彼の心身を蝕《むしば》む元凶はみつからなかった。

当代の夜は——ビルケットがだれよりも優秀であると信じる若き従者は——その元凶を、世継ぎへの懸念から生じているものだろう、と意見を述べていた。それを、ビルケットは間違いだとは思っていない。だが、完全に正しいとも思っていなかった。

契機は、やはり三年前だったのだ。

当代のみならず、先代の頭をも悩ませていたその家宝を、ビルケットは内心こころよく思っていない。家宝を家宝として扱わぬようにすることが、今や主人の心労を減らすことができる、もっとも効果的な手段に思えてならなかった。

「失礼します」

ビルケットは主人の書斎に入室した。

クルトは当主の椅子《いす》に深く腰かけ、窓の外の景色を眺めていた。

こちらを一瞥《いちべつ》したときに窺《うかが》えた横顔は、頬《ほお》がこけていた。発熱さえしているようだったので横になることを勧めたが、クルトはそれを断っていた。さきほど自分が用意した飲み薬は服用したらしいが、それも果たして効いているかどうか……。

「ビルケット。すぐに車を出せ」

「……お館さま、まさか」

「ああ。今からでも、式典に向かう」

ビルケットは返答に詰まった。ついさきほど、まさしく彼に式典に参列していただきたかったと思ったばかりだが、それは体調に問題がなければの話だ。

正直を言って、今のクルトはだれがみても心配を覚える状態といえる。

「ですが、お館さま。今からでは、どれだけ急いだとしてもお嬢さまの舞台には間に合いませぬが」

「だれがあれのためだと言った？　私はただ、盟主の場を欠席することが気がかりなだけだ。ただでさえ、シュテルンの状況はよいとは言えぬのだ。これ以上、体調不良などという情けない理由で円卓から遠ざかるべきではない」

クルトは有無を言わさぬ態度だった。こうなると、この主人は絶対におのが意志を貫く。その虚勢こそが主人を蝕《むしば》んでいると考えるビルケットは、心痛を覚えた。

だがこうなった以上は、むしろ急いで向かい、ノエルの舞台をほんのわずかでも直接みてもらうほうがいいかもしれないとも考えた。自分の娘が観衆から大絶賛を受ける声を聴けば、この御方のお考えもかわるかもしれないと。

ビルケットは主人にジャケットを着せた。当主のドレスマスクをしっかりと被《かぶ》らせると、すぐに外へ連れ出そうとする。

あわただしい足音がしたのは、そのときだった。

「し、執事長ッッ」

ほとんど絶叫とさえいえる声とともに、ひとりの若い使用人があらわれた。

「貴様、ことわりもなくお館さまの部屋に入るとは何事か！」

そんなビルケットの一喝にも、相手はかまうことはなかった。

彼は蒼白に染まった顔で、こう叫んだ。

「た、大変です。式典が！」

「なに？」

「お、お嬢さまの舞台で、なにか事件が起きたようです！　テテ、テレビで、今……！」

ビルケットは、急いで書斎のモニターの電源をつけた。市民チャンネルには黒い画面が映るばかりで、はじめはただ暗転しているだけかと思われた。が、そうではないことにすぐに気づく。これは、カメラが倒れているのだ。映っているのは、黒い床だ。

音声からは悲鳴が聴こえてくる。なにかが倒れる音が続き、画面が小刻みに揺れる。

こんどこそ、画面が暗幕にかわった。

『おそれいりますが　しばらくそのままお待ちください』

というテロップが無機質に表示される。

どうやら、本当に現場で問題が起きたばかりのようだ。

「なにをみた？　答えろ！　お嬢さまはどうなった⁉」

と、ビルケットは若い部下に詰め寄った。

「わ、私たちにもわかりません。ただ、お嬢さまの舞台に、なにか異様な見た目をした者たちが――お、おそらく襲撃に来た者たちが映り、観客をいきなり襲い出して、それで」

「ノ、ノエル……。ばかな」

そうつぶやいたのは、クルトだった。

「なぜだ、どうして。なぜ、こんなことが起こる」

クルトはモニターを両手で揺らすと、きゅうに声を荒らげた。

「ノエルはどこだ。なぜ映らない！　ノエルを映せ！　あいつは、娘は無事なのか！」

「お館さま！」

「どうにかしろ、リオ！　お前が警備するというから、万が一にもなにも起こらぬと信じていたのだぞ！　もしも娘の身になにかあってみろ、貴様、八つ裂きにしてくれるぞ！　あれは、あれは、この都市でもっとも優れた血を継ぐ女なのだぞ！　それをお前が、お前が」

錯乱した様子の主人を、ビルケットは止めにかかる。

「お館さま、どうかお気を鎮めてください！　まだ、お嬢さまが狙《ねら》われたものとは限りません。第一、お嬢さまの身辺こそよく守られているはずです。まずは落ち着いて、連盟に連絡しましょう」

そのとき、画面が変わった。普段から目にしているGCBCニュースのスタジオで、女性キャスターが焦った口調で原稿を読み上げる。

『番組の途中ですが、ニュース速報です。た、ただ今おこなわれている偉大都市《いだいとし》一五〇年記念式典の会場で、事故があったようです。繰り返します、ただ今開催ちゅうの偉大都市一五〇年記念式典の会場で、事故があったようです。続報が入り次第、当スタジオから……』

その報《しら》せに、クルトは深く息をついた。まるで魂がそこから抜けていくかのような嘆息だった。ビルケットは、自分の焦りもまた強まっていくのを感じた。

だが、この状況で自分までがうろたえるわけにはいかない。

「大至急、車の用意をさせろ」

「は、はっ！　執事長」

若い使用人が部屋を出て行くと、ビルケットは主人の肩を支えた。

「ビルケット。急いで、会場に向かうぞ」

「なりません、お館さま。現場は危険です。われわれが向かうべきは連盟本部です。そのほうが、正確な情報がよりはやく手に入ります」

「ならん！　行先はアサクラ・アミューズだ。私がこの目で確認するまでは――」

「お館さまッッ！」

従者の矜持《きょうじ》に反して、ビルケットは諫《いさ》めるための大声を出した。その怒鳴るような声に、クルトは当主のマスク越しに数秒、ビルケットをみつめると、

「……いや、そうだな。たしかに、お前の言うとおりだ。連盟本部に、向かうぞ」

ビルケットはうなずくと、主人を部屋の外に連れ出そうとした。

そのとき、

「――いえ、おふたりが向かわれるべきは、そのどちらでもありません」

と、どこかから声がした。

ふたりが同時に振り向くと、窓の前に、うすらぼんやりとした影があった。

それはどうやら、砂塵《さじん》粒子によって構成されているらしい。ざわざわとうごめく影が、徐々にその輪郭《りんかく》を明かし、ついにはひとりの黒い男の姿となった。

「――!? お館さま、おさがりください!」

賊とみて、ビルケットは主人を背後へと逃がす。

同時、(――不覚!) そう、胸のうちで叫ぶ。自分のドレスマスクは、さきほどクルトを介抱するときに机に置いたままだ。

「貴様、何者か!」

ビルケットの喝を受けて、相手はざわざわとおぼろげな輪郭を動かしながら答えた。

「小生は、ダスト教が司祭、マルヴォーロと申します。以降、どうぞよろしくお願い申し上げます。シュテルン家当主と、その従者の御方」

マルヴォーロと名乗った影が、そろりそろりと動き出す。あきらかな危険人物に接近を許す前に、ビルケットはさきに動いた。

俊敏な身体捌《さば》きで、相手の身体に回し蹴《げ》りを放つ。が、その一撃には意味がなかった。砂塵が形成した泥の肉体のように、その姿が崩れ落ちると、すぐさま再形成されて、もとの人のかたちへと戻った。

「ほう。さすがはシュテルン家の使用人、とても老齢とは思えない体術ですね。その奇跡を用いていただけるならば、じつに有益な混沌《メイヘム》の時間が期待できることでしょう――が、今宵《こよい》小生がおたずねしたのは、それとはべつの理由です。まずは、話をお聞きくださいますか」

「お館さま、はやく避難を！」

「……待て、ビルケット」

「待てませぬ。お館さま、どうか！」

「待てといっている！　わからぬか。今、このタイミングで賊が侵入してきたことの意味が」

答えを返せないビルケットをよそに、クルトは侵入者に向けて言った。

「その者、マルヴォーロとか名乗ったか」

「はい。ダスト教司祭、マルヴォーロ・リズロと申します」

「貴様は、式典で問題を起こしている者の一派か」

「ほう――」と、マルヴォーロが感心するかのように言った。「まさしく、おっしゃるとおりです。お噂《うわさ》のとおり聡明な御方とお見受けします、中央連盟盟主、クルト・シュテルン殿」

「答えろ。貴様は、なぜここに来た」

「小生は、大司教より直々に、重大な命を受けて馳せ参じた者です。そう、とある大きな取引を、この場に持って参りました。お二方には、どうか落ち着いてお聞きいただきたい」

じらすつもりというよりも、生来そのように緩慢な話し方をする者なのだろう。マルヴォーロは、一字一句を間違えまいとするかのように、ゆっくりとこう続けた。

「われわれダスト教は、今このときより、ノエル・シュテルン嬢の身柄をいただきました。

とはいえ、われわれの真の目的はご息女ではありません。とある物との交換条件で、彼女を無事に、お返しいたしましょう。われわれが求めるのは、シュテルン家にまつわる秘宝――林檎《りんご》と、呼ばれるものです」

ガタタ、と音がした。

こんどこそ立つ力をなくしたクルトが、その場に膝《ひざ》をついた音だった。

*

「……貴様。その話を、いったいどこで」

絞り出すかのような声で、クルトがそう口にした。途中、気づいたように顔をあげると、

「まさか、貴様らなのか？　貴様らが、例の札持ちなのか？　だとしたら、教えろ。貴様らは、だれに動かされている？　いったい、だれがあれを求めて」

泥人形は人差し指を立てると、小さく振った。

「そちらの質問に答えるつもりはございません。並びに、盟主シュテルン殿におかれましては、なによりもまずご理解いただきたいことがあります。すなわち、これが対等な交渉のテーブルではないということを。プライオリティはつねにわれわれの側にあることを、まずはよく念頭に置いていただきたい」

こちら側の焦燥とは真逆に、泥で作られた宗教徒は、落ち着き払った声で告げた。

「つきましては、いくつかの要求を聞いていただきたく存じます。お覚悟よろしければ、どうかこのままご清聴ください」

「耳を貸してはなりませぬ、お館さま！」

そこでビルケットは声をあげた。

「この男、どうやらこの状態ではまともな戦闘能力がない様子。話を聞いてはなりませぬ。なによりもまずは、中央連盟に連絡しましょう！　本部の粛清官《しゆくせいかん》に事情を説明するのです」

「それこそなりませんね。これよりさき、中央連盟への連絡は、その時点で交渉の完全決裂とみなし、歌姫のお命を散らさせていただく旨、ここにはっきりと述べさせていただきます」

その決定的な言葉に、ふたりは愕然《がくぜん》とする。

「ばかな……」とつぶやき、クルトがよろめいた。

思わず敵に背を向けて、ビルケットは駆け寄ってしまう。その身体に触れると、まるで火のように熱かった。ようやく落ち着いたはずの熱がぶり返しているようだった。

「お館さま、お気をたしかに。そもそも、この男の仲間が本当にお嬢さまの身柄を攫《さら》ったなどという確証がどこにもございません。いまだ狂言の可能性がございます。けして従うべきではございません！」

「……ビルケット」

「なにより、お嬢さまの命を奪うなど、向こうからしても言語道断のはずです。交渉材料がなくなってはなにもできませんから。とにかく、ここは危険です。すぐ使用人たちに」

「ビルケット！」

叫ばれて、ビルケットは言葉を止めた。

クルトはテーブルに手をかけると、もつれる足を正し、息を切らしながら、マルヴォーロと向き合った。そのマスクを取りはずすと、滝のように汗の流れる素顔を相手にみせる。

そうしながら、十数秒もの長いあいだ、来訪者の姿をよくみつめた。

「私は、なによりも交渉の場においては、自信がある。相手が虚勢を張っているだけなのか、本気であるのか。そんなことは、熟考せずともこの肌が教えてくれる――この相手は、本気だろう。やつが言っていることに、偽りはない」

「いかにも。いっさいの虚言、狂言はございません。つい数分まえに、小生の同志が歌姫の身柄をたしかにいただきました」

ずるずると泥がうごめき、マルヴォーロが礼のポーズを取った。

「なお、お察しのとおり、小生の本体はここにはありません。遠くにおり、同期して情報をお伝えしている次第です。ですが、かりに小生がそうせずとも……」

そこで、モニターの市民チャンネルに動きがあった。

『さきほどの周年式典の会場事故について、続報です。本日一八時三〇分ごろ、歌手のノエル・シュテルンさんのコンサートの最中に、砂塵《さじん》能力を用いた襲撃事件《しゅうげきじけん》が起きた模様です。大変危険ですので、二番街のアサクラ・アミューズ近辺にはけしてお近づきにならないよう、市民の方々にお願い申し上げます。繰り返します、さきほどの周年式典で……』

映像ではセレモニーホールが外から映されていた。複数の連盟職員が画面内を走り回り、うしろでは大声が轟《とどろ》いている。途中で、カメラがだれかに覆われるかたちで途切れた。それに対してキャスターが謝罪し、ふたたび映像がスタジオに返された。

「……このように、真実はおのずと明かされるものでしょう。もっとも、彼女の行方不明が報じられるのはもう少しあとになるでしょうが、われわれの側に、それを待つつもりはございません。今この場で、即刻お決めいただきます」

「決める……」

「ええ。ですがその前にふたつ、確認したい事項がございます。どうか虚偽のないお答えを。背いていたことが判明すれば、おわかりですね」

「……言ってみろ」

「一。『シュテルン家の林檎《りんご》は、これより三時間以内に回収できる場所にある』。こちら、いかがでしょうか」

その問いは――とビルケットは思う。

この相手は、なにをどこまで知っている？　林檎の存在のみならず、なぜシュテルン家がそれを個人として所有していることがわかっているというのか。それは長く秘匿されてきたことだ。連盟盟主のほかには、その事実を知る者はろくにいないはずだ。

「……イエスだ」とクルトが答える。

「たいへんけっこうです。では、二。『シュテルン家の林檎《りんご》は、だれにでも回収が可能なものだ』。こちらは？」

クルトが小さくうめき声のようなものを出した。

「……それは、ノーだ」

「といいますと？」

「あれは、ほかの者には手出しのできない仕組みになっている。厳重な塵工《じんこう》ロックをかけてあるからだ」

「塵工ロック。というと、女神の神体を利用する、忌むべき制御装置のことですね。つまり盟主シュテルン殿が直接、回収するほかに手立てはないと」

「……そういうことに、なる」

「けっこうです」

マルヴォーロは鷹揚《おうよう》にうなずいた。

「さて、すでにして申し上げたとおり、われわれは今この瞬間にも、ノエル・シュテルン嬢の身柄をどうともできる状況にあります。これに対し、われわれは現状以上の証拠を提示するつもりはございません。ただ、神聖なる女神への信仰心に誓い、断じて偽りがないことを宣言するのみです」

ずるるる、と音がしてマルヴォーロが接近した。

すぐ間近で、背の高い泥人形がクルトを見下ろす。

「では、この場にてご決断を。ノエル嬢の命を取るか、それとも林檎の所有権を取るか」

「……っ」

「われわれには、オルタナティブな選択肢がございます。つまりわれわれは、どうあれシュテルンの林檎はいただくつもりなのです。もしこの場でお断りになられるのであれば、それはそれでけっこう。というよりも、小生個人の意見をいわせていただけるのであれば、そちらのほうがよいといえるくらいです」

「それは、どういうことだ」

「詳しくはお話しできません。が、その際はきっと、大層神聖な、特別な混沌《メイヘム》になるということだけは、お伝えしましょう。歌姫の身柄を手に入れたということは、もはやあの方の夢幻を止められる者はいないのですからね」

ともあれ、と泥人形が続ける。

「次のあなたの言葉が、そのまま回答と看做《みな》されるとお考えください。果たして林檎を渡すか、渡さないか――さあ、お答えを！」

「お館さま……っ！」

この場の絶対的な支配者に対して、ビルケットにはなにもすることができなかった。

立ち尽くすばかりだったクルトが、数歩下がった。

「ノエル……」

つぶやき、目をやったさきには、棚がある。

そこになにがおさめられているのか、ビルケットは知っていた。

それは写真立てだ。三歳を迎えたばかりの幼い娘と、ほんの少しも笑ってはいない当主の、たったふたりの家族写真がそこにはある。ノエルが父親の意向に背いて家を出たときに、クルト自身の手で、表からはみえぬ位置にしまわれてしまった写真だ。

だが、この部屋の管理を任されているビルケットにはわかっている。

彼が、今も定期的にその写真を眺めていることを。

次の瞬間、クルトは慟哭《どうこく》のごとき叫び声をあげた。

それは、彼がこれまで長い年月をかけて守ってきたものが、その自重に耐えきれずに決壊し、激しい水流として溢《あふ》れていくかのようだった。

盟主として、シュテルンの当主として、この数十年、だれの前であっても内側の脆《もろ》さを隠し続けた男の、最初で最後の、剝《む》き出しの魂の叫びだった。

3

ノエル・シュテルンが眠りから覚めたとき、奇妙なことに、その耳にはだれかの悲鳴が残響していた。おそろしく、いつまでも耳から離れない、悪魔のような叫びが。

なんだか、とてつもなく悪い夢をみていた気がする。

もやがかかったかのように曖昧《あいまい》な頭を振り、ノエルは起き上がった。ノエルが寝かされていたのは、どこまでも身体が沈んでいくような、異様に柔らかいベッドのうえだった。

いや──とノエルはすぐに気づく。これは、寝具ではない。

「……箱？」

巨大な櫃《ひつ》には、宝石のちりばめられた特別な装飾が施されていた。みたこともないような奇妙な物のなかに寝かされていたと知り、とまどいを覚え、急速に脳がめざめていく。

（──そうだ。わたしは、舞台で歌っていて）

自分は、周年式典のセレモニーの途中だったはずだ。

こんなところにいる場合ではない。はやく会場に戻らなければ。

いや、そもそも今は何時なのか。まさか式典は、もうとっくに終わってしまった？　最後の曲を歌った覚えはない。だとすれば自分は……失敗してしまったのだろうか。

周囲は仄暗《ほのぐら》い場所だった。肌を刺すような冷気が、鼠色《ねずみいろ》をした石造の壁から漂っている。

窓はどこにもなく、この櫃《ひつ》と同じような模様の入ったランプが、うすらぼんやりと空間を照らしているのみだ。

ここがどこなのか、見当もつかない。

それでも、なにか普通ではない場所だということは直感でわかった。

「だ、だれか。だれか、いませんか！」

式典用のドレス姿のまま、ノエルは櫃から出た。

おそるおそる、部屋の外を覗《のぞ》いてみる。続いているのは、一本道の廊下だ。奥のほうに出口がみえる。あの扉の向こうは、この建物の外に繋《つな》がっているようだ。

だれかの声が――複数の人々の声が、漏れ聞こえてくる。さきほどまでみていた悪夢のように、奇怪な呪詛《じゅそ》のような声が耳に届いて、ノエルは身震いした。

これほどまでにおそろしく、また心細く感じたのは、生まれて初めてのことだった。透明なドレスマスク越しに、困惑と恐怖の表情が浮かぶ。

それでも、自分の身になにが起きたのかたしかめたい気持ちは抑えられなかった。

ノエルは廊下を進み、扉に手をかけた。そこを開くと、

「ハアッ、ハッ。ハッ、ハァァァアッ」

「ぐぅう、うう、うううう、うぐううううぅぅぅう」

「ウッ、ウッ、ウウウッ、ギギギ、ギギギッギ」

——うそ。と、ノエルは思わず口にした。

そこに広がっていたのは、大広間に並んでいる、大量の人間たち。

全員が素顔を晒《さら》し、それでいて大きく深呼吸を繰り返している。その光景に、ノエルはあわてて手首のDメーターを確認して、衝撃に息を呑んだ。

空中砂塵《さじん》濃度が、とても高い。それもただ屋外に出るよりも、ずっと。目にみえるほどの量の砂塵粒子が、空中を舞っているくらいだ。

彼らがうめき声をあげているのも当たり前だ。この濃度だと、まともに吸引すれば三日三晩は苦しむことになる。不治の後遺症が残ったり、最悪の場合だと死に至ることさえある。

あきらかに、正気の沙汰《さた》ではない。

だがそれ以上に奇妙なのは、彼らが苦しみながらも、それでも笑顔を浮かべていることだった。だれかに無理やり強いられているのではない——自分たちで、好きでやっているのだ。

そんな事実が伝わってくるのが、なによりもおぞましかった。

「ううう、うううううう」

ひとりの人間が崩れ落ちるように倒れこんだ。ローブがはだけ、その内側の黒点だらけの皮膚があらわになる。彼がその表面を掻《か》くと、疾患で水気を含んだ肌が、でろりと破れた。内側から黒い液体がどんどん溢《あふ》れ出し、それは止まらず、ついに彼は、口からも血を吐いた。

「おお」

「同志よ、よもや殉教のときを？」

「とうとう、ふたたび女神にまみえるのか」

「みな、祈禱《きとう》を！　祈禱を！」

周囲の者たちが、苦しむ男を囲い始めた。今まさに砂塵《さじん》の毒に冒される仲間を見下ろし、口々に賞賛の言葉を唱えている。最後に、彼は大きく痙攣《けいれん》して、動かなくなった。

（し、死んだの——？）

「ひっ……」と、ノエルは声を漏らした。反射的に口を覆うも、ドレスマスクに阻まれて、つぎに飛び出た悲鳴を防ぐことができなかった。

「いや、いやあああああっっ」

ノエルの絶叫が響き渡った。

全員が、ぎょろりとした目で、一斉にこちらをみた。

老若男女、分け隔てない集団だ。だがそれでいて、全員が一様に異様な顔つきをしている。

逃げようとしても、ノエルは足がうまく動かなかった。喉《のど》からは助けを呼ぶ声さえも出ず、その場にへたりこむことしかできなかった。

「歌姫だ」

「歌姫、ノエル・シュテルン」

「大司教のおっしゃっていた、高位なる器だ」

「敬意を。敬意を、表さねば」

彼らは、じりじりとこちらに歩み寄ってきた。

半狂乱に陥ったノエルが、恐怖のあまり気をうしなうかという段になったとき、

「——はい、そこまで。下がりな、あんたたち」

アーチの向こうに続いている階段から、ひとりの女性が降りてきた。ぶきみなマスクの隙間《すきま》から、長い金髪を垂らした女だ。大胆に露出した褐色の太腿《ふともも》と、見覚えのある服装。

なにより、よく知っている声。

「……サリサちゃん？」

ノエルが声をかけると、彼女はこちらをひと目みてから、異様な集団に視線を戻した。

「あんたら、あーしの言葉がわからないわけじゃないっしょ？　その子に近づかないで。これ、命令だから」

まるで鶴の一声か、ローブの集団は首がちぎれそうなほどになんどもうなずくと、ノエルから遠ざかっていった。

「ん」と彼女が手を差し伸べてくる。手を取ると同時、強い力で起こされて、ノエルはもといた部屋へと引っ張られていった。

「サリサちゃん。ねえ、サリサちゃんだよね？　これ、どういうこと？　ここは、どこなの。あの人たちはだれ？　サリサちゃん、教えて。わ、わたし、わたしなにもわからなくて」

　櫃《ひつ》のある部屋に戻ると、ノエルは解放された。それでも、ノエルはこの異様な空間で見知った人間から離れようとは思えず、ぎゅっと手を握り直した。

「ノエっち」

マスク越しに、相手がようやくそう言ってくれた。

やっぱり――とノエルは安堵《あんど》を覚える。それと同時に、不安も。

たしかに、この子は自分の知る友だちのはずだ。なのに、どうしてかそう感じさせない。

「ね。そこ、座ってもらえる？」

「え。ど、どうして」

「いいから」

有無を言わさぬ態度に、ノエルは従うほかなかった。

　緊張した面持ちを隠せないノエルの、クリアマスク越しの頰《ほお》に、サリサは触れた。撫《な》でるかのように縁に手を滑らせると、仮面のなかでふっと、笑った。

「ノエっちさ、ひとつ聞いてもいい？」

「な、なに？」

「もしかりにさ、あーしが人殺しだとしたら、どう思う？」

「……え」

ノエルは反応に困った。こんなときでもなければ、いつもの冗談だとわかって、なんとでも返せただろう。だが、このあまりに奇妙な状況が、その質問にいやな真実味を持たせていた。

「もしかりに、だよ。かんたんな質問っしょ？　ね、どー思う？」

「……じ、事情はわからないけど」

やけに明るい口調で急かされて、ノエルは混乱しながらも答える。

「でも、なにかの間違いでそうしなきゃいけなかったのだとしたら。自首して、きちんと罪を償ってほしいと、思うよ……？」

その回答に、サリサは声を上げて笑った。

なにがおかしいのか、彼女はとても長い時間、その場で笑い続けた。

「サ、サリサちゃん？」

「や、ごめんごめん。ふふ、あはは。いや、ノエっちはほんと、まともだなぁと思って。ほんと、みごとなまでにまともで、いい子だよ――うん、ノエっちはいい子だ」

ノエルの頭に手を置いて、サリサはぽんぽんと撫でた。

「だからかなー、必要以上に絡みたくなっちゃったのは。あーしもさ、はじめはそんなつもりなかったんだよ？　や、これガチめの話ね？」

サリサが、棺《ひつぎ》のとなりに腰をかけた。

「あーしね、ノエっちの話をはじめに聞いたとき、たぶんヤなやつなんだろうなーって思ったんだ。だってそうじゃん？　盟主の娘でガンガン売れている歌手なんて、いろんなもんを鼻にかけてさ、自分がぜんぶ持っていて当然だと思っている、つまんなくてかわいげのないバカ女だと思うじゃん。でもさ、蓋《ふた》を開けたらぜーんぜん違うんだもん」

びびったよぶっちゃけ、とサリサは明るい声で言った。

「てか、むしろその逆だし。盟主のパパに逆らって家出して、弱小事務所でもいいからのし上がろうとするなんてさ、ガッツあんなーって思った！　しかも調子にのっているところなんて一ミリもないし。ほかの業界の人がノエっちを疎んでいたのだって、あれ、あいつらが勝手に嫉妬《しっと》して距離置いてただけだかんね。挙句の果てにノエっちのこと能力運があるだけとか言ってさ。ばかだなーと思ったよね。ノエっちはおまえらと違って気合いがあるんだっつーの」

「ねえ。ねえ、サリサちゃん」

とノエルは口を挟んだ。

「お願い、教えて。ここはどこで、式典はどうなったの？　さっきの人たちは、なんなの？」

「ん、そだよね。こわいし、わけわかんないよね。でも、なんていったらいいんかなー」

足をぶらぶらとさせて、サリサはしばらく考えた。

「ちょっとショックかもだけど、聞いてくれる？」

「う、うん」

「あのね――あーしね、ノエっちのこと、ずーっとだましてた！　だまして、利用してたんだ。ノエっちをここに誘拐《ゆうかい》したのも、ほかでもないあーしだよ」

言葉をうしなうノエルに対して、サリサはなんでもないように続けた。

「式典はね、もうぐっちゃぐちゃになったよ。さっきのあいつらがやったテロが起きたんだ。ダスト正教の異端っていったら、ノエっちもなんとなくヤバさわかるっしょ？　何人死んだかはわからないけど、ま、このさき何年も語られるような大事件なのは間違いないだろーね」

「……うそ」

「うそじゃないよ。ま、今んとこはなんの証拠もみせらんないけどね。でも、なんとなくノエっちもわかっているんじゃん？　なにかとんでもないことが起きたってのはさ」

ノエルの呼吸が荒くなっていく。

うそだと信じたいのに、そう信じきることができない。ここが宗教徒たちの拠点であることはわかったし、自分がこの格好のまま連れ去られたというのも尋常なことではない。

それどころか、あらためてサリサの姿をみて、ノエルはあることを思い出してしまった。

控え室にいた自分に、サリサはわざわざ会いに来た。そして彼女は、身体から得体の知れない触手のようなものを伸ばしてきて――。

「ひっ」

そのときの光景を思い出して、ノエルはあとずさりした。

「あ、思い出した？　ならよかった」

サリサは仮面のなかで笑った。

恐怖でうまく身体が動かせない自分を、ぎゅっと抱き寄せる。

「うわ、震えてる。ごめんごめん、まじこわいよね。でも最後だから、ちょい顔みせて？」

「ッ、ハァッ」

「あはは。怯《おび》えていてもきれーだね、ノエっちは。さすがはトップアイドル、やっぱりあーしにはぜったいにないものがあるな。あーしがずっと前に憧《あこが》れていて、ずっと前になくしちった、今さらどんだけ欲しいと思っても手に入らないものがさ」

ノエルにはわからなかった。なにも、なにひとつ理解することができない。どうして自分をだましていたというサリサが、こんなにも普通でいられるのか。

知っていたはずの友だちが、今までとはまったくの別人にしかみえなかった。

「サリサちゃん、どうして。どうして、そんなことをしたの？」

「ん？」

「わからないよ。ぜんぜん、わからない！　だってサリサちゃん、あんなによくしてくれていたじゃない。わたし、嬉《うれ》しかったのに。すごくいい友だちだと思っていたのにっ」

「今はもう違う？　友だちには思えない？」

「そんなの！　だって、だって……！」

「あはは、いーよ。だって、それがまともってことだもんね。まあ、あーしのほうは勝手に、まだダチだと思ってっけど。それよりさ、さっきの話の続き、していい？」

「だれか、助けて！　だれか！」

今さらながら逃げようとするノエルの手を、サリサが強く摑《つか》んだ。振りほどこうとしても、まったくびくともしなかった。

「落ち着いて。こんどはちゃんと、ノエっちにもわかるように話したげるから」

「わ、わたしにも？」

「そ。あんね、あーしね、わかりやすくゆーと、今回の事件を計画していた側の人間なんだけどさ。でも、ノエっちとダチなったじゃん？　だから途中で、できれば計画を変更させようと思ったんだ。あーしはべつに会場の客を特別にどうこうしたいとか思ったことないしさ。あーしは、最後にあーしの目的さえ果たせればそれでよかったから」

その意外な言葉に、ノエルは少しだけ冷静さを取り戻した。

「今回の件はね、主犯がいんの。そいつは宗教にどっぷり浸かってるオッサンでさ、まあ、ぶっちゃけ完璧にイカれちゃってんだけど、でも、あーしにはめっちゃ優しいのね。だからあーしが強く言えば、けっこうまじで計画は変えてくれたと思うんだ。実際、ほかにいろいろ方法はあったしね？　でもやっぱ途中で思い直して、そうしなかったの」

「そ、それは、どうして」

「それがね、さっきの話だよ。あーし、ノエっちのことまじリスペクトしてるっつーか、気合い入っているし、パフォーマンスはガチやべーし、超すげーって思ったから。だからね、対等に接することにしたんだ。あーしらは、本気でやる。そしてノエっちはたぶん、最後にはそれを乗り越えられるって、そう信じることにしたんだ」

ノエルは、無理やり相手の身体を突き放した。

「許せない……。やっぱりわからないし、許せないよ、サリサちゃん。あなたは、あなたたちは、人の命をなんだと思って……！」

「ん、それでいーと思う。ノエっちにわかる話とはいったけど、共感できる話とはいってないし。それに、それでこそノエっちだとも思うからね」

ま、そういう目でみられるとさすがにちょっとショックだけどねー、とサリサは笑った。

ノエルは駆け出した。どうなるかはわからないが、このままここに留まっていていいはずがなかった。はやく逃げなくては——そう思い、出口に向かう。

だが扉に辿《たど》り着くまえに、ノエルの動きが制限された。

なにか、得体の知れない物体に身体を巻き取られたからだ。四肢ばかりか首までもが縛られて、ろくに頭を動かすこともできなくなる。

「ごめんね、ノエっち。このキモい姿、あんまみられたくないから、ちょっとこのままで」

苦しい呼吸の合間に、ノエルは背後の人物に向けて質問をする。

「わ、わたしのことも、殺すの……？」

「え？　いやいや、そんなわけないじゃん！　ノエっちは大事なダチだから、殺したりなんかしないよ！　なにゆってんの」

サリサの声は、すぐ背後、耳元から聞こえた。

「むしろ、その逆。ノエっちにはこれまで楽しませてくれたお礼に、プレゼントあげる」

「……プレ、ゼント？」

「そ！　ノエっちさ、これまでパパに抵抗はしてきたけど、ちゃんと言葉に出して自分が本当に思っていることは言えなかったっしょ？　いやま、そういう部分がノエっちの美徳だってのはわかってるんだけどさ。でも、そのままだとよくないと思うんだよね。だから、ちゃんとパパに本心を言えるようにしてあげる。そのほうがさ、きっといいよ」

次の瞬間、巻きついた物に全身を持ち上げられて、ノエルは悲鳴をあげた。

連れられたのは、またしても櫃《ひつ》だ。押しこめられるように箱のなかに納まると、頸椎《けいつい》を徐々に、優しいとさえいえる力加減で、圧迫される。ノエルの意識が、徐々に落とされていく。

「それじゃあね、ノエっち。今まであんがと」

「……っ、サ、リサ、ちゃ」

「あーしが言ったこと、全部まじだから。ノエっちのうしろで踊るの、ほんと楽しかったよ。こんなみにくいあーしでも、まるで本物のアイドルになれたみたいに思えたからさ――」

最後に、彫刻のように冷たい手で、首筋をそっと撫《な》でられた。

視界が、暗転する。

＊

塵神殿の本殿に、その男が帰ってきた。

敬服すべき大司教の帰還を知り、信徒たちはみな深々と頭を下げて迎えた。

どうやら彼は傷ついているようだった。だが、その足取りに迷いはない。ふたりの人物を従えていた彼は、信徒たちにいくつかの言葉を残すと、すぐに最奥に向かった。

そこには、ふたりの女性の姿がある。

櫃《ひつ》のなかに横たわる、眠り姫のような女と、その姿を静かに見守る、仮面の女の姿。

「やっほ。ベルっちにしてはやけに遅かったじゃん。けっこう手こずったん？」

「ええ。ですが、非常にすばらしい体験ができました。聞いていただけますか、サリサ嬢。さきほどの粛清官《しゆくせいかん》ときたら、それはもう……」

「やー、いいって。てかベルっち、だれの能力も褒《ほ》めるから、最近なーんか言葉が軽いし」

「そ、そんなことはございません！　そのような勘違いをされては困ります。よいですか、サリサ嬢。わたくしが感動を覚えるのは、これまでの測量の結果から導き出される厳密な……」

「だからいいってば。とにかく、ベルっちが無事に帰ったきたんならそれでいいから」

サリサはめんどうそうに手を振って、相手の言葉を中断させた。

「ときにサリサ嬢。歌姫はまだ目覚めませんか？」

「ん。あれからずっと、寝たまんまだよ」

「そうですか。それは残念です。彼女もまた高位なる器、ぜひともきちんとおもてなしをして、お話を拝聴したかったのですが」

「や、ベルっちとは話さんほうがいいと思うよー？　情報量が多すぎてパンクしちゃうって」

「む。そうですか？」

少しだけ不服そうに眉《まゆ》をひそめると、ベルガナムもまた歌姫の傍《そば》に寄った。

「で、どうなったん？」

「司祭のマルヴォーロから報告がありました。当初の予定どおり、盟主シュテルンは動き出したようです。つまり、本番はこれからということです。まったく、本日は目が回る忙しさですね。すぐにつぎのフェーズに移らなければなりません。今すぐに調律にかかりましょう」

ベルガナムが深呼吸をすると、ぽうっと、光子が生まれるかのように掌《てのひら》から砂塵《さじん》粒子が洩《も》れる。その桃色の塵《ちり》の渦が、眠り姫の肢体を包んでいく。

「それさ、寝たままでもできんだよね？　ベルっち」

「ええ。むしろ、睡眠ちゅうのほうがはるかに調律はしやすいですよ。なんといっても、夢幻ですから」

そう答えると、ベルガナムは前のめりになって、粒子の流れを覗《のぞ》いた。

「ふむ。感応率は、やはり高めですね。さすがはあの歌声の持ち主なだけあります。して、中身は……ああ、これはなんとも複雑な！　色とりどり、さまざまな感情を、彼女はつねのように押し殺しています。サリサ嬢、いつかあなたが口にしたように」

「……そ」

「もしよろしければ、彼女があなたに対してどういった感情を抱いているかお教えしましょうか？　あなたにかんする夢も、これまでなんどもみていらっしゃるようですよ」

「や、め、て！　そんなんだからデリカシーないって言われんだよー？」

げしげしと背を蹴《け》られて、ベルガナムは「で、ではやめておきましょう」と口にした。

「てかさ、まじでめっちゃ丁寧にやってよね、ベルっち。大事な子なんだから」

「わかっておりますとも。わたくしとて、彼女には敬意を払っておりますから。ご安心ください、この様子だとあなたの望むようにできそうですよ」

長い長い、夢幻を与えるための施術が続く。

ようやく終わると、彼は丸めていた腰を正し、ひと息をついた。

「で、本当に間に合うの？」

「ともすれば、少々お待たせすることにはなるでしょう。が、大丈夫です。あらかじめルートは構築してありますから。それよりも、本当にあなたは同行しなくてよろしいのですか？」

「べつにいーよ。ここで待ってるからはやく行ってきな」

「そうですか。それでは、行って参ります——シュテルンの家宝を拝見しに」

4

主人を連れる車の運転席で、ビルケット・ナウンはずっと探している。

この状況で自分にできることは、いったいなにであるのかを。

あれから数時間が経過していた。今、ビルケットの運転するシュテルン家所有の後部座席には、当主であるクルト・シュテルンが座っている。

そしてなによりも奇妙なことに、助手席には蠢《うごめ》く砂塵《さじん》の塊が。

それらは今、人のかたちを成してはいない。それでも、この塊が司祭マルヴォーロと名乗った者であることは、ふたりにはよくわかっていた。移動をおこなう車体のなかで、彼の砂塵能力ではうまくかたちを保つことができないらしい。

「とはいえ、発信こそできませんが、情報の受信は十二分に可能です。あなたがたふたりの行動や会話は、すべて小生に筒抜けであるとお考えください」

と、最後に彼は言い残していた。

「無論、もしもさきの誓約を破るような言動が認められた場合、即刻この取引は破棄されるものとご理解ください」

「ばかを言うな」と返したのは、クルトだった。

「私はこの家名を賭《か》けて誓ったのだ。シュテルンの当主が、シュテルンの名誉に賭けて誓った約束の重み、貴様ら下賤《げせん》の者にはわからぬか？」

その発言に、マルヴォーロは初めて笑いとも取れる声を漏らした。

「よくわかりますよ。それは、われわれ女神の従僕が、彼女の名誉を賭けることに似るものでしょう。もっとも、女神とたかが人の家名では、誓いの重みには相応の差がありましょうが」

クルトは黙って応えた。その内心では、栄誉あるシュテルンが宗教徒たちの幻覚ごときと並べられることへの怒りがあったに違いないが、なにも異論は述べなかった。

「それでは、よろしくお願いいたします。さきほどの取り決めを、どうかお忘れなきよう」

マルヴォーロが人のかたちを崩して、自分たちにつきまとうだけの砂塵《さじん》となった。

そこからのクルトの行動は早かった。

「行動に移るぞ、ビルケット」

「し、しかし」

「私の命令が聞けぬというか？　ならばそれもよい。私ひとりで向かうだけだ」

かまわず当主の部屋を出ようとするクルトに、ビルケットは従わざるをえなかった。

屋敷の者には中央連盟本部に向かうとだけ残して、ビルケットは主人を車に乗せた。

向かう先は、海沿いの区画、十番街の南だった。中央連盟に悟られぬよう、出入りに記録の残る環状高速道路の使用を避け、下の道で長い走行をおこなう。

車内では、当主との会話はろくに起きなかった。

クルトは、あれからずっと黙っている。

その様子は、ただ落ち着きを取り戻しただけに留まらず、体調を崩す前の、だれよりも威風堂々としていたころに戻ったかのようで、それがなによりもふしぎだった。

時間が経って落ち着いてきているのは、主人だけではなかった。

ビルケットのほうも、頭の熱が冷めて、状況がよく見渡せるようになってきていた。

だからこそ、当主の行動がまるで理解できなかった。

たしかに、懸かっているのはお嬢さまの命だ。クルトがだれよりも大切にしてきた、今や唯一の実子の命だ。なにと比べても、その天秤が重く傾くのは間違いない。ビルケットとて、有事の際はみずからの命を投げうってでも守りたいと願う御方だ。

とはいえ、もう片方の秤《はかり》に乗っているのは、シュテルンのすべてなのだ。

それは、言葉どおりのすべてだ。クルトの手からうしなわれれば、多くの者の命を奪い、またシュテルンの歴史と栄誉が無に帰すような、本物の爆弾だ。

かたやシュテルンの未来。

かたや、シュテルンの過去、これまでのすべて。

当主からすれば、量《はか》りえない物同士を比べたに違いない。

いや――これは彼のみならず、だれにも判断できるようなことではないのだ。ビルケットにすら、どちらかを選べといわれて選べるものではなかった。たとえ何年もの猶予が与えられようと、結論が出るような問いではない。

であるにもかかわらず、クルトは今、当初のように錯乱することもなく、敵の要望をそのまま呑むかたちで行動に移している。

それが、ビルケットにはわからなかった。

クルトからは、なにも話すなと強く言いつけられていた。自分たちには聞き耳を立てている者がいる。それでも、ビルケットにはもうこれ以上黙っていることはできなかった。

「お館さま」

「口を開くなと言っただろう、ビルケット」

「ご無礼は百も承知です。が、どうか言わせていただきたい。こんな状況、私はいったい、どうすればよいのか」

今このときほど、ビルケットがみずからの老いを自覚したこともない。口から出たのは、自分でも情けないほどに震えた声だった。

ふう、と主人がため息をついた。

「……マルヴォーロとやら、聞いておるのだろう。今からおこなうのは、なんの策謀もない、ただの従者とのつまらぬ会話だ。この程度の些事《さじ》を違反とみなすのならば、こちらも貴様らの信ずる神とやらの度量を、その程度のものとみなすぞ。よいな?」

そんな挑発的な物言いに、ビルケットは息を呑んだ。

お嬢さまを誘拐《ゆうかい》した犯人を相手にするには、かなりぎりぎりの発言だ。だが、こうした強気の物言いは、まさしくかつてのクルトが得意としていたものだ。

やはり、お館さまは本調子に戻っているのだ——そう、ビルケットは確信した。

「さて、お前とも長いな、ビルケット。考えてみれば、さきに逝《い》った妻《あれ》よりも、お前と過ごした時間のほうがずっと長いくらいだ」

かつてを懐かしむような口調で、クルトが言った。

「父君の代より仕えたお前には、心より感謝している。この一件が済めば、シュテルンがシュテルンのままではいられなくなるのは承知しているな。その暁には、お前もいい加減に暇《いとま》を取り、老後を好きに過ごすとよい」

その言葉に、ビルケットは思わず車を停めそうになった。

「お館さま、どうかお願いいたします。そのようなことはおっしゃらないでください」

「ふむ、なにか不満か? 心配せずとも十分な財は用意してあるぞ。退職金が足りぬと思えば、小切手に好きな金額を書くといい。不動産のたぐいもすべてやろう。いや、かりにシュテルンの所縁《ゆかり》の者として偉大都市《いだいとし》にいられなくなれば、それは無用か。ならば……」

「お館さまッ！」

こんどこそ、ビルケットはハンドルを切り、車を停めた。その投げやりな発言に、やはり主人の正気を疑ったためだった。

ビルケットはハンドルに首をもたれさせると、消え入るような声で口にした。

「いったい、どのようなおつもりですか。このさき御家がどうなろうとも、この身はつねにシユテルンとともにあります」

「ビルケット。お前にはどうも現実がみえておらぬようだな。ノエルの身柄が取られた時点で、どうしたってわれわれの負けなのだ。どうあがいても勝ち目はない。それともお前に、なにか妙案が思いつくとでも？」

「……そ、れは」

「この当主のマスクをみてみろ、執事長。そして、なにか策が浮かぶなら答えてみるがいい。なにも言えないだろう？　あの場でなにもできなかった貴様など、すでに用済みなのだ」

ビルケットは振り向いて、厳しいことを言うあるじの姿を、あらためて視界におさめた。

背筋を正して座る当主は、親指をしまった状態の右手を顎《あご》の下に置いている。

そうしながら、自分をしかと見据えている。

「……！」

そのとき、ビルケットの脳に電流が走った。

きゅうに、古い記憶が脳を掠《かす》めたからだ。

それは、さかのぼること二十年以上前のできごと。クルトの代でシュテルン社が成長するかどうかが決まる、外周都市にある水質企業との商談を控えていたときの記憶だ。

当時、クルトは取引相手にも大いに利益をもたらすことを約束していた。だが、相手は企業とは名ばかりのやくざの集団のようなもので、それゆえになによりも面子《メンツ》を気にしており、いけ好かない偉大都市の大企業から一方的な施しを受けるという甘い待遇をきらった。

そのためか、先方がよこしたのは、社長がひとりで交渉のテーブルにつくならば話を聞いてやってもよいという、なんとも高慢な返事だった。

それに、クルトは応じたのだ。危険だからやめるようにというビルケットの制止も聞かずに、若かりしころの彼は、堂々と交渉の席に向かったのだった。

その場に自分が加わることは許されなかった。

ゆえに、ビルケットは主人にこんな約束を取りつけた。

現場は、自分が離れた場所で見張っている。もし少しでも危険を感知して、ビルケットの助けが必要であると感じたなら、そのときは右手で秘密のサインを示して合図をするようにと。

結局、その合図は必要とはならなかったが、ビルケットは商談の最中、ずっと狙撃《そげき》銃を片手に、当主のサインがないかを確認していた。

そして今、クルトはその秘密のサインを示している。

言葉とは裏腹に、お前の存在が必要だと、そう告げている。

それが示すところは、つまり。

(お館さまには、なにかお考えが――!)

だが、いったいどうするつもりだというのか……。

ビルケットは前を向くと、緊張する手でふたたびハンドルを握った。

「……申し訳ありません。出過ぎたことを申しました」

「かまわん。それよりも、時間がない。はやく車を出せ。この場所なら、もういい加減に近いだろう」

「は」

レバーを操作して、ビルケットは運転を再開する。あともう少しだけ都市のはずれに向けて進めば、自分たちの目的地へとたどり着く。

シュテルン社にとってなじみの深い場所――都市第一ダムへと。

＊

ふたつの人影が、広大な石切り場のような外見をした建物の内部にあった。

ここは十番街の遥か南。偉大都市《いだいとし》の敷地内にこそあるが、都心部からは離れた場所に位置する、特殊な地区の一帯である。

このダムの歴史は、二百年では到底きかない。

塵禍《じんか》以前の時代より存続する施設には、長いあいだ砂塵《さじん》に晒《さら》されながらもかたちを保ってきただけの、堂々たる存在感が備わっていた。

この機構は、もとはジオフロントである零番街の水害対策を兼ねた巨大装置だといわれている。雨宿り機能と呼ばれる、地上の大雨や氾濫に対策するために作られたシステムの一部を、民たちが使う貯水池として再利用、および増築した場所だ。

ここを作り上げたのは、当時から偉大都市の建築関係を担ったミラー家とガクト家だ。それらの家が抱える有用な砂塵能力者が集まり、この施設の改築に苦心したのだった。

当時はまだ、こうした施設建設のための科学的・技術的な知識が体系化されておらず、試行錯誤を繰り返しながら着工し、多くの手間をかけて完成させるに至った記録が残っている。

そんな都市第一ダムの管理人は、この深夜に突然訪れた会社のトップの姿にいたくおどろいたようだった。だが、かのクルト・シュテルンの来訪を断るのはおろか、その詳しい事情を聞く者さえいるはずがない。他言無用と言いつければ逆に怪しまれると思い、クルトとビルケットのふたりは平静を装って敷地に入った。

(ここに来るのは、果たして何年ぶりか……)

マスクのなかで、クルトはそう黙考する。

当主の座とともに受け継がれた、シュテルンの家宝。その特別な塵工物《じんこうぶつ》の姿をたしかめるために、あのときもこうしてビルケットとともに訪れたものだ。

ついてこようとする警備員を表に帰して、ふたりはダムの深部へと足を踏み入れた。

長い通路の途中、影のなかについてきていた砂塵《さじん》粒子が盛り上がり、その姿を変形させた。

「こちらが、シュテルンの林檎《りんご》が眠る場所なのですね」

ふたたびあらわれた司祭マルヴォーロの影が、そう口にした。

「さきほど隠し場所を聞いたとき、小生は意外に思いました。大切な家宝を秘匿するのであれば、それはそれは厳重なる場所であろうと愚考していたものですから」

「こことて厳重だ。だれも、今から向かうさきに入ろうとはしない。知る者もろくにいない」

初代当主エリオットーは、かつてこの施設にとある私室を作らせた。それは建築者からすると非常に面倒な工程だったというが、彼はみずからの要望を曲げることはなかった。

その意味が、今のクルトにはよくわかっている。初代当主は自分のためではなく、林檎のためにそこを作らせたのだ。

突き当たりの扉を開くと、さらに奥へと向かう。ダムの管理に使う制御室とは異なる、鍵のかかった扉がひとつある。その隣には、人間の頭がちょうどおさまる程度の扉があった。

クルトはそこに、みずからの仮面を入れた。

これはマスク錠と呼ばれる、昨今はあまり使われていない特殊な錠前だ。人相と同等ほどに種類があるといわれるマスクを用いた、独特の認証システムだ。

初代当主より受け継いだ仮面を持つ者のみが、ここへの入場を許可される。

解錠すると、どこまでも続くような階段が地下へと伸びていた。

実際に階段は長く、降り始めてもなかなか終わりに着くことはなかった。位置的には、ダムの貯水の底まで降りていくようなものだ。

ようやく至った扉には、こんどは普通の鍵があった。クルトは当主が持つ鍵束から、もっとも古い物を選び、差しこんだ。

そのさきこそが目的地だった。初代当主が残した、隠し部屋だ。

シュテルン家の当主と、その夜のみが足を踏み入れることを許すと明言された秘密の部屋に、されど今は唾棄《だき》すべき宗教徒の姿も混ざっている。

「……ついてくるといい」

とうに覚悟を決めていたクルトは、ここにきて二の足を踏むつもりはなかった。

部屋の暖炉に模した塵工物へと近づく。二代前に取り付けられた、砂塵能力者専用の金庫──塵工ロックの働いている装置の前で、インジェクターを起動した。

林檎は、シュテルンの美しき水流の底に沈めておけ──。

初代当主の言葉は守られ、そしてずっと、この深度におさめられていた。

水よりも青い砂塵《さじん》粒子を塵工《じんこう》ロックにまとわせて、浄化の砂塵能力を持つ者だけが開けられる鍵を解除する。その奥でピピ、と音が鳴り、隠し通路が開いた。

奥にある、クロスの敷かれた机のうえにある物をみて、マルヴォーロが小さく声をあげた。

そこにあるのは、掌《てのひら》に容易におさまるほどに小さな、黄金の果実。

本来だれも触れるべきでも、その目に入れるべきでもない、極めて特別な塵工物。

それはまさしく、林檎《りんご》のかたちをしていた。

クルトは林檎を手にすると、マルヴォーロに向けてこう言った。

「こちらが出した条件は守られているな」

「無論のこと。交換の場には、かならず歌姫を同伴させるという取り決めですね」

「そうだ。事後の受け渡しなど、まったく信用できるものではない。娘の無事が直接この目で確認できなければ、この取引は無効だ」

「ご安心ください。はじめから、こちらもそのつもりでしたから」

マルヴォーロの影が、クルトの掌に注目した。

「それにしても、本当に林檎のかたちをしているのですね……」

「貴様、みるのははじめてか」

「ええ、小生は。もっとも、大司教はよく知っていらっしゃるでしょうが」

もっとよく覗《のぞ》こうとする相手から隠すように、クルトは林檎をスーツの内側にしまった。

「もらい受けてから好きに観察するがいい、下衆め」

「ええ、ぜひそうさせていただくとしましょう」

影の輪郭《りんかく》がかわり、マルヴォーロの笑顔が暗く浮かんだ。

「さて、夜も更けて参りました。約束の時間までそうはありませんが、今からでしたら間に合うことでしょう。お疲れのご様子ですが、よもや足を止めることはありますまいね？」

「ばかをいうな。いったい私をだれと心得る？」

「たいへんけっこう。それでは、このまま向かうといたしましょうか」

「現場はどこだ。いい加減に教えるといい」

肝心の交換場所は、ふたりにも知らされていなかった。マルヴォーロの影がもとの道へと戻っていき、室内のぼんやりとした電灯に照らされながら振り向いて、言った。

「向かうべきは、四番街のはずれ——使われなくなった教会の、その跡地です」

5

「——感動しました。ノエルさまの歌声って、本当にお美しいのね」

そう声をかけられて、ノエルはびくりと肩を震わせた。

振り向くと、数人の女学生たちが音楽室の扉の隙間《すきま》からこちらの様子を窺《うかが》っていた。何人かは合唱部の後輩だが、なかには知らない顔ぶれもあった。

まさか早朝の自主練が覗《のぞ》かれているとは思わず、ノエルは気恥ずかしさを覚えた。

「ど、どうもありがとうございます。ですが、盗み聞きはあまり褒《ほ》められることではないのではなくて?」

「おっしゃるとおりですわ。不躾《ぶしつけ》なことをして、失礼いたしました。みなさんも、ノエルさまにお詫《わ》びして」

「す、すみませんでした～っ」

いざ頭を下げられると、それはそれで奇妙な感じがした。空いていたからといって勝手に音楽室を使っていた自分にも非があるし、そろそろ登校する者があらわれる時刻だ。教室の前を通りかかった生徒が歌声に気づいて覗いたからといって、そう咎《とが》められるものではない。

それがわかっているからか、後輩たちのリーダー然としている勝ち気そうな女学生も、言葉とは裏腹に悪びれている様子はなかった。あまつさえ、彼女はこんなことを頼んできた。

「ノエルさま。始業までまだ時間がありますし、もしよろしければもう一曲だけ聴かせてくださいませんこと?」

「え。も、もう一曲ですか?」

「はい。わたしたち、去年の学園祭でノエルさまが礼讃曲《らいさんきょく》を歌っていらしたのを聴いてから、ずっとファンなのです。ここだけの話、学内にはファンクラブも作られているのですよ」

ノエルは、その発言の真偽を疑った。が、どうやら嘘《うそ》ではないらしい証拠に、後輩たちの一団は、目をきらめかせてこちらをみつめていた。

「わ、わかりました。それでしたら……」

んん、とノエルが喉《のど》の調子をととのえて、もう一曲だけ披露しようとしたとき。

ふと、ある考えが頭をよぎった。

——どうせだれかに聴かせるなら、あれを試したほうがよいのではないだろうか。

少し前に開花していることに気がついた、自分の砂塵《さじん》能力。

それの効用が、ノエルにはよくわかっていなかった。一族に代表される浄化の砂塵能力ではないことは間違いなかったが、かといって、これだという確信が得られるものではなかった。

砂塵能力者は、ふしぎな感覚で、みずからの粒子が及ぼす効果をおおまかに把握するという。それに加えて、能力の解明大全と呼ばれる指南書と照らし合わせることで、自分の操る砂塵粒子の仕様を詳しく理解していくものだ。

それでいうなら、ノエルには自分の能力に対するぼんやりとした理解こそあったが、いまだに検証はしていなかった。屋敷で試せば、ただでさえ歌ってばかりの自分に難色を示している父がなにかを言ってくるかもしれないと思い、ずっと実証できていないままだった。砂塵能力が芽生えたことさえ、いまだだれにも告げてはいなかった。

「あの。みなさん、今ドレスマスクは持っていますか？」

そうたずねると、後輩たちはふしぎそうに目を見合わせた。

「え、ええ、もちろんです。でも、どうしてですか？」

「少し試してみたいことがあるのです。一生懸命歌いますから、よければマスクをつけていただけますか？　それと、このことはどうか内密にしていただけると」

校則で、教師の許可なく砂塵《さじん》能力を使うことは禁じられている。

それでも、なにか特別なことがあるかもしれないと知って、後輩たちが色めきだった。禁欲的な学生生活を義務づけられている女生徒たちは、少しだけ悪いことをするのが好きなのだ。

扉を閉めて、鍵をかけて、マスクをつけた後輩たちを座らせる。

みずからもシュテルン家の仮面をかぶると、ノエルは苦労して内緒で手に入れたインジェクターを起動した。痛みを抑える塵工《じんこう》麻酔が潤沢に塗布してあるとはいえ、注射の痛みにはなかなか慣れなかった。

とはいえ、この先も能力を使うとしたら、こんなものをいちいち気にしてはいられない。

ノエルは深呼吸をする。覚悟を決めると、心をこめて歌いはじめた。

赤ん坊のような泣き声が、音楽室じゅうを満たしていた。歌が終わると同時に、おさげの髪をした後輩が泣き出してしまい、それが止まらないのだった。

彼女をいさめるべつの子たちも、どうやらマスクのなかで泣いているようだった。

「ノエルさま。今の、今のって……」

勝気な顔をしていた後輩が、すがりつくようにノエルの肩を摑《つか》んだ。

「わたし、理解できません。でも、すごさだけは、よくわかりました。ノエルさま、どうかお願いします。もう一曲、もう一曲だけでも」

後輩たちのリアクションに動揺しながら、ノエルはたずねた。

「あの、ごめんなさい。その、わたしの歌は、どうだったのでしょうか？」

「どう？　どうって、そんなの——あまりにもすばらしすぎます！　みてください。あ、足が震えるくらい。ああ、ノエルさま……あなたはまるで、天女のようです」

彼女たちの興奮が止んだのは、始業時間のぎりぎりになってからだった。

こんどかならずまた歌を聴かせるから、絶対にこのことは口外しないように、と再三の断りを残してから、ノエルは逃げるようにしてその場を去った。


その日の晩。

シュテルン家の本邸にある自室で、ノエルはレコードを聴いていた。大好きなマドンナ・レフユーの曲を聴きながら、考え事をする。

（けさの、あの後輩の子たちの反応……）

あれは予想外だった。わざわざ自分のファンクラブを作るくらいだから、通常以上によく効いたのだろうか。それとも、ほかにも多くの人があいった反応をくれるのだろうか。

いずれにせよ、これはチャンスかもしれない。

ノエルは、鍵付きの抽斗《ひきだし》から数冊のパンフレットを取り出した。

このごろよく研究している、芸能事務所の案内だ。そのほかにも、有名な芸能人のデビューに至るまでの体験談をまとめた手製の資料もある。

（——もし、本当になれるなら……）

ごくりと、生唾《なまつば》を飲む。

ノエルには、歌手になりたいというひそかな夢がある。だれにも語ったことがなく、また語ることの許されない夢が。

マドンナの曲が終わり、電動式の再生機に落ちていた針があがった。もういちど聴こうと思って椅子《いす》から立ち上がったときに、ノエルはふと、本棚に手を伸ばした。

懐かしい写真を収めたアルバムのなかに、彼の顔がある。あまり写真をこのまない性格をしていたから、残っているのはほんの数枚だけだ。それも、自分たちがもっとも距離の近かった、主人と従者というよりも、ただの幼馴染《おさななじみ》同士だったころに撮った写真だけだ。

本当は、もう少しあとの時期の写真こそが欲しかったのだが。

写真のなかで、その眼鏡の男の子は、凛々しい顔を浮かべている。

ノエルはアルバムごと抱きしめると、ベッドに腰をかけ、ぽとりと横になった。

「リオ……」

虚空に向けて名を呼ぶだけで、きゅっと、胸が絞めつけられるような気がした。

窓の外の空には、ぽつぽつとした星と、夜が広がっている。

あのきれいな夜空を、彼もどこかでみているのだろうか——。


それから月日が流れ、この都市唯一の女子専用の学び舎であるルイス女学園を卒業してから、ノエルは父に向けて、とうとう自分の夢を明かした。

彼女が本当の意味で父親に失望の念を抱いたのは、そのときだった。

歌手になるという宣言を聞いたときの彼の表情から、ノエルはある事実に気がつき、強い衝撃を覚えた。

父もまた、心のどこかで予感していたのだ。娘が、このままただおとなしく娘をやり、家系を継いでいくだけに留まらないということを。だからこそ、自分を屋敷に閉じこめるかのようにして育ててきたのだということを。そんな内情が、ノエルには伝わったのだった。

なんという皮肉——なんという悲しい親子だろうか。

自分たちは、互いに対して期待していなかったのだ。

離別は、当然のかたちとしてあらわれただけだった。

その場所をおとずれるのは、長くこの都市に生きるクルト・シュテルンからしても初めてのことだった。

使われなくなったダスト教の教会。いや、ダスト正教の教会だ。

かねてより問題を起こしていたダスト教とは分離させて、際限なく生まれる信者たちの受け皿として連盟が布教の許可を出した正教は、野蛮な信仰をおこなう宗教徒たちとは異なり、まだ理性的といっていい戒律を持つ。

それゆえに、ダスト正教の施設は、この都市にも偏在していた。この教会は、使われなくなってから解体もされず、手つかずのまま置いてあるのだろう。

「……ここが、貴様らの拠点というわけか」

教会の入り口を前にしたクルトの質問に、マルヴォーロの影は首を横に振った。

「いえ、ここはただ取引現場のひとつですよ。拠点というならば、ずっと正統にしてすばらしき神殿を、われわれは有しております。真に女神を讃《たた》えるための、美しき場を」

その声を聴いて、クルトとビルケットは同時に驚いた。

声が、影から聞こえたわけではなかったからだ。マルヴォーロのかたちを模した影は、すでにその姿をうしないつつあった。

*

汚濁した茶色い砂塵《さじん》となり、風の動きに逆らって、教会の入り口へと集合していく。

わずかに空いていた扉が、ひとりでに開いた。

「さあ、どうぞお入りください」

そこにいたのは、本体の司祭マルヴォーロだった。やはり、影とかわらぬ風体をしている。ダスト教の正装らしきローブを着た、長身にして長髪の、屋外で素顔をさらした宗教徒が、妖しい笑みを浮かべていた。

シュテルン家のふたりは顔を見合わせると、誘われるままに教会へ足を踏み入れた。

長い身廊の様相は、この教会が寂れて久しいことを教えていた。突き当たりの扉は半壊しており、かつて中央連盟が貼ったと思われるキープアウトのテープが破れている。

礼拝堂には、だれの姿もなかった。

「どういうことだ」

「ご安心ください。少々ばかり、到着が遅れているだけです。恐れ入りますが、このましばらくお待ちいただけますか」

「この私を急かしておいて待たせるか。ふん、いかにも陋劣《ろうれつ》な者らしい……」

クルトは粉々に砕け散った調度品のなかに、ひとつだけ元のかたちを保った木椅子《いす》を発見した。いったんはそれに腰かけようとしたが、ドス黒い血の染みが浮いているとみてやめる。

説教台のほうが幾分マシとみると、クルトはそこに背を預けた。

「……薄気味の悪い場所だ」

あらためて内装を眺めて、クルトは素直な感想を述べた。

「連盟としては、このような場所は厳として排したいものだった。たとえ正教が受け皿として機能していようとも、やはり宗教徒なぞに居場所を与えるべきではなかったのだろう。今この状況にして、その考えがより強まったぞ」

「ずいぶんと教えを忌避しますね、盟主シュテルン」

マルヴォーロの言葉に、クルトは鼻で笑った。

「当たり前だろう。神がみえるなどとうそぶく者どもに飲ませる水はないのだからな」

すると、こんどはマルヴォーロのほうが笑った。

「なんと視野の狭窄《きょうさく》なことでしょう。思えば女神の謁見《えっけん》の機会に預かれなかった俗世の者と話すのは、小生からしても久方ぶりのものです。やはり啓蒙《けいもう》されない者は、なにも真実がみえておらぬものですね」

「……貴様もみたというのか？　女神とやらの姿を」

「ええ、五つにも満たぬ幼き日に。あなたがたが身内を贔屓《ひいき》する施策しかしなかったせいで、食料はおろか、それこそまともな水さえも口にできず、朽ち果てる寸前のことでした」

「ずいぶんと勝手を言うものだな。われわれが無法者揃《ぞろ》いの０15地区や零番街の扱いにどれほど苦心してきたかも知らずに」

「恨んではおりません。今となっては、だからこそわが道が啓かれたと思っておりますから」

「ふん。こちらは恨んでおるぞ、偉大都市《いだいとし》に仇《あだ》なしてきた宗教徒どもよ。此度《こたび》の事件を受けて、いよいよ貴様らの立場は完全にうしなわれると覚悟しておくとよい」

「立場？　立場と。まったく、愚かしいものです。よいですか、盟主シュテルン。小生は――いや、われわれは、あなたがた俗物とは異なり、正しく開眼している者です。われわれの抱く視座の高さは、あなたには到底わかりますまい」

「その結果求めるのが、林檎《りんご》というわけか？」

その問いには、マルヴォーロは口を閉ざした。

「断っておくが、これは貴様らが思っているほどに便利な代物ではないぞ。むしろ、これは呪物のたぐいだ。連盟がこれを秘匿しているのは、その呪いをむやみやたらと振りまかぬためだ。貴様らごときに御し切れるものではないぞ」

「それが忌むべき産物であるということは、われわれとて認めるものです。いえ、だからこそ手にしようとしていると言ってよいでしょう。そして、ただ保管ばかりしていたあなたがたとは異なり、われわれが林檎に下す処遇は、より明確で鮮烈なものです」

マルヴォーロの口調には、苛立《いらだ》ちのようなものが感じ取れた。

「大司教の蒙は、小生よりも遥かに広く大きく、雄大に啓かれております。彼は、それに正しい処置を施し、より優れた混沌《メイヘム》の儀を世にもたらすでしょう。それが成った暁には、そのような不徳の果実など、燃やして炭にでもしてしまえばよろしい」

「──ふ」と、クルトは笑った。

それは嘲笑《ちょうしょう》ではなく、抑えようにもどうしても零《こぼ》れてしまう笑いだった。

「くくく、くくくく」

「いかがされましたか、盟主シュテルン」

「今、確信した。貴様は、札持《いかさま》ちではないな。やつらなら、林檎《りんご》の性質を知っているはずだ」

当主のマスク越し、宗教徒に流し目をくれる。司祭マルヴォーロは、その素顔に困惑の表情を浮かべていた。

「わからぬのなら教えてやろうか。多少なりまともな脳みそをしていれば、容易に推理できようものだがな。いいか、貴様らが欲する、この林檎という塵工物《じんこうぶつ》は──」

教会の入り口から音が聞こえたのは、そのときだった。

集団が、この場所に近づいている。

「おや、ご到着ですね」とマルヴォーロが口にした。

ここまで事態の静観に努めていたビルケットが、主人を守るかのように前に立った。クルトはその肩を叩《たた》くと、首を振った。

あくまで自分が、矢面に立つ。

礼拝堂の中央で待つと、暗い身廊を行進する人影がみえた。

当初、クルトはその中央に立って先導している者こそが主犯だろうと考えていた。が、そのひとりだけ服装の異なる人物が、自分のよく知る相手であることがすぐにわかった。

「……ノエル」

ローブの集団を率いてやってきたのは、実娘、ノエル・シュテルンだった。

*

その舞台仕様のマスクは、透けていた。

だがそこにいる娘の表情からは、なにも感情を読み取ることはできなかった。

クルトには、なによりもそれがふしぎだった。ともすればパニックを抑えるためにおかしな薬でも盛られたのではないだろうか、と疑いたくもなるほどに。

「さて、それでは盟主シュテルン。林檎を渡していただきましょうか」

「待て。本当に娘なのか、確認させてもらう」

この世に砂塵《さじん》能力者がいるかぎり、どのような状況でも真贋《しんがん》をたしかめるのは重要だ。顔貌《かおかたち》を真似《まね》るのはおろか、砂塵粒子を気取られぬようにして、こちらの視覚を惑わしている可能性さえもじゅうぶんに考えられる。

「答えろ、ノエル。お前の亡き母と、亡き兄の名を」

「ヴェロニカお母さまと、ダフィットお兄さま……」

「我が家では、最上の従者をなんと呼んでいる」

「夜」

「……では、本邸の食堂の机に置かれた燭台《しょくだい》の数を言ってみろ」

「?……燭台なんて置いてありませんわ、お父さま」

ひっかけ問題にもつまずくことはなく、ノエルはそう答えた。その何百メートル離れていようとも届きそうな澄んだ声も、間違いなく娘のものだ。

「疑わずとも、間違いなくお嬢さんですよ。もうよろしいですか?」

急かされようとも動かないクルトに、マルヴォーロが言葉を足した。

「盟主シュテルン。あなたがいかほどの自尊心をお持ちかは存じませんが、器量聖典に基づいて、われわれはあなたにはさして敬意を払ってはおりません。これ以上の勝手な行動は交渉の決裂とみなし、こちらとしても相応の対応を取らせていただきますよ」

その再三の催促に、クルトはようやく顔を上げた。

懐から、件《くだん》の塵工《じんこう》物を手に取る。

それから娘を見やり、宗教徒の集団を見やり、最後に、先代の夜を見やった。

「ビルケット。さきの言葉だが、お前に感謝しているというのは嘘《うそ》偽りもない。いついかなるときも、お前は機転を利かせて私の望むように動いてくれたな」

この状況。

これは、クルトが想定していたケースのなかでは、かなり上々といえた。

しいていうならば、自分が生涯で最後に目にする光景が、このような虫唾《むしず》の走る場所でなければなおよかったが、そこまで望むのは贅沢《ぜいたく》というものだろう。

「マルヴォーロとやら。貴様は、はじめにこう言ったな。これは対等な交渉のテーブルではないと。あいにくだが、私のほうこそそう思っていたぞ」

「……あなたは、なにを」

相手が言葉を続けるよりも先。

クルトは、インジェクターを起動した。

それと同時に押したのは、手元の林檎《りんご》の頂点にある蔕《へた》の部分の起動スイッチだ。

「な――ッ!?」

驚愕《きょうがく》の表情を浮かべて、司祭マルヴォーロが腕を伸ばしてくる。

それに対応したのはビルケットだった。滑りこむようにして敵の懐に入りこむと、床に落ちていた鋭い木片を拾い、マルヴォーロの腹部に突き立てる。

その直後、うずくまった相手の体幹に向けて、鋭い蹴《け》りを繰り出した。

「――同志たち、盟主の林檎を！」

マルヴォーロが叫ぶと、宗教徒の集団が動き出した。

それよりも先に舞ったのは、クルトの砂塵粒子《さじん》だ。青い砂塵が、尋常ならざる濃度を持って礼拝堂のなかを流れると、ノエルだけを円状に避けて広がっていく。

その粒子の出どころは、林檎《りんご》だった。

クルトの操る粒子が林檎の内部に入りこみ、そして排出されている。

この塵工物《じんこう》は、内部の解明不可能なスキャン装置によって個人特有の塵紋《じんもん》を読み取り、それを特異な電磁パルスでもって増幅させて解き放つ。

外付けの黒晶器官《こくしょうきかん》とも呼べる、過去の人類が遺《のこ》した驚異の産物の成せる技だ。

「ぐッ。う、うう、あああああああああああッッッ」

叫びが出たのは、クルトの開けた大口からだった。

高波のような粒子の群が、その場にいる宗教徒たちに襲いかかる。


宗教徒たちの要求――ノエルか林檎か選べというのは、クルトには呑めない話だった。

双方を求めたのは、けしてクルトが強欲だからでも、浅慮だからでもない。娘も家宝も、どちらもクルトにとっては半身のような存在であり、絶対に手放すわけにはいかなかった。

両者とも捨てるわけにはいかない。そしてなにより、どちらも得るための賭《か》けには、じゅうぶんな勝算を見出すことができていた。

ノエルは取り戻し、林檎はだれにも渡さない。

そのために犠牲にできるものが、クルトにはたったひとつだけあった。

自分自身だ。

マルヴォーロが、粒子の大海越しに叫んだ。

「いったいなにを!? 盟主シュテルン、あなたに許された奇跡は、たかが水の浄化でしょう! こんなことをしても、なんの意味も」

「――ないと、本当に思うか?」

もとより砂塵能力を使うことはめったにないクルトにとって、ただでさえ粒子操作とは強い集中力を要するものだ。今はそれに加え、林檎を経由した粒子を操らなければならない。

さらにいえば、今ここでクルトがやるべきは、粒子の操作だけに留まらなかった。

(――初代当主の、手記)

あれに書かれていた内容は、まさしく衝撃の事実だった。

林檎をめぐる凄惨《せいさん》な歴史はおろか、なによりもその悪魔的な仕様に目を見張ったものだ。

人体の持つ黒晶器官が一定の濃度の粒子しか撒けないのは、それ以上の量を操ろうとすると、限界を超えた器官が自壊をはじめるからだ。

それはいわば、生物として当然搭載されているはずのリミッター機能だといえる。

そしてこの塵工物がはずすのが、まさしくその枷《かせ》だった。

通常は操り得ない粒子の放出には、それに見合うだけの代償が求められる。過去には少なくない者が、みずからの限界を超えるために林檎《りんご》を使用し、無惨な死に至ったという。

そうした死線の先で、林檎が使用者に許すのは、粒子の増幅と変質だ。

初代当主は、その増幅の力をもってして、莫大《ばくだい》な量の水を浄化していた。

だが、彼が生涯でもっとも窮地に瀕したときに使ったのは、後者である変質の力だった。初代当主は林檎を用いた切り札の使い方を、子々孫々がわかるように書き記してくれていた。

「マルヴォーロとやら。貴様に聞く耳があるうちに教えてやろう。浄化の能力とは、この都市でもっとも有益にして、もっとも繊細な、真に偉大なる力だ。その効用の詳しい作用など、貴様には当然わかるまいな」

「――――！」

「われわれは――シュテルン家の伝統たる能力者は、菌を含めた毒素を筆頭に、水分ちゅうのあらゆる成分を把握し、半意識的に選択、除去している。その力が林檎によって強化され、変質したらどうなる？　当たり前だが、人体には相当量の水分が含まれているぞ。林檎のように赤い、かけがえのない命の液体がな……!!」

そこでクルトはぎらりと、当主のマスク越しにマルヴォーロを睨《にら》みつけた。

「貴様、このシュテルン家当主に向けて、ずいぶんと無礼を働いてくれたな。だが詫《わ》びはいらぬぞ。その死をもって、償ってもらう――――！」

「なッ……グッ」

司祭マルヴォーロが、あっけなく倒れた。その顔は、蒼白を超えた青色に染まり、すぐにぴくりとも動かなくなった。

マルヴォーロだけではない。クルトの粒子に触れている宗教徒たちが、まるで姿のみえぬ死神に背後から刺されるかのように、次から次へと倒れていく。

今、彼らの体内でおこなわれているのは、血中酸素の除去だ。不断の酸素供給によって動く人体から、クルトは粒子を介して、その必須成分をほとんど完全に取り除いていた。

通常時の浄化の砂塵《さじん》能力では、このような芸当は絶対に不可能だ。

しかし、今は林檎がある。

初代当主が考案した、変質時限定のシュテルンの秘技を、クルトは宗教徒たちに披露する。

その最中――

「ぐ、ぐぐ、うう……」

クルトはその場に、両膝《ひざ》を突いた。

仮面に隠れる目と口から、血がひと筋、ふた筋と垂れていく。

黒晶器官《こくしょうきかん》の眠る頸部《けいぶ》が、今にも燃え出しそうだ。

（……林檎の、代償。私では、やはり払いきれんか……！）

加速度的に肉体が蝕《むしば》まれていることを、クルトは痛感する。今後の能力使用が危ぶまれているどころか、今まさに自分の生命が冒されていることを自覚する。

それでも、術を止めるわけにはいかなかった。

第一波の被害を逃れていた宗教徒の集団が、クルトの粒子を大回りしてこちらに迫ろうとしていた。クルトは粒子操作でそれに対応しようとしたが、通常の粒子とは濃度も性質も異なる変質粒子は、その重ささえも段違いで、これ以上の粒子の壁を形成することができなかった。

「――お館さま、ここは私が！」

ビルケットが割って入った。粛清官《しゅくせいかん》に負けず劣らずの体術を持つ彼は、老齢にもかかわらず、その身ひとつで立派に宗教徒たちの相手を務めていた。

事前にこちらに考えがあるとわかっていた従者は、この不測の状況にうろたえることなく、クルトが望むように動いてくれていた。

そのおかげで今、ノエルは自由だ。

茫然《ぼうぜん》と立ち尽くす娘に向けて、クルトは声を絞り出した。

「ノエル。はやく、逃げろ……!!」

「……。」

「なにを呆けている！　ここから離れて、だ、だれでもいい、保護を頼め！　なにをしている！　はやく――はやく、行けェッッ」

限界を迎えて、クルトはとうとう前のめりに倒れかかった。ぎりぎりのところで、腕を立てて耐える。

クルトがどうにか顔を上げたとき、ちょうど彼女は動き出した。

されど、けして急いで逃げるような素振りではない。

むしろ逆で、一歩ずつ、静かにこちらへ歩み寄ってくる。

彼女は足を止めると、透明のマスク越しに、まるで感情の宿らない瞳《ひとみ》で、父の姿を捉えた。

それから、信じられない言葉を放った。

「本当におろかね、お父さまって」

耳を疑うクルトに対し、ノエルは平然と続ける。

「ねえ、どうしてわたしが逃げなくてはならないの？　お父さまがその林檎《りんご》のおもちゃを渡すなら、お父さまと行く。そうでないなら、どこへも行く必要はない。そういうお約束だったもの。だからわたし、どこにも行かないわ」

そんな意味のわからないことを言うと、ノエルはしゃがみ、父の仮面をあらためて覗《のぞ》いた。

「でも、安心した。だってお父さまと行かないのだったら、まだライブが続けられるのだもの。わたし、あんな冷えた家に囚われているよりも、舞台で歌うほうがずっといいわ――」

ノエルは、クルトのマスク越しの頬《ほお》に、慈しむかのように指を添えた。かと思えば、その手をするりと滑らせる。その意味がわかっても、クルトにはどうすることもできなかった。

カチリと音がして、クルトのインジェクターが解除された。

「……ば、かな」

水の氾濫がきゅうに引くかのように、礼拝堂を覆っていた大量の砂塵《さじん》粒子が、たちどころに消えていく。

敵を塞《せ》き止めていた粒子が失せて、倒れこんでいる信徒たちと、事態を静観することしかできなかった者たちの姿が、一斉に明かされた。

「お館さま、いったいなにが……！」

こちらに気を取られたビルケットに、宗教徒の伸ばした触手のようなものが絡みついた。ビルケットの肢体を巻き取り、その動きを封じてしまう。

形成はふたたび逆転し、ふたりには成す術《すべ》がなくなってしまった。

クルトには、なにも理解することができなかった。

反面、彼女は——ノエルだけは、その透明なマスクのなかで、晴れやかな表情をしていた。みなが自分に注目していることに気づいているのか、いないのか——いずれにせよ、周囲のことなどまったく気にしない素振りで、ノエルは地を這《は》う父親に向けて、こう口にした。

「お父さま。せっかくの機会だから、ずっと思っていたことを言ってもいい？　わたしね、お父さまのことを軽蔑しているの。だってお父さまって、とってもおろかなんだもの！」

「……お前は、なにを」

「わからないならもういちど言いましょうか？　軽蔑しているのよ、お父さまのことを。こんなの、子どもでもわかる簡単なお話じゃない」

「……ノエル。お前は、まさか操られていたのか？　連中に、なにかをされたというのか」

「そんなわけないでしょう。すべて偽りのない、ノエル・シュテルンの本心よ。それともまさか、本当に自分が尊敬されるべき立派な父親だとでも思っていたの？」

やけにろうたけてみえる表情で、娘は口元をゆるませた。

まるで独壇場に立つかのように、ノエルは礼拝堂の中央を悠然と歩いて、語り出す。

「お父さまって本当におろかだわ。傲慢《ごうまん》で、差別的で、権威主義で――なにより、ひとの心がまったくわからないのだもの。そしてひとたび口を開けば、家、家、血族、家！　なにが血統よ、くだらない。学園の合唱コンクールも、プロになってからのライブさえもいちども見に来なかった父親に家族の大切さを説かれて、いったいだれが納得すると思っているの？　あまつさえ、わたしにはやく結婚しろですって？」

そこでノエルは、高らかに笑った。壊れた礼拝堂に、大きな笑い声が響き渡る。

「あはははっ。おろかね、お父さまって。本っ当におろか！　このわたしが？　お父さまの決めた相手と結婚？　するわけないじゃない！　あははは、あはははは っ」

ひとしきり哄笑すると、ノエルはぐるりと首だけで振り向いた。

「ねえ、どうしてかわかる？」

「……っ」

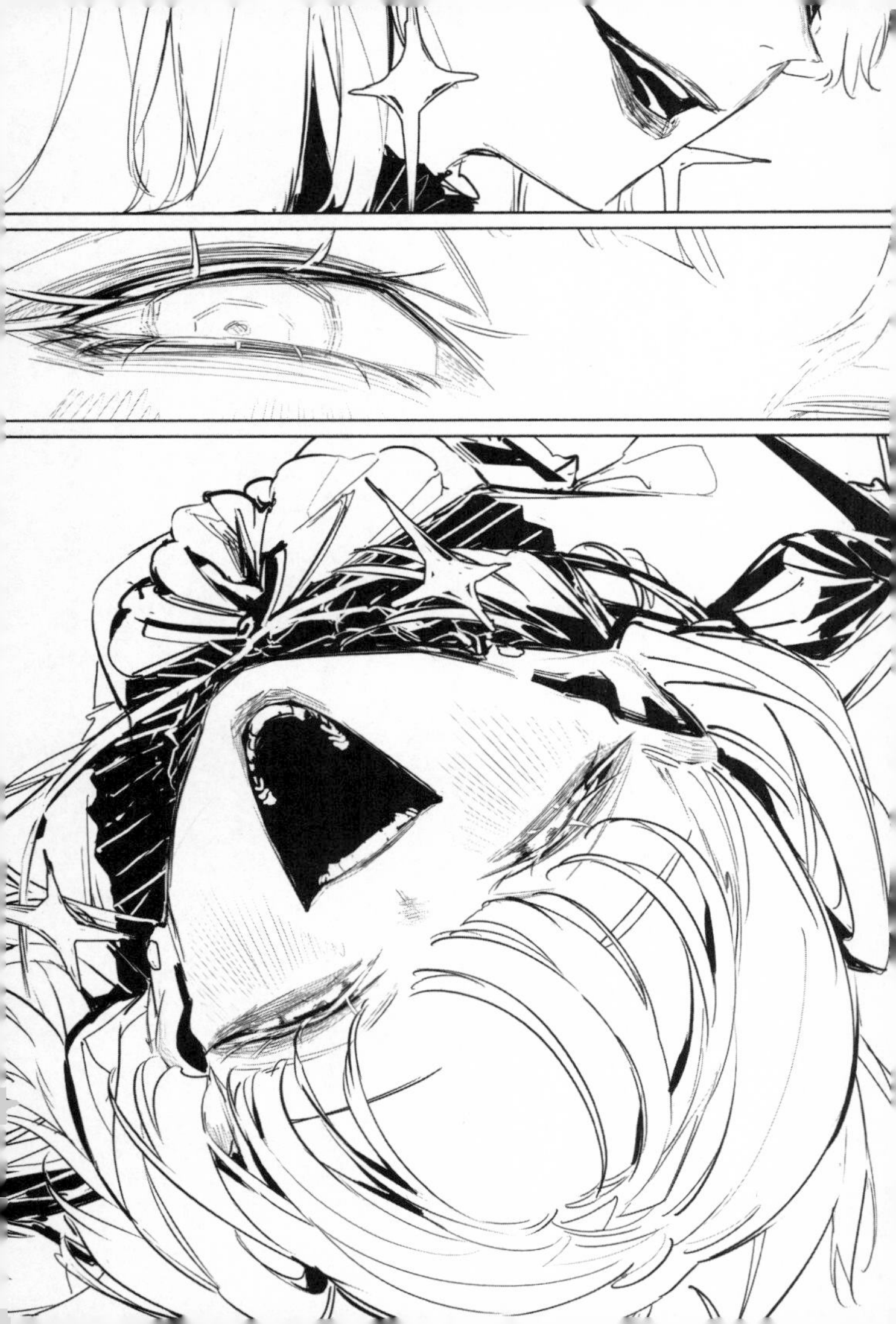

「わからないわよね。だって、お父さまにひとの気持ちがわかるわけがないもの――」

そこでノエルは目を細めた。

ドレス越しの胸もとに手を置くと、頬《ほお》を赤らめ、わずかに声のトーンを高める。

「わたしね、好きなひとがいるの。そのひとはね、わたしの胸のなかにずっといて、いつまでも出て行ってくれないの。どれだけ忘れようとしても、だめなの、忘れられないの。でもお父さまは、かつて自分のあてがった使用人のせいで孫の顔がみられないことになんて、まったく気がついていないのでしょう？　おろかね。ひとの気持ちがわからないって、本当におろかだわ！」

そのとき、たしかにノエルの瞳《ひとみ》が光った。

零《こぼ》れる涙が、貼り付けたような笑顔を浮かべる彼女の頬を伝っていく。

「でもね、真におろかなのは、わたし。だって、そうでしょう？　九年経っても忘れられないような恋なら、あのとき無理にでもついていけばよかったのだわ。いえ、たとえそれが不可能だったにしても、せめてこの想いだけでも伝えればよかった。そうすれば、こんなにも尾を引かずに済んだかもしれなかったのに。なのに、わたしにはそうすることができなかった……」

「……ノエル、冗談だろう。お前は、まさか」

「だから、冗談なんかひとつも言っていないのよ。わたしったら、昔からあきれるくらい意気地なしで、勇気がないの。本心では当主のマスクなんか捨てて逃げ出したいのに、それができないお父さまと同じよ。本当、おろかな父に、おろかな娘。ああ、なんという皮肉かしら！

わたしたちって本当に、おろかでばかな似たもの親子だわ！」

だれよりも冷たい目で、ノエルが見下ろす。

「――こんなのが末裔《まつえい》の家なんて、滅びたほうがましよ」

そんな醒《さ》めたようなひと言が、彼女の独演の最後だった。

その場に、まるでそうした舞台演出でも用意されていたかのように、桃色の砂塵《さじん》が漂いはじめた。その砂塵に触れると、ノエルは身体を震わせて、突如として沈黙した。

次いだのは、コツン、カツンという高い足音。

信者たちが、道を作るかのように一斉にその場を空けた。

あらわれたのは、ぶきみな風貌《ふうぼう》の男だった。ほかの者とは一風異なるローブを着ており、円状の痣《あざ》が浮く素顔には、いやに涼しげな笑みを浮かべている。

彼は全体をゆるりと見やると、ふむ、と声に出してうなずき、

「……この場が果たしてどのような結末を迎えるのか、それは当然、このわたくしにもわかりかねることでしたが」

伏せた絶句するクルトに目を向けて、男は言った。

「このような状況であるということは、盟主シュテルン。あなたは、われわれとの取引を反故《ほご》にしたようですね。歌姫と引き換えに林檎《りんご》を渡すことを、この土壇場にて拒んだと」

彼はクルトの手から零《こぼ》れ落ちていた林檎を拾うと、どこかつまらなさそうな目で一瞥《いちべつ》して、すぐに視線を戻した。

「ですが、失礼を承知で言わせていただくなら、無謀——というほかございませんでしたね。どうあれ、あなたがこれを持ち出した時点で命運は決まっていたのですから」

「……貴様は、なにをするつもりだ。林檎を使い、なにを」

「わたくしは女神の忠実なる下僕です。彼女のために捧げられる供物はひとつ、混沌《メイヘム》ですよ。わたくしとて嬉《うれ》しく思います。わたくしたちの望むかたちでそれを迎えられる機会には、そうは恵まれぬものですから。ああ、まさに血湧《わ》き、肉躍るというもの」

「か、返せ。それは、シュテルンの、大切な」

よろめく足ですがりついたクルトを、男は片腕で容易に持ち上げた。

頸椎《けいつい》に指を添え、徐々にその力を強めていく。

「連盟盟主。世俗的な言い方をするならば、あなたがたには大変世話になった、ということになるのでしょうか。今こちらで御命を散らして差し上げてもよろしいですが、はてさて？」

「……き、貴様……！」

憎しみに満ちた声を出した次の瞬間、クルトの首ががくりともたげた。

「おや。これはこれは、なんと脆弱《ぜいじゃく》なものでしょう」

「お、お館さまっ！」

「あなたは、シュテルンのお付きの者ですね。あなたの器量測定にも興味はありますが、せっかくです。ここは、伝言係になっていただきましょうか」

男が信者のひとりに合図すると、ビルケットを縛っていた触手が解かれた。自由になると同時、ビルケットは全力で仕掛けにかかった。

相手は、攻撃を避けることさえもしなかった。鋼以上に硬い、なにか異常な肉体で蹴《け》りを受け止めると、ビルケットの従者のマスクをひと摑《つか》みにし、礼拝堂の地面に叩《たた》きつけた。

「か、はっ……」

「中央連盟にお伝えください――明日《みょうにち》の夜、姿なき月がその身を失せるまで、零番街の塵神殿にてお待ちすると。こちらの混沌《メイヘム》に、ぜひともご参加いただくようにと。今の言葉を、ことに〝無限牢《ろう》〟にお伝えいただけるとさいわいです。それでは、ごきげんよう」

ぐったりとしたクルトの身体を投げ捨てると、男は踵《きびす》を返した。電源が落ちたかのように黙るノエルの背に手をまわし、丁重にエスコートするかのように外へと連れ出していく。

「お館さま、お嬢さ……ま」

ビルケットは這《は》いつくばってクルトの傍《そば》に寄った。主人から預かっていたベルズをどうにか取り出すと、震える指で緊急コールのボタンを押した。

それが、老齢の執事の、先代の夜の、正真正銘の限界だった。

楽園殺し《らくえんごろし》

夜と星の林檎

Apple on stars, all under night.

4

CHAPTER4／End of the Fest（後の祭り）♣♠◆♥

1

この十二年間というもの、彼の帰還にいちばんはじめに気づくのは、つねに本部の裏口に立つ、とある衛兵職員の役割だった。

立哨《りっしょう》というのは退屈な仕事だ。それも、本部の表ではなく裏を見張るという、言葉どおり裏方を務める彼の毎日には、あまりにも彩りがない。

もっとも、仕事に楽しみを求めるつもりはないのでかまわないのだが、それでもその有名な粛清官《しゅくせいかん》が戻ってくるときに挨拶《あいさつ》を交わすことは、些細《ささい》な楽しみといえた。どうしてか、彼はいつも決まって裏口を使って本部に帰還し、そして決まって自分に話しかけてくれるのだった。

その粛清官は、その奇抜な外見や、おっかない能力の噂《うわさ》、数々の武勇伝によって、連盟内外のあらゆる者から恐れられている。だがその衛兵には、彼が世間から思われているような人物ではないことがよくわかっていた。

この日の昼過ぎにあらわれたときも、彼は声をかけてくれた。

「よォ」といつものように手を挙げて挨拶し、その手を巨大なかぼちゃマスクの前に持っていくと、なかであくびするような仕草をみせた。

「いつもご苦労だな。どうだ、本部はかわりねェか？　ひさびさに地上に戻ると太陽がまぶしくて目に悪ィんだよな。野暮用を済ませたら、どっかでひと眠りしてェもんだ」

そんな彼の言葉に、しかしこの日の衛兵は、返す言葉がみつからなかった。

「ん？　どうかしたか？」

「タイダラ警壱級《けいいっきゅう》殿。まさか、ご存じないのですか？　例の件を」

遥か長身が、マスク越しに衛兵をみつめた。

「――なにがあった？」

「その、私もまだ噂でしか聞いておらず、確証はないのですが……」

「どうした、言ってみろ」

「じつはナハト警弐級《けいにきゅう》に、昨日の式典テロの関与にかんする嫌疑がかけられており、情報局にて拘置されているらしく……」

その話を聞いた相手は、ほんの数秒だけ黙ると、すぐに弾かれたように動き出した。

めずらしく別れの言葉も残さずに、本部のなかへと足早に消えていく。

マスクのなかで心配そうな顔を浮かべる衛兵の背後では、バックに控えているべつの職員が、彼らを遠巻きに眺めながら内線をかけていた。

「こちら本部裏口警備。情報室長からの、例のご通達についてです。……はい、ただ今、ボッチ・タイダラ警壱級《けいいっきゅう》が本部にお戻りになったことを、ご報告します」

小声でそう告げた彼は、静かに受話器を置いた。

＊

シーリオ・ナハトが深い眠りから目を覚ましたのは、周年式典会場襲撃テロの発生からおよそ十二時間が経過した、あくる日の早朝のことだった。

「……っ！」

彼がまず視界に認めたのは、白い天井と白い壁。

ここが本部内の緊急医療室だということは、すぐにわかった。普段着ている上着は脱がされて、なかの濃い紺色のシャツとスラックスだけの姿となっていた。

（お嬢さま！）

昏倒《こんとう》状態から醒《さ》めたばかりでも、シーリオの頭はすぐに働いた。

なにがあったのかはよく覚えている。あの会場で力を出し切って倒れたあと、自分はいちどだけ目覚めている。だが、そのときもすぐに意識を手放してしまったのだ。

結局どうなったのかは、なにも聞き出せていないままだ。部下たちは果たして、ノエルを取り戻すことに成功したのか――。

シーリオは塵工《じんこう》薬液の注入管を乱暴に取り外し、ベッドを降りると、すぐさま個室の扉に向かった。

ドアノブに手をかけてから、首をかしげる。

なんどまわしても、扉が開かない。こちら側の鍵はかかっていないはずだ。

とすると、外から鍵をかけられているか。だが、どうして？　なにかの手違いだろうか。

「だれか。だれか、いないのか！」

室内窓を叩《たた》いて、シーリオは大声を出した。医療機材が溢《あふ》れている部屋の向こうには、ふたりほどの職員の姿がみえた。彼らは自分の姿に気づいているが、しかしすぐに駆けつけてはくれなかった。困ったような、憐《あわ》れむような表情を浮かべると、どこかに内線をかける。

その反応は奇妙だ。警弐級位《けいにきゅうい》の粛清官《しゅくせいかん》がここから出せと言って、出さない職員はいないはずだ。いや、そもそも自分を閉じこめているというのが、どう考えてもおかしい。

ふと思いついて、シーリオは机のうえに置かれている自分の白面のマスクを手に取った。

その裏側をたしかめて、衝撃を受ける。

（インジェクターが、取りはずされている――？）

到底、ありえるはずのことではなかった。

なにか、自分には理解できないことが起きている。シーリオが懸命に頭を働かせていると、ようやく扉が開いた。弾けるように目線を向けると、そこには三人の男がいた。

シーリオがおどろいた理由は、ふたつ。

ひとつは、彼らの先頭にいる男の顔をみたからだ。

中央連盟情報局第一情報室副室長、アンドレ・バラニスタ。中央連盟の組織運用を担うオフィス職では最上位に位置する、同局のエリートだ。

そしてもうひとつは、アンドレの背後についている二名の職員が、銃を携えていたことだ。

こちらに銃口を向けているわけではないが、いずれにせよ、粛清官《しゅくせいかん》のいる医療室に持ってくる物ではないのは間違いない。

これではまるで、自分が危険な犯罪者かなにかのようではないか――。

「ナハト警弐級《けいにきゅう》。ご無事のようで、まずはなにより」

糊で固めたようなオールバックの男、アンドレがそう挨拶《あいさつ》してくる。

「バラニスタ副室長。これは、いったい」

「あなたのとまどいはわかります。順を追って説明しましょう。おかけいただけますか」

「いや、それよりもまずは聞かせてください。式典は――ノエル・シュテルン嬢は、どうなりましたか!? 私の部下は、彼女を救出できたのですか!」

その質問に、アンドレは残念そうに目を伏せると、小さく首を振った。

「ノエル・シュテルン嬢は、おそらく現場にて誘拐《ゆうかい》されたものとみられています。われわれは、彼女をさらった主犯を追跡することができませんでした」

シーリオの口から、魂が抜けるかのような息が洩《も》れた。

ふらふらとよろめき、壁に背を預ける。

「ばかな、バレトと地海《ちうみ》が……。あのふたりが、失敗したというのか……」

「そちらにかんしても、ご報告が。バレト警肆級《けいよんきゅう》は犯行グループの主犯と交戦し、負傷してお戻りになりました。地海警肆級は、どうやら主犯の砂塵《さじん》能力に……」

その途中でアンドレは言葉を切った。二、三秒考えこむような仕草をすると、自分が持っていたファイルを机の上に置いた。

「ナハト警弐級。こちらが、現時点でわれわれが把握している情報をまとめた資料です。私が口頭で説明するよりも、ご一読いただくほうがはやく、また深くご理解できるかと思います。どうぞ、お読みください」

シーリオは飛びつくようにしてファイルを開いた。

頭から、貪るようにして読み進めていく。

偉大都市《いだいとし》建設一五〇周年記念式典会場襲撃テロ。

そう題された報告書に記されていたのは、どれも衝撃の事実ばかりだった。

会場を襲った敵の能力は、なにか幻覚をみせるものであると仮定されていたが、主犯の名が判明した今では、過去の記録と照合して、夢幻の砂塵《さじん》能力と統一して記述されている。

敵を追った部下たちが迎撃され、敗北し、あまつさえ地海進警肆級《ちうみしんけいよんきゅう》が敵に連れていかれたという報告を読んだとき、シーリオは愕然《がくぜん》とした。

だが、それ以上に驚く事件の記述が、のちに続いていた。

そこには項目を分けて、こう書かれていた。

シュテルン家当主脅迫事件。

ノエルの誘拐《ゆうかい》に関連して、シュテルン家の当主とその従者が誘拐犯と接触し、現在は緊急医療室に運ばれているという。

シーリオの知らぬうちに、シュテルン家には魔の手が伸びていたようだった。

*

報告書を読み終わったとき、シーリオの頭のなかは、真っ白になっていた。

言葉が、みつからなかった。

シーリオにできたのは、ファイルを手放し、力なく座りこむことだけだ。

ここに書かれているのは、想定していたあらゆるケースのなかで、もっとも最悪の結果だ。

こうしている場合ではないと、すぐさま放心を解いて、シーリオはたずねた。

「副室長。ここには盟主シュテルンさまは一命を取り留めたとありますが、その情報に間違いはないのでしょうか。だとすれば、彼の現在のご容態は？」

「医師が言うには、山場は超えたそうです。連盟としては、まさしく不幸ちゅうの幸いといえるでしょう」

「ここに書かれている、盟主と誘拐犯のあいだでおこなわれた取引というのは？」

「まさしく、そこが問題となります。少々お待ちください」

アンドレは部下たちに「部屋の外で待機していてくれ」と言いつけて、彼らを外に出した。

室内に自分たちだけになると、アンドレは続けた。

「後半の記述にかんしては、資料には載せていない部分で判明していることがあります。ナハト警弐級《けいにきゅう》、あなたはもとよりセキュリティレベルを突破していますから、この話もおわかりでしょうが、連中の目的は、大いなる負債にまつわるものだったようです」

その返答もまた、シーリオを驚愕《きょうがく》させるものだった。

大いなる負債。それは、連盟のなかでも限られた者しか知らされていない、特別な存在だ。

中央連盟と一部盟主の家には、都市建設時より伝えられてきた驚異の塵工物《じんこう》があり、ときおり自分たちを脅かすものとなるという。

主人クルト・シュテルンも所有し、それゆえに苦心させられてきた代物だ。

「シュテルン家の従者が証言するには、大いなる負債は連中に奪われたようです。つまり、歌姫誘拐《ゆうかい》の目的は、林檎《りんご》のほうにこそあったといえるでしょう」

大きなため息を、アンドレは隠さずに吐いた。

「去年の獣人事件しかり、またしても砂塵《さじん》兵器というわけです。あのときも大層苦労させられましたが、今回はへたをすると、あれ以上のことになる」

砂塵兵器は、去年の獣人事件でも利用されていた。砂塵増幅器と呼ばれる塵工物《じんこうぶつ》を利用して、元粛清官《しゅくせいかん》であるウォール・ガレット警弐級《けいにきゅう》が巻き起こした大事件だ。

だが、その話にシーリオは納得することはできなかった。

「だとすれば、なぜノエル・シュテルン嬢は解放されなかったのです！　連中が林檎を手にしたのなら、もう彼女に用はないはずでしょう」

「そちらにかんしては判然としていません。主犯は、シュテルン家の従者に自分たちの居場所を明かしました。連中のこのさきの目的はわかりませんが、とにかく零番街の宗教施設にいるらしいということは判明しています。それを受けて、現在本部では、急きょ部隊の編成が組まれている最中です」

そのアンドレの説明に、シーリオは思わず立ち上がった。

唯一の朗報だ。それが犯人側の狂言ではないとするなら、自分たちが攻めるべき敵の居場所が割れている。

つまり、まだノエルを救い出せるかもしれないのだ。

そうだとわかれば、こんなところで腐っている場合ではない。こんどこそ、自分がこの足で向かって助けなければならない。

「副室長、すぐに私を対策チームに入れてください。帳場はどこで開かれていますか。今から向かいます」

「待ってください、ナハト警弐級。あなたには無理です」

「体調ならば問題ありません。こんなことになったのは、ひとえに私の管理不行き届きが原因です。かならずや力になり、最悪の事態を回避させてみせます。ぜひ案内を」

「ご体調のことは関係ありません。どうあろうと、今のあなたには作戦の参加は不可能なのです。私は、それを説明するためにここに来ました。どうか、おかけを」

座ったまま、アンドレは強い語調でそう告げてきた。

その段になって、シーリオは思い出した。

衝撃の報告に失念していたが、そもそも自分は特殊な状況に置かれていたのだった。まるで病室に半軟禁されているような状態の謎《なぞ》は、なにも解けていない。

「落ち着いて聞いてください、ナハト警弐級。あなたは今、粛清官としての妥当性を問われている状況です。それゆえ、たった今この瞬間のあなたは、粛清官特権が凍結されています。審議が終わるまで、当方はあなたを粛清官として扱うことはできません。資料をおみせしたのも、のちの審査のために情報を共有しておく必要があったからです」

はじめ、シーリオには相手の言っている言葉の意味が飲みこめなかった。

凍結？　……審議？

そのどちらも、ありえべからざることだ。

たしかに自分は、今回の周年式典のテロを未然に防ぐことはできなかった。敵の能力がいかようであれ、それはシーリオ自身も認める大失態であり、事後にはどのような処置を受けることも辞さないつもりでいる。

だが、それが理由で即時の権限凍結がおこなわれるなど、尋常なことではない。それも、まだ事件が続いている火急の段階で下されるような処遇では絶対にないとまで言い切れる。

「どういうことですか。告発元は？　いったい、だれがそのようなことを」

「――僕だよ　ナハト警弐級《けいにきゅう》」

突然、無機質な声がした。

部屋にあらわれたのは、情報局局長のロロ・リングボルド警壱級《けいいつきゅう》だった。いつものように堅牢《けんろう》な服装を身にまとい、モノアイのマスクでこちらを見下ろしている。

「今回　きみの職位妥当性審議を唱えたのは　この僕だ」

「局長……お戻りになられていたのですか」

ロロの登場には、アンドレのほうも驚いていた。

「ついさっきね　今回の緊急事態を受けて　盟主さまがたにも状況の説明を終えたところだ

ここからは僕が替わってもいいかな　アンドレ」

「も、もちろんです。どうぞこちらにおかけください」

「いいよべつに　それよりきみにも仕事が山ほどあるだろう　もう行っていいよ　あとは僕が引き継ぐから」

その言葉は、今すぐに席をはずせという意味にほかならない。アンドレは一礼だけを残すと、足早にその場を去っていった。

扉がしまると、ロロはいつものごとく平坦な声で言った。

「めずらしいね　ナハト警弐級　きみらしくもないひどい顔じゃないか」

「警壱級、どういうことですか。あなたが、この私に不信任の手続きを?」

「そうだよ　あまり時間はないけど説明はしよう　まずさきに言っておくけど　ことの発端は昨日の式典テロを受けてのことじゃない　もう少し前に始まっていたことだ」

「もう少し前に?」

「ああ　きみも情報局が実施している　スパイ摘発のための検挙活動のことは知っているね」

当然、知っていた。巨大組織である中央連盟がつねに警戒しているのは、スパイの存在だ。自分たちの仲間が潔白な身をしているかどうかを、情報局はチェックしている。

だが、シーリオには関係のない話のはずだ。粛清官《しゅくせいかん》のような重要な連盟員は、官林院《かんりんいん》の入学段階で、身の上が細かく調査されているからだ。

「あれは毎回アトランダムに調査対象が選ばれるものだ　僕が局長になってからは　いちど調査の終わっている者も対象に含めるようにしていてね　そして前回の調査では　偶然にもきみが対象となったわけだ　その結果　じつに興味深いことが判明したよ」

　ロロがアンドレの置いていったファイルを開いた。シーリオが官林院《かんりんいん》に入学したときの経歴書にはじまり、一連の調査報告書のようなものが収められていた。

「ナハト警弐級《けいにきゅう》　きみが育った家とやらは　どうやらこの偉大都市《いだいとし》には存在していないみたいだね　いや　より正確に言えば　登記上では存在していたのだけど　だれも実際にきみの育った家庭を知る者がいないんだ　シュテルン系列の子会社で役員をやっていたというきみの父君のことを実際に知っている人間も　今現在はどこにもいない　官林院の前にきみが出たというルイス第三分校にも　当時のきみを覚えている者がいない　これはかなりふしぎなことだと思わないかな　まるでよく偽造されたデータそのものじゃないか」

　ロロが開いたページには、その他の不審な点と思われる部分が列挙されていた。

　その手の込んだ調査に、シーリオは息を呑んだ。

　これは、けしてアトランダムに選んだ連盟員を調査したものではない。はじめから怪しいと踏んでいる人物を、情報局が時間とコストを使って入念に調べ上げた結果だ。

「ナハト警弐級　きみのご両親は今どちらに？」

「……ふたりとも、すでに他界しております」

「ああ　そういうことになっていたね　たしかに十年以上前に死亡届が提出されているようだ　では　失礼だけど墓はどちらにあるのかな　葬式の参列者を覚えていたら教えてくれないか」

「告別式は、あげておりません。墓石も建てませんでした。どちらも、必要ないと言われていたものですから」

「これだけの社会的地位のある人物になにもしなかったと　それも奇妙な話だね　本来であれば会社が費用を請け負って　多くの社員が参列するはずだが」

たらりと、シーリオの額にひと筋の汗が通った。

それを指でぬぐうと、思わず相手を睨《にら》むかのような目つきでみてしまう。

「とにかく僕が言いたいのは　その書類上の不備のなさとは裏腹に　きみがどうもキナ臭いということだ　そしてそれを踏まえたうえで　僕はこのようなことを危惧《きぐ》しているんだ」

「危惧……？」

「そうだ　今回の周年式典において　きみは警備の指揮権を得るために強く立候補していたね　僕は当初それを　きみの職務意識の高さや　健全な昇進欲求からくるものだと思っていたが　このデータを踏まえると少しだけ見方がかわる　つまり最悪の場合　きみが今回の犯行グループと結託し　彼らを手招いた可能性さえも否定しきれるものではなくなるんだ」

「なッ……!?」

こんどこそ、シーリオは絶句した。

「わ、私が今回の犯行に加担していると？　冗談ではありません、なぜそのようなことを！　そんなことをして、いったい私になんの利益があるというのです」

「落ち着きなよ　言っただろう　最悪の場合にはそういうことも考えられると　きみくらい高位の連盟員の出自がわからないというのは　それほどの大ごとなんだ　そしてそうした危険性さえ否定しきれない限りは　僕たち情報局がなにも手を打たないわけにはいかないんだよ　もちろん審議の結果きみの身の潔白が証明されればすぐにでも解放するつもりではある　だが」

そこで、ロロが重たい一歩を踏み出した。いつのまにか立ち上がっていたシーリオの肩を取ると、すさまじい力で椅子《いす》に座らせる。

「逆に言えば　審議が終わるまではきみを職務にかかわらせるわけにはいかないんだ　というようなところで　大方の話はわかってくれたかな　ナハト警弐級《けいにきゅう》　もっとも　本当にナハトという名なのかも　今となってはわからないけどね」

シーリオは、愕然《がくぜん》とした。

眼鏡をはずすと、眉間《みけん》を指でおさえ、しばらくそのままの姿勢で耐えた。

自分が――星の夜である自分が、シュテルン家の最大の危機に動けないなどということが、あっていいはずがなかった。今、危ぶまれているのは、大切なあるじの、まさにその尊い命だというのに、こんなところで足止めを受けている場合ではない。

どうにか……。

どうにか、しなければ……。

怒りと動揺を胸のうちにしまいこむと、シーリオはふたたび顔をあげた。

「リングボルド警壱級《けいいっきゅう》。さきほど、以前より調査していたとおっしゃっていましたが、あなたは私の身辺を疑ったうえで、私を情報局に迎え入れようとしていたのですか」

「なんの話だい　そんな記憶は僕にはないな」

「そのような腹芸はおやめください。あなたの真の目的はなんですか。まさか本当に私とダスト教徒どもに繋《つな》がりがあり、彼らを会場に引き入れたなどという荒唐無稽《こうとうむけい》な事実を疑っているわけではないでしょう。私の身を拘束するのは、タイダラ警壱級を告発するためですか。それともほかに理由が？　お願いします、せめて真意をお明かしください。でないと、私は」

本当に、どうにかなってしまいそうだ……。

暴れ出しこそしないが、辛苦の滲《にじ》み出るシーリオの表情をみてか、ロロはしばらく考えこむような沈黙を作った。

「ナハト警弐級」

「……はい」

「アンドレから今後の動きについては聞き及んだだろう　盟主さまのご家族をさらったあとで犯人はあたかも挑発するかのごとく　自分たちの居場所を明かしてきた　そこを今夜　僕の編成した部隊で叩《たた》く　これだけの大事件である以上　もちろん僕自身も出るつもりだ」

ロロは手袋に包まれた長い指を立てると、シーリオの胸を指した。

「本件を仕切るのは第一機動だ　そしてきみを含めた第七機動の者は　だれひとりとして現場に同行させるつもりはない　きみの部下はおろか　火事場が戻ってきたとしても　今夜の粛清戦には加えないし　指揮を執らせるつもりもない　今後とも　林檎《りんご》にまつわる案件はすべて当局で管理し　それ以外の指揮に噛《か》ませるつもりはないと　はっきり告げておこう」

そう宣言すると、ロロは退室しようとした。

「お、お待ちください！」

シーリオの一声に、相手は足を止めた。

「これは、私の粛清官《しゅくせいかん》人生を賭《か》けた嘆願です。此度《こたび》の失敗の責任追及も、私の身にかけられた嫌疑の審査も、すべてかならず受け入れることを、ここにお約束します。ですからどうか……どうか、今夜の作戦の参加ばかりは、ご許可をいただけませんか。このとおりです……！」

必死に懇願するシーリオに対し、ロロは無情にも首を振るった。

「悪いけど　考えを改めるつもりは毛頭ないよ」

「警壱級《けいいっきゅう》……！」

「言ったよね　異動要請を断ったことを後悔しないといいけどって　僕はきみが想定しているよりも遥かに強く　あの男を警戒しているんだよ　本当に　心の底からね」

ドアノブに手をかけると、最後に、彼はこう言い残した。

「そうだ　きみの経歴の件だけど　もし本当に不正があったとしたならば　それはかなりの大物が金をかけ　慎重に施したものだろうね　それこそ連盟盟主クラスの権力者とか」

「……!!」

「どうしてきみはそんなにも今夜の粛清戦に参加したいのかな　被害を抑えるために黒晶《こくしょう》器《き》官《かん》を酷使したのだから　ここは人に任せて堂々と休めばいいものを　ふしぎだね　警弐《けいに》級《きゅう》」

こんどこそ、ロロが退室した。

シーリオは蒼白な顔色で、頭を伏せたまま固まっていた。

——情報局局長は、そこまで知っているのだ。

しかし、いったいなぜ？　だとしたら自分は、いったいいつから泳がされていたのか……。

自分とシュテルン家の関係を明るみにするわけにはいかない。

だが今は、そのシュテルン家そのものが危ぶまれている状態だ。

なにを捨ておいても、自分が行かなくてはならないのに。

そうだというのに、今の自分には一切の手立てがなくなっている。

深い絶望が、シーリオの全身を包みこんでいく。

（——お嬢さま、お館さま。私は……）

シーリオは膝《ひざ》を突くと、だれにみられているとも知れぬのに、その顔を両手で覆い、悲痛な声を必死に抑えた。それでも嘆きの声は滲《にじ》み出て、軟禁室の外へと漏れていく。

2

――なにかがおかしい。

本部で目覚めてからというもの、鞍馬手織《くらまており》はすべてに対して疑問を抱いている。たしかに自分は新人で、まだ本部内のあらゆる作法を知らない。だが、だれが自分と同じ状況に置かれたとしても、これはおかしいと述べるはずだ。

あのとき、地下坑道で気を失ったテオリは、意識を取り戻したときには、すでに本部の療養室にいた。

肉体は、痛みこそすれど問題なく動いた。さすがは粛清官位《しゆくせいかん》というべきか、信じられないほど高価な塵工《じんこう》薬液を潤沢に使ってもらえたおかげのようで、テオリは初めて自分の職務特権というものを強く実感することになった。

テオリの回復を知ると、すぐに職員が事件の聴取にきた。

そこまではいい。テオリにしかわからない現場の情報は山ほどあり、病み上がりの身でも捜査のための全面協力を惜しむつもりは、毛の一本ほどもない。

だが、それから何時間もぶっ通しで、ただただ聴取され続けるのみというのは、奇妙というほかなかった。

たしかに、話すべきことは多かった。記憶が混濁している部分もあるから、すべての説明がスムーズにおこなえたわけでもない。当日の動きを一から説明し、確認できた敵の能力、特徴、口調などを含めた詳しい口述をし、テオリが気づけた組織構成や犯行手口などもすべて語るわけだから、相応に時間がかかるのは当たり前のことだ。

とはいえ、ひと通りの情報が揃《そろ》うと担当職員が姿を消し、一時間近くも取調室で待たされたあとで、ようやく戻ってきた相手にまた一から同じことの説明を要求されたときは、さすがに眉《まゆ》がつり上がった。

最大のひっかかりは、自分にこれからの仕事がないと明かされたことだ。

職員の説明では、周年式典襲撃テロの対策チームは、第一機動が担当することになったという。自分たち第七機動の面々が負傷していることもあり、ほかの指揮系統が引き継ぐことじたいは当然だとさえ思うが、それとはべつに、テオリの参加の立候補がにべもなく却下されたというのは、なによりも信じがたいことだった。

「いいすか？　俺はたしかに、これ以上ねえってくらい無様にしてやられました。だれがなんと言おうが、今回の騒動の最大の戦犯はこの俺だ。この先ずっと、最低の粛清官の烙印《らくいん》を押されてもなんの文句も言えねえ。それは、俺が自分自身で認めているところだ」

よく女こどもに怖がられる三白眼を見開いて、テオリは机越しの職員に訴えかけた。

「だが、それでも俺を追撃の作戦に使わない、随行すらさせないってのは完璧な間違いだ。たしかに俺にわかることは全部話したが、それでも主犯の顔や風体、実際の戦闘力、粒子範囲みてえなナマの部分がわかるのは、あいつと戦った俺だけだ。その俺を現場に連れて行かないって判断がおかしいのは、どんなバカでもわかることだ。あんたもそうは思わないすか？」

「そ、そう私におっしゃられても。まことに申し訳ありませんが、詳しい事情はなにも聞かされていないものでして」

そう困ったように返す職員の腹のうちを、テオリは探る。

やはり、なにかがおかしい。

（なにかしらの既定路線があるのか？　まさか、俺をここに足止めしている……？）

新人のテオリは、本部内の派閥関係にそこまで明るいわけではない。

だがそれでも、自分の配属された第七指揮が保守派の連盟員から疎まれていることは知っている。そして本件を粛清案件として引き継いだ第一指揮は、保守派ちゅうの保守派連中だ。

もし自分の予感が当たっているとしたら、このままここに留まっている場合ではない。

そう判断して、テオリは席を立った。

「警伍級《けいごきゅう》、いったいどちらに？」

「パートナーに会いに行く。あいつも聴取を受けているんすよね？　どこの部屋すか」

「お待ちください。まだ必要なだけの聴き取りが終わっておりません。もうそろそろ完了しますので、あと少しだけでも話をお聞かせくださいませんか」

「もうさんざ話しただろうが。これ以上は逆さに振ってもなにも出ねえよ」

「ですがまだ、鞍馬《くらま》警伍級にしか推測できない事柄が……」

「だから、そんなのはもうねえって言ってんだよ。いいから、俺をここから出してくれ」

そう強気に告げると、情報局の職員は固唾《かたず》を飲み、上目遣いで言ってきた。

「……その、大変申し上げづらいのですが、鞍馬警伍級から正確な聴取をいただくようにというのは、リングボルド局長の直々のご命令です。にもかかわらず退室されるとなると、私からしても、警伍級が非協力的だったという報告を上げざるを得なくなってしまうのですが……」

相手の口から出た名を聞いて、テオリは合点がいった。

第一機動の指揮官、〝無限牢《ろう》〟のロロ・リングボルド警壱級《けいいっきゅう》。

盟主以下の連盟員のなかでは最大の権力を持つ、超がつくほどに大物の粛清官《しゅくせいかん》だ。

どうやら、彼こそが本件の主任を務めるらしい。そしてやはり、どういう了見かは知らないが、第七指揮をかかわらせるつもりはないようだ。

しかし、テオリにはそんな安い脅しに屈するつもりはなかった。

「かまわねえよ。あんだけ調書の作成に付き合わせておいてまだ非協力的だっていうんなら、俺の引く辞書とは言葉の意味が違うってだけだ。それより、はやくここから出してくれ」

「ですが……」

「これ以上引き留めるなら、俺も粛清官特権を使うぞ。いくら新人の下級官っつっても、粛清官の動きを直接的に止めるだけの権限なんか、あんたにはないだろ？　俺が解放されたあとで糾弾したら、あんた、めちゃくちゃめんどうなことになるぜ。それでもいいってのかよ」

遊郭由来のドスの効いた声でそう告げると、相手は渋々と立ち上がった。

情報局の所属しか開けられない電子ロックを開くと、「……どうぞ」と小声でつぶやく。会釈も残さず、テオリは外に出た。

情報局の廊下には、似たような扉がずらりと並んでいた。これがすべて取調室だとしたら、やけに閉塞的な部署だと言わざるを得ない。

テオリはパートナーを探すことにする。閉め切った扉には小窓もついておらず、どこの部屋にいるかは窺《うかが》えなかった。それでも、点灯しているランプによって使用ちゅうかどうかは判別できる。なんとなくの勘で、テオリは自分のいた部屋からもっとも遠い場所にある扉をノックした。しつこくなんども叩《たた》くと、扉が開いた。

顔を出したのは、貼り付けたような笑顔を浮かべている女性の職員だった。

「鞍馬《くらま》警伍《けいご》級《きゅう》？　なぜこちらに」

部屋のなかから、うーんうーんと、頭を悩ませている声が聴こえた。わずかしか開かれなかった扉を無理やり開くと、案の定そこには、机のうえで頭を抱えているライラの姿があった。

「うぅん。職員さん、大変申し訳ないでありますが、やっぱりわからないであります。いくら自分でも、騒乱のときに会場にいた敵の細かい人数までは覚えていないでありますよぅ」

どうやらこちらも足止めを受けていたようだ。おおかた、ライラが思い出せないような質問を執拗《しつよう》に繰り返して丸めこんでいたのだろう。

「おいライラ、行くぞ」

「あ、テオ！」とライラが立ち上がった。

「こ、困ります、鞍馬警伍級。イライッザ警伍級には、まだ書類作成に協力してもらっている最中でして」

「そりゃ生憎《あいにく》だな。こいつ鳥頭だから、自分から言えたこと以外はだいたい忘れているんすよ。これ以上質問しても無駄だから連れて行くぜ」

「し、しかし」

「あ？　なんか文句あんすか？」

食い下がる女性職員を、テオリはにらみつけた。こうした威圧行為は好きではなかったが、状況が状況であり、四の五の言っている場合ではなかった。

相手が委縮したタイミングで、テオリはさっさとライラの手を引いて外に連れ出した。

「テ、テオ。いいのでありますか？」

「いいんだよ。ってか、お前もさすがにあれはおかしいと思うだろ。俺らどっちも、情報局に半分閉じこめられていたみたいなもんなんだよ」

「自分たちを閉じこめる？　でも、どうしてでありますか」

「それがわかんねえのが問題なんだ。とにかく情報を集めに行くぞ」

「り、了解でありま、……っ」

ライラが、うめき声を出して足を止めた。みると、包帯を巻いた脇腹を押さえている。

テオリの顔がこわばる。

そこは、ほかでもない自分の薙刀《なぎなた》が作った傷だ。

「……わりい、ライラ。俺」

「だめでありますよ、テオ。あのことについて謝るの、今から禁止にするであります」

「だが、そういうわけには……」

「そういう話は全部事件が終わってから！　テオが考えるべきことはほかにごまんとあるでありますからね。ほら、わかったらはやくいつもみたいに最適解とやらを出すでありますよ」

「……ああ、そうだな」

ライラの言うとおりだ。ぴしゃりと自分の頬《ほお》を叩《たた》き、テオリは思考を切り替えた。

移動しながら、テオリは現時点で推理している状況をライラに伝えた。ライラは、今回の粛清案件から自分たちがはずされていると知ると、声を上げて驚いた。

「そんなのおかしいであります。自分、絶対に行くでありますよ！　だってテオ、聞いたでありますか？　シン先輩が、テオと同じ敵の能力にかかっているって」

「ああ。先輩がどんな夢をみせられているかはわからねえが、ほぼ間違いなく連中に利用されているだろうな。どうにかしないとまずい」

「ノエルちゃんもシン先輩も、かならず自分が助けるであります！ ううう、ふたりとも待っていてくださいでありますー！」

鼻息を荒くして、ライラがずんずんと先に進んでいく。途中で、ふと振り向いた。

「……あれ？ で、どこに向かえばいいんでありましたっけ？」

「はあ……。とにかく、対策本部を開いている帳場に行ってみるぞ。こうなったら、直接話を聞くほかねえ」

とはいえ、懸念点は多い。

ロロ・リングボルドの前では、自分たちはまさしく木っ端のような存在だ。どう正論を並べ立てようと、向こうのスタンス次第では門前払いの目に遭うだろう。

それでも、今の自分たちにはそれ以外の選択肢はなかった。

先に上官たちと合流するという手も考えたが、管轄の違う情報局には自由に出入りできない。対策本部がここにあるなら、内部にいる今のうちに向かわなくてはならなかった。

しばらくフロアを探索していると、廊下の向こうに、ばたばたと人が走り回っているのがみえた。前代未聞の大事件を受けて、職員が総出で仕事に追われているらしい。

その人の流れにのっていると、ふたりは突き当たりの部屋に至った。

半開きの扉から人々の声が漏れ聞こえる。おそらくはここだろうとあたりをつけて、テオリは顔を覗《のぞ》かせた。

ずらりと並んだオペレートデスクの向く先に、ひとつの巨大なテーブルがあった。そこに、八、九人ほどの集団が着席し、なにかを話し合っていた。

どれもテオリの知っている顔ぶれだった。連盟の中枢を担っている、オフィスサイドの職員たちが多い。第一情報室の副室長であるアンドレ・バラニスタや、監査部の部長であるバドー・ゴイルなどは、就任の際に軽く挨拶《あいさつ》をしたこともある。

いかにもだるそうな表情で席についている女性は、粛清官《しゆくせいかん》のようだ。ぼさぼさの黒髪を掻《か》き、大きくあくびをしている。膝《ひざ》に乗せているのは、キャップと一体化したようなマスクだ。

彼らの中心で話を聞いているのは、モノアイのマスクを装着した大柄な男性だった。

それがだれなのか、テオリにはすぐにわかった。噂《うわさ》に聞いているとおり、どこか人間離れした風体のぶきみな人物だった。

活発におこなわれている話し合いに、テオリは耳をかたむけながら近づいた。

「――そういうわけで、機動部隊にかんしては最低限の編隊が完了しました。問題は、やはり粛清官の頭数になるかと。即日の要請となると、どうしても必要十分の確保には難航するかもしれません、リングボルド警壱級《けいいつきゆう》」

「僕は現時点の確定分で　大きく問題はないと思っているけどね」

「そ、そうですか？　理由をお聞かせいただいても？」

「さっきも言ったように　主犯は僕がひとりで担当するからだ　そうなると問題は唖塵派《あじんは》が抱えているほかの能力者になるけど　僕の部隊とはべつに数人いれば対応できると思うよ」

「あ、そういやエルガイア警弐級《けいにきゅう》とかクライン警弐級はどこにいるんですか」

そうたずねたのは、粛清官のエムブレムをつけた女性だった。

「ふたりとも先週から別件で空けているところだよ　といってもモモゼのほうは今朝の時点で連絡がついているから　もうそろそろ到着するはずだ」

「え。ならわざわざアタシが出る必要なくないですかぁ、警壱級」

「隙《すき》あらば作戦から降りようとしないでもらえるかな　エノチカ　悪いけどきみにも出撃してもらうよ　これは確定事項だ」

有無を言わさない態度に、エノチカと呼ばれた粛清官は肩を竦《すく》めた。そんな彼女を無視して、ロロがべつの職員にたずねる。

「増援を呼ぶとしたらシュメントのところが理想だけど　結局あれから返答はないのかな」

「連絡はしていますが、あまりはやいレスポンスというわけではなく……。本日日没の作戦開始予定ですと、さすがに間に合わない可能性が」

会話を盗み聞きしながら接近していたテオリは、そこで口を挟むことにした。

「あのー、すんません。それって、現場に向かう粛清官が足りていないって話すか？　だとしたらちょうど、ここにいいのがふたり余っているんすけど」

その場の注目が、テオリに集まった。

「きみは……第七指揮の鞍馬警伍級《くらまけいごきゅう》か。どうしてここに」

と情報室副室長のアンドレが聞いてくる。

「さっきまで同じフロアで聴取を受けていたんすよ。ついでに、対策本部で話を聞こうと思って」

「そこの扉が　開いているのは」

と、ロロが口を開いた。キュイン、とモノアイがテオリを覗《のぞ》く。

「無断で入ってくるような者が　この連盟本部にいるはずがないという前提があるからだ　きみのように呼ばれてもいないのに堂々と入ってくる部外者がいるとは　まったく驚きだね」

「そいつは失礼しました。あいにくアポイントメントの取り方もわからなかったもんで、申し訳ないです」

形だけの会釈をすると、テオリは続けた。

「それよりもさっきの話なんすけど、少なくとも俺たちはこうして回復しました。今夜の作戦にも参加できる状況です。ご検討いただけませんか」

「却下する　すぐに回れ右して帰るといい　警伍級」

「それだけでは納得できません。理由を説明してもらえますか、警壱級《けいいっきゅう》」

頑として居座ろうとするテオリを、ロロはしばらく睥睨《へいげい》した。

ほかの会議の参加者が、一様にひきつったような顔をして事態をみていた。黙っているようにと釘を刺しておいたライラも、心配した顔でテオリを横からみつめている。

「なぜこの僕が　きみのような下級官にそうも詰められなければならないのか　心の底から理解できないけど　まあいいだろう　きみが納得するシンプルな理由を言うと　きみのようなあきらかな足手まといは　僕の編成する部隊にはいらないからだよ」

「それは、俺が現場でやらかした話すか」

「それ以外になにかあると思うかい　正直言って　こんな状況でもなければ院に抗議文を送りたいところだよ　よくもきみたちのような出来損ないを平然と送り出してくれたものだとね」

「な、なっ……」

みえみえの挑発を受けて、ライラの頰《ほお》がみるみるうちに赤く染まっていった。パートナーが怒りに駆られてなにかを言い出す前に、テオリは一歩前に出ると、深々と頭を下げた。

「申し訳ありませんでした。この場を借りて、みなさんには深くお詫《わ》びします」

「それはなんのつもりかな　警伍級」

「先日の、自分の失態についてです。調書が渡っているならもうおわかりかとは思いますが、昨日の事態を招いた原因は、ひとえにこの俺にあります。俺が職務を真っ当できなかったばかりにこんなことになって、本当に申し訳ないと思っています」

しばらく、テオリは頭を下げたままでいた。

その言葉じたいには、嘘《うそ》はなかった。もっとも、テオリが本当に面目ないと感じているのは被害者とその遺族に対してであり、ここにいる彼らに対してではなかったが。

「だからこそ、どうか俺たちに挽回《ばんかい》の機会を与えてはもらえませんか。なんとかして、お役に立ちたいと思っているんです。どんな役割でもいいんで、仕事をいただけませんか」

テオリはそこで相手の様子を窺《うかが》った。こちらが全面的に非を認めたうえでの懇願となると、向こうも断りづらいはずだと考えての行動だったが、果たして意味があるかどうか——。

ロロはふと立ち上がると、静かな足取りでこちらに歩み寄ってきた。

「毎回　院の卒業生が出るたびに　僕も新人たちのプロフィールは確認するようにしているんだ　第一機動の所属に見合うだけの優秀な人材はつねに探しているからね」

間近に立たれると、得も言われぬ威圧感がある男だった。小柄なライラと比べると、倍はありそうに感じるほどだ。

「きみのこともチェックしたよ　言っておくけどきみの姉のことは関係ないよ　ただ一見したところでは　僕の重視する評価基準にきみがいちばん合致していたようだからね　でも採らなくて正解だったみたいだな　いったいだれがきみの知能が高いと言ったんだい　鞍馬警伍級《くらまけいごきゅう》」

「……それは、どういう意味ですか」

「そのままの意味だよ　僕がきみの力が足りていないから随行を許可しないと明言したのに自分の心境だの気合いだのを表明してなんの意味があるというのかな　僕は職務意識の高いだ

けの無能よりも　そんなものはなくとも　現場で使える人材を求めているんだ　わかったらとっとと消えてくれないかな　あいにく目が回る忙しさなんだ　きみたちのおかげで」

テオリの表情が苦くなった。もちろん、あんな程度の言い回しで要望が通るとは思っていなかったが、それにしてもロロの態度は強固だといえた。

テオリはなんとか打開策をみつけようとする。

ここはいったん引き下がるべきか？　それとも、もういちどだけダメ元で頼むか。いや、これ以上抵抗すると、この場の問題だけでは収まらなくなる可能性がある。

だとしたら、せめて第一指揮が把握している情報だけでも聞き出す方向にシフトするべきか。もっとも、この様子ではそれさえも難しそうだが……。

（くそ。やっぱ、なんの交換材料もないまま踏み入ったのは悪手だったか……）

こんな事態になるとは露知れず、調書の作成に全面的な協力をした自分の判断を悔いながら、テオリがなんとか食い下がろうとした、まさにそのとき。

「――あァ。ったく、いやなもんだよな。中途半端に似ている部分があるってのが、相手をどうも好きになれなくなる最大の要因だ。おまえもそうは思わねェかよ？　リングボルドよ」

そんな、野太い声がした。

この場の一同が顔を向けると、そこには全員がよく知る男の姿があった。

煤《すす》のにおいを醸す黒いローブに、悪目立ちする巨大なかぼちゃ形のマスクは、この都市に住むだれもが知る、かの有名な粛清官《しゅくせいかん》の姿と相違ない。

——火事場のボッチが、そこにいた。

3

ボッチ・タイダラは、対策本部の開かれたオペレーションルームをぐるりと見渡すと、フンとつまらなさそうに鼻を鳴らした。

さきほどまでテオリに集まっていた視線は、すっかり彼のほうへと移されている。

そこに、まったくもって歓迎されているような雰囲気はない。それでもボッチは、その身に突き刺さる針のむしろのような目線を気にせず、わが物顔で室内を闊歩《かっぽ》した。

「戻ったのか　火事場」

「ああ、ついさっきな。今回採れたデータは悪かないぜ。長らく不明瞭《めいりょう》だったポイントAのひと桁《けた》番台だからな。おまえら情報局にも恵んでやるよ」

「それはご苦労だったたね　でもそんなことよりもきみ　聞き捨てならないことを言っていたなきみと僕に似ている部分があるだって」

「おれも認めたくはねェけどな。合理性を突き詰めたみてェな現実主義は、自分自身でもたまにいやンなるぜ。ま、結局おれはおまえと違って最後は心意気のほうを重視しちまうがな」

かぼちゃマスクにちらりとみられて、テオリは緊張を覚えた。

ライラのほうは、どこか呆けたような顔で相手を眺めている。自分たちのどちらも、所属の最高指揮官に初めて会うときの態度ではないとテオリは思った。

テオリがおとなしく引き下がると、ロロとボッチのふたりは距離を置いて対面した。

「さて、時間がねェな。どっから話すかよ、リングボルド」

「なんのことかな　タイダラ　僕のほうには　今きみと話すことはとくにないけど」

「すっとぼけてんじゃねェぞ。おまえ、おれのパートナーになにしやがった？　こんな状況でしちめんどくせェ堂々巡りをやるつもりはおれのほうにはねェから、要望だけ伝えてやる。とっとと、あいつを解放しろ」

ボッチが口にしたのは、テオリも知らない話だった。シーリオ・ナハト警弐級《けいにきゅう》については、とりあえず無事に起き上がったという話しか聞いていなかった。

「加えてもうひとつ言っておく。今回の粛清案件を、第一が担当するってのは認めてやる。が、こいつをうちとの共同にしろ。気に喰わねェが、おまえらと足並みを揃《そろ》えてやるよ」

ボッチは、手前側に座っている情報室の若手に「ちょっといいか？」とことわると、彼が書き留めていた議事録に目を通しはじめた。

そんなボッチを、ロロのモノアイがゆっくりと追った。

「きみ　地下から戻ったばかりなんだろ　どこで事情を把握した」

「おれがここに直行したとでも思ったか？　おれは使えるもんはなんでも使う。自分の特権もな。あとでおまえんところの子飼いの部下が血相かえて謝りにくるだろうが見逃してやれよ。警壱級《けいいっきゅう》に報告書をみせろと言われて断れる職員はいねェんだ。たとえ局を跨《また》いでいようがな」

話を聞くに、ボッチはすでに最低限の状況把握は済ませているらしい。しかしどうやら本当に最低限だったらしく、そう語りながらも手元の議事録から顔をあげることはなかった。すさまじい速度でページをめくり終わると、かぼちゃマスクのなかで続ける。

「おいおい、こりゃなんの冗談だ。作戦は今夜なんだろ。まだろくに頭数さえも揃《そろ》ってねェのか？　こんな悠長な会議をしていて間に合うわけがねェだろうが。おれとおまえと、シーリオ。それに加えて、うちのところからプラスふた組。あとは第一機動が二、三くらい用意できりゃあ、とりあえず及第点にはなるか。おい、機動隊はどんくらい編成済みだ？」

「きみの身勝手はこの十数年いやというほどみてきたけど　さすがに僕のふところでまでそうも傍若無人に振る舞う姿をみるのは初めてだな　その資料を置けよ」

ロロの声は一貫して奇妙なまでに平坦を極めたものだが、それでもテオリは、そこに嫌悪感のような感情が宿っているのを察した。

「タイダラ　今すぐにここを出て行ってくれ　今回の件にかんして　きみの出る幕はひとつも

ない」

「ことわる。おれの主張はすでに話したとおりだ。言っておくが、すべて事件の解決のためだぜ。シーリオを解放しろと言ったのは、あいつが今夜の粛清戦で間違いなく役に立つ男だからだ。そんでおれがここにいるのは、同じようにおれがかならず作戦を成功に導くからだ。わかったらおまえもとっとと仕事に戻れや。安心しろ、第一指揮の主導には従ってやるからよ」

「完全に話が平行するな　僕のほうこそ事件解決を念頭に置いているからこそ言っているというのがわからないのかな　僕の作戦に不純物はいらないんだ　なにひとつね」

「だったらおまえらが手を引くかよ？　おれのほうは、それでも一向にかまわねェが」

両粛清官《しゆくせいかん》が仮面越しににらみ合う場面に、テオリは冷や汗を流した。

（噂《うわさ》には聞いちゃいたが、無限牢《ろう》と火事場って、このレベルで馬があわねえのかよ……）

このふたりは、彼らが同じく古参の粛清官であり、また素顔を知る者が極端に少ないという共通の特徴があるにもかかわらず（いや、あるいはだからこそ）、非常に相性が悪いのだという。

とはいえ、自分の所属を度外視して考えたとしても、テオリにはボッチの主張のほうが正しいように聞こえた。

今なによりも優先すべきはダスト教徒の粛清であり、そのための人員が足りていないというのも、間違いないことだ。これまでの確執はどうあれ、ここは協力して臨もうというボッチの発言のほうに理があるのはあきらかなように思える。

　だが、情報局長はそうは考えていないようだった。

「タイダラ　あといちどしか言わないからよく聞け」

　と、ロロが切り出す。

「これは警告だ　今回ばかりは諦《あきら》めろ　きみが自分の要望ばかりまくしたてるから僕が言う暇がなかったが　この粛清案件を僕がすべて管理するというのは　僕のほうの最低限にして絶対の条件だ　きみがそれを邪魔するというのなら　僕はきみに対してある強硬策を発動する」

　その発言に、テオリは耳を疑った。

　警壱級《けいいっきゅう》粛清官《しゅくせいかん》とは、本当の意味で別格の存在だ。

　強者のなかの強者。絶対のなかの絶対といえるほどの実力を備え、単身でも千の軍隊に匹敵すると評されるレベルの、真に一流の粛清官でないと与えられない特別な冠だ。

　それゆえに警壱級同士の意見の対立は、当人たちの合議以外には、まともな解決策が存在しないものだといっていい。

　だからこそ、ボッチもまた怪訝《けげん》そうな声を発した。

「あァ？　なに言っていやがるんだ、おまえ」

「じゅうぶんに意味は伝わっただろう　あと五秒以内にその資料を置き　情報局から出て行くんだ　これが最後の警告だ　僕の言葉に嘘《うそ》はない」

長い五秒が、そのままの状態で過ぎた。

突然、ロロが動いた。機械製のマスクの側面に手を伸ばした彼は、指先でジェスチャーを施すと、インジェクター装置とはべつのスイッチを押した。

次の瞬間に起きたことは、まったく予想外のことだった。

部屋のなかに、けたたましいアラーム音が鳴り響いた。と同時、部屋の両側の壁にある扉が両方開いて、火器を装備した武装職員が駆けこんできた。

「────!!」

その場にいる者全員に、戦慄《せんりつ》が走る。

情報局の直下であることを示す、ほかの職員とは一風かわったデザインのマスクを被《かぶ》る職員たちが、いっせいにボッチ・タイダラを取り囲んだ。銃口を向けこそしないが、それでもいつでも撃てるような状態で、その長軀《ちょうく》の粛清官を警戒する。

会議の机についていた連盟員たちは、このいきなり迎えた剣呑《けんのん》な事態に怯《おび》えて、席を立って距離を置いた。

唯一動揺していないのは、ボッチ当人だった。

ようやくアラームが鳴り終わると、ぐるりと周囲を見渡してから、ロロに目線を戻した。

「なんだこいつらは。どういうつもりだよ、リングボルド」

「ボッチ・タイダラ警壱級　今から貴官には　職位妥当性査問会への召喚を要求する」

「あ？　査問会？」

「そのとおりだ　きみ　例のものを彼に」

ロロが部隊の者に指示すると、分厚いファイルがボッチに手渡された。

「なかをみるといい　そこにはきみがこれまで無数に犯してきた連盟内規則の違反記録と　きみの職位の適格性を疑問視する　多くの連盟員たちの署名が記されている　もちろんすべて正規の手続きで残されたもので　局の認可も通っている公的なものだ」

ごくつまらなさそうに中身を覗《のぞ》いたボッチは、すぐにファイルを閉じた。

「んで、これがなんだってんだ」

「言っただろう　きみは今　粛清官《しゆくせいかん》としてふさわしい人間なのかどうか　極めて疑わしい立場にある　ゆえに僕が代表してきみを弾劾する　具体的には　きみには今夜開かれる査問会に出席してもらう　これに断れば連盟法に基づいて　きみの粛清官権限は即時に没収される」

「は……ぁっ!?」

と、思わずテオリは声に出してしまった。ロロの一瞥《いちべつ》をもらい、あわてて口を閉ざす。

今、自分が耳にしたことが信じられなかった。

弾劾？　連盟法？

まさか情報局の局長が、同じ警壱《けいいつ》級《きゆう》位を法的に拘束しようとしているというのか？　それも、不信任案を提出するというかたちで？

そうだとすれば、これまで聞いたこともないような異例の事態だ。

「無論　査問会における審議の結果次第でも　きみの処遇には影響がある　最悪の場合は　粛清官のままではいられなくなると覚悟しておいてもらおう」

「おれの審議だと？　だれがやるってんだよ、そいつを」

「きみにしては勘が悪いね　僕たちよりも上の存在といったらだれだと思う」

その問いの答えは、その場の者全員がすぐにわかった。

「……盟主か」

「そのとおりだ　自分が正しいと思うなら　彼らに向けて自分の口で釈明するといい　そのうえで正しく裁断されることだろう」

衝撃の展開に、場に沈黙が満ちた。

だれもが、火事場のボッチの動向に目を見張っていた。

かねてより確執のあった両粛清官のあいだに、とうとう目に見えるかたちで亀裂が走ったというのは、ある意味では周年式典の襲撃以上のニュースであるとさえいえた。

「……おまえ、その査問とやらは今夜っつったか」

「ああ」

「とすると、周到に準備していやがったわけだな。なにを吹き込んだのか知らねェが、事前に盟主たちに話をつけて、こんな連中に裏で待機させて、おれが情報局まで入ってくることを見越したうえで網を張っていたわけか。ハッ、とんだ役者じゃねェか」

その言葉を、ロロはあえて否定しなかった。

「僕だってこのいち大事にこんなことをしたくはなかったんだよ　にもかかわらず　再三の警告を聞かずに居座ったのはきみのほうだ　今夜の案件だって　僕が完全に正規の手続きを通して担当しているものだ　ありとあらゆる点でいって　これは僕のほうに優先権がある」

「その正規の手続きとやらは、全部おまえの掌《てのひら》のうえでどうにでもできることだろうがよ」

ボッチはいかにもめんどうそうに首を回して、ごりごりと骨を鳴らした。

「なァ、リングボルドよ。おれはべつに、規則しか頭にねェおまえがおれをどう非難しようと気にするつもりはなかったが、まさかこのドがつくほどの緊急事態でまで、そのしょうもねェ価値観を振りかざしてくるとは思わなかったぜ」

「あらゆる文句は査問会で唱えるといい　きみの目も当てられない型破りがあきらかになるだけだけどね」

「上に言ってもしかたのねェことだってあるだろうが。ひとつ言い当ててやろうか？　おまえがそうまでして〝無能狩り〟の粛清案件の舵を取りたいってのは、十五年前の唯一の失敗を取り戻したいからだろ？　てめェのほうがよほど私情で動いているとは思わねェのかよ」

「とんだ妄言だな　勝手にそう思っているといい　とにかく召喚の手続きはすべて終わっており　現在任務を請け負っておらず緊急性を持たない状態のきみの耳にもこうして要請を入れた

すでに言ったようにこれを断った瞬間　きみは粛清官《しゅくせいかん》ではなくなる」

ロロはほとんどひと息にそう告げると、ボッチに一歩接近した。

「僕のほうこそ　きみの考えを言い当てようか　この場はとりあえず去り　拘束を抜けたあとで　いつものように他人《ひと》の仕事を邪魔するつもりだろう　だがそれは不可能だ　なぜなら一瞬でも彼らの監視を抜けた瞬間　査問会への出席を拒否したものとみなし　粛清官特権を剝奪《はくだつ》するからだ　とするとなにができるかな　もしここで暴れでもしてくれたらそのほうが僕としては嬉《うれ》しいけど　さすがにそんな蛮行は　いくらきみでもしないだろうね」

「……。」

「ようやく　その無駄によくまわる口を閉じてくれたね　このさきも永久にそうしてくれることを心より願うよ　タイダラ」

この局面にあっても、ロロの口調には気味が悪いほど変化がなかった。

ただし、彼のモノアイは満足したかのように、沈黙するかぼちゃ頭から目線を離した。

「ではきみたち　タイダラ警壱級《けいいっきゅう》殿を丁重にお連れするように　所定の書類をおみせしてよく状況をご理解いただけるように取り計らっておいてくれ」

「承知しました、リングボルド局長！」

隊長格の男が敬礼すると、そのままの姿勢でボッチのほうを向いた。

「それでは、タイダラ警壱級殿。要請に基づいて、貴官を査問準備室へとお連れします。ご同行いただいてもよろしいでしょうか」

その問いに、ボッチは答えることはなかった。黙ったまま、その踵《きびす》を返す。

「警壱級《けいいっきゅう》殿！」

「あわてんじゃねェよ、要請には従う。……一分だけだ」

ボッチが、テオリたちのほうに向けて歩いてきた。

黙って眺めているしかできなかった自分たちを、長身のかぼちゃ頭が見下ろす。

「よォ。ハジメマシテだな、おまえらとは。っても、シーリオのやつから報告は聞いているぜ。シルヴィの下でよくやってくれているんだってな」

「タ、タイダラ警壱級……」

ふたりには、なにを言えばいいのかがわからなかった。

「わりィな、初対面でみっともねェところをみせちまってよ。本当はきょうあすにでも遅めの歓迎会を開くつもりだったんだぜ？　院の能力評価でひさびさの満点を出した新人と、あの厄介な夜半遊郭《やはんゆうかく》の元探偵って話だったから、おれも楽しみにしていたんだ。とくにおまえ、ここでリングボルドの野郎とやり合おうとするなんざ度胸あるじゃねェか。気に入ったぜ」

そう語るボッチの態度は、今まさに審議を起こされている張本人とは思えない余裕があった。きっと普段からこういう男なのだろう、とテオリは場違いなことを考えてしまった。

「さて、話は聞いたとおりだ。おれはまたちょいと野暮用で消えるハメんなった。そこでだ、おまえらにひとつ頼みたいことがある。聞いてくれ、シーリオのやつが」

「待て　タイダラ」

そこで、ロロがふたたび口を挟んだ。

「それ以上の会話は許さない　部下に虚勢を張る程度のことなら見逃すつもりだったが　そうではないのだったら　今すぐにその口を閉じてもらう」

ロロの合図を受けて、職員たちがボッチを挟んで閉じこめるような形で隊列を組んだ。

その大仰な連行の陣形に、ボッチはマスクのなかで笑った。

「んだよこれは。人にアホみてェな真似《まね》さすんじゃねェよ」

「タイダラ」

「わかっている。おまえがそうまで望むならやってやるよ、無限牢《ろう》。ただし、このツケはかならず払ってもらうぜ」

そこで、ボッチは最後にテオリたちのほうを振り向いた。黒いローブの首元をまくり、なかのジャケットの襟首をひっぱると、

「──あァ、せめて上着ぐらいは替えてェもんだったけどな。お清い盟主サマがたが、こんなにおう、いい、肅清官《しゆくせいかん》でも正当な評価を下してくれるといいんだが」

と、意味ありげに口にした。

「連れて行け」とロロが命令する。

火事場のボッチが退室し、場に静寂が満ちた。

愕然《がくぜん》としたままのテオリは、自分たちがふたたび視線を集めていることに気がついた。

「さて　これ以上なにかを言う必要はないね　きみたちもはやく消えるといい」

この期に及んで、ロロに逆らうつもりはなかった。

行くぞ、とテオリはパートナーの手を引っ張った。

「テ、テオ！　自分たちはどうすればいいでありますか？　タイダラ警壱級《けいいっきゅう》、連れて行かれちゃったであります！　まさかクビになっちゃうでありますか！」

部屋を出ると、ライラが騒ぎ立てた。それを諌《いさ》めるだけの余裕は、テオリにもなかった。

「それは、俺にもわからねえ。とにかく、予想の斜め上のことになったのは間違いない。はやく、先輩に会わねえと……！」

ふたりの新人粛清官《しゅくせいかん》は、逃げ去るようにして情報局を跡にした。

4

その後のふたりの焦りようは、これまで経験したことがないほどだった。

考えれば考えるほど、これがいかにまずい状況か飲みこめてきて、テオリは辛酸を舐《な》めたような表情がいつまでもなおらなかった。

まずはじめに探したのはシーリオだった。彼が運ばれたという医療室に向かうと、そこにはすでに上官の姿はなかった。かわりにいた衛生課の職員に行方を聞くと、彼にもわからないという返答があった。そのうえで、悪い噂《うわさ》話を耳にした。

ボッチとロロの会話でも話にあがっていたが、シーリオもまた職位の適格性が問われている状況にあるようだ。それも職員の話によると、非常に不名誉な嫌疑までかかっているという。

テオリの予想では、彼もまた情報局に連れていかれたはずだ。だとしたら、今の自分たちでは接触のしようもない。

シーリオを探すのと並行して、ふたりはシルヴィの行方もたずねていた。

彼女が運ばれたのは本部ではなく、同じく一番街にあるメティクル・ホスピタルの本院だったらしい。そこに、テオリは本部の医療室から電話を繋《つな》いでもらった。

治療を担当した者が言うには、シルヴィもまた数時間まえには目覚めており、すでに退院しているという。しばらく安静にしているようにという医者の忠告も聞かずに、彼女は携帯用の塵工《じんこう》薬液のパックだけ受け取ると、さっさとどこかへ向かってしまったそうだ。

逆にシルヴィの様子を聞かれたテオリは、礼だけを残してすぐに電話を切った。

「ど、どうだったでありますか、テオ」

「先輩、だいぶ前に病院を出ているらしい。てことは、本部に戻っているはずだよな……」

「なら、急いで執務室に行くでありますよ！」

ふたりは自分たちの拠点である第七執務室へと向かった。

だが、そこにはだれの姿もなかった。

「うぅ。シルヴィ先輩、いったいどこに行っちゃったでありますか……」

肩を落とすライラのとなりで、テオリは思案した。

ボッチとシーリオが拘束を受けている状態を踏まえると、シルヴィにも情報局の手が伸びている可能性は、じゅうぶんに考えられる。

(これは、第一機動がマジにおれたちを制限しにきているってことだよな……。へたをすると、こりゃあ今夜の粛清案件がどうとかいうレベルじゃおさまらねえ話になんぞ)

もしそうだとしたら、いったい自分たちはどうすればいいのだろう――。

「テオ。ぼさっとしてないで、次は先輩のお部屋に行くでありますよ！」

「あ、ああ」

シルヴィは、めずらしく本部に私室を持っている粛清官《しゅくせいかん》だ。過去にいっぷうかわった能力者の手によって塵工《じんこう》的な増築が施されたことのある連盟本部は、その際に予定外に増えた場所を居住空間として扱っており、粛清官の職務権限で、空き部屋を借りることが認められていた。

職場と家は明確に分けたいテオリからすると、とくに使いたいとは思わない権限だったが、シルヴィとシンのふたりの先輩は、どちらも活用しているのだった。

「たしかこっちであります！」

エレベーターを降りると、ライラが駆け足で先導する。どうやら以前に駄々をこねてシルヴィの部屋に遊びに行ったことがあるらしく、場所を知っているようだった。

十三と銘打たれた扉のまえで、ふたりは立ち止まった。

緊張した面持ちで、テオリはノックしようと腕をあげた。そのとき、なんとなく扉の向こうに人の気配を感じて、ドアノブを握ってみる。

（鍵が、開いている……？）

おそるおそるといったふうに、テオリは扉を開いた。

「失礼します。先輩、いますか――って」

そこに広がっていた予想外の光景に、テオリは言葉をうしなった。


部屋の中央の丸テーブルで、シルヴィが優雅に紅茶を飲んでいた。


「あら？」とシルヴィが顔をあげる。「ライラさんに、鞍馬《くらま》くんじゃない。どうしたの、ふたりとも。幽霊でもみたような顔して」

ふしぎそうに首をかしげるシルヴィの様子は、普段となんら変わりがなかった。

もっとも、着ているのは私服ではなく、普段の現場用の装備ではあったが、マスクをまとわない素顔は、いつもどおりの優しい先輩の顔をしていた。

「シ、シルヴィ先輩！　自分たち、ずっと探していたのでありますよ！　お部屋にいたのでありますねっ」

「そうだったの。わたしのほうも、ふたりがどうしているかは気にしていたのよ。どうやら情報局に連れて行かれたみたいだったから、あとで会いに行くつもりだったの」

「先輩、おけがは大丈夫なのでありますか！」

「とりあえずのところはね。あなたたちこそ無事そうでよかったわ」

胸に飛びこんでいったライラの頭を撫《な》でてやりながら、シルヴィはテオリのほうに目をやった。

「鞍馬《くらま》くん。報告では聞いていたけれど、もう大丈夫なのね？」

「え、あ、はい。お、おかげさまで」

「ほら、いつまでもそんなところに立ってないで、ここに座って。ちょうど今、お茶を淹《い》れたばかりなのよ。わたし好みの調合でタンニンが強いけれど、気分が落ち着くわよ」

テオリは入室した。席につくと、重たい口を開こうとする。

話すべきことがあまりにも多すぎて、なかなかすぐには言葉が出なかった。

「先輩。報告しなきゃいけないことが山ほどあるんすけど、すんません、まず聞いていいすか。その、シン先輩のことは……」

「ええ、あなたたちも聞いているとおりよ。敵に連れて行かれちゃったわ。まんまとしてやら

れたかたちね。本当、あれは大きなミスだった……。読みの浅さは今後の課題ね」

パートナーの話を振っても、シルヴィの様子にかわりはなかった。

「……思ったより、冷静なんすね」

「そうみえる？　というと、よくない聞き返しになってしまうわね。まあ、否定はしないわ。去年の獣人事件があってから、わりとこんな感じなのよ、わたし。ちょっとは肝が据わったのかしらね」

シルヴィがこぽこぽと紅茶をそそぐと、ベルガモットのかおりが部屋じゅうに広がった。ふたりの席にカップを置いてから、彼女はたずねてくる。

「それで、報告というのは？　それだけ急いでやってきたのだから、きっとよくないことがあったのでしょう。なんでも聞くから、話してみて」

「それが大変なのであります！　自分たちは今夜の作戦に参加できなくて、あとナハト警弐《けいに》級《きゅう》がたぶんどこかに捕まっていて、かぼちゃ頭のタイダラ警壱級《けいいっきゅう》はあの目がウィンウィン動く変な人のせいで連れて行かれて、まだ会ったばかりなのにもう会えないかもしれないのであります！　だからもう、とにかくものすごく大変なことになったのでありますーっ」

よほど腹が空いていたのか、皿に並べられていたスコーンやらクッキーやらをばくばくと口に運びながら、ライラがいっきにそう捲《まく》し立てた。

「ええと……翻訳してもらえる？　鞍馬《くらま》くん」

「スンマセン……。とにかく現状で俺のわかっていることを、一から説明します。間違っている部分もあるかもですけど、とりあえず聞いてください」

湯気の立ち昇る紅茶には手をつけずに、テオリは説明をはじめた。

あらためて自分の口で状況を述べると、事態の深刻さが身に染みて実感できる気がした。

式典の警備と歌姫奪還に失敗した第七指揮より、ロロの率いる第一指揮が粛清案件を奪い取ったという事実から、テオリは説明をはじめる。

もっとも、警備任務とその後の粛清案件は厳密にいえばべつのフェーズであり、また第一指揮は正規の手続きで跡を継いだわけではあるが、自分たちを当該任務から完全に排除しているという点では、やはり奪ったという言い方のほうが正しいように思える。

なんといっても、その排除の仕方が問題だ。

第七指揮のツートップは、どちらもロロ当人によって法的に拘束されている。それも事前によほど周到な用意をしていたらしく、高位の連盟員であるふたりに対して、一切の抵抗を許さないほどに拘束力のある強権を発動してしまった。

ボッチのほうは、かねてより問題視されていた規律違反を盾に、緊急の査問を開くという名目だ。それに対して、シーリオのほうは理由が判然としていなかった。

ともすれば情報局が存在しない証拠でもでっちあげたのかとさえ疑ったが、テオリはなんとなく、あのロロ・リングボルドという男は、あくまで規則に則ったうえで正式な手続きを取っているように思えてならなかった。

とにかく現時点の問題は、自分たちが完膚なきまでに梯子《はしご》をはずされ、頼りの上官たちも動けない状況にあるという、その一点のみにある。自分たちの仲間が敵の手に堕《お》ちているという状態にもかかわらず、本部で指を咥《くわ》えて待っていろと言われているわけである。

こんな理不尽な仕打ちは、テオリからしても到底耐えられるようなものではなかった。


「——と、いうわけです」

なるべく手短に話を終えると、テオリはそう締めた。

終始黙って話を聞いていたシルヴィは、音もなく紅茶を口に含むと、蔦《つた》模様の描かれたカップをソーサーに戻した。その際、長い銀髪がするりと垂れて、彼女は耳にかけ直した。

「よくわかったわ」

と、シルヴィはうなずいた。

「なによりまず、あなたたちを褒《ほ》めさせて。ふたりとも、よくそれだけ動いてくれたわ。とくに鞍馬《くらま》くん。まだ就任したばかりなのに、ちゃんと自分の頭で考えて行動を起こせるなんて本当に偉いことよ。誇っていいと思うわ」

「……っ、あざます」

思わずどきりとする微笑を向けられて、テオリの顔が赤らんだ。それからすぐに、そんな場合ではないと頭《こうべ》を振るう。

「ともかく、問題は俺たちがこれからやるべきことです。結局、情けねえことに俺には正解がわからなくて、それで必死こいて先輩を探していたんですよ」

「先輩、自分たちはどうしたらいいでありますか？　ノエルちゃんやシン先輩が、今も敵のところにいるでありますよね？　はやくなんとかしないとであります！」

シルヴィはふたりの顔を見比べると、こう口にした。

「聞いてもいいかしら。そういう状況であるというのを踏まえて、ふたりはどうしたいの？」

「そんなの、なんとかして作戦に参加したいに決まっているじゃないすか！」

わざわざ問いただされるまでもないことだった。

「自分もでありますっ。絶対絶対、自分がふたりを助けるでありますっ」

「あのリングボルド警壱級《けいいつきゅう》に釘を刺されたうえで？　言っておくけれど、この状況で勝手に動いたら重大な規律違反になってしまうわよ。今後ずっと情報局に目をつけられることにもなる。就任したばかりのあなたたちにとって、それは経歴に傷がつくなんてものじゃないわ」

「そんなのはわかっています。だからこそ、こうして先輩に会いにきたんじゃないすか。先輩、どうにかしてほかの警壱級から話をつけてもらうことってできないですかね？　どう考えても情報局のやりかたは強引すぎるし、どっかに突破口があるはずだと思うんすけど」

「残念だけれど、わたしにそういうコネはないわ。第一、かりにどうにか口添えしてもらえたとして、作戦の決行もタイダラ警壱級《けいいっきゅう》の査問も今夜よ。今から手回しが間に合うはずないわ」

考えてみれば当たり前のことを言われて、テオリは閉口した。

どうにも釈然としないものがあった。あいもかわらず平然とした様子のシルヴィに向けて、テオリはずっと思っていたことを口にしてしまう。

「シルヴィ先輩。先輩も当然わかっているとは思いますけど、これ、シン先輩の命がかかっているんすよ。考えてもみてください。第一指揮が現場に向かったとして、どういう事情であれシン先輩が邪魔になるなら、連中は気にせず粛清しようとするはずだ。あまり前例はねえけど、たぶん今の状態のシン先輩を強制的に排除したとしても、粛清官《しゅくせいかん》の罪にはならねえし」

「鞍馬《くらま》くん、落ち着いて」

「でも、こんなの黙ってなんか」

「――いいから、落ち着きなさいと言っているのよ」

シルヴィの凛然《りんぜん》とした声が、どこか一喝するように言った。

言葉を止めたテオリに向けて、ゆっくりと続ける。

「ふたりに、ひとつ先輩らしいことを言わせてもらうわね。いい？　どんなときだろうと焦ってもしょうがないのよ。これはタイダラ警壱級の受け売りだけれど、一人前の粛清官というのはいつでもどっしりと構えているものなんですって。だから、わたしたちもそうしましょう」

いつのまにか自分が立ち上がっていたことに気づいて、テオリは腰をおろした。

「……すんません。ちょっと、取り乱しました」

「いいのよ。こんな状況、なかなかないことだもの。それに、あなたたちが怒るのもわかるわ。今回の情報局の手口はかなり問題よ。いくら連盟屈指の強権集団といっても、やっていいことと悪いことがあるわ。たぶん、これはあとから清算の必要があるわね」

もっとも、情報局長はそこまで織りこみ済みでしょうけれど、とシルヴィは続けた。

「さて。わたしの意見を聞きにきたみたいだから、まずはそれを言うわね。結論から話すと、今の状況でわたしたちの作戦参加が認められることはまずないわ。これにかんしては百パーセント確実と言ってもいいくらいね」

そこでふと気になって、テオリはたずねた。

「ひょっとしてシルヴィ先輩は、この状況がわかっていたんすか？　つまり、第一指揮に手綱を握られているってことが」

「そういうわけではないわ。ただ、こうなっていてもおかしくないとは思っていたの。というのも、わたしのほうにも情報局の人は来ていたのよ。事件の聴取がしたいといって。ただ、少し様子が変というか、含みを感じてね。だから、わたしにしかわからない情報だけ教えてから、すぐに抜け出したの。指示しているのはリングボルド警壱級みたいだったから、仕事を横取りしようとしているというのはなんとなく読めたわ。わたしは直接話したことはないけれど、彼が昔からタイダラ警壱級《けいいっきゅう》を目の仇《かたき》にしているというのは知っていたから」

その説明に、テオリは納得する。いくら修羅場を経験している粛清官《しゅくせいかん》といえど、この異様といえるほどに落ち着き払った様子は、これが寝耳に水というわけではなかったからのようだ。

だが、依然として違和感は残った。それを、テオリは聞いてみることにした。

「シルヴィ先輩は、このままでいいんすか？　シン先輩を、助けに行かないんですか」

「……。」

「俺、今の話を踏まえても、このまま先輩が黙って引き下がるとはどうしても思えないんすけど。やっぱり、先輩にはなんか策があるんじゃないんですか」

「……それは、わたしがこれからどうするのかという意味の質問かしら」

「はい」とテオリはうなずく。

シルヴィは、しばらくカップに浮かぶ赤い水面に視線を落とした。

それは光の宿る目つきではなかったが、かといって悲痛を感じさせるものでもなかった。どちらかといえば、ただ覚悟の決まっている人間の瞳《ひとみ》であるように、テオリの目には映った。

「そうね。ふたりには、きちんと言っておく必要があるわね」

顔をあげると、シルヴィははっきりとした声でこう述べた。

「わたしは行くわよ、宗教徒たちのところへ。この部屋に戻ってきたのも、雨傘のメンテナンスをするためだったの」

シルヴィが、床に広げてあるサテン製のクロスに目をやった。そこには傘を模した彼女の愛銃が、その特殊な機構を閉じて横たわっていた。

「でも先輩。さっき先輩も、作戦の参加は無理だって」

「そうよ。だから、これから規律違反を侵すの。それも、かなり重めのね」

その発言に、テオリとライラは同時に驚いた。

「シルヴィ先輩、命令を無視して行くのでありますか！」

「ええ。わたしはね」

「だ、だったら、自分もお供するであります！　どうか、自分をいっしょに連れて行ってくださいであります！」

「だめよ。さっきも言ったけれど、こうなった以上は勝手に動いたらどうなるかはわからないもの」

「べ、べつにかまわないであります！　だいたい、これは向こうが悪いのでありますから」

「これはもう、どっちがいいか悪いかの話じゃないのよ、ライラさん。肝心なのは、すでにこういう状況になってしまったということだけなの。リングボルド警壱級に逆らったら、せっかくもらったそのエムブレムをうしなうことになるかもしれないのよ」

「……逆に聞きたいんすけど、先輩はそれでもいいんですか？」

テオリは、そこで口を挟んだ。

「俺には先輩がなんで粛清官《しゅくせいかん》になったのかはわからないすけど、先輩だって、そのエムブレムをうしなうのは惜しいはずですよね」

「……ん、そうね」シルヴィの銀色の瞳《ひとみ》が閉じられる。

「なんといったらいいのかしら。それこそ、物事をいいか悪いかで考えていないというか。これを聞いたら笑われるかもしれないけれど、わたしはね、つねに完璧であることを目指しているの。そしてわたしの思う完璧なかたちには、あのひとの存在がどうしても必要なの。絶対に、欠かすことができないの。……わたしのパートナーは、あのときから彼しかいないのよ」

それは物静かだが、確固たる意志を感じさせる口調だった。彼女のまとう雰囲気からは、たしかにだれの説得も無意味であることが伝わってくるようだった。

「わたしには行かなければならない理由があるの。これが正規の粛清案件だったらもちろんふたりにも手伝ってもらいたいけれど、そうではないのだから連れて行くわけにはいかないわ」

「でも、先輩！」とライラが抵抗する。

「だめだって言っているでしょう。いい子だからおとなしく言うことを聞いてちょうだい」

シルヴィは席を立つと、黙々と出撃の準備をはじめた。

すでにメンテナンスの終わっているらしい雨傘にカバーを巻いて、いつもの白い外套《がいとう》の袖に腕を通す。コートの内側とレッグポーチにおさめてある替えの弾《たま》を確認してから、小型の拳銃を脚のホルスターに挿して、最後にドレスマスクを簡単に点検した。

そのあいだ、テオリとライラは視線を合わせていた。

怒ったように目を吊り上げているライラの考えは、話さずとも伝わってきた。

準備を終えると、白犬のマスクを抱えたシルヴィが、困ったような微笑を向けてきた。

「どうしたら引き下がってくれるの？　あなたたちを同行させるのは、指導担当としては完全に誤っているのよ。お願いだから、わたしを間違った先輩にさせないで」

「指導担当……」とライラがつぶやくように復唱する。「そうでありますね。たしかにシルヴィ先輩には、いつも大変よくお世話になっているであります」

「なら、それに免じて諦《あきら》めてくれる？」

「いやであります！　でもその話の前に、自分がシルヴィ先輩に、ちょっと不満なところがある話をしてもいいでありますか？」

シルヴィが意外そうな顔をした。相手がなにかを言う前に、ライラは続ける。

「それはずばり、先輩たちがたまに自分をのけ者にしている気がすることであります！」

「……の、のけ者？」

「気づいていないのでありますか？　先輩たちはふたりとも優しいでありますが、なんというでありますか、なかなか自分をあいだに入れてくれないというでありますか、ハブにしてくる感じがちょっとあるであります！」

「そ、そんなことないと思うけれど」

「いーや、そういうところあるであります。先輩がシン先輩のことチューミーって呼ぶから真似《まね》しようとしたら、なんかものすごく怒られたでありますし！　自分はただ先輩たちと仲良くしたかっただけなのに！」

「それは、だって」

シルヴィは一瞬むっとした顔をすると、すぐに頭を振った。

「というか、それ、今するべき話かしら？」

「今するべき話でありますっ。なぜなら、これもおんなじ話だからであります！」

ライラは胸を張ると、大きな声でこう続けた。

「先輩は、自分からひとにっていうのはよく考えてくれるでありますが、ひとから自分にっていうのは疎いのであります。それもひとつの鈍感さ、自分勝手さでありますよ。いいでありますか？　自分は先輩たちのことが大好きだし、このさきもたくさんかわいがってもらうつもりでいっぱいなのでありますからね！　だから先輩があんな危険な敵のいるところにひとりで行くなんて聞いて、自分がはいそうですかと引き下がるわけにはいかないのでありますよ！」

ライラは無理やりシルヴィの手を取ると、けして逃さないとでもいうかのようにぎゅっと握りしめた。

「とにかく、先輩が勝手に行くというなら、自分も勝手に行くでありますからね！　断っても無駄でありますよっ。力には自信があるでありますから、離さないでありますっ！」

片目に浮かんだ涙を拭《ぬぐ》うと、ライラは手を握るどころか、シルヴィの身体に張りついた。

「ライラさん……」

シルヴィが、深い嘆息をみせる。

自然、ふたりの視線がテオリに集まった。そのタイミングで、テオリは頭を下げた。

「バレト警肆級《けいよんきゅう》。遅れましたが、このたびの件、心よりお詫《わ》びします」

「……えっと、なんのことかしら」

「もちろん、あの地下坑道でのことです。というより、あんな情けねえ状態になっちまったことも含めて、すべて。……あんなのは、とてもじゃないが許されたもんじゃない」

「な、なにを言っているのよ。そんなことは、べつにいいに決まっているでしょ。あれは敵の能力だったのだから、どう考えたってしかたのないことだわ。そもそも、あなたが夢幻の能力にかかったのだって、状況からして責められるようなものではないのだから」

「あいにくすけど、先輩が許してくれても、俺が自分自身を許せねえんすよ。それも、ただ謝るんじゃおさまりがきかねえくらいに。だから、どうしても先輩に協力して、連中にひと泡吹かせて、それで誠意を示したいんです。ライラと同じで、これは止めても無駄っすから」

「……鞍馬《くらま》くん」

もういちど、シルヴィは深く息をつく。

その困ったような表情に変化はみられなかった。それでも長い沈黙のすえに、シルヴィはようやく、こう口にした。

「……言っておくけれど、どうなっても責任は取ってあげられないわよ?」

「百も承知です」「もちろん、それでいいであります!」

ふたりの同時の返答に、こんどはほのかに笑みを浮かべた。

「もう。どうしてこう、うちには規律を気にしない人ばかり集まるのかしら」

「トップがあのタイダラ警壱級《けいいっきゅう》ですからね。自然とそういうのが集まるんじゃないすか」

「否定できないわね、それも」

シルヴィが自室を出て行く。その迷いのない足取りに向けて、テオリはたずねた。

「先輩。それで、今からはどこに向かうんすか」

「わたしたちのなかで唯一、規則を破ることのなさそうな人のところよ。もっとも、もし彼が情報局に弱みを握られて拘束されているのだとしたら、本当にこれまで規則を破ったことがないのか、少しだけ疑問は残るけれどね——」

三人の粛清官《しゅくせいかん》は、足早に向かうべきところへと向かっていった。

5

——青年は、いつかの一日を思い出している。

苦く、けして忘れることのできない一日を。


「……うそ、よね」

目の前にいる青髪の少女の瞳《ひとみ》は震えていた。

せめて目線は逸《そ》らすまいと決めていた彼は、その眼から逃げることだけはしなかった。

「なにかの冗談でしょ。ねえ、そうだと言って、リオ。突拍子のないことを言って、わたしをからかっているんでしょう」

「冗談ではございません。私は、近く屋敷を出ます」

「どうして？　だって、ご両親はあなたを捨てたんでしょ。どうしてそんな人たちについていかなくてはならないの？　変よ、そんなの。ぜったいに変だと思うわ。わたし、リオはそんなひどい人たちのところになんて行かないほうがいいと思う。そうよ、行かないほうがいいわ」

自分自身にそう言い聞かせるように口にして、少女は部屋のなかを歩き回った。

「リオ。あなた、自分の昔のことってあまり話してくれないけれど、きっと大変な生活だったのでしょ？　ここにいたほうがずっとしあわせよ。そうに決まっているわ」

「お嬢さま」

「それともなにか不満があるの？　いえ、そうよね。だって、リオはいつも本当によく尽くしてくれているもの。ねえ、そうだとしたらちゃんと言って。わたし、ぜったいにお父さまのことを説得してみせるわ。だいじょうぶ、これは正当な権利よ。リオにだってもっと自由な時間があっていいはずだもの。今から言ってくるわ、わたし」

「お嬢さま！」

青年が声を張り上げると、少女の足が止まった。

「申し訳ございませんが、もう、決めたことですので」

「……決めさせられた、じゃなくて？」

「はい。私が自分の意志で、お暇《いとま》をいただくと決めたのです」

少女が振り向くと、その目には大粒の涙が浮いていた。空よりも澄んだ青色の瞳《ひとみ》から、シュテルンの家紋のような水流が、次々にこぼれ落ちていく。

それでも青年は、持ち前の無表情を貫いた。

ドレスマスクよりも不変であれという教えを守り、その従者の面をつけたままでいる。

水気の混じる息を吸うと、少女は切れ切れに言葉を紡いだ。

「リオ。これはね、あなたにもずっと言っていなかったことよ。じつはわたしね、こうみえてけっこう、毎日の生活で、いろいろなことに耐えているの。ふしぎだと思うでしょ。こんな大きな家に生まれて、なに贅沢《ぜいたく》を言っているんだろうって思うでしょ。でもね、そうなの。この家は、ふとしたときに、なんだかとっても物悲しくて、寒さを感じるのよ。それでもね、わたしはお屋敷が好き。学園よりも、遊園地よりも好きなの。だって、だって」

そこで、少女は言葉を止めた。

スカートの裾《すそ》をぎゅっと握り、つらそうな呼吸をなんども繰り返す。

無限にも思える長さの、ほんの数秒間だった。

「だって……だって、リオがいつでも熱い紅茶を淹《い》れてくれるのだもの。あなたがいなくなったら、わたし。いやよ。ぜったいにいや。行かないで、リオ。お願い、本当のことを話して」

お願い——その言葉は、これまでずっと、なんどもなんども耳にしてきたことだ。

彼女のその言葉に、青年は今まで、ほとんど毎回のように折れていた。自分にとって、最大の弱みだとさえいえるだろう。

だが、今回ばかりは従うわけにはいかなかった。

「お嬢さま。これまで、大変お世話になりました——」

これまでのすべてを込めるような一礼に浴びせられたのは、冷たい一声だった。

「……出て行って」

「お嬢さま」

「出て行って！　だって、うそに決まっているもの。わたしにうそをつくリオなんて、リオじゃないわ。うそを言わなくなってからまた来て！」

少女が部屋の奥に走り去っていく。ソファに突っ伏すと、肩を震わせて嗚咽《おえつ》を漏らした。

それでもなお、青年は折れなかった。

「失礼します。お屋敷を出る日がきましたら、またご挨拶《あいさつ》にうかがいます」

それだけ言い残して、退室する。

長い廊下を歩き、角を曲がると、その足を止めた。周囲にだれもいないことをたしかめると、燕尾服《えんびふく》の胸倉を摑《つか》み、

「……ハァッ、……っ」

形容しがたい声を、その喉《のど》からひねり出した。

(だが、ぼくは。いや、私は——)

もう、すでにして夜なのだ。

自分の役割は、星を天に浮かばせるための、黒い空に徹することだ。

とはいえまさか、虚言を弄《ろう》してあるじを欺くのが、こんなにも苦しいものだとは。

それも相手が、これまでずっといっしょに過ごしてきた相手となると……。

長い時間をかけて気を整えると、青年は寄りかかっていた壁から背を放し、銀縁のめがねをよく拭《ぬぐ》ってから、新たな自分になるための、新たな仕事へと向かった。

*

シーリオ・ナハトは、朦朧《もうろう》とした目つきで壁をみつめている。

この部屋に鏡はない。ゆえに顔色こそわからなかったが、わざわざ確認するまでもなくひどい顔をしていることは自覚していた。

本部の拘留室に、まさか自分が囚われることがあるとは思ってもいなかった。粛清官特権《しゅくせいかん》である塵工薬液《じんこう》のおかげで、肉体そのものには疲弊《ひへい》はない。黒晶器官《こくしょうきかん》も、あれだけの酷使をした翌日にしては、思ったよりもダメージがなかった——いや、あるいはそうした疲労の感覚そのものが麻痺《まひ》しているのかもしれないが。

どうあれ、もはや関係のないことだ。自由が保障されないのであれば、この身がいくら動こうとも意味はない。

そう、すべては無意味だといえる。

シュテルン家の最大の危機に馳せ参じることができないのであれば、自分がこの職に就いた本来の意義さえも失せている。

今のシーリオにできるのは、ロロ・リングボルド警壱級《けいいっきゅう》が、その噂《うわさ》どおりの完璧な粛清を、今夜もこなしてくれることを願うのみだ。

主犯が粛清され、ノエルが無事に救い出されることを信じるのみだ。

だが、懸念点は多い。この即日の対応となれば、満足な人員はどうしたって集まらないだろう。歌姫の砂塵《さじん》能力を利用した敵方の能力にも、具体的な対策はなにも施せていないはずだ。

そもそも、今の敵の手には林檎《りんご》がまわっているのだ。それの活用次第では、いくら無限牢《ろう》といえども制御しきれないものがあるだろう。

（インジェクターさえあれば、まだどうにでもなるのだがな……）

シーリオは、自分がまだ少年だったころ、人生で初めて命の危機を迎えていた際にも、同じことを考えていたことを思い出した。

一流の能力者と評されようとも、砂塵《さじん》がなければただの人だ。

自分の無能ぶりにほとほと嫌気が差す。精神に変調をきたしているのか、自傷行為さえしたくなるような気分だったが、この状況ではそれさえもできず、うつむいているほかなかった。

扉が開いたのは、ちょうどそのタイミングだった。

「ナハト警弐級《けいにきゅう》。面会です」

来たか、とシーリオは思う。自分の正体を探るためにロロが遣わした、情報局の者だろう。

どのような尋問があろうとも、シュテルン家との関係を語るわけにはいかない。かつて連盟に存在したという、自白を強いる砂塵能力者がいないことはせめてもの救いだった。

自分の身分が身分である以上、手荒な真似《まね》こそはしないだろうが、そのかわりにあらゆる手練手管を用いて、真実を聞き出そうとしてくるはずだ。これを命令しているロロが、どうやらかなり核心まで迫っているらしいことを踏まえると、逃げ切れるかどうかは微妙なところだ。

「……今、行く」

顔を手で覆ってよく揉《も》んでから、シーリオは立ち上がった。

緊張した様子の職員に連れられて、個室を出る。

先導する彼は、情報局の職員ではない。のちのちの公平性を証明するためだろう、治安局所属のシーリオの身柄を拘束するのに、情報局の管轄フロアは使用されなかった。

とはいえ、ロロはその強権を存分に振るったことだろう。この補佐課の職員と情報局の子飼いの者に、大きな差異はないはずだ。

そう踏んでいたシーリオに対して、相手は意外なことを口にした。

「ナハト警弐級。個人的なことを申し上げるなら、私は、こんな状況はおかしいと思います。警弐級に犯罪の関与を疑うべき怪しい部分があるとは、私にはまったく思えません。それどころか、警弐級にこのような扱いをするのは……本当に、なんと申し上げればよいか」

相手が連盟指定のマスクをはずした。そこからあらわれたのは、この十年弱でシーリオもなんどもみた顔だった。これまでの仕事で、さまざまな雑事を引き受けてくれた数多《あまた》の職員のなかのひとりだが、それでも顔を忘れることはない。

「……この面会は、それゆえに通しました。どうぞお入りください」

うながされるままに入室して、シーリオは驚いた。

面会室にいたのは、自分の部下たちだった。

「たった一日をあけただけですが、なんだかひさしぶりのように思えますね、ナハト警弐級」

シルヴィがぺこりと頭を下げる。そのうしろで、テオリとライラも会釈した。

「バレト。それに、ふたりとも。なぜここに？」

「警弐級《けいにきゅう》には、ご報告しなければならないことがあります。それと、いくつかおうかがいしたいことも。もっとも、こんなにあっさりと面会が許されるとは思っていませんでしたが」

それには同感だった。口ぶりを考えるに、さきほどの者が気を利かせてくれたのだろうか。

「……そのようなお顔をなさるのですね、警弐級も」

シルヴィに言われて、シーリオは思わず自分の頰《ほお》に触れた。

どんな顔をしているのか、自分でもわからなかった。

遅れて、シーリオはこれが唯一のチャンスであることに気づく。

部下たちと自分を隔てるガラスに手を当てると、シーリオはこう頼みこんだ。

「バレト。恥を忍んで頼む。どうにかして、私をここから出してくれないか」

「警弐級？」

「これは私の一生涯の頼みだ。私は、どうしても向かわなければならないのだ。宗教徒のところに、あの方を助けに」

そう口にしてから、部下たちの動揺した目つきに気がついた。

「いや、すまない。いったん、忘れてくれ」

やはり脳が正常に働いていないのだ、とシーリオは自覚する。ものを頼むにせよ、順序というものがあるはずだろうに。

そもそも、彼女たちに自分をここから出すなどというのは至難の業だ。無理を言ってもしかたがないだろう、と自分を戒める。だが、

「……できるかもしれません」

意外にも、シルヴィはそう返してきた。

「どういうことだ、バレト。いったいどのようにして」

「ナハト警弐級、とにかくおかけください。なによりもまずは、情報を共有しないことにははじまりません」

そのとおりだ、とシーリオは思う。急がなくてはならないが、焦るわけにはいかない。

「頼めるか、警肆級《けいよんきゅう》」

シーリオは席に着くと、ガラス越しに話を聞いた。

「――そうか。タイダラ警壱級《けいいっきゅう》も、そのようなことに……」

いつも執務室で聞いているように、シルヴィは要点だけをおさえた簡潔な説明をしてくれた。そのうちのいくつかの情報はこちらも知るものだったが、それ以外の知らない部分、とくに自分が審議待ちの身になって以降の話からは、事態の全貌《ぜんぼう》が窺《うかが》えるように思えた。

「そうなると、やはり今回の局長の狙《ねら》いは、私個人というよりも、タイダラ警壱級を制限することに真意があったとみるべきだな」

「わたしも同感です。警弐級《けいにきゅう》が自由に動ける状態ですと、思わぬところから邪魔立てが入るかもしれないと危惧《きぐ》したのでしょう」

シーリオは、ロロの口から直接聞いた話を思い出した。

セレモニーホールで自分と会ったとき、ボッチが裁かれるのは時間の問題だとロロは言っていたが、まさかこんなにもはやくその手段を用いてくるとは思ってもいなかった。

そこまで考えてから、シーリオはまたべつの可能性も想起した。

「……いや、あるいはタイダラ警壱級《けいいっきゅう》さえも彼の目的ではないのかもしれないな」

「どういうことですか、警弐級」

「つまり、彼が本当に今夜の作戦の指揮権をより強固なものにしたかったという線も考えられるという話だ。なにせ、かかわっているのが林檎《りんご》で、主犯があの〝無能狩り〟ともなれば、リングボルド警壱級がそこを強く意識していてもなんらふしぎはない」

「林檎?」と、聞き慣れぬ言葉にシルヴィが首をかしげた。

「無能狩りってのは、主犯のベルガナムのことすかね。そういやタイダラ警壱級も、同じようなことを言っていた気がしますけど」

テオリのほうは、そちらの単語を気にしていた。

そうだった、とシーリオは気づく。いい加減、きちんと脳を起こさねば。今のはどちらも、部下たちが知る由もないことだ。

「やはり、警弐級にはうかがっておいたほうがいいことがたくさんありそうですね。ですが、そのまえにもうひとつ、大事なことをお知らせいたします」

「大事なこと？」

「ええ。単刀直入に申し上げますが、わたしたち三人は、現場に向かおうと思っております」

「なんだと」

そう口にしてから、シーリオはすぐに、これは驚くべきことではないと考え直した。報告書によれば、敵の砂塵《さじん》能力に囚われて、シンが敵の拠点にいるはずだ。シルヴィからすれば、それこそが最大の懸念点であるというのは、わざわざ問いただすまでもないことだ。

「わたしは、かならずパートナーを取り戻します。そのためには、いかなる障壁も障壁とはみなしません。そしてこのふたりも、その意志でいるようです。この話は、リスクまで踏まえて、すでに済んでおります。ですので、ここまでは既定事項としてご理解ください」

その覚悟の決まった目に対して、シーリオが言えることはなかった。

「ここで、はじめの話に戻ります。警弐級はここを出たいとのことですが、それはやはり、今夜の作戦のためですか？　だとすれば、理由をお聞かせいただいてもよろしいでしょうか」

三人の目線が、シーリオに集まった。

シーリオは腹を決めて、深く息をついた。

この秘密は、この十年にわたり、だれにも口にしなかったことだ。頑として秘密とするようにというお館さまの言いつけを守って、どこにも漏洩《ろうえい》は許していない。

そう――この事実は、尊敬する上官にさえも話したことはない。もっとも、彼はとっくに自分の正体には気づいており、ほぼほぼ暗黙の了解として取り扱ってはいるが、それを知っていてもなお、いちども明言したことはなかった。

それでも、ここで真実を明かさないわけにはいかなかった。

自分をここから救い出し、すなわちお嬢さまの命を救うことに協力してくれることになる人々に対して詭弁《きべん》を弄《ろう》するような不義理は、シーリオには犯せなかった。

「理由を説明しよう。これは同時に、私がなぜここに拘束されているかの説明にも繫《つな》がることだが……私は、経歴を詐称している身だ。シーリオ・ナハトというのも、私の本名ではない」

部下たちが息を呑んだ。

とくに驚いたのは職場関係の長いシルヴィで、その瞳《ひとみ》を真ん丸に見開いていた。

「私の本当の名は、リオ・カーネイルという。官林院《かんりんいん》に入るまで、連盟盟主シュテルン家にて奉公していた使用人の身分だ。その事実を隠して、私は粛清官《しゅくせいかん》として連盟に入りこんだ。それが、今より九年前のことになる」

「シ、シュテルン家ってことは――！」とライラが大声を出した。

「しっ、静かに」すかさずシルヴィが手を伸ばし、ライラの口を押さえた。ライラがこくこくとうなずくと、その手が静かに離れた。

「……シュテルン家ということは、警弐級《けいにきゅう》はノ、ノエルちゃんとお知り合いということでありますか？」と、小声になってライラが聞いてくる。

「知り合いなどという軽率な言葉を使うのは畏《おそ》れ多い。ノエルさまは……ノエルお嬢さまは、私のあるじのご子女だ。八年、彼女に仕えた」

そして身が離れた今でも、この心はずっと仕えたままだ。屋敷に迎え入れてもらったときからかぞえたら、もう十八年にもなるか。

ずいぶんと長く時が経ったものだ、とシーリオはあらためて思う。

「だが、これだけは釈明しておく。私はたしかに、シュテルン家の従僕だ。そして彼らの安全を守るため、警戒すべき凶悪事件の情報を同家に流していたのも、また事実だ。だがそれでも、私は自分が粛清官の倫理の道に反したことはいちどもないと自負している。タイダラ警壱級《けいいっきゅう》を尊敬し、望んで彼の下に就いているというのも、偽りならざる真実だ。信じてほしい」

その弁明には、シルヴィが返した。

「わかっております、警弐級。もとより、そうした部分を疑うつもりはありませんでした。もしタイダラ警壱級へのあなたの態度が演技だったとすれば、わたしは今後、この目でみるあらゆる物事の真贋《しんがん》を判別することができなくなってしまいます」

「バレト。そう言ってもらえると助かるが、いささか荒唐無稽《こうとうむけい》な話には聞こえなかったか？シュテルンの所縁《ゆかり》の者であることを証明できるものもなく、私はそれを心配していたのだが」

「まさか、ナハト警弐級《けいにきゅう》がそのような突拍子もない嘘《うそ》をおつきになるはずがないでしょう。それに驚きこそしましたが、それ以上に納得もしましたから」

「納得？」

「ええ。なんといっても今回の件、警弐級は全体的に、ものすごく熱心なご様子でしたもの。どれもノエル・シュテルン嬢のためだったとしたなら、すべてが腑《ふ》に落ちます」

どうやらすっかり見透かされていたらしい。なんということだろうか。これでは情報局の局長に知られていたとしても、驚くべきことはなにもないではないか。

「あの、自分も質問があるんすけど」と、テオリが手をあげた。「リングボルド警壱級《けいいっきゅう》は、どこまでナハト警弐級の素性がわかっているんですかね？」

「その件にかんしては、私も計りかねているところだ。かなりの部分で当たりをつけているようだが、まだ百パーセントの確信には至っていない、あるいは確たる証拠はみつかっていない、といったところだとは思っているのだが」

「もうひとつ、いいすか。リングボルド警壱級の目的が、さしあたり今夜のナハト警弐級の動きの制限なのだとしたら、あす以降にはあまり大ごとになるまえに解放されるってのは、じゅうぶんに考えられますよね」

「その線はありえるだろうな。まあ、私ごときはともかく、タイダラ警壱級のほうにはなにが仕掛けられているかわかりかねるが」

「それを踏まえたうえで、警弐級はやっぱり今、どうしてもここを出る必要があるんすよね」

「そのとおりだ。貴公らには悪いが、ぜひ協力してもらいたいと思っている。すべては、お嬢さまの御命を守るためだ。どうか、頼まれてはもらえないだろうか」

シーリオが深く頭を下げると、三人の部下があわてて手を振ってきた。

「お、おやめください、警弐級。めっそうもございません。そうした事情でしたら、もちろん喜んでご協力いたします」

「すまない。本当に、感謝してもしきれないほどだ」

さしあたり、この場で必要な話は終わったようだった。

三人とひとりはガラス越しに向き合うと、あらためて周囲を眺めた。

「……それで、頼んでおいてなんだが、だれかうまい方策は浮かぶか？」

「はい！　とにかく警弐級をお出しすればいいのでありますよね？　こんなガラス、自分がワンパンで割ってみせるでありますよ！」

元気よく手をあげるライラを、テオリが止めた。

「やめておけ、ライラ。いくら規律違反をやるとはいっても、そういうあからさまなのは避けたほうがいい。それになにより、まだ本部には用がある」

「な、ならどうするでありますか？」

「なんとかインジェクターさえこちら側に持ってきてもらえれば、私が自力で脱出しよう。そうすれば、貴公らの関与はかならず否定しきってみせると約束するが」

そこで、シルヴィが腕時計を確認した。

「あまり時間にも余裕がなくなってきました。こういうこともあるかもしれないと、麻酔銃を持ってきてあります。いささか心苦しいですが、係のかたには少しのあいだ眠ってもらうのがもっとも穏当かもしれません」

その提案を、シーリオは一考する。

できれば自分の手で実行したいところだったが、状況が状況だ。背に腹は代えられない。考えている時間が惜しく、シーリオはうなずいた。

「わかった。頼めるか、警肆級《けいよんきゅう》」

「承知しました。では」

小型の麻酔銃を取り出すと、シルヴィは席を立った。

声がしたのは、そのときだった。

「その必要はありません、粛清官殿《しゅくせいかん》」

扉が開く。あらわれたのは、さきほどシーリオをここまで送り届けた職員だった。

「ああっ。あなたは！」とライラが声を上げる。

「どうかしたのか、イライッザ警伍級《けいごきゅう》」

「え、ええと。なんというでありますか。その、一週間くらい前に、自分が現場でちょっと勘違いをして、ご迷惑をおかけしてしまった職員さんであります」

ライラがそう、恥ずかしそうに答えた。

「あの、首は大丈夫でありますか？　やっぱりまだ痛むでありますか？」

「はは。もう、すっかり大丈夫ですよ、イライッザ警伍級殿。ご心配いただき、ありがとうございます」

職員はフッと笑ってそう答えた。その後ろ首には、たしかに塵工《じんこう》薬液に浸したパッチのようなものが貼ってあるようだった。

「それよりも、話は聞かせてもらいました。バレト警肆級、どうぞこのままナハト警弐級《けいにきゅう》をお連れください。情報局の者には、私がうまく対応してみせます」

シーリオは眉《まゆ》をひそめた。感謝よりも、疑問のほうが先にくる話だった。

「……どういうことか、聞いても？」とシーリオはたずねる。

「粛清官の方々の足を止めるような話ではありません。さあ、お急ぎを」

「ご厚意には感謝いたします」とシルヴィが言った。「ですが、そういうわけにはいきません。そうなると、あなたが責任を問われる立場になってしまいますから」

「よいのです。こういう話は、粛清官の方々にはわからないことかもしれませんが、われわれにも喜んで命令を聞きたい相手と、なかなかそうとはいえない相手がおります。粛清官のなかには、われわれ雑用の職員のことなど路傍の石のように扱うかたもめずらしくありませんが、第七指揮のみなさんは、これまでいちどもそうしたことがありませんでした。能力を持たずに生まれた私は、そのように対等に扱ってもらえることに、とても救われてきたのです」

どこか寂しげな表情で、彼はそう説明した。

「さきほどもお耳に入れましたが、私はナハト警弐級《けいにきゅう》の拘束など、とても信じられない暴挙だと考えております。いえ、私のみならず、警弐級とかかわりを持った多くの現場の者が、そう感じていることでしょう。だから私は、これが間違ったことだとは思いません。どうぞ、このままお連れください。情報局の者は、もう間もなくやってきます。さあ、はやく」

四人は顔を見合わせた。

そこまで言われて断るのは、もはや無粋と言えた。

「ありがとう」と、シーリオは心から述べる。

席を立って扉を出る一向を、彼は会釈して通した。

*

このうえなく気の利いたことに、彼は自分たちに配給されている連盟指定のマスクのスペアとジャケットを貸してくれた。白面のドレスマスクを上着のなかに隠し、シーリオは補佐課の職員の姿に扮して、連盟本部の下層階の廊下に出た。

外で待ち構えていた部下たちと合流すると、すぐさま行動に移ろうとする。

その前に、テオリが言った。

「あの、ずっと懸念していたことがあるんすけど、いいすか？」

「なんだ、警伍級《けいごきゅう》」

「肝心の、敵の居場所についてです。連中がいるのは地下の神殿だって話ですけど、それっていったいどこなんすかね。俺、零番街のことなんか全然わからないんすけど」

「た、たしかに！」

そう聞いておどろいたのは、ライラだけだった。

シルヴィは当然考えていたらしく、動揺する様子はなかった。

「わたしは昨日のルートから辿《たど》るつもりだったわ。もっとも、わたしにわかるのは途中までだから、最悪現地でうまく探し当てるしかないと思っていたけれど」

「ほかにも、手はなくはない」とシーリオは言った。「地下のデータは本部で蓄えてある。多くは情報局の管轄だが、アナログのデータならば少なくない量がべつの部署にもあるはずだ。そこからうまく聞き出すか、もしくは今夜の粛清案件にかかわっている職員に接触してみるということも選択肢には入る」

時間を決めて各々が情報収集に当たるのがよいだろうか、とシーリオは考える。

しかしその提案をする前に、テオリが言った。

「それにかんして、ちょっと気になっていたことがあります。というのも、さっき俺とライラが情報局でタイダラ警壱級《けいいっきゅう》に会ったとき、警壱級が最後に俺たちに向けて、なにかメッセージのようなものを残してきたんすよ」

「それは本当か、警伍級《けいごきゅう》」

「はい。タイダラ警壱級は、どうやらローブの下に着ている自分のジャケットを指しているようでした。それについて、ナハト警弐級《けいにきゅう》はなにかピンときたりはしないですか？」

シーリオが思案したのは、ほんの一、二秒のことだった。

すぐに、とある考えに思い至る。

「みな、いったん執務室に戻ろう」

足早に向かうシーリオのあとを、三人がついていった。


第七執務室の様子にかわりはなかった。シーリオの入室記録が残らないよう、シルヴィが電子ロックを解除して、なかに入る。

入室と同時に、シーリオは迷わず執務デスクの奥にあるクローゼットへと向かった。

「私は、かねてよりタイダラ警壱級のお着替えのご用意を任されている。洗濯してアイロンをかけてから、このクローゼットにおさめている。もし警壱級がご自身のジャケットを示されたのであれば、ここになにかを残されていったはずだ」

「……えっと、ナハト警弐級。それはタイダラ警壱級に頼まれて、でしょうか？」

「いや、私が率先してやらせていただいていたことだが。どうかしたか？」

シーリオが振り向くと、三人の部下はいかにも怪訝《けげん》そうな表情を浮かべていた。

「な、なんかそういうのって……」

「ちょっとだけ、変でありますね……」

「な、なにをいう。そんなことはない……とは言い切れないかもしれないが、少なくとも私は、尊敬する相手の身の回りのお世話をしなければ、なんだか奇妙な感じがするのだ。そんなことはよいから、とにかく手を貸してもらえないか」

いつまでも使用人魂が抜けていないことは、シーリオ自身も承知していることだった。

クローゼットのなかには、ボッチがローブのなかに着ている深緑色のジャケットが数着、きれいな状態でおさめてあった。

四人は一着ずつ手に取ると、それぞれ調べていった。

当たりを引いたのはライラだった。襟の内ポケットをまさぐっていたライラが「ん？　なにか入っているであります」と首をかしげ、あるものを取り出した。

受け取ったシーリオは、その黒色の小さな物体をまじまじと眺めた。

「それはなんでありますか？　ナハト警弐級」

「記憶装置だ。このなかに莫大《ばくだい》な量のデータがおさめられている。私がこの服をかけたときには、これはなかったはずだ。洗濯する前に、念のためよく調べるようにしているからな」

「……だとすると、タイダラ警壱級《けいいっきゅう》は地下任務から戻られたあとに、これを仕込んでおいてから情報局に向かったということになるのでしょうか」

シルヴィの言葉に、シーリオはうなずき返した。

あいもかわらず、いったいどこまで先読みしているのかわからない人だ。そうすると、ロロがボッチの情報局到来を予見して罠《わな》を張っていたように、ボッチもまたロロのやりそうなことを予測していたということになるのだろうか。だとすれば、あの場の出来事に驚いていたのは、騒動を起こした当人たち以外だということになってしまうが……。

ともあれ、これがボッチの残した重大なヒントであることに違いはなかった。

「ほぇぇ、こんな小さな物のなかにでぇたが……。やっぱり、偉大都市《いだいとし》の科学技術ってスゴいであります。でも、どうやって確認するのでありますか?」

「Mドライブに接続して読みこませるのだ。となると、向かうべきは」

「タイダラ警壱級の研究室はいかがでしょうか」とシルヴィが提案した。

「あそこならMドラがありますし、今の時間ならまだスナミさんもいるはずです。彼女なら、きっとわれわれに協力してくれるかと」

「うむ。私もそれがよいと思う」

本部には、ボッチが室長を務めている砂塵《さじん》粒子の研究室がある。

シルヴィはかねてよりの被験者で、就任から今まで、ずっと定期的にそこに通っていた。スナミというのは、シルヴィの検査を担当している研究者の名だ。

「みな、聞いてくれ」

シーリオは三人の部下に向けて言った。

「いったん、ここで解散としよう。出撃の前に、私にはいくつか準備がある。みたところ、バレトはすでに万全の状態だな？」

「ええ」

「であれば、ぜひこの記憶装置の解読を任せたい。イライッザ警伍級《けいごきゅう》と鞍馬《くらま》警伍級も、適宜準備のほうを整えておいてくれ。そのあとで、あらためて本部の地下駐車場に集合するというかたちにしたい。いかがか？」

とくに異論はないらしく、三人は同時にうなずいた。

集合時間と、想定外のことが起きた際の簡単な取り決めだけ済ませると、部下たちは執務室を出て行った。

ひとりその場に残ったシーリオは、クローゼットのすぐ傍《そば》にある扉の前に立った。鍵を開けると、自分が簡易的な私室として使わせてもらっている小部屋があらわれる。

そこには普段の仕事で使う道具が並んでいる。ハンドガンや手錠、インジェクターの替えや麻酔弾などを収めたラックの一番上には、刀身のない剣が置いてある。
手に取ると、シーリオはそのかわった見た目の武器を、虚空に向けて振るった。
少量の埃《ほこり》が、あたかも空に浮かぶ星のように散る。

（お嬢さま、お館さま）
（もうしばらくの辛抱でございます）
（今こそ、私が——あなたがたの剣が、参ります）

夜の帳《とばり》が下りれば、星はかならず輝きを取り戻す。
その光の観測こそが自分の最大の幸福だということを、今の青年はよく知っている。

楽園殺し《らくえんごろし》

4

夜と星の林檎

Apple on stars, all under night.

CHAPTER 5 / After Night of the Fest（後夜祭）

1

彼女が自死を選ばなかったのは、その燃え盛るような復讐心のためだった。

こうした未練がなければ、すぐにでも舌を噛《か》みきり、頭を壁に打ちつけて、自分で自分の腹を貫いて、どうにかして死んでいたことだろう。だが、際限のない怒りの感情だけが——その唯一消えない激烈な感情だけが、ぎりぎりのところで彼女を生かしていた。

野望を果たすチャンスに恵まれるかはわからない。いや、むしろほとんどないといっていいだろう。しかしどれだけ可能性が低くとも、諦《あきら》めるわけにはいかなかった。

だから彼女は、その独房に座り続けていたのだった。いつまでも、どれだけ多くの日数が経っても、このがらんどうの、物寂しい洞《うろ》のような暗闇《くらやみ》のなかで生き続けている。

そう——工獄と呼ばれる監獄の奥底に、彼女は囚われている。

ここには、なにもない。誇張抜きで、本当になにもない。みるものも読むものも、まともな話し相手さえもない。だから、ほんの少しでも油断すると気が変になってしまいそうになる。

いずれ正気をうしなうかもしれないという恐怖よりおそれたのは、勝手に蘇る過去だった。

鳥、に、な、っ、た、姉。

舞、台、に、あ、こ、が、れ、て、い、た、自、分、た、ち。

この、直、視、に、耐、え、な、い、み、に、く、い、カ、ラ、ダ。

せめてなにも思い出さずに済むように、彼女は脳の動きを止める術《すべ》を体得していた。

黙って暗闇をみつめ、徐々に闇と同化していくのだ。成功すれば、時間はただ過ぎていくだけの無意味な指標となる。

だが、ときおりそれを邪魔するものがあった。

それは、隣室から聞こえてくる呪詛《じゅそ》のような言葉だった。

この最奥の監獄には、まばらにしか囚人が入っていない。ここは厳戒監獄のなかでも、とくに徹底して閉じこめるべき人間だけが捕らわれている場所だから、相応に空き部屋もあるということなのだろう。

隣の部屋にいる男も、どうやら超がつくほどの悪人のようだった。彼女のような、ただ絶望的に運が悪いせいでここに閉じこめられているような人間がほかにいるはずもない。

だが彼女が隣人と会話することを放棄していたのは、相手が悪人だからではなかった。

理由は単純で、そいつが完膚なきまでにイカれていたからだ。

「ああ、女神よ。今宵《こよい》もまた、大いなる日輪があなたのもとへと降ったようです。わたくしはまた、ぜひあなたの美しき顔眼《がくがん》に……そしていつの日か、ふたたびあなたの御手を……」

きょうもまた、そんなぶきみな声が漏れ聞こえてくる。ここに来て何日経ったのかさえも忘れてしまったが、彼女の知る限り、こいつはずっと祈りの言葉のようなものを口にしている。

普段は無視しているが、そのときはめずらしくうまく眠れるような気がしていたので、彼女は苛立《いらだ》ちがおさえられなかった。

ごん、と彼女は握りこぶしで壁を叩《たた》いた。それでも祈りは止まらない。もういちど叩いても止まらない。なんど叩いても止まらない。彼女は、とうとう声を荒らげた。

「うるっさい！　黙れ！」

ようやく祈りの声は止まった。そのかわりに、話しかけられた。

「おお、あなたは隣室の。とうとう、あなたの奇跡の話を聞かせていただけるのでしょうか」

「んなわけないでしょ。ただ黙っていてほしいだけ。眠れないから」

「それは、大変失礼いたしました。黙禱《もくとう》しているつもりが、つい口に出てしまうものでして」

「あっそ。じゃ、次から絶対に黙ってやって」

「ええ、ええ、努力いたしますとも。ところでわたくしの記憶が正しければ、あなたは、にどとわたくしとは口を利かないとおっしゃっていたはずですね。もしお考えを改めたのなら、ぜひとも奇跡の話を聞かせていただけますか。わたくしは、それがどうしても知りたいのです」

「死ね」

やりとりがめんどうくさくて、彼女はそれだけ言い放った。

この迷惑な隣人は、いったいどういうわけか、彼女の持つ砂塵《さじん》能力を大層知りたがるのだった。理由は、まったくわからなかった。頭がおかしいか、それとも常軌を逸した能力フェチか、そのどちらかだ。いずれにせよ、本当に気持ちが悪いと思う。

彼女が横になったあとも、隣人はめげずにずっと話しかけてきた。彼女は声をかけたことを後悔した。こうなるくらいなら虚空に向けて祈ってもらっていたほうがずっとマシだった。

この場所では日にちの感覚がうしなわれていく。だから、自分が来てどれくらいの月日が経ったのかもわからなかった。

たまに天蓋が開いて、看守どもが降りてくる。そして、独房にいるだれかを連れて行く。頻度は、囚人によってまちまちだった。

例の隣人は、よく呼び出される。五番の独房だから、そいつは五番と呼ばれていた。

それに比べ、彼女は外に出されることはほとんどなかった。

連中が自分を使うとしたら、それはここを出るときだということはわかっていた。そのときは、またどこかの研究室に戻されるのだろう。

ここにいたままでも、外に出されるのでも、どちらもかわらず地獄だ。

まだこうしてものを考えられているだけマシだと、彼女は思う。

自分はきっと、この監獄にいろいろなものを捨てていくはめになるのだ。

おそらく最後には、このかけらばかり残っていた人間性さえも。

昔の映像が流れる悪夢をみて、彼女は跳ねるように起き上がった。

心臓をおさえて必死に息を整えていると、どこからか声がした。

「だいじょうぶですか。なにやらうなされていたようですが」

またも隣人だ。ちっ、と彼女は舌打ちをする。

「キモいから話しかけんなっていってんでしょ」

「おお……。それは、失礼いたしました。ですが、心配でしたもので」

「なに勝手に心配してんの？　なんの義理もないのに。あんたまじキモい、無理」

「なぜか、と聞かれましたか？　それはもちろん、あなたが高位の器だからです。正確にいえば、高位の器である可能性が高いかただから、といいましょうか」

普段なら、そこで会話を終えるところだった。彼女が無視を決めこむからだ。

だが、そのときの彼女は、直前までみていた悪夢の影響か、底知れぬ恐怖を感じており、どんな相手でもいいから会話をして気を紛らわしたいと思い、話を続けてしまったのだった。

「意味わかんない。器ってなに」

「あなたがた俗世人の言葉を借りるなら、砂塵《さじん》能力者ということになります」

「またそれ！　あのさ、あーしが言えた義理じゃないけど、あんた異常だよ。心の底からキモいと思う。なんでそんな人の能力ばっか気にすんの？　いっかい断られたら諦《あきら》めなよ」

「フムム。そう思われても、致し方ないことでしょうね。なんといっても、あなたはまだ啓蒙《けいもう》されておらず、聖典のこともおわかりになっていないわけですから。ですがわたくしにとっては、他者が賜った女神の力の一端を知ることは、ただの生きがい以上のものなのです」

いよいよ彼女はげんなりきた。いくら話が通じないといっても限度があるはずだろうに。

「というわけで、再三となりますが、お願いいたします。どうか、あなたの身に許された奇跡の話をしていただけませんか」

「だから、やだっていってんのがわかんないの？　もう、キモすぎ。まじムカつく。ここを出たらまずはじめにあんたを殺してやりたいよ」

「それはまさか、このわたくしと混沌《メイヘム》を、というお話ですか？　それは心の底から歓迎いたします！　おお、なんとありがたきことでしょうか」

「キモい！　あんた、本当にキモいから！　黙れ！」

「ですが、こうして会話をしてくれるということは、あなたのこころが徐々にでも開かれているのではないかと思いまして。いかがでしょう、話してみる気にはならないでしょうか」

そのとき、彼女は頭のなかでブチンと、なにかの線がキレる音がした。

「……あー、やば。もう、なんかどうでもよくなってきた。あんたさ、自分がなに言ってもへーきだと思ってんでしょ。だから、そうやっていやがらせしてるんでしょ。でもね、それ間違いだから。あーしはね、べつに今ここでもあんたのことなんか殺せるんだよ。砂塵《さじん》なんかなくても、よゆうで」

それは、ただの脅しではなかった。その証拠に、あたりに水気の散る音がした。

ぐじゅりぐじゅりと、暗闇《くらやみ》のなかでなにかが蠢《うごめ》く音がする。

まずい、と彼女は理性の部分で思う。ここで問題を起こしたら、あいつに復讐《ふくしゅう》ができなくなる。それがわかっているにもかかわらず、感情が制御できなかった。

このムカつく隣人を殺して、新鮮なうちに肉を貪ってやりたい。相手の顔がみえないなら、逆にどんなブ男だってかまいやしない。

もともと半断食のような日常を過ごしていたせいもあり、彼女は欲望をおさえることができなくなってくる。

彼女の身体のうちに潜む触手が、ぎちぎちと檻《おり》の隙間《すきま》を通り抜けて隣室へと伸びていった。相手の独房へと侵入すると、触手を勢いよく壁を叩《たた》きつけた。

「これ、みえる？　こいつで今から、あんたの身体を食い破ってあげようか？　簡単だよ。人間の皮膚なんか、ペラ紙みたいに破けんだから」

よく脅しつけるために、彼女は低い声で言った。

「これでよくわかったっしょ。あーしはね、完璧に化け物なんだよ。なんかの比喩《ひゆ》とか陳腐な表現じゃなくて、本当にそのまま、ありのままの意味で、化け物なの。あーしの能力は、こうゆう化け物を作るもんなの。食われたくなかったら、にどとその口を開かないって約束しな」

隣人は、長らく黙っていた。

それを彼女は当然、恐怖によるものだと思っていた。

だが、そうではなかった。

「すばらしい……！」

どういうわけか、相手が口にしたのは、賛辞の言葉。

「……は？」

「これは、じつに……まことに、すばらしい。あなたはまさか、女神の祝福を許されていると？　いや、これはただの祝福などという言葉にはおさまらない。聖典を紐解《ひもと》くまでもなく、あなたがいかに高位の存在であるのかがよくわかる……いえ、伝わってくる！　やはり、わたくしの勘は正しかった！　おお、これはなんと、なんとすばらしき奇跡か……！」

「あ、あんた、なに言ってんの……」

「二、三、お聞きしても？　これはまさか〝旅人喰いの触手《テンタクル》〟でしょうか？　だとすれば膂《りょ》力《りょく》のほどは疑う必要もないでしょうね。そしてあなたは、これを手足のように操ることができる？　それも、身体の内から好きに取り出して？　ああ、いったいいくつの美点を掛け合わせれば気がお済みになるというのでしょうか！　ぜひ、もっと近くでみせていただけますか」

興奮した口調でまくしたてると、相手はあろうことか、触手にみずから触れてきた。

これまで彼女が経験したことがないほどに優しく、密かに、愛でるかのようにして撫《な》でる。

「ひっ」と声を出して、思わず逆に触手をひっこめてしまった。頭が混乱し、言葉が出てこなかった。イカれているとは思っていたが、まさかこのレベルだとは思っていなかった。

だが、彼女がもっとも強い違和感を覚えたのは、次に続いた相手の言葉だった。

「今の、猛々《たけだけ》しい命の脈動。おお、なんとうつくしい……！」

「は……ぁっ？」

これは、だれがみても怯《おび》えるに決まっている、気色の悪い触手だ。彼女自身にとっても、存在が耐えがたいグロテスクな器官だ。

それを、この相手は……なんだって？

「なんなの。あんた、頭だけじゃなくて、目までイカれてんの？　なにをどうしたらこれが、うつくし、い、って……はぁっ!?」

「あなたこそ、いったいなにをおっしゃっているのですか？　これは、女神が許した力の、その最たるものです。荒野がもたらす試練、自然という大いなる混沌《メイヘム》を生き抜くための、そのいきいきとした生命の躍動そのものが、あなたの身には宿っているのです！　その寵愛《ちょうあい》の多寡《たか》は、器量聖典の原本の定義に照らし合わせても、ほとんどお目にかかったことがないというほど。それ、ゆ・え・に！」

相手が、ガシャンと檻《おり》を摑《つか》んだ音がした。

「うつくしい……！ これほどうつくしい力は、これまでみたことがありません。ああ、なんという眼福でしょうか。すばらしい、なんとすばらしい……！」

予想外の出来事に、彼女は開いた口が塞《ふさ》がらなかった。

自分のなかを、さまざまな感情が渦巻いている。

それでも、いちばん大きな感情が恥辱であるということには、すぐに気がついた。

そう、屈辱だったのだ。だからこそ、次の瞬間にはすさまじい怒りが湧《わ》き出した。

「……うる、っさい！ 黙れっっ！」

いつまでも賛辞の言葉を吐く相手に向けて、彼女は怒りのままに、化け物の手を振るった。しなる鞭《むち》のように、檻の向こうにいる相手の身体に触手が直撃した。捕食器官を開くことこそなかったが、殺してしまってもかまわないくらいの気持ちで、なんども殴りつける。

「っとに、キモすぎなんだよ！ にどとあーしの前で、その汚い口を開くな！ この能力のせいで！ あーしが、どんな目に遭ったのかも知らずに！ 適当なことを、言うなッッ！」

監獄のなかに、殴打の音が響き渡る。

看守が異変を聞きつけたのか、天蓋《てんがい》が開いた。

それに気づいて、彼女はすぐに触手をひっこめた。われに返り、とんでもないことをしてしまったと思う。これがバレたら、こんどこそ処分されてしまうかもしれない。

そうしたら、あいつを——無限牢《ろう》を、殺せなくなる。

隣人は死んでいないようだった。かひゅー、かひゅーと虫の息のような呼吸を繰り返している。そこに、看守が駆けつけてきた。

「なにがあったか!?」

その問いかけに、彼女はなにも返さなかった。かわりに口を開いたのは、隣人のほうだ。

「……なんでも、ありませんよ。なんでも」

「その傷はどうしたというのだ！」

「ふ、ふふ。ただのつまらぬ、自傷行為です。わたくしが、自分で自分の身を打ちつけたのです。お騒がせして、大変申し訳ございませんでした」

彼女は眉《まゆ》を吊り上げた。まさかとは思うが、こいつは自分をかばっているのか？

なんで？　殺されかけておいて……。

すぐに彼女は深く考えるのをやめた。はじめからずっと意味のわからない男なのだ。きっと常人には理解できない思考体系をしているに決まっている。

しかし騒動が終わったあと、いざ寝ようと思って独房の隅に転がっても、まるで寝付けなかった。どうにも苛立《いらだ》ちがおさまらない。力が衰弱する薬を飲まされているのに、無理やりあのキモいのを動かしたせいで、ひどく腹が減る。

指をかじりながら飢えに耐えているときに、彼女はふと気づいてしまった。

たしかに自分が覚えたのは、恥辱と屈辱だ。

だがそれは、最後にやってきた感情だ。

この世でもっともみにくいはずの自分の身体を褒《ほ》められて、つい反射的に嬉《うれ》しく思ってしまったことを遅れて自覚して、だからこそ彼女はなによりも強い屈辱を覚えたのだ。

うつくしい、すばらしい、と繰り返し賛辞する声が頭のなかで残響して、耳をおさえた。

「……最悪。ほんとに。意味わかんない、あいつ、なんなの」

名前は、いちばんはじめに教えられた気がする。どこかで聞いたことがある名だった気がするが、そのときはあまりにも興味がなさすぎてすぐに忘れてしまった。

顔もわからぬ隣人の正体を知ったのは、それから幾度もの夜が明けてからのことだった。

2

〝無能狩り〟のベルガナム。

三十年前に起きた虐殺事件〈紫水晶の夜《アメジスト・ナイト》〉において、罪のない一般人に対して暴虐の限りを尽くし、その身を追われた、元第一等粛清対象の名である。

ベルガナムは、指定犯罪組織としてマークされているダスト正教異端の唖塵派《あじんは》に所属する男であり、その階位は、最上位である大司教の冠を有しているという。

無能狩りの二つ名は、唖塵派の者に特徴的な、その過度な差別観に由来している。彼らは能力を持たない者は生きる価値がないと信じ切っており、ゆえに非砂塵能力者《ブランカー》を排除することこそが、この世の摂理に――いうならば、女神の意志に従う大義であると妄信している。

すなわち、ベルガナムはそうした意味での確信犯であるともいえた。

また、そうした差別心の裏返しか、ベルガナムには鵜飼いと呼ばれる犯罪者たちをひどくきらうという特徴があった。

非砂塵能力者が能力者たちを管理して売買するという鵜飼いたちの生業《なりわい》を、この世でもっとも忌むべき悪であるとし、（これは伏せるべき真実だが）中央連盟よりも遥かに熱心に、多くの鵜飼いの組織の殲滅《せんめつ》に貢献した。

そしてその過程で、新たなる女神の信者、あるいはベルガナム当人を強く信奉する者たちが生まれて、啞塵《あじんは》派の組織強化へと繫《つな》がっていったという。

紫水晶の夜のあと、中央連盟と真っ向からやりあっていたベルガナムは、ついには敗北を喫した。収容されたのは、連盟の管理する厳戒監獄、通称〈工獄〉の本棟だった。

このよきニュースをもって、悪名高い大司教にかんする続報は途絶えた。当然、だれもが彼を処刑されたものだと思っていたからだ。

だが、そうではなかった。

彼は生きていたのだ。

おそるべきことに、それ以外の多くの凶悪犯たちとともに娑婆《しゃば》へと解き放たれるかたちで。

「……それが、十五年前の〈朔夜の破り〉事件ですか」

シーリオの一連の説明を聞いて、助手席に座るシルヴィがそう返した。

「そういうことだ。堅牢《けんろう》を極める工獄が破られた、最初で最後の大事件だな」

中央連盟にとっては、最大の大失態だったといえるだろう。せっかく捕らえた多くの犯罪者がふたたび野に放たれ、この都市に牙《きば》を剝《む》いたのだから。

今、四人の粛清官《しゅくせいかん》たちはシーリオの運転する車に乗って、目的の場所へと移動をしているところだった。この時間を使い、シーリオは自分の知る敵の情報を部下たちに共有していた。

「ひょっとして、そのとき工獄を仕切っていたのがリングボルド警壱級《けいいっきゅう》だったんですかね」

後部座席からテオリの質問があった。

「よく知っているな、鞍馬警伍級《くらまけいごきゅう》。もともと彼が工獄を管轄していたからこそ、リングボルド警壱級には〝無限牢《ろう》〟という二つ名がついたのだ」

「ああいや、知っていたんじゃなくて、タイダラ警壱級がリングボルド警壱級にそんなようなことを言っていたんすよ。十五年前の失敗を取り戻したいんだろう、とかなんとかって」

「だとすれば、それはおそらく図星だろうな。逃がした犯罪者はかならず自分が責任をもって粛清すると宣言して、彼は工獄の管理者から本部付きに戻ったのだそうだ」

「そうだったのでありますか！　あのウィンウィンの人、第七指揮のおかげで大変な目に遭ったとか言っておいて、そもそも自分が過去に逃した犯罪者なんじゃないでありますか！」

怒り出すライラに、シーリオは言った。

「気持ちはわかるが、それじたいは責められたものではないのはたしかだ。あの脱獄劇は私が就任するよりも前のことだったが、すさまじい事件だったと聞いている。なにより、リングボルド警壱級《けいいっきゅう》は宣言どおり、多くの脱獄者をみずからの手で粛清されたのだ。……まあ、なかでも無能狩りがとりわけ排除を急ぐべき存在だったのも間違いはないが」

大司教ベルガナムは、正真正銘の危険人物だ。その行動原理が宗教の教義に依存しているにもかかわらず、いざ犯罪に着手するときは知能犯そのものといった、みごとな計画を立てる。今回の周年式典テロも、まさしくその好例となってしまうことだろう。

ベルガナムについて、テオリが言った。

「あの男、わけのわからねえ身体の作りをしていやがった。俺の薙刀《なぎなた》が、やつの胴を通らなかったんだ。まるでローブの下に鋼でも着こんでいるみてえに」

「それはわたしも確認しているわ。おそらく、なにかの塵工《じんこう》体質でしょうね。さっきも言ったけれど、向こうには捕食者《マンイーター》を筆頭に、生き物を人の身体に埋めこむ能力者がいるみたいだから、その関係なのかもしれないわね」

シルヴィの言葉に、ライラが唸《うな》った。

「うぅん、硬い皮膚の生き物、硬い皮膚の生き物……。荒野のクリーチャーはどれも凶悪なのばかりでありますから、それだけだと特定できないでありますね」

運転席に座るシーリオが、車線を変更して速度をあげた。もともと本部からそう離れているわけではないから、ここまできたら目的地まではもうすぐだった。

「問題はベルガナム当人よりも、向こうの手にわたったことが確実と思われる林檎《りんご》のほうだ。場合によっては、バレトに頼むしかない事態が起こるかもしれない」

「ええ。そのつもりでいます」

シルヴィの能力であれば、林檎によって増幅した砂塵《さじん》粒子も消すことができるはずだ。現場でどう転ぶかはわからないが、彼女には活躍してもらうことになる可能性が高そうだ。

「……使用者の砂塵粒子を増やす塵工物、か。なんか、眉唾《まゆつば》すけどね」

テオリの言葉に、助手席に座るシルヴィが振り向いて答えた。

「眉唾でも、そういう技術はあるにはあるのよ。じつは去年の獣人事件でも、同じような塵工物が使われていたの。だからこそルーガルーはあれだけ大規模な犯罪ができたのよ」

「え、そうだったんすか!?」

「ええ。もっとも、あのときは砂塵増幅器という名前で説明されていたし、話を聞く限りでは形状とかサイズは異なるようだけれどね」

「砂塵増幅器は、簡単にいえば林檎の模造品だ。だが、ある程度の部分で理屈がわかっても、われわれの時代の技術力ではあれを再現することはできなかったのだと、タイダラ警壱級はおっしゃっていた。ゆえに増幅器は巨大な装置となり、また最大効果に至るまでにも、相応の時間を要したのだろう」

「小ぶりになって、しかも速効性のある増幅器……。そんなものが、この偉大都市《いだいとし》にいくつもあるなんて」

かつて砂塵《さじん》増幅器を間近でみたシルヴィには、その道具のおそろしさがよくわかるのだろう。その口調からは、おののきと警戒心が伝わってきた。

「それゆえのトップシークレットだったのだ。リングボルド警壱級《けいいっきゅう》は、今後もあれにまつわる事件はすべて自分が管轄すると宣言していたが、おそらくは有言実行するつもりだろう」

「あ」

と、ライラが窓の外を指して言った。

「観覧車――」

すぐ傍《そば》に、アサクラ・アミューズの代表的な乗り物がみえた。

いよいよ目的地だ。周年式典の会場に戻ってきた一同は、完全に稼働の停止した夜の遊園地を、緊張した面持ちで見やった。

*

粛清案件が幕を開けようとしていた。

式典の襲撃および連盟盟主の家族の誘拐《ゆうかい》をおこなった同組織は、主犯ベルガナム・モートレットによって先導されているものと推測されている。

ゆえに作戦の最優先は、大司教ベルガナムの排除であると設定された。

臨時招集された治安局直下の補佐第一課と、情報局直下の補佐特別課の混合編成機動部隊の面々が受けた総合的な指令は、とにもかくにも非能力者勢力の排除だった。即日の粛清任務ということもあり、敵の規模や保有能力者数などの基礎的な情報が欠けている状況では、一般兵士レベルに下る命令は、そうしたごくシンプルなものにならざるを得なかった。

そのかわり、この日緊急で集められた粛清官《しゅくせいかん》たちの責任は、とくに重大なものとなった。

総計三〇〇名に及ぶ機動部隊を三つにわけて、各部隊を粛清官が率いることになっている。

第三隊を率いるのは、第一指揮所属のキャナリア・クィベル警参級《けいさんきゅう》と、そのパートナーであるウィリッツ・アルマ警参級。またそれに加え、昨夜の式典現場に偶然居合わせ、宗教徒たちの撃退に貢献していた、同じく第一指揮のエノチカ・フラベル警参級である。

第二隊を率いるのは、第一指揮のモモゼ・クライン警弐級《けいにきゅう》だ。モモゼは、シーリオ・ナハト警弐級、ウォール・ガレット元警弐級などの優秀な人材が輩出された代の次席卒業者であり、パートナーであるロロからの信頼が篤《あつ》く、今回の作戦でも単身の部隊指揮を任されている。

最後の第一隊を率いるのは、第一指揮の長、ロロ・リングボルド警壱級だ。彼の部隊は子飼いの補佐特別課のみに限定され、また人数も大幅に減らした、精鋭の三〇名となっている。

現時点でこの三つの機動部隊はすでに分かれ、二番街の各ゲートにて待機していた。

ゲートというのは、中央連盟が管理している、零番街への下降口のことだ。

現存する二番街のゲートは、全部で六カ所。

それは数が多いか少ないかでいえば、少ない。地下街を封じこめるために策を講じてきた中央連盟は、自分たちの本拠地である一番街から三番街までの、いわゆる中央街に存在するゲートにかんしては、厳密に封鎖、および管理してきた過去があるからだ。ほかの地区、とくに十六、十七、十八番街あたりには、まだまだ多くの未確認のゲートがあると言われていた。

今回使用される二番街のゲートは、それぞれK16、L14、M17と呼称されるポイントにある。これらの記号は、地下の座標を特定するために用いられている区分名だ。

地下の地理の表し方は特徴的だ。偉大都市《いだいとし》の地図にグリッド線を引き、横軸をアルファベット、縦軸を数字で表して、座標的なポイントを指定している。そうして分けた座標ポイント直下の立方的な解体図が、地下の攻略地図として各員に共有されていた。

今回の粛清戦の舞台である宗教徒たちの拠点は、これまで連盟が集めた地下攻略のデータからL16、17の直下付近に存在すると判明しており、各部隊がそこへ向けて進軍するところから、本件任務が始まる手筈《てはず》となっている。

「――リングボルド局長。お時間です」

連盟の連絡員が、ロロ・リングボルドにそう声をかけた。ロロの進入経路であるゲートK16は、アサクラ・アミューズから十数キロほど離れた南西部にあった。

普段は厳として封鎖されている地下の穴は、すでに解放されている。

その穴のすぐ傍《そば》で、ロロは偉大都市の暗い天を見上げていた。

きょうは、どの雲の合間を探しても月の姿はみえない。姿なき月――新月の夜が終わるまで、宗教徒たちは彼らの神殿にて中央連盟を待つという。

すでに作戦準備は整っている。

それでもロロは動かず、みずからが編成した部隊を前にして、沈黙を保っていた。

ロロは出撃の前に、かならず一分の現場待機の時間を取る。その時間をもって、彼は情報局の局長から、警壱級粛清官《けいいっきゅうしゅくせいかん》へと意識をかえるのだという。

きっちり一分が経過したあとで、ロロが動いた。

「各部隊　聞こえているね」

連絡役の連盟員が向ける通信機に向けて、ゆっくりと口にする。

「今夜の粛清対象は　今年度でもっとも連盟に対して僕たち《たち》舐《な》めた態度を取ってくれた相手だ　主要とおぼしき構成員を狩った者には勲章の授与を確約しよう　諸君らの働きに期待している
それでは――　作戦　開始」

その声を皮切りに、各ゲートの下降口に機動部隊がなだれこんでいった。

タイムリミットは明け方まで。遅くとも陽が昇るまでには、このふざけた事件のすべてを終わらせなくてはならない。

そして、それと同じ意志を持ったべつの指揮に所属する粛清官《しゅくせいかん》たちが、そこから離れた遊園地の内部にいた。

*

アサクラ・アミューズの地下に空いた穴では、連盟の兵士が見張りをおこなっていた。

昨夜の式典襲撃において宗教徒たちが利用した侵入経路の、まさしく出入り口である。

その警備の数はけして多くはない。半日でかき集められた兵士の多くは、現場の突入部隊に編成された関係で、見張り役には多くの人員を割けなかったのだ。

だからこそ、その場に待機する五名の情報局所属の職員たちは、緊張が隠せなかった。

とんだハズれくじだというのが、彼らの共通認識だった。

なんといっても、いつこの穴から捕食者《マンイーター》どもが姿をあらわすかもわからないのだ。

命の危険があるにもかかわらず、なにもなかった場合にはとくに評価されることもない配置というのは、まさしく貧乏くじにほかならなかった。

五人の職員は、互いの身を守り合うかのように固まりつつ、暗い穴を見張っていた。辛抱するのはあと数時間だ。そうすれば支部の応援が駆けつけてきて、今よりもずっと安全に守りが固められる。

見張りがはじまってしばらく経過したとき、ひとりの職員がトイレに向かった。新人の彼はとくに緊張していて、さきほどから尿意が止まらないのだった。

遊園地といえば華やかで明るいものを想起するが、このセレモニーホールの地下には、そんな面影はまったくない。それどころか昨日の襲撃のせいで殺害現場はいまだに血に濡《ぬ》れており、ひとりでトイレに向かうというのは、新人の彼にとっては底知れぬホラーといえた。

自分が戻ったとき、先輩の職員たちはまたからかってくることだろう。それを甘んじて受け入れるつもりで、彼は持ち場に戻った。

「いやー、結局なにも出ませんでした。先輩、連れション付き合ってくださいよぉ」

みずからをそう茶化しつつ、角を曲がる。

返事がないことを奇妙に思うまでもなく、彼は異変に気づいた。

自分たちの持ち場で、四人の職員が折り重なって倒れていたからだ。

「……!?」

咄嗟《とっさ》にライフルを構えようとした彼は、自分の背後にだれかが立っているのに気がついた。が、振り向くよりもさきに、その後ろ首に冷たい銃口が突きつけられた。

「あなたで最後ね」

女性の声だった。

「だ、だれだ。宗教徒か……!?」

「いいえ、違うわ。それよりも聞いて。いい？　眼をつむって、壁に手をついて、ゆっくり両膝《ひざ》を突くの。できるわね」

彼には従うほかなかった。恐怖で震える足を曲げて、言われたとおりにする。

「行ってください」

女の合図にともなって、複数人が自分のうしろを走り去っていく。向かうさきは、穴のある部屋のようだった。

「ごめんなさい、こわい思いをさせて。でも、こっちにもこうしなければならない事情があるの。今から麻酔銃を撃つけれど、安心して。痛くもないし、すぐに目が覚めるわ」

プシュ、と音がして首になにかを撃ちこまれる。すぐに意識が朦朧《もうろう》として、男はその場に倒れこんでしまった。女が離れていく足音がする。

＊

四人の粛清官《しゅくせいかん》が、地下の坑道へと降り立った。

「すまないな、バレト。嫌な役回りをさせた」

「いえ、お気になさらず。もともと、ああいったことをするつもりでいましたから」

「でも先輩、映画に出てくる連盟の女スパイみたいでかっこよかったでありますよ！　うー、やっぱりシルヴィ先輩はあこがれの先輩であります！」

「ライラ、お前めったなこと言うんじゃねえぞ……」

道の向こうからゴワリと風が吹いた。

四人は黙ってその風を受けると、マスク越しに顔を見合わせ、うなずいた。

「――急ごう」

先頭をいく白面の男に続いて、一行は足早に目的地へと向かった。

*

同刻。

そこからまた離れた位置にある連盟本部では、ある重大な決議がはじまろうとしていた。

あたかも裁判の沙汰《さた》を待つ犯罪者かのように、その長躯《ちょうく》の粛清官は本部の上層階にある一室にて待機していた。

「お時間です、タイダラ警壱級《けいいっきゅう》殿」

おとずれた職員に対して、彼はマスクのなかであからさまなため息を吐《つ》いた。

「ようやくか。よォ、さっさと案内してくれや。さすがのおれも、ちょいとばかり気が立っているんでな」

その言葉に嘘《うそ》はないのだろう。いつもの野太い声には、たしかに平時の彼にはない苛立《いらだ》ちが滲《にじ》んでおり、職員は思わず固唾《かたず》を飲んだ。

「こちらです。場所は最上階、〈円卓の間〉です」

この都市で最大の権力者たちに謁見《えつけん》することになろうとも、彼には普段の態度も恰好《かつこう》も、なにもかも改めるつもりはないようだった。

これは大ニュースになる、と職員の男は思う。

かの自由人である火事場のボッチが果たしてこの先どうなるのか、その裁断が今から下されるのだ。それは一部の連盟員にとっては、今おこなわれている粛清戦と同等以上に結果の気になる騒動だとさえいえた。

円卓の間が置かれる階層には、たとえ付き添いであろうとも、下位の連盟員は入場を許されない。現場の慣習では、それこそ警壱級粛清官《けいいつきゆうしゆくせいかん》レベルの人間か、あるいはせいぜい特別な事情を持つ警弐級《けいにきゆう》くらいしか、そのフロアを堂々と歩くことは許されていない。

それゆえ、火事場のボッチが見送られたのは、エレベーターに乗りこむところまで。

神秘的、というよりはぶきみとさえ言える、暗い水の底のような見た目のフロアは、本部の裏にある秘境、水晶宮の内装を模して造られたものだ。孤を描く廊下を半周して、やけに大仰な扉の前にまで至ると、ボッチはとくに感慨もなく扉に手をかけた。

円卓の間の中央まで、さっさと歩いていく。自分を見下ろすかのように周囲をぐるりと囲む九人の盟主たちに会釈さえせずに、彼はこう口にした。

「ドーモ、盟主サマがた。ご用命につき参上しました、タイダラです。さァ、はやいとこ済ませてもらいましょうか。ちょいと急ぎなもんでしてね」

噂《うわさ》どおりの傍若無人な挨拶《あいさつ》に、ひそひそとした話し声が聞こえた。

明瞭《めいりょう》な返事をよこしたのは、ちょうど真正面の位置に座る、ひとりの男だった。

「召喚に応じていただき感謝します、タイダラ警壱級。奇遇ですが、われわれも時間に恵まれているわけではありません。さっそく始めましょう、貴官の職位適格性査問の会を」

連盟盟主長エリヤ・ディオスの冷たい眼差《まなざ》しが、高所からボッチに振りかけられた。

*

同刻。

石造りの長い階段のうえに、ひとりの男が跪《ひざまず》いている。彼のいる本殿の入り口からは、大階段の下にずらりと並ぶ、無数の信者たちの姿があった。

男も含め、宗教徒たちはみな、黙って祈りを捧げていた。地下の天井の真下に、砂塵《さじん》粒子が揺蕩《たゆた》っていたからだ。かの万能物質が出現したとき、信徒たちは決まって祈りを捧げる。

さらさらと擦《こす》れあう粒子がはたと消えたのを合図に、男は立ち上がると、口を開いた。

「同志諸君よ――！　まずは、あなたがたに慰労と、感謝の言葉を。あなたがたの働きのおかげで、われわれの聖戦は無事に成りました。周年式典における混沌《メイヘム》は参列した同志たちの魂を洗うと同時に、当初の予定どおり、中央連盟の持つ忌むべき創造物の奪取へと繫《つな》がりました」

男の手には黄金色の果実のようなものがおさめられていた。彼がそれを掲げると、信徒たちはいかんともしがたい声を口々に漏らした。憎悪とも遺恨とも取れる声を、男が手で止める。

「畏《おそ》れ多くも人の身において女神を御さんとする。そうした技術は、なんであれ許されるものではありません。この忌むべき物は、わたくしが司教としてかならずや適切な処置をくだしましょう。ですが同時に、これは教団にとって特別な祭礼の儀を導くものでもあります。みなさんもおわかりですね？　そう、今夜これを求めて、中央連盟がわれわれの前にあらわれます」

そこで男は一層、その声を高めた。

「同志諸君よ！　あなたがたは、わたくしと志を同じくし、我が道の後方を歩まんとする、開眼せし者たちです。わたくしがあなたがたに与えたいのは、今も昔も変わることはありません。あなたがたの同志は、司祭助祭の位に預かった者も含め、その多くが昨夜の祭礼で使命をまっとうしました。その女神を賛辞する儀礼は、当然あなたがたも求めるものでありましょう？ もしそうであるならば、今いちど祈りの声をおあげなさい！」

すぐさま、声があがりはじめる。はじめは小さく、徐々に大きくなっていく声は、やがて一団が一斉に叫ぶひとつのワードとして神殿に響き出した。

女神のために《フォー・ザ・ゴッデス》、と。

「よろしい。ならば今夜ここに、あなたがたの愛を示しなさい。あの日あなたがたが謁見《えっけん》を許された、かの女神への賛美の心を、その身で体現するのです！ そのための舞台はすべて整えました。あとに必要なものは、ただただ等身大の祈りばかりです。さあ――賜りなさい」

男の合図を受けて、信徒たちが深呼吸をはじめる。

女神をその身に採りこんで、ある者は粒子を漏らし、ある者はその身に受けた女神の祝福の力を呼び覚ます。

地下に集った、数百名に及ぶ宗教徒たちが、使命のために駆けていく。

その場に混ざる唯一の無神論者である女は、彼らの去っていく後ろ姿を、マスクのなかでつまらなさそうに眺めていた。


「――サリサ嬢、どうされましたか。心ここにあらず、といったようにお見受けしますが」

演説を終えたベルガナムが、サリサにそう話しかけた。

「ん。いや、ちょっと昔のこと思い出していただけ」

「なんとめずらしい。あなたは過去を思い返すのがお好きではないのではなかったですか」

「そうなんだけど、ま、なんとなくね」

状況が状況だからかな、と言い足して、サリサは階段にかけていた腰を上げた。

どこからか歌声が耳に届いてくる。これは神殿のなかから響いている歌声だ。さすがはこの都市最高の歌手か、夢のなかにあっても胸を打つものがあるといえた。

友だちが囚われている本殿の扉を見据えながら、サリサは口にした。

「ベルっちさ、いくつか確認していい？」

「もちろんです。なんでしょうか」

「例の黒い粛清官《しゅくせいかん》。あれ、どうすんの」

「ああ――」と得心したようにベルガナムはうなずいた。「あのかたにかんしては、零幸《こぼれざいわ》いでしたね。が、この偶然を利用しない手はありません。今夜の儀には、ぜひご参加いただくつもりですよ。あなたの場所とは違うところに配置しております。わたくしの予想が正しければ、あのかたは大層よき混沌《メイヘム》をもたらすことでしょう」

ふーん、とサリサは相槌《あいづち》を打った。じつをいえば、そちらはたいして気にはしていなかった。

サリサが本当に気にしていたのは、もうひとつのほうだ。

「それとさ。ベルっちは、本当にこれでいいの？」

「と、言いますと？」

「ベルっちさ、今回だいぶあーしの希望を聞いてくれたじゃん？　だからなんか、本当にいいのかなって。ベルっちだって、本当はめっちゃ無限牢《ろう》のやつとやりたいんでしょ。あんたとこの連中の報告が正しかったら、その前にあーしが当たることになっちゃうけどさ」

「フフフ。お優しいのですね、サリサ嬢。あなたにそうも気を遣っていただけるとは、かつてのわたくしに言ったとしても、まず信じてはもらえないことでしょう」

「もー。いいから、そういうのは！」

けたけたと笑う大司教の背中を、サリサはバシバシと叩《たた》いた。

「ともかく、本当にお気になさらず。今夜この本殿まで辿《たど》り着く者があるとすれば、それは無限牢に勝るとも劣らない、非常に高位なる器であるというのは疑う余地もありません。ですから、すべては天命に託すということで一向にかまいはしないのです。今から楽しみですよ、いったいどのような器にお会いできるのか……」

どうやら言葉に偽りはないらしく、ベルガナムの口角が吊り上がった。

サリサにはまだ言い足りないところがあったが、そんな相棒の様子をみて、とりあえずは納得しておくことにする。

「んじゃま、行ってくるかな。さっさと終わらせて林檎《りんご》を渡しに行かないと、あいつらマジでキレるだろーし」

「お待ちください、サリサ嬢」

階段を降りていくサリサを、ベルガナムが呼び止めた。

「なに？」

「ほんの一瞬だけでも、あなたのために祈らせてください」

サリサの肩にひかえめに触れ、片方の手で輪っかを作るダスト教のポーズを取ると、ベルガナムは数秒だけ、祈禱《きとう》の時間を取った。それから、すぐに彼女を解放する。

「わたくしも願っておりますよ。あなたの尊き復讐心《ふくしゆうしん》が――まさしく混沌《メイヘム》かくあるべきというその情念が――今夜この場にて果たされんことを、友人として、心より祈っております」

その言葉にも、彼女はいくつか言いたいことがあった。

だが結局は、すべてを胸のうちにしまいこんだ。

あんがと、とだけ返して手を振り、そのまま離れていく。

身体じゅうが熱を湛《たた》えていた。平時は抑えているものが、ここにきてとうとう顔を出し、自分には制御のできない怪物へと育ちつつある。

だがその怪物は、普段はうまく隠してあるだけで、つねに彼女のなかでとぐろを巻いているのだ。感情や欲求はあくまで操るものであり、けして操られるべきではないという彼女の信ずる理《ことわり》が、この怪物が動くときだけは好き勝手に動き回り、どこかへと消えてしまう。

その怪異なる姿を、彼女はまったく好いてはいない。

それでも時として表に出さざるを得ないからこそ、欲望とは妙なるものなのだということを彼女は知っている。

今の彼女の仮面の下の顔は、だれよりも暴力的に笑っていた。

3

参道Ⅲ・第三隊の記録

思ったよりも順調に、作戦は進行している。

それが、機動部隊に同行しているアカシラの感想だった。

作戦の開始から三時間あまりが経過した二三〇〇の地下、ポイントM17地点から出発した部隊の行脚は、今のところは万全に進んでいる。

（……いつ降りてもかわらんな。地下の様子というものは）

光の灯《とも》らない、崩れた瓦礫《がれき》の連なる広い坑道を見渡して、アカシラはそう思った。

零番街は、じつは補佐課のベテランにとってはある程度のなじみがある場所といえた。

粛清官《しゆくせいかん》の重要任務である地下攻略に、サポートのために自分たちがついていくことが多かったからだ。かつて〝蒼白天使〟のリィリン・チェチェリィ警壱級《けいいっきゅう》が活発だった時期は、よく彼女の部隊に加わり、援護に尽くしたものだ。

もっとも、昨今では地下攻略に呼ばれる機会はがくんと減っている。火事場のボッチを代表とする警壱級《けいいっきゅう》の各位が、あまり補佐課の職員を随行させない方針だからだ。

目的地に向かう部隊の真ん中あたりで、アカシラはアサルトライフルを手にして力強く歩を進めている。そこに、同じく第三隊に配属された補佐第一課の後輩職員がたずねてきた。

「けがは大丈夫ですか、アカシラさん」

「ああ、問題ない」

「でも、足取りが重いみたいですよ。やっぱり休んでいたほうがよかったんじゃないですか」

「ばかをいうな。この状況で退《ひ》いていられるか」

つい先日の式典テロの場で負傷したアカシラは、おどろくべき執念で無理やり起き上がり、今回の作戦に参加していたのだった。

負傷の身であるアカシラには、今回は小部隊の隊長の座は与えられなかったが、かまわなかった。自分もかかわった事件の後始末に参加することは、なによりも強い望みだった。

「総員、一時停止！」

号令の声がかかったのは、隊列の先頭が坑道の出口に差し掛かったタイミングだった。

副隊長の兵士が、手にしている零番街の地理情報と周囲を見比べる。全体に共有されているマップを、アカシラもまた確認した。

ここから先が、いよいよ神殿区域となる。

この部隊が進入に使ったのは、ポイントM17にある連盟の管理ゲートだ。そこから零番街に下り、あたかも塵工《じんこう》工場の配管のように複雑な経路を行き、ここまで辿《たど》りついていた。

「ッあ──、やっと着いたかよ。本当、就任以来サイッテーの休日だぜ。なんで楽しくライブをみていたら零番街なんかに送りこまれることになるんだか、だれか説明してくれよぉ」

部隊の後方にいたひとりの女性が、いかにもだるそうにそう口にした。キャップのような見た目をした、帽子型のドレスマスクからは、ぼさぼさの髪がはみ出ている。

第一機動所属の粛清官《しゅくせいかん》、エノチカ・フラベル警参級《けいさんきゅう》。あまり情報局の所属者らしくない粗暴な言動が目立つ、キャリア中堅の女性粛清官だ。

エノチカは、今夜の作戦にまったく乗り気ではないらしい。道中で当人が散々文句を言っていたように、せっかくの休日が台無しになったことが許せないようだった。

「もう足疲れたんですけどぉ？　何時間歩かせる気だよ、マジで。フィルター越しでも埃《ほこり》っぽくて喉《のど》がイガイガするし、はやく帰りてぇよぉ」

「エノチカ！　あなた、いい加減にその不平不満をおやめなさいな。ロロさまに仕事を任せていただけるなんて、粛清官にとってこれ以上の誉れはないのですわよ！」

ぶうぶうと文句を垂れるエノチカに対して、とても仕事向きにはみえないドレスに、カラスを模したマスクを被《かぶ》る女が叱咤《しった》した。

同じく第一機動所属、キャナリア・クィベル警参級だ。

第一指揮の粛清官《しゆくせいかん》のなかでも、彼女の功績はよく耳にする。パートナーであるウィリッツ・アルマ警参級《けいさんきゆう》とともに、ロロの手先として喜んで粛清の場に向かう優秀な尖兵なのだという。

そのパートナーのウィリッツはというと、半歩遅れてキャナリアについていた。彼は極端に無口な性格をしているらしく、作戦の開始からいちども口を開くところをみていなかった。

「それも今回はとってても特別な任務ですのよ？　ロロさまと同じ現場に向かう機会なんてめったに恵まれませんもの。あなたも光栄に思いなさいな」

「アタシにとっていちばんの光栄はきちんと休みがもらえることなんですけどぉ？」

「なんって意識の低いこと！　ねえウィリッツ、あなたも呆《あき》れますわよね？」

「……。」

「ほら、ウィリッツもこうして呆れていますわよ！」

「なんもしゃべってねーだろ、そいつは」

ああかったりぃ、とぼやいてエノチカがとっとと先を歩いていく。そのうしろをキャナリアがキーキー喚《わめ》きながら追いかけ、さらにそのあとをウィリッツがおとなしくついていく。

この三人こそが、第三隊を引き連れる第一指揮の粛清官たちだ。

「アカシラさん。本当に、彼らに任せるので大丈夫なのでしょうか」

後輩職員がそう耳打ちしてくる。アカシラもまた小声で「問題ないだろう」と返した。

それは本心だった。現場歴の長いアカシラは、粛清官という存在がいかに特別であるかをよく知っている。彼らは伊達に偉大都市《いだいとし》じゅうに名を轟《とどろ》かせているわけではない。武闘派の砂塵《さじん》能力者の本分は、けして見た目や言動に依るものではないのだ。

奇しくも、その事実は、この直後に実証されることとなった。

先行していた副隊長が報告する。

「クィベル警参級殿。それからお二方も、お聞きください。ただ今地下情報と照らし合わせましたが、ここから先の道がわれわれの目的地、参道Ⅲの経路で間違いないようです」

「けっこうですわ。それでは予定どおり、ここからはフォーメーションを変更するように」

キャナリアはフフンと鼻を鳴らすと、勇んだ足取りで神殿区域のなかを先導していった。

参道Ⅲというのは、本殿に至るための道筋のひとつだ。

この地下神殿には、合計で三つの経路がある。それらは参道Ⅰ～Ⅲと仮称されており、すべての道が本殿へと繋《つな》がっているのだという。

アカシラはあまり詳しくないが、こうして三つの構成要素を持ち、非対称の構造を取るというのは、三ツ目の女神を信仰するダスト教の建築意匠として一般的なものなのだという。

ブリーフィングの時間で、リングボルド警壱級《けいいっきゅう》は全体に向けてこう説明していた。

「逃げようとする粛清対象を漏らしたくはない　ゆえにわれわれは三部隊に分かれて　宗教徒たちをなかに押しこめるようにして粛清をおこなうものとする」

第一隊が、参道Ⅰ。第二隊が、参道Ⅱ。そして第三隊は、参道Ⅲを制圧する。

それが、今回の粛清戦の骨子となる動きだ。

参道Ⅲの手前で足を止めたキャナリアが、隊列を振り向いて告げる。

「各員、最後の戦闘準備の確認を。ロロさまのために鍛えたその腕前、今こそ存分に披露するときでしてよ！」

「はっ、クィベル警参級《けいさんきゅう》！」

兵士たちが敬礼で返した。

神殿区域の目印となっている拱門《アーチ》をくぐり、第三隊が進入を開始する。


参道は、ゆるやかな下り坂を降りていく作りとなっていた。

周囲の様相は、いかにもダスト教の領域らしい見た目へと様変わりしている。女神の顔が彫られたレリーフに、ガス燃料に灯《とも》されたランタンが等間隔で続いていく。

まるでアサクラの遊園地にあるお化け屋敷のようだ、とアカシラは思う。だがレジャー施設とは異なり、ここには本物の化け物があらわれる。

途中で、横幅の広い階段が下に伸びる区域に至った。

その踊り場の中央に、複数人の宗教徒たちの姿があった。

祈るように膝《ひざ》を突いていた彼らは、やってきた中央連盟の勢力に気づくと立ち上がり、階上にずらりと並ぶ部隊の面々をみやった。

「降伏の慈悲は差し上げませんわ。みずからの犯した罪はよくわかっておいでですわね？」

キャナリアが、そう声をかけた。

が、だれもまともな返事はよこさなかった。かわりに、口々に不明瞭《めいりょう》な言葉をつぶやいた。

「中央連盟だ」

「ああ、正しき混沌《メイヘム》のときが訪れた」

「女神よ。今ふたたび、あなたのところに」

百を超える機動隊に銃口を向けられながらも、彼らに怯《おび》える素振りはみえなかった。むしろ、その仮面をまとわぬ顔には笑みさえ浮かべている。

次の瞬間、彼らの背中から水気の混じる音がして、例の触手が伸びた。

宗教徒たちの動きははやかった。砂塵《さじん》共生生物の特別な生体武器を持つ彼らは、まるで弾けるかのようにその場を跳躍すると、四方八方に散って機動隊を襲わんとする。

だがそれ以上に素早かったのは、すべての用意を済ませていた兵士たちのほうだった。

「斉射《ファイア》！」

各小隊の隊員が、複数の銃口を同じターゲットに照準して火花を散らす。ミラー社製の炸裂《さくれつ》弾が、まさしく雨のごとくそれぞれの宗教徒を狙《ねら》い撃ち、一瞬のうちに蜂の巣にした。

軍隊として一級品の統制力。その証拠に、壁に取りつくことで初撃をどうにか避けていた宗教徒たちが第二波として迫りくるのにも、彼らはごく冷静に対処していた。

小隊長の銃口とまったく同じ対象を照準するように躾けられている兵士たちが、すぐ眼前まで近づいていた異形の化け物を、続く二回目の掃射で問題なく駆除する。

大量の薬莢《やつきょう》が転がり、ぐしゃりと死体が地に落下する。その骸《むくろ》は、蜂の巣よりもひどい有り様となっていた。キャナリアは歩み寄ると、その亡骸《なきがら》を一瞥《いちべつ》した。

「これが噂《うわさ》の捕食者《マンイーター》……なるほど、動きだけは悪くありませんのね。しかし所詮はただの非砂塵能力者《ブランカー》、連盟の誇る火力部隊の前には無力だと実証されましたわね」

今は、式典会場とはわけが違う。自分たちは敵の砂塵《さじん》能力の支配下にあるわけでもなければ、万全の武装準備に身を包んで、完璧な武装隊として編成されている。

この体制であれば、ただの捕食者はそこまでの脅威ではないようだ。

「クィベル警参級《けいさんきゅう》殿！　まだ粛清対象が近くに！」

階段の踊り場の壁。そこに無数に空いた穴ぼこに、大量の宗教徒たちの姿があった。そのなかには、砂塵粒子をまとわせている者も複数いる。

（やはり、待ち伏せされていたか――――！）

アカシラを含め、部隊の面々が身構えるのを、キャナリアが片手をあげて制した。

「こんどは能力者がいますわね。ではみなさん、この場はあたくしたちに任せてお下がりなさい。無駄撃ちは控えて、逃走者の背を撃つのに使用するように」

命令を受けて、機動隊が即座に陣形をかえた。うしろに下がり、逃亡者を逃がさないように狙《ねら》い撃つフォーメーションとなる。

「さあウィリッツ、エノチカ。ごみ掃除の時間ですわ——存分に功績を挙げますわよ！」

「……。」

「しょうがねぇ。こうなったら頭ぁ切り替えて、ボーナスのためにひと肌脱ぐかぁ」

三人の粛清官《しゆくせいかん》が、ほとんど同時にインジェクターを起動した。

そうして、本格的な粛清戦が幕を開けた。

＊

壁の穴から降り立った宗教徒たちを待ち構えていたのは、地面と同じ色をした砂塵粒子の罠《わな》だった。みな、すぐさまそれに気がついたが、その直後、彼らは奇妙な動きをみせた。

だれも次のアクションを取ろうとしない——いや、正確にいえば動いてはいるのだが、その動きが奇天烈《きてれつ》極まりなかった。

転んでのたうちまわる者、壁に向かって駆け出して激突する者、痙攣《けいれん》するかのように四肢をばたばたと振り回す者など、全員が奇怪な行動を取る。彼らの身体から生える触手も、うねうねと狂ったように揺れ動くだけだった。

そんな彼らのあいだを縫うかのように、機敏に動く影があった。

小刀を構えた粛清官《しゅくせいかん》が、一同を通過する。と、それぞれの首の頸動脈《けいどうみゃく》から血が噴き出した。

唯一離れた場所まで逃げていた宗教徒も、慌てふためくばかりで応戦しようとしなかった。

「か、身体が、動かな……！」

「……逃げるの、無理。俺の粒子、まともに触れたら終わりだから」

そうつぶやいた粛清官が、そのまま躊躇《ちゅうちょ》せずに相手の急所を刺した。

ウィリッツ・アルマ警参級《けいさんきゅう》。

神経混線の砂塵《さじん》能力者。

彼の粒子に触れた者は、思うように身体を制御することができなくなる。腕をあげようとすれば腿《もも》が、しゃがもうとすれば首がもたげ、まともな身体動作のいっさいが許されなくなる。

腰布で小刀の血をぬぐうウィリッツに対して、数多《あまた》の触手が迫りくる。

離れた場所に降り立っていた宗教徒たちによる包囲攻撃だ。が、触手がウィリッツのところに届くよりも先に、またべつの粒子が散布されて、その行く手を阻んだ。

「ウィリッツ、お気をつけなさいね。あたくしの粒子に触れたらいけませんわよ」

キャナリアだった。彼女の放つ赤黒い粒子は、棘《とげ》の生えたようなかたちの塊を形成していた。周囲に敷き詰められていた粒子群に、ひとつの触手が触れる。

その途端、爆音をともなって触手が吹き飛んだ。のみならず、その爆破は瞬く間に触手のなかを誘爆していって、すぐに本体をも爆撃した。

「ギャッ、ギャアアアアッッ」

耳をつんざくほどの絶叫があがり、宗教徒たちが倒れる。裂けた皮膚から身体の中身が溢《あふ》れて、参道の一面を汚す血のりと化していた。

「……キャナの能力、いつみても惨《むご》い」

「連盟に逆らった彼らが悪いのですわ。それも宗教徒だなんて薄気味の悪い！　粛清すればするほど偉大都市《いだいとし》がきれいになるに決まっていますわ」

キャナリア・クィベル警参級粛清官。

機雷の砂塵能力者。

彼女の砂塵粒子は、空中に設置される機雷のような性質を持つ。その機雷に接触した者に爆破の因子を与えて、キャナリアの意思によって自由に起爆することができる。

そこから離れた場所では、またべつの、拳《こぶし》大ほどの大きさの白色の粒子が形成されていた。

「あー、計算がめんどくせーな。おい、全員あんま動くなよ。アタシは大所帯が嫌いなんだよ、ちょっと射角を間違えたら味方をやっちまうから」

エノチカが自前のバットを振り、形成された粒子の弾《たま》をカキンッ！　と打ち出した。

発射された弾が、ひとりの宗教徒の身体に当たり、風穴を開けて突き破る。なおも弾の勢いは衰えず複数人を貫通し、壁に接触すると跳ね返り、またべつの宗教徒の身体を穿《うが》ってゆく。

際限のない跳弾のすえに、周囲の宗教徒たちが軒並み倒れると、最後にバウンドした弾がエノチカのもとに戻ってきて、そのマスクに接触する直前に、はたと消えた。

「ん、おっけ。だいたい思った感じの軌道になったな」

エノチカ・フラベル警参級《けいさんきゆう》。

貫通の砂塵《さじん》能力者。

彼女の形成する砂塵粒子の弾《たま》は、あらゆるものを貫通する性質を持つ。そのうえ、この粒子弾は反射の性質も併せ持っており、エノチカの意志によって反射弾へと切り替えることで、確実に対象に命中させるという。

広い踊り場に、三人の粛清官《しゆくせいかん》が操る砂塵粒子が多色となって混ざり合っている。

三者三様の能力。

それでいて、全員がいかにも粛清官らしい凶悪な能力の持ち主だ。

さしあたりこの場の掃討は終わったとみて、粛清官たちがインジェクターを解除した。砂塵粒子が消え失せると、あとは死体か、虫の息となって転がる宗教徒の姿だけが残った。

(これが、第一指揮の粛清官の実力か……!)

その手際を間近でみていたアカシラは、素直に感嘆した。

かのロロ・リングボルドの直属の部下ということもあり、第一指揮には選りすぐりの面子《メンツ》が揃《そろ》っているという。その証拠に、戦闘開始からたった十数秒のうちに、総計二十名以上の宗教徒を始末してしまった。敵にも能力者がいる様子だったにもかかわらず、先手必勝の能力披露でそのまま決めきってしまったことになる。

「う、うあ、ア」

キャナリアの爆破を喰らった男のひとりが、腹部を押さえてうごめていた。キャナリアは彼に近寄ると、そのむごたらしい傷をカラスのマスク越しに見下ろして、こうたずねた。

「お答えなさい。司教ベルガナムはこの先の本殿に？　あなたたちの勢力の数は？　なにか有益な情報を答えるなら、連盟の誇る医療班が一命だけは取り留めてあげてもよろしくってよ」

「……あ、ああ。女神さまが、みえる。またわたしに、会いにきてくださって……」

キャナリアは首を振ると、片手をあげた。

それを合図に、生き残りたちにとどめの弾が打ちこまれる。

いかにもだるそうに肩を回しながら、エノチカがキャナリアに話しかけた。

「そういう交渉は無駄だぜ、キャナ。アタシも式典会場でこいつらの相手したが、喜んで自殺するような連中だから捕虜になんかできねーよ。完璧にイカれてやがんだ」

「たしかにそのようですわね。でも、少々ふしぎですわ。あたくしの素顔をみてならともかく、このマスク越しに女神とまで呼ばれるのはなんだか奇妙な気がしますもの」

「いや、たぶんお前をみて言ったんじゃねーよ……。こいつら女神サマとやらの幻覚がみえているらしいから、それだろ」

「ええ、そうですの!?　し、失礼な！　ちょっと嬉《うれ》しく思ってしまったじゃないですの！　みなさん、とどめは厳重に刺すように！」

特別課の兵士が死体の数をかぞえ終わり、報告する。

「合計で二十七体のようです、警参級殿《けいさんきゆう》」

「そう。三つある経路のうち一本、それも入り口付近にしてはやけに多いですわね」

「……やっぱり、かなりの大組織」

ぼそりとつぶやいたウィリッツに、キャナリアはうなずいた。

「ええ。でも、そのほうが好都合ですわ。いよいよ警弐級《けいにきゆう》への昇格も現実味が出てくるというものよ。ウィリッツ、あなたもさくさく点数を稼ぎなさい。そしていっしょに昇級してロロさまに褒《ほ》められるの！　ああ、今期の論功行賞がはやくも待ち遠しいですわっ」

「はっ、あいかわらず不健全だなぁ。テストの点数褒めてもらいたいガキかよ」

自前のバットで肩をコンコンと叩《たた》きながら、あきれたようにエノチカが言う。

「う、うるさいですわね。エノチカ、やっぱりあなたはうしろでのほほんとしていなさい。あなたのような怠惰な粛清官《しゆくせいかん》に分けてあげる功績はありませんわ」

「お生憎《あいにく》さまだな。お前に上いかれると顎《あご》で使われそうだし、しょうがねぇからアタシも今回は稼ぐことにするわ」

「な、なんですの、急にやる気になって……。でも、そうはいきませんわよ。みなさん、進軍を早めますわよ！　そして能力者がいたら最優先でこのあたくしに報告するのです、わかりましたわね！」

なにやら火の灯《とも》ったらしいキャナリアがとっとと先を進んでいく。部隊はあわてて周辺の索敵を中断すると、隊列を組みなおして進軍を再開した。


三名の粛清官の攻撃力と、統率された部隊の一斉射撃。

中央連盟が誇る殲滅《せんめつ》手段に、宗教徒たちは成す術《すべ》もなく薙《な》ぎ倒されていった。

いよいよ参道Ⅲを踏破しようというタイミングでも、第三隊の被害者はたったの十一名であり、それも信じられないことに、いまだに死傷者は出ていなかった。

「アカシラさん。すごいですね、粛清官って。……噂《うわさ》以上だ」

補佐課の新人は、能力者たちの戦闘にすっかり魅了されたようだった。

「このぶんだと、敵の大将までいけちゃうんじゃないですかね。そうしたら自分たちも働きを認められることになりますよね？　クィベル警参級、そう提案してくれないかな」

「めったなことを言うものじゃない。油断が目立つぞ——銃口が下がっている」

アカシラの指摘に、彼はあわてて銃を持ち直した。

「本丸はかならずリングボルド警壱級《けいいっきゅう》殿にお任せするようにという、強いお達しが出ている。とりわけ彼の賛同者であるクィベル警参級が命令を反故《ほご》にするはずがないし、第一、部隊の指揮にかんしてはわれわれが関与するところでもない」

「それはそうかもしれませんけど……アカシラさん、なにか心配事でもあるんですか？」

アカシラの口調に滲《にじ》んでいた感情を察してか、相手がそう聞いてくる。

「いや、そういうわけではないが……」

アカシラは言葉に詰まった。

本心を言えば、どことなく不吉な予感を抱いていた。

理由は、むしろこの順調さによるものだった。

これほど問題なく進行している状態は、アカシラの経験でいってもめずらしい。

(俺の杞憂《きゆう》であればよいがな……)

そうアカシラが願ったとき、凹凸の激しい石畳の道が終わり、質素な作りのランプに照らされる一本道へと至った。

「総員、行進やめ！」

副隊長の指示があって、隊列が一時的に休めのポーズを取った。

「クィベル警参級《けいさんきゅう》、ご報告です。現時点をもちまして、参道Ⅲの踏破を確認いたしました。これより先は、本殿の領域になると推定されます」

「どうやらそのようですわね」

このポイントが、第三隊のノルマの達成地点だ。

事前の作戦会議では、これより先の行動は、第三隊の現場判断に託されていた。

それは、今回の粛清戦の不透明さに起因している。

敵の組織の大きさや、保有している能力者の数、敵方の迎撃態勢の強度など、ありとあらゆる情報が不明瞭《めいりよう》なままおこなわれた即日の作戦というのもあり、どうしても各指揮官の臨機応変な対応が求められるのは仕方のないことだといえた。

第三隊が厳守しなければならないのは、本殿にいると思われるベルガナム・モートレットについては、ロロ・リングボルドが直接粛清を担当するという一点だけだ。

歌姫を利用した複合砂塵《さじん》能力は、おそらくロロ以外にはまともに対応できず、へたに攻め入れば、逆にこちら側の戦力が奪われることになると予測されているためだ。

つまり、どうあれ第三隊に攻略できるのは、本殿の前までとなっている。具体的には、入り口の門までの制圧だ。その制圧も、ここまでの部隊の消耗具合によって適宜判断するようにという事前の通達があり、作戦の続行が難しいようならば、この参道Ⅲの終点ポイントで待機し、ロロの部隊に合流したあとの直接指令を待つことが許されていた。

現状の進捗《しんちょく》だけでいうなら、第三隊の働きはじゅうぶんに及第点に達しているといえる。

自分たちの担当箇所の殲滅《せんめつ》率もさることながら、人員の損傷が抑えられているというのは、指揮を出す粛清官《しゆくせいかん》の大きな評価点だ。

しかし、キャナリア・クィベルがこの程度の働きでよしとしないのはあきらかだった。

「あなたたち、黒晶器官《こくしようきかん》の調子はいかが？」

と、キャナリアが同僚たちにたずねる。

「ん、ここまでセーブしてきたからな。問題ねーよ」

「……まだ、余裕がある」

次に機動部隊の面々を振り向き、「あなたがたは?」とたずねてくる。

「はっ。総員、問題ありません」

隊員たちに確認も取らず、副隊長は即答した。ここまでの長い行脚と連戦を経て、みな多かれ少なかれ疲弊《ひへい》はあるはずだったが、それを訴えるような兵士は中央連盟には存在しない。

「けっこうですわ」

キャナリアは、一同に向けてこう言った。

「みなさん、よろしいですこと? ここより先の制圧はロロさまの第一隊との合流後におこなうのが最善でしたが、このようにわれわれが先の到着となりましたわ。この場合、ロロさまからは部隊の状態を踏まえて問題ないという判断であれば、本殿手前までの制圧を許可されていますの。可能な限り道を開いておいたほうが、のちにいらっしゃるロロさまの主犯粛清のお役にも立ちますし、ぜひそうしたい——いえ、そうすべきだと考えますわ」

提案という体裁ではあるが、実態としては命令に近い。この場で決定権があるのはあくまで粛清官《しゅくせいかん》たちであり、キャナリアもまた、同僚たちに向けた発言のつもりのようだった。

「アタシは、ちょっと休んでから考えるんでもいいと思うけどな」

異を唱えたのはエノチカ・フラベル警参級《けいさんきゅう》だった。

「あらあら、きゅうに弱気になりましたのね。ずいぶんと威勢のいいことを言っていましたけど、やっぱりお疲れということかしら」

「いうても作戦開始から何時間も経ってんだ、全員だりぃだろ。お前も含めてな」

「失敬ですわね！　この程度の行脚、あたくしは丸三日でも続けられますわよ！」

「んなしょうもない虚勢張ってどーすんだか……まぁ、アタシはべつにいんだけどな？　ただ警壱級《けいいっきゅう》を待って様子見するほうが、リスクヘッジができていると思っただけだっつーの」

「……俺は、行っておきたい」

めずらしく、ウィリッツが自分から口を挟んだ。

「理由は？　ウィル」と、エノチカが聞く。

「……戦闘の熱が冷める前に、ぜんぶ済ませておきたい」

「あー。まぁ、そういう考えかたもあるかぁ」

「さすがはあたくしのパートナー、いいことを言うではありませんの。さあどうしますの、エノチカ？　意見は二対一ですわよ」

「だっりぃ議論ふっかけてくんなよ。だからアタシはべつにいいって言ってんだろぉ」

「なら決まりですわね。それではみなさん、よろしくて？」

機動隊の面々が待機の姿勢を解いた。

アカシラも隊列の動きに従う。が、その内心には粛清官《しゆくせいかん》たちの決定に対する心配があった。

このまま、鬼も、蛇も出ることなく終わればいいが……

心中で鳴る警鐘を無視しきることができず、マスクのなかに思案顔を隠しながら、アカシラは本殿領域へと歩みを進めた。

＊

神殿はあたかも黒い要塞のごとき見た目をしていた。

四方が壁に覆われていた参道とは異なり、この付近は開けている。おそらく、ここがもともとはひとつの居住区《コロニー》であったからだ。

地下ゆえに天井こそあるが、そうでなければ屋外だと錯覚してしまいそうなほどの大広場は、たとえ何千人の信者が集まろうとも容易に収納できるだろう大きさだ。

この広場には、八本の大きな柱が立っている。そのうちのいくつかは損壊していた。中央には、さぞ労力を使って作り上げたと思われる、巨大な女神像がそびえ立っている。

そこに、百名以上の隊列を従えたキャナリアたち三名の粛清官があらわれた。

「……おかしいですわね」

キャナリアが、そう口にした。

その違和感には、全員が気づいている。

この場に、宗教徒の姿がみえないのだ。本来であれば参道よりもずっと多くの戦力を配置しているはずの場所には、まったくもってひと気がない。

なにかキナ臭いものを感じながら、一同は広場を進んでいく。

声があったのは、頭上からだった。


「――ねえ、あんたたちで全員？　リングボルドは？」


一同が見上げると、ひとりの女の姿があった。

彼女が座っているのは、半壊した柱の上。

女はマスクを被《かぶ》っていた。なんとも形容のしがたい模様の描かれたマスクだ。まるでロールシャッハ検査に使う染みのように、みる者によってみえるものが変わるデザイン。

その服装も、ほかの宗教徒たちが着ているようなローブではない。露出の多い衣装から、小麦色に焼けた脚を伸ばして、ぶらぶらと空中で遊ばせている。

隊員たちが一斉に頭上へと銃口を向けるも、相手は怯《おび》える様子をみせなかった。

「失礼、あなたは？」先頭に立つキャナリアがたずねた。「まさかとは思いますが、ダスト教徒たちに囚われている一般人、などということはありませんわよね」

「違うよ、ちゃんと敵だから安心しな。そんなことより、こっちが先に聞いたんだから答えてくんない？　無限牢《ろう》はどこ？　まさか帰ったなんてことないよね」

「なんですの。どうしてそんな質問をするのです」

「あんた、会話できないタイプ？　あーしは、あいつが来るのか来ないのか、どっちなのかって聞いてんだけど。ガッコー出てるくせにこんな簡単な質問も答えらんないわけ？」

むむっと、キャナリアは怒りを覚えて、甲高い声を出した。

「いずれいらっしゃいますわ！　そのとき彼にあなたのような無礼な人をおみせすることがないように、あたくしたちが先に駆除にきましたの」

「そっか、ちゃんと来るんだ……。よかった。とりま、安心した」

どうやら本当に安堵《あんど》したらしく、女がほっとひと息ついた。

「もうひとつ、聞きたいんだけどさ。あーしがだれだか、あんたらはわかってない感じ？」

「存じ上げませんわ、あなたのことなんて」

「そ。わざわざこっちの古いマスクに替えたんだけどなー……ってなるとリングボルドのやつも、ベルっちのほかにはだれがいるかはわかっていなかったってことか」

「なんですの、さっきから一方的に！　あなた、敵だとおっしゃいましたわね？　それでしたらけっこう、とっとと消えてくださいまし」

キャナリアの合図を受けて、機動隊がトリガーにかけた指を引こうとする。

が、射撃音は続かなかった。

あらためて狙《ねら》いを定めたとき、相手がそこにいなかったからだ。

「せっかちだね、あんたら。風情も情緒もないって感じ。ま、こっちもあんたらにそういうのは求めてないんだけどさ」

女はいつのまにか、巨大な女神像の足元に移動していた。

……どうやって？

いぶかしむ一同に向けて、その奇妙な女は、不可解なことを言った。

「ねえ。ひとつ、ダメ元で交渉したいんだけどさ。あんたたち、帰る気ない？」

「どういうことですの？」

「そのまんまの意味だよ。やらずに帰るんなら、見逃したげるって言ってんの。……いや、あーしはマジでどっちでもいいんだよ？　ただ、やるとなったら殺して食わなきゃ採算が取れなくなるから、引き返すなら今のうちだよって話」

「あたくしの聞き間違いかしら？　あなたこそ、この部隊をみて投降する気にはなりませんの？　百対一ですのよ。とても正気とは思えない発言ですわね」

くすりと、相手はマスクのなかで笑った。

「たしかに、ぞろぞろと頭数ばかり揃《そろ》えてるけど、だからなに？　あんたらみたいな羽虫が十匹だろうと百匹だろうと、たとえ千匹だろうと、そんなん関係ないに決まってんじゃん」

「っ。こうまでコケにされるのは、さすがに初めてですわね……！」

キャナリアがこんどこそ怒りをあらわにして、インジェクターを起動した。

「謝罪や撤回はいりませんわ！　せいぜい地獄で後悔なさいまし」

「あっそ、やんのね。ま、あんたらいかにも鼻の利きが悪そうだし、薄々わかってたけど」

肩を竦《すく》める相手に向けて、キャナリアが粒子を散布した。

その粒子量はすさまじいものがあった。赤黒い砂塵《さじん》粒子が、相手を包囲するかのように広がり、宙に機雷を形成していく。

相手の能力行使を許すよりも先に、キャナリアは指示を下した。

「斉射《ファイア》！」

すでに対象に照準をあわせていた機動隊が、一斉にアサルトライフルを撃った。

動かなければ、蜂の巣。動けば、キャナリアの機雷粒子に触れて爆破される——どうあがいても死を免れないはずの、二段構えの攻撃だ。

その直後に起きた現象は、その場にいただれもが信じられないことだった。

この世には砂塵能力という異能があり、捕食者《マンイーター》という異形の塵工《じんこう》体質者が確認されていることを踏まえたうえで、それでも想像すらしなかった出来事。

女神像の背後から、合計八本の触手が伸びた。

石で造られた女神が、あたかもひとりの巨大な捕食者にでもなったかのように。

女神像にしゅるりと巻きついた触手が、彼女の全身を抱きしめて破断した。砕けた神像が地に堕《お》ち、莫大《ばくだい》な量の塵芥《ちりあくた》が宙を舞う。

そして、塵埃で作られた霧の向こうに、そいつはあらわれた。


絶句、というほかなかった。


それが、人であるはずがなかった。

少なくとも、それがもとは人間であったとは、到底信じられるような姿形ではなかった。

その怪獣の全長は、果たして二十か、三十メートルか。

一見するところでは、寝物語に出てくる大蛇か、あるいは大百足のよう。しかし、その尾はただの尾ではない。何百本にも及ぶミセリアワームの腕が集結し、絡みあい、強固に結びついて、あたかも巨大な尾であるかのように錯覚されているのだった。

地下都市の高い天井にまで至りそうなほどの頂点には、人間の身体が生えている——否、女のほうが、怪物の下半身を生やしていた。

とても現世の生き物とは思えない怪獣の存在を、兵士たちは一様に見上げた。悪夢じみた光景を目の当たりにして、その身体が動かない。

それは、蛇に睨《にら》まれた蛙ですらなかった。

両者のあいだにあるのは、もっと圧倒的で、もっと絶望的な格差だ。

「──選んだのは、中央連盟《あんたたち》のほうだよ」

化け物の女の部分が、女の声のままで、言う。

「いつだってそう。あーしをこんな姿にしたのも、やりたくもない復讐《ふくしゅう》に駆り立てたのも、もとはといえば全部あんたたちのせい。あーしには、たいした選択肢はなかったんだ。はじめから、最後まで。そして、この末路を選んだのも、やっぱりあんたたちだよ。

だから──恨まないで、ね？」

尾が、二つに割れた。

ズルズルと持ち上がった一本が、空中で一瞬だけ制止する。

それがなんの予兆か察したキャナリアが忘我の状態を解き、「総員、いったん下が──！」

と叫んだとき、その異形の剛腕が、天より振るわれた。

だれかが叫びながら連射した塵工《じんこう》弾は、まさしく豆鉄砲とかわらなかった。キャナリアが展開していた機雷の爆破も、この巨大生物にとっては、ごく小さな火花が散っただけのよう。

触手の塊の尾はけして止まらず、隊列の中腹に向けて、無慈悲に叩《たた》き落とされる。

轟音《ごうおん》と、地鳴りが響く。

埃《ほこり》に混じり、血しぶきが舞う。

視界があけたときには、幾人もの兵士の圧死体が地に張りついていた。

「あ、ああ……」

すんでのところで免れていたひとりの兵士が、地に尻をつけて後ずさりする。

そんな彼を、遥か高所にいる女が冷酷に見下ろした。

「ひ、ひぃっ」

「そんなにみないでよ。こわがんないでよ。あーしがいちばんわかってんだから。自分がマジでどーしようもない、最悪のみにくい化け物だってことは」

数本の触手が、ゆるりと彼に伸びる。

なにをするかと思えば、そのマスクに巻きつき、器用に取り払った。

「なんだ、けっこーいい男じゃん」

「た、助け……っ」

「死にたくない？ なら、行きなよ。男らしく立ち上がって、はやくリングボルドを呼んできな。そんで、伝えておいてよ。懐かしいサリサ・リンドールが、ここであんたを待っているって。あんたを殺したくて、うずうずしているって。ほら、急ぎなって。でないと」

触手が尖《とが》り、彼を捉えた。

その腹を容易に突き抜けると、みるみるうちに中身を食い破っていく。

「でないと——ぜんぶ熱量《カロリー》にするの、がまんできなくなっちゃうからさ」

尾を作る束から解かれた無数の触手が、周辺を逃げ惑う羽虫たちを照準した。

地下神殿の西門で、怪獣がうねり、一心不乱に踊り出す。

──これは、わざわざ説明するまでもない、ごく当たり前の事実だが。

中央連盟の誇る兵士たちがこれまで学んできたのは、対人間の制圧戦であり、また彼らに支給されているのは、対人間用の携行武器だ。

それは粛清官《しゅくせいかん》にとっても例外ではない。しばしば人間離れしていると評される彼らの砂塵《さじん》能力でさえも、基本的には対人間戦において力を発揮するものだ。

しかし、なんたる不幸か──この場に待ち構えていたのは、人間ではなかった。

去年の獣人ともわけがちがう。ただただ圧巻のサイズ差でもって部隊を蹂躙《じゅうりん》する、怪獣。

そんな規格外の生き物が相手では、そもそもまともな勝負すら起こらなかった。

喩《たと》えるなら、このときの第三隊の様相は、まるで強大な砂塵嵐《ダストストリーム》の到来にうろたえる荒野の旅人どもか。

今まさに崩壊の最中にある部隊をみながら、アカシラはどこか冷静な頭でこう考えた。

やはり悪い予感とは当たるものだ。

いや、あるいははずれたか。

──これは、鬼や蛇よりもはるかにひどい。

怪獣の尾が、人々を薙《な》ぎ払う。まるで小ぶりのビルでも振るわれるかのような一撃が、その場に大きく伏せたアカシラの頭上をゴウッと通り過ぎた。

目の前で同じようにやりすごそうとした兵士を掠《かす》り、その頭がマスクごとあっけなく磨《す》り潰《つぶ》され、柘榴《ざくろ》が弾けたような姿となる。

「ア、ギ、ぎ」

脳を半分なくした男が、胡乱なことを口にする。その脳天に、宙を飛び交う無数の触手の一本が突き刺さり、中身をぐちゃぐちゃと咀嚼《そしゃく》してから乱暴に投げ捨てた。

アカシラのマスクの前面に、おびただしい量の血が振りかかる。

血に濡《ぬ》れた視界を服の袖でぬぐうと、アカシラは崩れ去る柱の足元に、後輩職員の姿をみた。アカシラは一目散に走り出した。怪物が動くたびに大きく揺れる地を跳ぶようにして駆けると、アカシラは後輩を引っ張り、その身体を押し出した。

「……、アカシラさんッッ」

「お前は、逃げろ。そして、応援を呼べ。この敵は、第三隊だけでは対処不可能だ」

按摩《あんま》器でもつけたかのように足を震わせる後輩が、その頼みを聞いてくれるかはわからなかった。果たして応援が到着するまで、何人がこの怪物の足元で生き延びていられるか――

身代わりとなったアカシラの頭上に、無数の瓦礫《がれき》が落ちてくる。

第三隊の実質的な壊滅までにかかった時間は、正確には記録されていない。

ただし、その敵の名は記された。

〝怪異錬成〟、踊り子のサリサ・リンドール。

融合の砂塵《さじん》能力者。

千を超える〝旅人喰いの触手《テンタクル》〟をその内側に秘め、限界まで取り出したときには、大の男を十数人も縦に並べたほどに巨大な、まさしく人を辞した怪獣の姿へと変貌《へんぼう》する。

かつて朔夜の破りにて工獄を脱した、まごうかたなき第一等粛清対象である。

4

シルヴィ・バレトは、とある小部屋のなかにいた。

細かな聖文が彫られた壁に触れながら、シルヴィはこの場所に刻まれた歴史を感じる。

いくら神殿の領域内とはいえ、このような些末《さまつ》な部屋の内壁にまで稠密な呪《まじな》いの彫刻が施してあるのは、ひとえにここを建造した当時の宗教徒たちのたゆまぬ努力の産物だろう。

宗教徒たちとて、このんで暗い地下に神殿を建立したわけではないだろう。

彼らはこうした場所でしか信仰を許されなかったのだ。

だが、そこに同情の余地はいっさいない。

これまで、どれほど多くの罪のない人々が彼らによって殺されてきたことだろうか。

その虐殺の逸話も、まだ齢《よわい》二十に満たないシルヴィにとっては、長らくひとつの唾棄《だき》すべき歴史の一幕に過ぎなかったが、粛清官《しゅくせいかん》に就任してから二度も彼らのエゴイスティックな犯罪を目の当たりにした今となっては、宗教徒に対して抱く嫌悪感に、たしかな実感が伴っていた。

「シルヴィ先輩」

薄らぼんやりとしたランプに照らされて、後輩のテオリが個室に姿をあらわした。

「ナハト警弐級《けいにきゅう》が、さきのルートをみつけたみたいです。合流しましょう」

「……ええ。すぐに行くわ」

シルヴィは壁から離れると、神殿の中核に向かうための道へと戻っていった。

＊

シルヴィたちが利用したのは、もっとも特殊な通路だった。

神殿に至るための道は、本来であればみっつの参道しか存在しない。だが実際には、それ以外にもうひとつだけ使えるルートがあった。

それが地下道だ。そもそもが地下にある零番街において地下と呼ぶのはふしぎな気がするとシルヴィは思ったが、実際にそうとしか形容のしようがない経路だった。

位置としては、参道ⅡとⅢのちょうど中間あたりということになる。

この道の存在を教えてくれたのは、ボッチが残してくれた記憶装置だった。

スナミのいる研究室で情報の解析を終えたシルヴィは、上官のところに戻ると、開口一番にこう報告した。

「これはかなり有用なマップです、ナハト警弐級。これなら、昨日わたしが通ったアサクラ・アミューズの地下経路を使って、神殿まで辿《たど》れるかもしれません」

記憶装置に保存されていたのは、ボッチの把握している零番街の地理情報だった。とくにポイントL～Nの直下にある零番街のマップが、事細かに記されていたのだった。

あまりに詳細が書かれすぎており、シルヴィは逆に、限られた時間できちんと必要な情報が取捨選択できるかどうかを心配したほどだった。が、その点は問題なかった。

スナミが言うには、ボッチの開発したデータベースの参照機能が図抜けてわかりやすいそうだ。あとから第三者がマップを開こうとしたとき、乱雑な地理情報から必要な部分を読み取る努力がいらず、美しく正規化されたタグから目的地を立体的に映し出し、指定した座標からの最短ルートを示すような処理を施すプログラムさえ用意されていたという。そのおかげで、スナミの仕事は、せいぜい物理的なプリントアウトくらいだったそうだ。

今回の非正規粛清案件のための第一関門――地理情報の入手は、そのようにしてボッチの計らいによって完了した。

第二関門は、使用ルートの選定だ。これを決めたのはシーリオだった。

「――この地下道がもっとも適しているだろう」

と、しばらく地図を目にしたあとでシーリオは提案した。

その理由は、第一指揮の存在を気にしてのことだった。彼らが利用するのは、順当にいくならみっつの参道のどれか、あるいはすべてということになる。彼らに遭遇することなく、それでいて自分たちも迅速に本殿まで至れるのは地下道のはずだと、シーリオは主張した。

採用ルートさえ決まれば、あとのことは早かった。

第三関門――実際の侵入である。

アサクラ・アミューズまで戻ったシルヴィたちは、見張り役を任されていた職員たちを突破して、ポイントM16の直下から零番街への進入を開始した。

いまだ血痕《けっこん》さえ拭《ぬぐ》われていない坑道を進み、地下の変わった水理施設を抜けて、さらにその奥にある、かつて地下メトロとして機能していたという廃線路を二キロほど辿《たど》って、ようやく第三関門をクリアした。

それは奇しくも、第一指揮の面々が粛清戦を開始したのと同じタイミングのことだった。

い、い、い、
あなぐらのような入り口だ、とシルヴィは思った。坑道の途中に突如としてあらわれた狭い横道は、もしかりにマップがなければ、存在していることさえ気づかなかったことだろう。
「ここまでの道中では、さいわいにも敵に遭遇しなかったが」

先の様子を窺《うかが》いながら、シーリオがそう口にした。

「ここから先は完全な敵陣だ。なにが起こるかは、いよいよわからない。諸君には、先ほど共有した作戦を念頭に置きつつも、臨機応変な対応を望む」

地下の道は、訪問者をさらなる地下まで招くように、下へと続いていた。随分と無防備だと思ったら、ある程度進むと、施錠された鉄の扉に出迎えられた。

「壊しますか？」とシルヴィはたずねた。雨傘の主砲を直撃させれば、無理やり突破できる程度のセキュリティだ。が、シーリオは首を振った。

「必要ない。私に任せたまえ」

シーリオはインジェクターを起動すると、錠前のなかに粒子を送りこんだ。少々だけ時間を使うと、いずれカチリと歯車が合うかのような音がして、扉が開いた。

「えぇっ、どういう仕組みでありますか！」

と、興味深そうに覗《のぞ》いていたライラが驚いた。

「氷の成形次第ではこのような芸当も可能だ。解錠の仕組みについてはこんど調べるといい」

シーリオが道の先を見渡した。この地下道は、これまで辿ってきた坑道よりもずっと天井が低く、また狭くなっている。

当然、ここにも宗教徒はいるはずだ。よく警戒しながら進むべきだとシルヴィは考えるが、それとは裏腹に、シーリオは迷いのない足取りで先導していく。

天井にかかるランプに照らされたスロープを降《くだ》っていく最中、うしろからついていくかたちとなっていたシルヴィは、左右の脇道から人影があらわれるのをみた。

――宗教徒たちだ。物音でも聞きつけて待ち伏せしていたのか、捕食者《マンイーター》である彼らは、すでに触手を展開してさえいた。

「警弐級《けいにきゆう》、あぶな――」

シルヴィが咄嗟《とつさ》にハンドガンを抜いたときには、宗教徒たちの放った触手は、空中で止まっていた。先端からパキパキと音を立てて凍り、すぐさま本体まで凍結させる。

インジェクターを起動したシーリオが、一瞥《いちべつ》さえせず、四人の敵を戦闘不能にしていた。

「す、すげぇ……」と、初めてシーリオの能力をみたテオリがつぶやいた。

「私の心配は無用だ。つねに周囲は警戒しておく。私の前にあらわれる以上、連中にあらゆる行動は許さない。だから貴公らも、とにかく急いでもらえると助かる――私はこの先、いっさい足を止めるつもりはないのでな」

余計な心配をしてしまったものだと恥ずかしく思い、シルヴィは銃を下ろした。いつでも撃てるように安全装置板は下ろしたまま、上官のあとを追った。

当人の宣言どおり、シーリオは数多《あまた》の宗教徒たちを凍らせながら、一心不乱の進行ぶりをみせた。

上官にばかり負担を強いるわけにはいかないと、シルヴィたちも敵と遭遇したときは率先して粛清に努めようとしたが、正直を言えば、出る幕がないといったところだった。

理由は単純に、シーリオのほうが、はるかに仕事がはやかったからだ。

細緻な粒子操作に伴う瞬発的な凍結は、相手にろくな抵抗を許すことがなかった。

「は、反則級でありますね……本当に、すごい能力であります」

凍りついた宗教徒たちの身体を乗り越えながら、ライラがそう口にした。

「ナハト警弐級に勝てる人なんているのでありますかね？　自分も、たぶん相当うまい不意打ちでもしないと、手も足も出ないであります」

「あんま失礼なこと言うなよ、ライラ。……いやまあ、言いたくなる気持ちもわかるけどよ」

上官の実務をみて、ふたりは味方ながら戦々恐々とした気持ちを抱いているようだった。

思えば、かの夜鳴り寒柝《ナイト・コール》と現場をともにするのは、シルヴィにとってもほとんど初めての経験だった。今や本部のだれもがその名を知る粛清官《しゅくせいかん》の実力は、やはりただ事ではない。

破竹の勢いで進軍する四人が足を止めたのは、ふたたび扉に行き着いたときだった。

先にあったのは、広い一室だった。背の低い棚に、ずらりと古い書物が並んでいる。シルヴィには、一種の書庫であるようにみえた。

だが、あるのは本棚だけではなかった。

部屋の四辺に、隙間《すきま》の細かな銀色の檻《おり》がいくつも置かれていた。閉じられている檻のなかで、蠢《うごめ》いているものがある。

近づいてみると、囚われているものの正体がわかった。

「ミ、ミセリアワーム！」とライラが声を上げる。

檻《おり》のなかにいるのは、醜悪な砂塵《さじん》共生生物の姿だった。

どうやら、宗教徒たちがここで管理していたらしい。ワームは人間の姿を察知すると暴れ出し、檻の隙間《すきま》から触手を伸ばそうとしてきた。

「これは……捕食者《マンイーター》を生み出すための贄か？」とシーリオが言った。

「どうやらそのようですね」とシルヴィが返す。「結局、その能力者についてはなにもわかっていませんが、やはりワームそのものを媒体としていることは間違いないようです」

「！　先輩、あれ！」

なにかに気づいたらしいライラが、部屋の四隅を指さした。

暗がりに、うずうずと丸い物体が動いていた。——逃げ出したワームだ。檻そのものが粗悪品であるためか、その硬い歯を使って金属部分を削り、どうにかして外に逃れたらしい。

「自分に任せてくださいでありますっ」

ライラがインジェクターを起動した。

直後のワームの動きに、シルヴィは目をみはった。

奇妙な話だが、捕食者の操る触手はみてきたものの、本家本元であるミセリアワームの動きはみたことがなかったシルヴィは、かの悪名高い生物のおこなう独特の機動を、ここにきて初めて知ることになった。

ミセリアワームは一種の無脊椎動物に分類されるが、それでいて筋肉の塊でもある。

触手部分の一本一本の骨格は蛇に近いともいわれており、それらが折り重なったワームの主な移動手段は、筋肉のバネを活かした跳躍としてあらわれる。

その跳躍は、ほかのありとあらゆる生物がおこなう動作と一線を画しており、縦横無尽にして自由自在だ。幾本もの凶器を持った触手の塊が高速で跳び、転がり、対象を捕食するのだ。

が、それ以上にすさまじかったのは、ライラの手捌《さば》きだった。

全身に風をまとったライラは、ワーム以上に型のない動きを取り、部屋の天井や壁を跳び回る生き物を、即座に至近距離に捉えた。一瞬の隙を突くと、ワームの核《コア》である中央部の臓器が詰まった袋に向けて、乱気流をまとわせた必殺の拳《こぶし》を叩《たた》きこんだ。

ワームが断末魔を上げた。急所が破断されると触手がピーンと張り、苦しむように暴れてから、最後におとなしくなった。

「……とりあえずは、これで大丈夫でありますかね」

脱走していたのはこの一匹だけらしいとわかると、ライラはインジェクターを解除した。

「みごとな手腕だ、警伍級《けいごきゅう》」とシーリオが感心して言った。

「本当。ずっとワーム退治をしてきたにしても、すごい手際だわ」

「む。そういえば、彼女はそういう経歴だったか」

「えへへ、じつはそうなのであります」ライラは照れるように頭をぽりぽりと掻《か》いた。「このミセリアワームで、ちょうど自分のキャリアでは千匹目でありますね」

「どういうこと？」

「官林院《かんりんいん》に入る前の、最後の護衛任務で、九九九匹目を退治したところだったのであります。もうワームの駆除をすることもないと思っていたでありますが、なにがあるのかわからないものでありますね」

そこでライラは、ワームの死骸《しがい》に目をやった。

「先輩がたには、よく気をつけてほしいであります。今みたとおり、ミセリアワームはすごく変な動きをするクリーチャーでありますから、いくら先輩がたでも意表を突かれることはあると思うであります。それに、これはとても小さな個体でありますが、大きければ大きいほど触手が増えて、動きもより変則的になるでありますから」

「おいおい、これで小さいのかよ」とテオリが驚いた。

「自分が過去に倒したのだと、全長八メートル級もいたでありますよ。あれくらいになってくると、シルヴィ先輩の雨傘の主砲でも胴体部分の核が壊せるかは微妙なところであります。まあ、そこまで大きいのは、なかなかこんな場所で管理できないとは思うでありますが」

「となると、そういうやべえ個体はお前か、ナハト警弐級《けいにきゅう》に任せたほうが安牌《あんぱい》ってことになるか。ほかにどれくらいワームの管理室があって、どれくらい逃げ出しているかだな」

ある意味、捕食者《マンイーター》よりもぶきみなものを感じながら、一行は周囲を見渡した。

立ち止まっている暇はない。はやく、この先のルートをみつけなければ。

シーリオが、部屋の三辺にある扉のひとつを開いた。どうやら、そこもまたべつの部屋に繋《つな》がっているらしい。左右を見渡すと、シーリオはこう提案してきた。

「このあたりは道というよりも、いくつかの部屋が連なっているようだな。だが、どうあれ本殿まで繋がっていることに間違いはないだろう。私はこちら側を確認してくる。貴公らはワーム、および宗教徒の襲来に気をつけながら、ほかの部屋を探索してもらえるか。ルートがみつかり次第、また合流しよう」

そうして、四人はべつべつに探索を開始した。


シルヴィが検分したところでは、この一帯の簡易的な屋内空間は、文献を収める書庫やミセリアワームの管理室に加え、一部の宗教徒の居住空間としても使われていたようだ。

得体の知れない宗教徒たちも、どこかで生活を送っているのは当たり前のことだ。ここに生活の痕跡《こんせき》が窺《うかが》えるということは、やはりというべきか、彼らの多くは零番街の住民に区分されることになる。

もともと〈捕食者《マンイーター》〉粛清案件を担当していたシルヴィは、ここにきて事件の全貌《ぜんぼう》がみえてきたように思った。おそらく捕食者たちはミセリアワームの性質を引き継ぎ、栄養素として肉を――それもかなり高熱量《ハイカロリー》な血肉を、日常的に摂取する必要があったはずだ。

捕食者が最近になって量産されたのか、あるいはたんに表沙汰《おもてざた》になっていなかっただけなのかはわからないが、ともかく、彼らは一挙に地上にあがって、精力的に活動をはじめた。

捕食事件は、いうならばただの副作用だ。彼らが式典の襲撃を計画、および準備するにあたり、その一環として、地上の市民たちに副次的な被害が出たにすぎないのだろう。

いくら戒律のためとはいえ、共食いさえも辞さない宗教徒たちに、やはりシルヴィは生理的な嫌悪感が拭《ぬぐ》えなかった。あるいは連中にはもう、普通の人間を自分の同種と捉えるような倫理観は、とうにうしなわれてしまっているのか……。

薄気味悪い場所の捜索は、テオリの報告によって中断されることになった。

結局、続くルートをみつけたのはシーリオだった。

部屋の連なりとなっている空間を抜けると、また長い一本道が続いていた。地下の深度はわからないが、途中で坂道を登らされたということは、地上の出口が近そうだ。

「ここまで、もうけっこう歩いてきたすよね。さすがに、本殿まで近そうすけど」

道の先を見据えながらのテオリの言葉に、一同がうなずいた。

そのとき、地下全体に振動が走り、数度だけ大きく揺らいだ。敵襲かと身構えた四人は、すぐにそうではないことに気づいた。これは、何者かが人為的に起こしている音だ。

なにか、途方もないほどに大きな戦闘が、どこか近くでおこなわれている音だ。

「この揺れは、ちょうど真上のあたりからか?」とテオリが天井を見上げて言った。「だが、ただの戦闘にしては揺れがでかすぎるぞ。いったいなにが起きていやがる……」

シルヴィが想起したのは、パートナーの持つ砂塵《さじん》能力だった。

「……彼が本気で砂塵能力を使ったら、こういうことが起こるかも」

四人はマスク越しに顔を見合わせると、先を急いだ。

進むごとに振動が大きくなっていく。そればかりか地下の塵芥《ちりあくた》を伝わり、ぴりぴりとした空気が肌を刺すようになった。その空気の正体を、シルヴィはよく知っている。

粛清の場の、闘争の場の緊張感だ――。

必死におさえている不安が、シルヴィの心中に広がっていく。

この状況では、あまりにも心配すべきことが多い。シン自身の無事もさることながら、彼が中央連盟の勢力に牙《きば》を剝《む》いていたとしても大問題だ。いくら催眠状態にあるとはいえ、同僚殺しをやってしまっては、目も当てられない事態となる。

(――だめよ、アルミラ。想像に押しつぶされてはだめ)

シルヴィは頭を振って、自分の考えを消し去ろうとした。

とうとう、頭上から決定的な音がした。

坑道の天井に亀裂が走ったかと思えば、ぼわりと、土の粒子が漏れ出てきた。

「まずい――！　みな、走れ！」とシーリオが叫んだ。

全力で駆けるも、土砂崩れのほうがはやかった。

「ちっ」と舌打ちすると、テオリがインジェクターを起動した。「いったん、俺が食い止めます！　先輩たちは、急いで先に！」

「でも！」

「いいから、はやくっ！」

テオリが頭上に向けて空盾を張り、流砂を塞《せ》き止めた。そのあいだに、一向は先に進んでいく。そこにあるのは二本の分かれ道だった。どうやらそこが建築的な境界となっているらしく、ここまで来ればひとまずは安全となるようだ。

離れた場所では、テオリが盾の力で坑道の崩壊を防ぎながら、徐々にこちらに近づいているところだった。

「テオ、急ぐであります！　はやく、はやくっ」

「！　あぶない！」シーリオがライラの腕を引っ張った。

ちょうど手前の天井も割れて、瓦礫《がれき》が落ちてくるところだった。

すぐにシーリオが粒子を展開する。厚い氷が張って、テオリがしているのと同じ要領で崩壊を防ごうとするが、あまりにも土砂の質量が大きいためか、氷の壁には即時に亀裂が走った。

このままでは、テオリが生き埋めとなってしまう――！

ライラが、インジェクターを起動した。ぼわっ、と強烈な風をまとうと、気流に乗り、飛ぶようにして来た道を戻っていく。

「待って、ライラさ――――！」

シルヴィが止める間もなく、ライラは「テオーっ！」と声をあげて、瓦礫の向こうへと消えていった。

その直後、ドドドドと音を立てて、とうとう本格的な崩壊がはじまった。

残されたシルヴィとシーリオは、ただ茫然《ぼうぜん》とみていることしかできなかった。視界を埋め尽くすような砂埃《すなぼこり》の向こうには、なにもみえない。

「間に、合えええええええええっ」

ライラの叫び声が響き渡った。風を切る――――というよりも、突風そのものが迫りくるかのような轟音《ごうおん》をともなって、ライラの声がこちらに近づいてくる。

だが、道の倒壊が終わったとき、ふたりは自分たちのもとに帰ってきてはいなかった。

「ふたりとも、無事なの？　おねがい、返事をして！」

瓦礫の山に向けて、シルヴィは声を張り上げた。返答がなかったから、急いで山を崩しにかかろうとする。そのとき、瓦礫の隙間《すきま》を通るかのようにして、小さな声が聞こえてきた。

「シ、シルヴィ先輩！　聞こえるでありますかー！」

「ライラさん？　どこに……！」

「も、もうひとつのほうの道であります。な、なんとか間に合ったであります。テオも無事でありますよっ」

「そう。よかった……」

シルヴィは、胸を撫《な》で下ろした。

「なるほど、反対側に逃れたのか……」シーリオは壁に触れると、厚さを確認するためか、叩《たた》いてから言った。「イライッザ警伍《けいご》級《きゅう》！　どうにかこちらまで戻ることはできるか！」

「ううん。ど、どうでありますかね」

シルヴィは、目の前の瓦礫《がれき》の山をあらためてたしかめた。手作業でこれらをどかすのは、どう考えても悪手だ。土砂を移すためのスペースがないし、そもそも時間がかかりすぎる。

「ナハト警弐級《けいにきゅう》。これは能力を使っても、おそらく……」

「ああ、難しいだろうな」

自分たちを挟んでいる壁も分厚く、破壊には難儀しそうだ。ライラなら無理やり突破もできるかもしれないが、その衝撃でふたたび天井が落ちてこないとも限らない。

「シルヴィ先輩、聞こえますか」

壁の向こうから、声がした。

「鞍馬《くらま》くん？」

「俺たちは、こっちの道を行きます。地下道をあがってから、どうにかして合流しましょう。

また揺れが強くなってきましたし、はやくここを抜けないと」

「そうね。そうするしかないわね」

シルヴィには、後輩たちに言い残しておきたいことが多々あった。

それでも、シルヴィはそうしなかった。彼らはすでに立派な粛清官《しゅくせいかん》で、今のようなピンチも切り抜けるだけの力があるのだ。今さら、自分が過度な心配をするべきではない。

「ふたりとも、よく気をつけて。かならず生きて合流しましょう」

「はい、先輩のほうこそ」

「もしシン先輩に会えたら、かならず自分がお助けすると約束するであります！　だから先輩もお気をつけて、であります！」

シーリオとマスク越しに顔を見合わせると、シルヴィは先を急いだ。

＊

地海進《ちうみしん》はひとりの少女をみつめている。みつめあっている。

あれからふしぎな感覚は取れないままだ。どう説明すればいいのか、そうしたふしぎな感覚があまりにも長くその場にありすぎて、もとの感覚をなくしてしまったようだった。ごくたまに違和感を覚えるも、すぐに消えていく。ランがいるなら、それでいいじゃないか。それ以外になにを求める必要がある？　そう自問すると、自分で自分に納得する。そうだ——これでいいんだ。でも、それにしたって、ランももう少し明るいところに行けばいいのにと思う。今、ランは奇妙なかたちの石像を見上げている。砂塵《さじん》教の女神の像だ。これをみていると、シンはいつかのことを思い出す。もうしばらく前のことだ。自分が粛清官《しゅくせいかん》になるきっかけとなった、ある意味では始まりの日。あのときも教会にいた。そしてこうして女神像をみていた。薄気味悪いと思いながら……。「ラン」と話しかける。ランがこちらを向く。素顔のまま。恰好《かっこう》は白いワンピースだ。よく似合っている。こんな埃《ほこり》っぽい場所にいて汚れなければいいが。「なあに、お兄ちゃん」とランが聞き返してくる。「偉大都市《いだいとし》には、もっと楽しい場所がたくさんある。今の俺なら案内してやれるから、行こう」そう提案するも、ランは首を振った。「ここがいいの」「どうしてだ？」「どうしても。ダメ？」ダメではない。ダメではないが……ふしぎだ。なぜランはこんな場所にいたがるのか。それになにより、不安だ。いかにもランを襲うやつがあらわれそうな場所じゃないか。だからシンは武器を手放すことができないでいる。自分がランを守らなければ。そうしないと、またあの日のように殺されてしまう。それだけは、それだけは……そう考えると、身体が震えてくる。「だいじょうぶだよ」とランがはげましてくれる。「でも、不安なんだ。俺はいっかい、間違えているから」「だから、だいじょうぶだってば」「根拠がない。自信が持てないんだ」「お兄ちゃんは、わたしのことが信じられないの？」「そういうわけじゃない、けど」そういうわけじゃない。でも、ランは戦いにかんしては素人《しろうと》だろう？「根拠ならあるよ。お兄ちゃんはあれからたくさん訓練して、だれにも負けないくらい強くなったでしょ。だから、だいじょうぶ」そう言われてみると、そんなような気もする。シンは少しずつ落ち着きを取り戻していく。妹と手をつなぎ、奇妙な暗い空間で、ただ、佇《たたず》む。

「お兄ちゃん、なにかお話しして」「なにもたいしたことは話せないよ」「なんでもいいの、お兄ちゃんの話なら。そうだ、わたしたちの街を出てからの話をして？　わたし、知りたいな」

シンはどこから話したものかと考える。簡単な筋を頭のなかで考えていく。偉大都市までの長い道のり。とある刀鍛冶から買った塵工《じんこう》カタナと、教わった剣術。偉大都市に辿《たど》り着いてからの日々。〈結社《カンパニー》〉と名乗る組織と、やつらに紹介された情報屋。いろいろあったが、わかりやすいのはやはり、初めてボッチに会った日のことか。そうだ。はじめてまともにやって負けたのは、ボッチだ。あれからずっとうさんくさいままの、ふしぎな男。それでいて、自分にとっては恩人の男。そいつに連れられて、俺は連盟の本部に閉じこめられた。自分たちの目的が合致していたから、それで俺は仮初《かりそ》めの粛清官として、特別な任務に就いたんだ。

　そこで、あるひとと出会ってさ……。と、そこでシンは言葉に詰まる。

　どんなひとだったのか、うまく、思い出せない。

　　脳が、記憶が、白んでしまう。

　　　ただ　声だけが、なんとなく、おぼろげに　耳を　撫《な》でて
「――無理して思い出さなくてもいいんだよ」とランが言う。「今のお兄ちゃんには、わたし

がいるんだから。ね?」


そうか、とシンは思う。

ならいいのか。

ランは賢いな。

そう言うと、妹は喜んだ。

紅き蘭の花弁よりも、幻のなかを泳ぐ優美なる蝶よりも、なによりも、華やかな笑顔。

ずっと見ていたかったものが、そこにある。


ここにだけ、ある。

*

シルヴィが地下道の外に出たとき、広がっていたのは参道の終点だった。

そこには、ふたりを待ち構えている宗教徒たちの姿があった。

「——ようやく」

集団を従えるひとりの女が、そう口にした。

「ようやく待ちに待った混沌《メイヘム》が、はじめられる。と思ったら、またあなたなのね。こ、こんどこそ、ちゃんと奇跡は使えるの?」

助祭リッツの姿は包帯でぐるぐる巻きにされており、傷が癒《い》えきっていないことを教えていた。それでも動ける様子なのは、治癒力の高い砂塵《さじん》共生生物の半身を持っているがゆえか。

だがシルヴィは、宗教徒たちには興味を払わなかった。

シルヴィが刮目《かつもく》したのは、彼らを隔てた、その奥。

本殿に続く通路の前に、あたかも番人のように佇《たたず》む、黒衣の粛清官《しゅくせいかん》の姿をみつけたからだ。

地海進《ちうみしん》が、そこにいた。

（ああ。よかった――）

シルヴィが覚えたのは、なによりもまず安堵《あんど》だった。

敵の手に堕《お》ちたパートナーが、少なくとも最悪の状況にないことがあきらかとなり、それまで張り詰めていた緊張が、思わず失せそうになる。

彼の外見は、普段と相違ない。黒犬のマスクも、愛用するカタナも、いつもとかわらない。違いがあるとすれば、だらりと肩を下げ、ぼうっと俯いていることくらいか。

そして、自分には見向きもしない――夢のなかに囚われている相手にとっては、まさしく眼中にないということか。

「地海……」と傍《かたわ》らに立つシーリオがつぶやいた。「とりあえずは無事のようだが、やはり、いまだに夢幻のなかか」

「ナハト警弐級《けいにきゅう》。おそらく、このさきが本殿でしょう。事前に決めていたとおり、警弐級はシュテルン嬢の捜索をしてください」

「……よいのか？　バレト」

「ええ。彼はわたしのパートナーです。わたしが責任を持って対処します。警弐級こそ、気が気でないでしょう。どうぞお急ぎください」

そこで、立ち塞《ふさ》がっている宗教徒、助祭リツが口を開いた。

「こ、この先に行くつもり？　悪いけど、通せないよ。本殿に行こうとするやつは阻止するようにっていうのが、大司教さまのご命令だから。あなたたちには、こんどこそわたしの混沌《メイヘム》の相手をしてもらうよ――！」

リツは包帯を乱暴に破ると、背中からサブルムバットの羽を生やした。ばさりと広げた黒い羽を動かし、高く跳躍する。その直後、ふたりに向かって滑空してきた。

雨傘の機構を開いて、シルヴィが彼女を受け止めた。

「警弐級、はやく！」

「わかった！」

シーリオはインジェクターを再起動すると、宗教徒の集団に斬《き》りこむかのようにして、前方に駆けていった。

総勢十五、六名ほどの宗教徒たちが、一斉に触手を伸ばした。それらがシーリオに接触しようとした寸前、彼の姿が消えた。

否、消えたのではない。地上から急激に伸びた氷柱《ひょうちゅう》に運ばれて、空中にあがったのだ。

柱を壊そうとする捕食者たちに、シーリオは頭上から粒子を浴びせる。敵の足元を凍らせて動きを封じると、生成した氷の礫《つぶて》で正確に額を撃ち抜き、数を減らしていく。

さすがの手練《てだ》れだ。いくら頭数があろうとも、彼にとって、雑魚は障壁とならない。

この場で問題があるとすれば、それはただひとり。

黒い影が、フッとその場から消えた。次の瞬間、バガァン！　と強烈な音がして、氷柱が崩れ落ちた。シンがカタナを豪快に振り抜いて、根元を両断したからだった。

着地したシーリオに、シンが肉薄する。

「俺の妹の、前で――」

「――物騒な真似《まね》を、するなッ！」

防御策として、シーリオが氷の盾を展開した。

が、それは成形と同時に、あっけなく破壊された。

斬撃《ざんげき》によってではない――シンの放った銀色の砂塵《さじん》粒子が、盾に触れたからだ。すべてを壊す震動の粒子は、分厚い氷塊でさえも難なく破壊する。

シンは、敵に満足な量の粒子展開を許すよりも先に斬りかかり、かりに能力を顕現させたとしても、片端から破壊して、相手を翻弄《ほんろう》していく。

攻撃の一辺倒。攻め手に回り続ける戦闘スタイルで、シンは猛攻を続ける。

「くっ。地海《ちうみ》、貴様……！」

対して、シーリオは距離を置かざるを得なかった。粒子とカタナの届く範囲から、すんでのところで逃れ続ける。だがそれも、果たしていつまで持つか。

（さすがのナハト警弐級《けいにきゅう》も、チューミーにあそこまで接近を許したら――！）

上官の苦境を知り、シルヴィは行動を起こすことにする。が、

「な、なに、よそ見しているの？」

自分と鍔迫《つばぜ》り合いをしている女宗教徒が、障壁となった。

「わ、わたし、あなたのこと、嫌いだな。昨日も、なんだかわたしのことを無視していた感じだったし。大切な混沌の時間によそ見するなんて、し、信じられない」

シルヴィは、雨傘のスロットを回転させた。開いた傘の前面に大量の銃口が開くと、リツは大胆にも雨傘の広い表面を蹴《け》りつけて、散弾銃の炸裂《さくれつ》よりも先に、その場を脱した。

「は、敗因は、よく反省したよ。もう、その変な銃は自由には使わせない。そ、それに、きょうは昨日とは違うの。ほら、みて――」

リツが大きく息を吸いこんだ。この場は空中砂塵《さじん》濃度が高く、わざわざ粒子を詰めた箱を用いずともじゅうぶんな量の粒子を取りこんで、彼女の黒晶器官《こくしょうきかん》を働かせた。

次の瞬間にリッツがみせたのは、圧巻の量の砂塵粒子だった。

「ど、どう、おどろいた？　わ、わたしも昨日は、ちょっと調子が悪かったんだ。本気を出せば、これくらいはできるの。最大音波を喰らったら、あなただって立ってられないよ」

周囲を満たす、どろどろとした質感の黄色の粒子に、リッツは誇らしげに触れた。

「ま、まだ奇跡が使えないなんて言っていたら、あなた、死ぬよ？　だ、だから、こんどこそ――わたしに、ちゃんとした混沌《メイヘム》を味わわせて！」

リッツは粒子を放射状に展開すると、みずからも攻勢に出た。

ようやく迎えられる本気の混沌に、その顔は歓喜の色に染まっている。

対して、終始無表情を貫いていたシルヴィが口にしたのは、

「――邪魔」

の、たったひと言。

カチリと、シルヴィはインジェクターを起動した。

次の瞬間、リッツの傍《そば》にあった多量の粒子が、まるで夢か幻かのように消え失せた。

「は、えっ？」

と、相手が素っ頓狂な声を漏らした。

迫りきていたリッツの首を素手で受け止めると、シルヴィは相手を地面にたたきつけた。グェッと口から液体を吐いた相手に、流れるような仕草で雨傘の先端を突きつける。

「ま、待っ……」

「待たないわよ。あなたに使える時間なんて、あと一秒だってない。このまま消えて頂戴」

いっさいの情け容赦もなく、シルヴィはトリガーを引いた。

ほとんど零距離でテーザー弾頭を放出すると、最大出力で電撃を放った。

「そんな。こんなのって、ない……」

リツの眼がぐりりんと上を向き、動かなくなった。

シルヴィは雨傘のスロットを転回して、対象に——シンに対して、銃口を向ける。

躊躇《ちゅうちょ》は、ある。だが、迷いはなかった。

今、シンは目の前の敵の排除に全力を注いでおり、離れた場所にいるシルヴィには注意を払っていない。

それでも、自分のよく知る彼ならば、この不意打ちの射撃にも反応できるはずだ。そう信じて撃った弾丸は、シルヴィの理想どおり、命中しなかった。

「——！」

迫りくる脅威を予期して、シンが獣のように伏せて回避した。

そこに、ようやく隙《すき》が生じる。

「警弐級《けいにきゅう》、今のうちに！」

シルヴィの合図を受けて、シーリオが巨大な氷柱《つらら》を作り出すと、それを相手に向けて放った。シンは機敏な動きで後方に退《ひ》いて、氷の脅威から逃れた。

通路までの道が空いたとき、シーリオは一瞬だけ、こちらを振り向いた。

「バレト――健闘を祈る」

そう言い残して、シーリオは本殿に続く道へと消えていった。

シンは動かなかった。自分に背を向ける相手のことは気にしないのか、警戒こそすれど、わざわざ追うようなことはなかった。

かわりに、彼が顔を向けたのは、シルヴィのほうだった。

大切な妹に向けて銃弾を放った人間を、黒犬のマスク越しに、強くにらみつけてくる。この場に残る脅威だと認識した存在を、相手が排除しようと考えているのが伝わってくる。

「チューミー……」

それでも、シルヴィは臆さずに近づいた。

「もう、帰りましょう？　あなたが寝るのが好きなのは、よく知っているけれど。それでも、もういいかげんに目覚めるべき時間よ」

深い幻視のなかに囚われた相手は、なにも返すことはなかった。

かわりに、すっかり聞き慣れた機械音声が、会話にならない独白を発した。

「ラン、離れていろ。まだ、敵がいる。大丈夫だ、こんどこそ、俺がお前を守るから……」

その言葉に、シルヴィは心痛を覚えた。

それでも引くわけにも、このままでいさせるわけにもいかない。

数秒の、沈黙が流れた。

されど、その時間は緊張に満ちていた。たとえ夢うつつのなかにあっても、こちらがひとたび不穏な動作をみせれば、シンが即座に対応してくるはずだ。

その証拠に、シルヴィが雨傘をわずか持ち上げたとき、シンもまた、鏡合わせのようにカタナを持ち上げた。

——来る！

シンは真正面から斬《き》りこんできた。低く屈《かが》み、俊足で詰めてきた相手よりも、宙を飛ぶ短刀が先行する。事前に投擲《とうてき》されていたダガーナイフの存在を、シルヴィは予期していた。

（——そうよね。あなたなら、まずそうするわよね）

この投擲物が牽制《けんせい》に過ぎないことはよくわかっている。無理に弾こうとしたり、オーバーな動作で避けようとすれば、そこに生じた隙《すき》を狩り取られる。このシンプルな小手調べの対応に誤って首を刎《は》ねられた犯罪者たちを、シルヴィは何人もその目でみている。

こうした場合、シンが狙《ねら》うのはつねに死角からの一撃だ。

それがわかっていたから、最小限の動きでダガーの刃先を避けると同時、シルヴィは雨傘を構え、背後から迫りくる本命のカタナを受け止めた。

「意外？　読まれて」

黒犬マスクの向こう側の瞳《ひとみ》に動揺が宿ったのを、シルヴィは鋭敏に感じ取った。

「だとしたらこの勝負、わたしが勝つわよ。わたしにはこの二年の積み重ねがあるけれど、あなたにはないということだもの——」

シルヴィの範囲内において砂塵《さじん》能力が使えない状態を、今は果たしてどう理解しているのかもわからない。この力に制限時間があることさえ、今のシンは知らないのかもしれない。

だが、それでいい。

相手がどうあれ、シルヴィのやることにはかわりないからだ。

(稼働限界時間まで、あと二分強——それまでのあいだに、勝負を決めないと)

この戦闘は、いつもとはまったく条件が異なる。自分よりもフィジカルに優れる相手に、されど銃を撃ちこんで決着するわけにはいかない。

自分がやるべきは、相手を殺さずに事態を収めることだ。

使えるとしたら第四《フォース》スロットのテーザー弾か、サブウェポンの麻酔銃くらいのもの。

失敗すれば、自分たちは終わりだ——過去類をみないほどの緊張感を、シルヴィは自覚すると同時に、その強い精神力でもって拭《ぬぐ》い去る。

かたや戦地で傘を差す、ひとりの白き令嬢。

かたやカタナを構える、ひとりの黒き剣士。

そうして、白と黒の、長く短い戦いがはじまった。

5

地下道の終わりが近づくにつれ、震動は強まっていった。

テオリとライラが先を急いでいたのは、なによりも倒壊をおそれていたからだった。

「テオ。この先、いったいどうなっているのでありますかね」

「わかんねえよ。けどこの道しかねえんだ、行くしかねえだろ」

この場合、果たして自分たちがどう動くのが最適解となるのか、テオリには判然としなかった。シンを探すのが先か、それともシルヴィとの合流こそが先決なのか。

なにはともあれ、いるだけで命の危険がある地下道から早く抜けるべきなのはたしかだ。

「テオ、待つであります！」

先行していたライラが立ち止まった。

「なんだ、どうした？」

「――だれかが、すぐそこにいるであります」

地下道にはランプの数が少なく、一寸先とは言わないまでも、少しでも離れた場所は深い闇《やみ》となっている。その闇の向こうから、たしかに荒い息遣いが聞こえた。

敵が潜んでいるのか、とテオリは警戒する。

ふたりが身構えながら先に進むと、そこにはひとりの男が倒れていた。這《は》いつくばりながら、必死にこちらのほうへ近づいてくる。

「ハァ、ハァ。う、ハァ。アカ、シラさん……」

その服装は、宗教徒たちのものではない。むしろよく見慣れた、連盟職員の制服だった。着用しているマスクも、補佐課の職員たちの規定品のようだ。

近づいてみると、彼が深手を負っているのがわかった。肩から腹部にかけて、えげつない裂傷が走っている。そこから血がだくだくと流れて、彼の制服を真っ赤に染め上げていた。

「だ――大丈夫でありますかっ」

ライラが身体を持ち上げて仰向けにすると、相手は息も絶え絶えの声で言った。

「あ、あぁ、よかった。味方、ですか……」

「ど、どうしたでありますか？　敵にやられたのでありますか！」

「どけ、ライラ」

テオリはしゃがむと、職員の上着をめくって傷口を確認した。塵工《じんこう》製の耐衝撃ベストごと、右肩が潰《つぶ》れていた。内側には、折れた骨が刺さっているようだ。

（……傷が深い。助かるか微妙だな、こいつは）

テオリは緊急用の医療パッチを取り出した。強力な止血剤を染みこませた包帯を、相手の身体に巻いていく。

「あ、ありがとう、ございます……」

「かまわねえさ。それより、あんたの所属部隊は？　状況を教えてほしい」

「だ、第三隊、です。百名体勢の、フル装備スクワッドで。指揮官は、クィベル警参級《けいさんきゅう》、ならびにアルマ警参級と」

「すまない、まずは部隊がいた場所から頼めるか」

「に、西門です。門の前の、巨大な広場……」

テオリは頭のなかで、暗記済みの地理情報を思い浮かべた。

西門ということは、参道Ⅲの終点の先だ。だとすれば、そこからべつの場所まで移動するには、いささか面倒なルートを辿《たど》る必要がある。

「お、おふたりは、増援ですか。ほ、ほかに、部隊は、連れておりませんか」

「ああ、俺たちだけだ」

「だとすれば、さきにお伝えしなければならないことが」

「なんだ？」

「さ、さらなる応援の要請を。こ、この先にいる化け物は、だれにも、対処できない。第三隊は、ほぼ全滅し、指揮の粛清官《しゅくせいかん》も、おそらく、無事では……。だから、どうか増援を」

――全滅、とテオリは復唱する。

「そ、そんな強い敵がいるでありますか。そ、それなら自分たちも行って戦わないと」

「お、お控えください。おふたりだけでは、死にいくようなものです。どうか、応援を呼ぶことを、第一に……」

「いったい、どんなやつなんだ？　敵の特徴を教えてくれ」

その問いに、相手はしばらく黙った。それから、

「……ミ、ミセリアワームの、怪物」

と、つぶやいた。

「ま、まるで、ビルのようなサイズで。あ、ああ、本当、冗談であってほしいくらいの。あんな、あんなのは、あまりにも規格外すぎる」

「なんだって？」と思わずテオリは聞き返した。

それには、相手はもうはっきりとした言葉では答えてくれなかった。

「さ、参道Iのほうに、リングボルド警壱級《けいいっきゅう》の部隊が。はやく、彼に報告を。われわれは、敵の戦力を、見誤っていたと……」

途中で、彼の言葉は止まった。限界を迎えて、気をうしなったようだ。

「……ライラ。今のって」

「聞き間違い、ではないでありますよね。もしミセリアワームの最大個体がいるなら、それはたしかに対処に苦労するでありますが……今の話だと、それだけではなさそうでありますね」

宗教徒たちがミセリアワームを管理しているのは事実だ。

捕食者《マンイーター》という異様な合体生物を作り出す能力者がいる以上、なにか普通では考えられない事態が起きているということは、じゅうぶんにありうる。

「テオ、行くでありますよ。退路は断たれているでありますし、どちらにせよ応援は呼べないでありますから」

「……ああ」

自分たちには選択肢がない。ここは一方通行であり、どうあれこの先に進むほかなかった。

(だが、もしもこの人の言っていたことが本当なら――)

おそらく、そこに待ち構えているのは、自分たちには荷が勝ちすぎる難敵だ。

第一指揮の粛清官《しゅくせいかん》の面々は知らないが、相応の実力者であることは間違いない。自分たちだけで向かうのを止めたのも、彼がほかの粛清官でも歯が立たない姿をみたからだろう。だとすれば第二等か、へたをすると第一等粛清対象に数えられるような凶悪な相手のはずだ。

「ライラ、ちょっと待て」

先に進もうとしていたパートナーを、テオリは止めた。

「ひとつ注意しておきたいことがある」

「なんでありますか」

「いいか。この先の出口は、本殿前の西門に繋《つな》がっている。対して先輩たちが向かったのは、おそらく反対側の東門のはずだ。で、上にあがったあとで合流しようとしたら、どうしたって西門を通らなきゃいけなくなる。もう迂回《うかい》しているような時間はないからな」

「だったら通るでありますよ」

「問題はそこだ。今、聞いただろ。西門の前には、たぶん相当やべえのがいるはずだ。第一指揮の部隊を丸々壊滅させるような相手がな。そこを通ろうとしてるんだ、俺たちは。それを、お前はちゃんとわかっているんだな？」

ここまで事前に情報が明らかになっている状況で向かうのは、けして褒《ほ》められることではない。少なくとも、これが官林院《かんりんいん》で問われる状況判断のテストならば赤点をもらう行動だ。

ライラの龍を模したマスクが、数秒ほど黙ってみつめてきた。

「テオ。ひょっとして、まだ敵に洗脳されているなんてことないでありますよね」

「あ？　んなわけねえだろ」

「なら、もういっかいだけ確認するでありますよ。テオの戦闘上の役割は？」

「なんだよ、藪《やぶ》から棒に」

なにを聞いてくるのかと身を引いたテオリの肩を、ライラが摑《つか》んだ。

「いいから答えるでありますよ！」

「ぼ、防御と戦略だろ。それがどうした？」

「そのとおりでありますね。で、自分は攻撃を担当と……。これをちゃんと守ったら、どうなるでありますか？」

「どうしたんだ、お前」

「テオのほうこそどうしたのでありますか？　今さら、なにを怖気づいているでありますか！　自分たちが組めば、だれにも負けないのでありますよね。そうなのでありますよね！」

「っ。いや、理論上はたしかにそうだけどよ」

もとはといえば自分が唱えた戦略だが、あらためて言われると気恥ずかしさを覚えた。

単純な性格のライラには、こうしたわかりやすい役割分担があったほうがいいだろうと考えての提案だったが、彼女は存外に気に入っているようだった。

「それなら、いったいなにを躊躇《ちゅうちょ》しているでありますか？　通らなければならない道があって、そこに敵がいるなら倒すだけでありますー！　それとも、テオはこわいでありますか？　シルヴィ先輩にあんな啖呵切っておいて、今さら帰りたくなっちゃったでありますか？」

和服の袖を引っ張ってくるライラを、テオリははねのけた。

「ばかいえ。お前が状況をわかってなかったら問題だと思ったから確認しただけだっつーの」

「ぷぷ。テオって、たまに見当違いなこと言うでありますよね」

「あ？　なんだって」

「本当にわかっているべきことなんて、ずっと少ないのでありますよ。自分たちの最強戦法が通じない相手なんていない！　これだけわかっていれば、あとのことはなーんにもわかってなくて大丈夫なのでありますからね！」

そのとき、テオリは相手のマスク越しに、やけに自信に溢《あふ》れた笑みをみた気がした。

三白眼を丸めたあとで、伝染したようにフッと笑う。

「なーんにもわかってなくていい、わけねえだろうが。バカ」

パートナーの楽観的な性格を、テオリはときおりうらやましく思うことがある。だが、これがきっとバランスというものなのだろう。

互いにない部分を補い合うという意味なら、おそらく自分たちほど相互的に機能している粛清官《しゅくせいかん》はそういないはずだ。

もっとも、それがいいことだけとは限らないにしても。

「気ぃ引き締めろよ、ライラ。たぶんこいつが俺たちの、最初のマジの難敵だ」

「いわれずとも、であります！」

このあと、ふたりは大きく西方面に曲がる地下道を抜けて、本殿のある階層へと至る。ライラが運んだ職員を、さしあたり安全と思われる場所に寝かせると、さきに向かった。

そこには震源があった。

これまでふたりがみたことがなく、想像したことさえもない、あまりにも怪異な敵の姿が。

＊

殉死。

この二文字は、粛清官《しゅくせいかん》にとっては付き物の単語だ。もちろん粛清官のみならず、戦闘の補佐を務める一般兵士たちにとっても。

塵禍《じんか》の以前以後にかかわらず、人間が戦場に出るというのは、きっとそういうことなのだ。

ただ、そうはいっても——と、エノチカ・フラベル警参級《けいさんきゅう》は周囲に目をやった。

(死に方、っつーもんがあるよな……)

死屍累々《ししるいるい》。

そんな端的な表現が、この場にはぴったり合う。

各隊員たちの死因は、基本的には圧死か轢死《れきし》だろう。人体の何倍にもなる巨大な尾に振り払われて、ほとんどの者は圧殺されて、薄く引き伸ばされた赤黒い肉塊と化している。

第三隊の完膚なきまでの壊滅ぶりは、間違いなく語り草になるはずだ。

(……キャナと、ウィルは)

エノチカの位置からも、ふたりの場所はみえた。ふたりとも、ここからはだいぶ離れた場所で横たわっている。

ウィリッツの砂塵《さじん》能力は、敵の神経回路を乱すものだ。その能力が、あの巨大生物にどう機能したかというと、それは判然としないままだった。粒子そのものは当たっているようにみえたが、少なくともすでに振るわれていた尾を止めるような結果にはならなかった。

キャナリアの動きはそこまで把握できていなかった。自分たちのなかではもっとも純粋な火力に優れるキャナリアは、その機雷の砂塵能力を駆使していたようだが、かなしいことにほとんど無意味だったようだ。広場の中央に落ちている触手のいくつかはキャナリアが爆破させたものだが、たとえ何本かが欠けたとしても、本体へのダメージには繋《つな》がらなかった。

それでは、エノチカはどうだったのか。

貫通と反射の粒子弾を操るエノチカは、その能力を発揮した。

その結果じたいは、そう悲観すべきものではなかった。粒子弾は結びつく触手の群をきちんと貫通し、幾本かは機能不全に追いやった。

どちらかといえば問題は、自分の攻撃がある程度通用してしまったことかもしれない。

サリサ・リンドールと名乗った怪物は、まるで人が周囲の虫を踏み潰《つぶ》すかのように無作為に暴れていたにもかかわらず、自分に効く攻撃を放ちうる二名の粛清官――エノチカとキャナリア――の存在に気がつくと、明確な照準の意思をみせた。

そしてそうなったときに、自分たちには一切の防御策がなかった。

それは、巨大な津波から身を守る方法がないのと同じだ。

キャナリアに迫った触手は、ウィリッツが彼女を突き飛ばして、直撃こそ免れたが、ふたりとも撥《は》ね飛ばされてしまった。今は、生きているのかさえわからない。少なくとも、動ける状態にないことは間違いないだろう。

エノチカのほうはなんとか初撃は避けたが、回避した場所の運が悪かった。どこかで粉砕された石材の欠片《かけら》が腹部に激突して、わずかな時間、気絶してしまったのだった。

エノチカが目覚めたときには、殺戮《さつりく》はほとんど終了してしまっていた。

自分たちの認識が甘かったのだ——と、今になってエノチカは思い知っていた。

同時に、上官であるロロ・リングボルドの警告を軽視していたということも。

「今回の主犯は　一見すると突飛で奇抜な思考の持ち主で　われわれには理解したがい判断基準で行動する男だ　だが彼の知能は高い　〝無能狩り〟が招き入れる場所ということは　かならず相応の罠《わな》が張られているはずだ　だからうまくいっているときほど注意を払うように」

ブリーフィングルームでロロが口にしたプロファイリングは正しかったといえる。

参道Ⅲの迎撃態勢が比較的にラクだったのは、最後にこの関門が用意されていたからだろう。油断すべきではないと思いながらも、同僚を止められなかったのは自分のミスといえる。

だが、それにしてもまさか、これほどに惨憺《さんたん》たる末路になろうとは——。

相手は、はるか見上げるほどの巨大生物。

回避も防御も許されない、特大質量の尾を持つ怪獣。

こんな化け物を作り出す砂塵《さじん》能力者が存在するとは——まして戦うことになるとは、それこそ夢にも思わなかったことだ。

しかし、これが現実。

今、エノチカの視界に映っているのは、全身の毛が逆立つような悪夢的な光景だ。

二十か三十か、大量の死体が浮いていた。それは大広場の中央にいる異形の女が、その尾から大量の触手を枝分かれさせて、職員たちの死体を宙に持ち上げていたからだ。

複数の触手が絡みつき、傷の断面から口蓋《こうがい》を挿入させ、グチャグチャと新鮮な死肉を貪る。

「ん、ハァ、おいし……。ほんと、なんでこんな、おいしいんだろ」

頂点にある女の部分がみずからの肩を抱き、艶めかしく息を吐いた。

（……やんなら、今しかねぇか）

この捕食のタイミングこそ好機とみて、エノチカは静かに粒子を集め始めた。

気絶したふりはここまでだ。

エノチカは、この状況でも完全に諦《あきら》めてはいなかった。

たったひとつだけ残った勝ち筋を拾おうとしている。

それは、不意打ちという、ごくシンプルな戦略。

いくら常識外れの生物といえども、あの人間の部位の脳が脳にあたり、心臓が心臓にあたるのはたしかだろう。そこさえ破壊できれば、この怪物は倒れるはずだ。

完成したエノチカの貫通弾は、音を発する性質がある。ゆえに成形が終わり次第、敵に気づかれる前に放つ必要があった。さいわい、打ち出しに使う愛用のバットはいまだ手中にある。起き上がり、構え、一秒で狙《ねら》いを定め、全力で放出《ノック》して、相手の頭部を破壊する。

自分がやるべきは、それだけだ。

（……は。当たれば昇格、はずしたら殉死、か）

生死の境を跨《また》ぐ一発勝負を前に、エノチカは全神経を集中させる。

が、そこで予想外のことが起きた。

「やる気？　それ。あーしはべつにいーけど、やったら速攻で殺すから」

こちらを一瞥《いちべつ》さえせずに、サリサがそう口にしたのだった。

勘づかれていた――。

そう知ると、エノチカは舌打ちをして起き上がった。

「んだよ。耳までいいのかよ、てめー……」

「耳じゃないよ。あーしもよく知らんけど、こいつら、熱探知ができるっぽいんだよね。だから近場の生きているやつは、感覚でわかんの。ま、何人かはまだ息があるよ。少なくとも今のところは」

サリサはマスク越しに触手たちを眺めながら言った。それは、みずからの身体の一部であるはずなのに、ただ同居しているだけの他人をみるかのような、冷たい視線のように映った。

「なぁ。話せんなら、ひとつ聞いていいか。どういう仕組みだよ、その身体は。アタシはべつに能力オタクじゃねーけど、さすがにこいつは理解できないわ」

「かわってんね、あんた。仲間を殺されて怒るんじゃなくて、そこを気にするんだ。それともカラダの仕組みがわかればどうにかなるかもって、そーゆー甘いことでも考えてんの？」

そう図星を言い当てられる。が、エノチカは動揺しなかった。

最大の謎《なぞ》は、質量だ。もとの肉体は女性にしても細い部類だというのに、その内部にこれほどの体積の触手群を秘めているというのは、まったく理解できない。

「でも残念。仕組みなんて、あーしにもわかっていないよ。詳しく知っているとしたら、それはあーしの能力を研究していたあんたらのほうじゃないの？　医学の発展だか不老不死の研究だか知らないけど、人の身体を好きにいじくりまわしてくれてさ」

「はぁ……？」

そんな不可解な言葉に、エノチカはひっかかりを覚えた。

「ま、いーよ？　冥土《めいど》の土産ってやつで、わかることは教えたげる。あーしはね、生き物の肉体を融合できんの。細胞レベルで摂りこんで、内部に折り畳んで蓄積していくわけ。まあ、デメリットってか、リスクはあって、失敗すると逆に向こう側に摂りこまれちゃうんだけどね。でもあんたらの基準でいうなら、そんくらいの代償は払う価値のある能力なんじゃないの」

細胞レベルの摂りこみ。――融合。

それじたいは、なんとなくイメージできないでもない。ほかの生物の部位を自分の肉体の奥深くにしまいこんで、いつでも好きに取り出すことができるというわけか。

（その話がマジだとしたら、こいつは――）

いったい、これまで何体の化け物と融合してきたというんだ？

なにより、聞き流せない言葉がもうひとつあった。

「冥土《めいど》の土産？　は、やっぱ殺《や》る気かよ」

「そりゃね。だってあんた、なんだかんだで逃げずにやろうとするタイプでしょ。こっちが逃げてもいいって言ってんのに、立ち向かってくる人種でしょ。いいよ？　前向いて戦って、それで無駄に死になよ。あーし、女の肉は食べないから、まじの犬死にだけどさ」

会話の最中にも自律的に肉を貪っていた触手が、きゅうに意志の主導権を奪われたかのようにピンと器官を伸ばし、整列してこちらに向けて尖《とが》った。

（……くそったれが）

エノチカの冷静な部分の判断が、ここから退《ひ》けと叫んでいた。この粛清対象のことはなにも知らないが、それでもなんとなく、こいつが嘘《うそ》をついているわけではないことはわかる。

なぜだかロロ・リングボルドを求めているようだから、降参の手をあげれば見逃してもらえる可能性は否めない。が、問題はそこではなかった。

敵に見逃してもらえるという考えそのものを許せないのは、相手の言うように、きっと愚かなプライドなのだろう。

それでも――

周囲の惨状をみると、このまま自分だけ退散する選択肢を選ぶことはできなかった。

だからこそ、エノチカは周囲に散布する粒子を消してはいない。

インジェクターも解除していない。

戦いをやめるつもりも、ない。

「――ばかだよね、ほんと」

切なささえ感じさせるため息が、相手の口から洩《も》れた。

それが、契機だった。

バガリと、尾が八分割に開いた。正面からみると、まるで満開の花が咲いたかのように映る触手の塊が、次の瞬間には大きくしなり、こちらを包囲するように迫った。

咄嗟《とっさ》に形成した未完成の貫通弾を、エノチカは放つことにする。

両手に握ったバットを思いきり振りかぶり、弾《たま》にインパクトを与える。

打ち出すと同時に、エノチカは命中率の低さを痛感した。

通すべき射線は巨大な触手群に隠れて、不明瞭《めいりよう》だ。つまり、ほとんど勘で放ったことになる。九九パーセントの確率で、自分には一矢を報いることはできないと悟る。

果たして死に際の集中力なのか、エノチカの視界がスローモーションに変わった。

やはりというべきか、貫通弾は相手に当たらなかった。豪速で吹き飛んだ貫通弾は触手の一部を貫いたが、敵の急所に命中する軌道を辿《たど》ったわけではなかった。

ここまでは、悲しいことに予想どおり。

だが、エノチカの抱いていたもうひとつの予想は、裏切られた。

その予想とは、自分が触手の群に轢き潰《つぶ》されて、グロテスクに死ぬという未来。

視界の端から、龍の仮面をつけた女が、閃光《せんこう》のように飛んできた。彼女が颯爽《さっそう》と着地すると同時、エノチカの身体を拾い上げ、激しい突風をともない、ふたたび高く跳び上がった。

気づいたときには、エノチカは宙高く翔けあがっていた。

「はァァ――――――ッッ!?」と、腹の底から絶叫する。

自分を抱きかかえた女が、広場の端の離れた場所に着地した。エノチカをそっと自分の背後に置くと、ゴウゴウと吹く風に服をはためかせながら構えた。

そのとなりには、和服の粛清官《しゆくせいかん》が立っていた。

このふたりの姿に、エノチカは見覚えがあった。

「お、まえら……第七の粛清官か!?　なんっで、ここに……!?」

火事場のボッチが連行されるという大事件の前に、情報局にやってきたふたり組だ。

あのロロ・リングボルドに対して真っ向から抗議する新人たちに、エノチカは他人事ながらも冷や汗を流したものだ。度胸があるというよりもたんに無謀と呼べる行為であり、案の定というべきか、ふたりはなんの意見を通すこともできずに退散する羽目となっていた。

そのふたりが、今、ここにいる。

尻餅《しりもち》をつくエノチカの前で、ミセリアワームの怪物に立ち向かっている。

「お前ら、まさか勝手に来たのかよ？　でも、どうやってここが」

「んな話はあとでお願いします！　それより、あれは」

テオリは巨大な融合生物を見上げると、震える声で言った。

「……マジ、かよ。話半分だと思っていたが、本当にビルくれえのサイズじゃねえか。いったいなにすりゃあんなのが生まれんだよ」

「ミセリアワーム……たしかにワームの触手、にはみえるでありますが」

あまりに予想外の出来事だったからか、逆にエノチカは冷静さを取り戻した。

「おい。来たのはお前らだけか？　ほかに応援の部隊はいねーのか」

「いや、俺らだけすね」

その返答に、エノチカは気を落とした。なにかの間違いで夜鳴り寒柝《ナイト・コール》でもいてくれればまた話が違っただろうが、さすがにそれは高望みだったらしい。

が、それでも人が来ただけはるかにマシといえた。

「お前ら、どっちも警伍《ケーゴ》だろ。んじゃ、上官命令だ。いいか？　アタシのうしろから、参道に戻れる。二又の分かれ道に当たったら、右に行け。たぶん、どっかにリングボルド警壱級《けいいっきゅう》の部隊がいる。したらエノチカ・フラベルからの報告っつって、こう伝えろ。『第三隊が西門広場で第一等粛清対象と交戦、および全滅。可及的速やかに応援を求む』ってな」

「そのあいだ、あんたはどうするんすか」

「アタシはこいつの相手をする。ほら、わかったらとっとと行け」

「断るであります！　お姉さん、今だって危機一髪だったでありますよ。ひとりでいたら死んじゃうであります。協力して倒すでありますよ！」

「ちっ」エノチカは舌打ちした。「わっかんねーかなぁ。てめーらがいてもどうにもなんねーっつってんだ！　あれは警壱級《けいいっきゅう》じゃねーと無理なんだよ。いいからはやく呼んでこい！」

「いやだと言っているのであります！　第一指揮の粛清官《しゅくせいかん》はみんな偉そうでありますね。納得いかない命令なんか聞かないでありますよーだ」

「偉そうなんじゃなくて、実際お前より偉いんだよ、アタシは！　助太刀なんかより連絡員が欲しいっつってんだ、ばかやろーが！」

女のほうでは埒《らち》が明かないとみて、エノチカはテオリのほうを向いた。

「おい。お前が説得しろ、和服！　みえてんだろ、あれ！　あの尾っぽ振られるだけで部隊がこのザマだ。うちの粛清官もやられてんだぞ!?」

「申し訳ないすけど、俺らだけってのは聞けない相談すね。ここまで来て、状況を知っちまった以上は、なおさら従えねえ。全員でいったん退《ひ》くってんなら、まだ検討できますけど」

「……クソ。まじか、こいつら」

なんてバカなんだと、エノチカは絶句する。

新人特有の勇み足か、まったく命令を聞くつもりがないらしい。

さきほどの救出劇をみる限りでは、たしかに有用な能力者なのかもしれないが、これに限っては相手が悪いとしか言いようがない。

「……話、終わった？」

ここまで事態を静観していたサリサが、ようやく口を挟んだ。

「羽虫が増えたね。それはべつにいんだけど……なに、あんたらもやる気なん？　増援とか呼ばないわけ？」

「そうだといったら、なんでありますか！」

「自分でいうのもなんだけど、あーしをみてその気合いって、なんか引くわ……。粛清官ってちょっと脳筋が多すぎない？　それとも、もしかしてナメられてる？」

サリサが、その場でとぐろを巻いた。触手の群が大きくねじれて、力を凝縮させていく。

「だとしたら、さすがにちょいムカつくし――とりま、消えとく？」

「やっべ。お前ら、逃げ――」

言い切る前に、サリサの尾が割れた。直後、三人の頭上から大質量の一撃が迫りくる。

あ、死んだ――と、エノチカはこんどこそ覚悟した。

しかし、目にしたのはふたたびの予想外の光景だった。砂塵《さじん》をまとわせたライラが、エノチカとテオリの前に出て、両手を差し出すようなモーションを取ったあとに、跳び上がった。

ライラが圧し潰《つぶ》されることはなかった。

それどころか、結果はむしろ逆だ。

気流をまとった両手が、触手の織り成す厚い層を切り裂いていく。

その切り口から夥《おびただ》しい量の血が零《こぼ》れていくも、いちど振り下ろされた尾は止まらず、触手群を突き抜けたライラによって両断されるに至った。

ちぎれた触手の肉片が、バタバタとエノチカの周囲に落ちてくる。

「……は、アッツ⁉」

驚愕《きょうがく》するエノチカをよそに、ライラがパートナーに向けて叫んだ。

「テオ！　気流カッター、問題なく通るであります！」

「よし。なら、お前はこのまま攻めろ。確証はねえが、さすがにあの人間部分が弱点だろ」

「了解であります！　それならまずは、あそこまで登るところからでありますね……！」

ライラの周囲に、ゴワッと風が吹きあがり、その勢いに乗って敵のほうに攻めていく。

だがそれは、けして無謀な突撃ではなかった。

ライラは無尽蔵の触手の尾を縫うようにして回避して、着実に接敵していく。

エノチカは、開いた口が塞《ふさ》がらなかった。

「な、なんなんだ、あいつ……。何者だ？　本当に新人かよ」

「ただのアホすよ。そのかわり、だれにも負けねえアホすけど」

エノチカのとなりで、テオリもまた粒子を操作した。濃い霧のように広がる粒子は、どうやら散布範囲に優れるらしく、離れた位置のパートナーの場所にまで届いた。

「ライラ、右に階段《ステア》だ！　登って、可能ならそのまま決めちまえ！」

ライラのすぐ傍《そば》に、無色の盾が張られた。段々に積み重なって上へと伸びる盾は、テオリがそう呼んだように、まるで空中に張った透明な階段のようだ。

た、た、たんっ！　と、ライラが軽快な足取りで階段を駆け上がる。最後の段で、ライラは大きくしゃがむと、気流をともなった跳躍をおこない、巨大生物の頂点まで迫った。

（は、速ッ……!?）

それは、全体を俯瞰していたエノチカでも思わず見失いかねるほどの速度。

右手に緑色の砂塵《さじん》粒子をまとわせて、ライラが遥か頭上にあるサリサ・リンドールの本体部分に肉薄する。

――まさか、いけんのか……!?

そう疑い、エノチカが目を見張ったとき。

サリサが大きく両腕を広げた。

彼女が無数の触手を生やす根本――下半身との境がみえないほどに融合しきったミセリアワームの発生源――から、人間部分を覆い隠すようにして分厚い壁がまとう。

あたかも殻のような肉壁。

その膜にライラの拳《こぶし》が接触して、ワームの骨と肉が擦《す》り切れる、嫌な音が響き渡った。

拳が本体へと届き切る前に、尾から分離した触手がライラの邪魔をした。背後から囲うようにして迫り、その四肢に絡みつこうとする。

「くっ……！」

触手の発生源の間近での戦いに、さすがに多勢に無勢と判断したか、ライラはいちど敵のふところから離脱する。器用に空中で回転し、気流で衝撃を弱めてから着地した。

「き、決め切れなかったであります」ずざざ、と地面を擦《こす》って戻り、ライラが口にした。「けっこうチャンスだったではありますが」

「いや、問題ない。お前の機動力が通じるか確認できただけでも収穫だ」

いつでも盾を張れるように粒子を集結させながら、テオリが聞いた。

「ライラ。全開の接触、あとどんくらいいける？」

「今のやつを、あと二回……いや、三回は試せるであります」

「そうか。なら、もっかい同じの頼む。時間を稼いでくれたら、そのあいだに俺がどうにか勝ち筋を探してやる」

「了解であります。頼んだでありますよ。テオ」

そのとき。

ずるり――ぐちゃりと音がした。

サリサの本体を守っていた殻が開いた音だった。

「少しだけ、おどろいた。――あんた、ただの羽虫じゃないね」

サリサの生やす尾は、さきほどよりもわずかに統率が乱れていた。それはライラの応戦に使われた触手が、欠損や散開を経て、まとまりのある一本に統合されなくなっているからだ。

その散らばった触手を、サリサがふたたび集結させていく。

根幹となる尾をその場で転回させて、広場の柱や切り崩された石をプディングかなにかのように容易に破壊しながら、より強固な塊となって巨体を持ち上げた。

キシャアアアッ、シャアアアアアアアと、無数の触手の口蓋《こうがい》が、それぞれに喚《わめ》き声をあげてライラを威嚇《いかく》した。

「ちょーどいいや。さっきの連中だとウォーミングアップにもならなかったから、ちゃんと相手したげる――もっかい来な、ちびっこドラゴンちゃん」

「望むところであります！」

怪獣の睨《にら》みにも恐れを抱かず、ライラがふたたび駆けていった。

＊

鞍馬手織《くらまており》は神経をすり減らして、パートナーの戦闘を入念に観察している。

テオリの頭のなかの演算装置は、この場の勝利という解法を導くことに費やされており、それ以外のことは完全に消え去っていた。常軌を逸した怪獣への関心も、はぐれてしまった上官たちの動向も、今このときばかりは思考から抜け落ちている。

二回目の突撃は、初回とはわけが違う。さきほどとは違って警戒されているライラがふたたび相手の本体部分まで接近し、リターンの見込める攻撃を仕掛けるまでにかかる時間。有意な攻撃を成立させるまでに払わなければならないリスク。それらを考慮に入れたうえで、ライラの粒子が枯渇するまでに、この化け物に致命傷を与えねばならない。

だからこそ、テオリは目の前に集中しながらも、マルチタスクで隣の粛清官《しゅくせいかん》に声をかけた。

「すんません。名前、フラベル警参級《けいさんきゅう》でしたっけ」

ライラの戦闘にあっけに取られていたエノチカが、テオリのほうを向いた。

「な、なんだよ」

「砂塵《さじん》能力、当然武闘派すよね。俺に、能力の性質をすべて教えてください。それと、あいつと戦ってわかった情報も。ここにある手札全部を使わなきゃ、この問いの解は出せねえ」

ふたたび震動が起こり始めた西門で、大きな難問にぶち当たった新人粛清官は、その笠を模したマスクのなかで、むしろ苦境ゆえの笑みを浮かべた。

6

神殿の激闘がはじまる、数刻前のことだった。

「――おれは、育ちが悪いもんでしてね」

その査問会は、むしろ審議をかけられている被告側の言葉ではじまった。

「たとえ相手が連盟のトップだろうと、歯に衣着せるような言い方はうまくできねェ。だからちょいと乱暴に聞こえる言葉でも、そのへんを考慮してご容赦いただけると助かりますが」

その場の視線を一身に浴びた男は、怯《ひる》まずににらみ返し、こう続けた。

「今あんたがたがやっていることは、正気じゃねェ。今すぐにこのくだらねェ茶番を終わらせて、おれを現場に向かわせるべきだ」

そう聞いて、彼を取り囲む者たちはそれぞれに面食らった。

中央連盟の盟主たち。

〈Dの一団〉の末裔《まつえい》にして、この都市でもっとも崇高な位に就く彼らは、生まれてこの方、そのような粗暴な言葉を浴びせられた経験はほとんどない。

「これはこれは、噂《うわさ》に聞く以上の横柄ぶりだ！　なにを言い出すかと思えば、あろうことかわれわれを糾弾するつもりか？　たかが粛清官風情が！」

唯一、きちんと怒りを示すことができたのは、短いあごひげを生やした男性だった。

かの連盟企業バフォメ社の長にして、盟主バフォメ家の当主――現状の盟主のなかではもっとも若年のクイトナ・バフォメである。

その盟主バフォメに、火事場のボッチはマスクを向けた。

「事態がわかっていないんでしたらご説明しましょう。昨日の周年式典テロを皮切りに、主犯は大いなる負債を奪っていった。連盟の癌《がん》である、けして明るみに出すわけにはいかねェ砂塵《さじん》兵器をな」

「ばかにしているのか？　われわれが知らないはずがなかろう」

そう答えたのは、盟主メティクルだ。医療を司る、メティクル家の長。ありとあらゆる医療的な塵工《じんこう》技術を思うままにし、老齢とは思えないほどのつややかな肌を持った男性である。

「ほう、わかっていると。使うやつが使えば都市ごと吹き飛ぶような塵工物が奪われていることを、あんたがたはきちんと知っていると。そのうえで、おれを拘束するような審議の申請を呑んだと、そう言うつもりですかね」

「まるで粛清官《しゅくせいかん》がこの世に自分ひとりかのような言い方ですね、タイダラ警壱級《けいいっきゅう》。宗教徒たちの拠点には、すでに無限牢《ろう》の部隊が向かっているのでしょう」

次に答えたのは、初老の女性だった。盟主エローズ――大富豪にしては控えめな意匠のスーツを身にまとい、いかにも勝ち気そうな表情をした彼女が、冷たい口調で口にする。

「これまで彼が成功を確約した粛清が失敗した例はありません。そして今回も、彼は林檎《りんご》の回収と事態の収拾をわれわれに約束してくれました。ですので、盟主全体の合議として、われわれは現状にさしたる懸念を抱いておりません」

「そうだ、盟主エローズのいうとおりだ！」

と、盟主バフォメが声を挟んだ。盟主エローズが続けた。

「タイダラ警壱級。あなたの言い方は、この緊急事態を盾に審議から逃れようとしているように聞こえるのですが、それにかんして弁明は？」

「弁明？　おれに弁明すべきことがあるとは思えませんがね」

ボッチは、辟易《へきえき》しているのを隠さない態度だった。

「おれは、無限牢の実力は認めている。個人的な好き嫌いはさておいて、あいつの粛清官としての実力に疑う余地はない。が、今回にかぎっては事情が違う」

「事情とは？」

「今回の事件は、おれにも規模がはかれねェ。そしてこいつは賭《か》けてもいいが、それはおれだけじゃなく、リングボルドのやつにとっても同じだ。それは、主犯の脅威度の話だけじゃない。今回もっとも問題なのは、現状で判明している情報ではなく、判明していない情報のほうだ。もしも娑婆《しゃば》に出たベルガナム・モートレットがつるんでいるのが、あんたがたもよく知るかつての特級隷属の連中だとしたら、今夜零番街で待っている脅威はやつだけじゃねェ」

「言いたいことが判然とせんな。なにより、これでは堂々巡りになる」盟主メティクルが肩をすくめた。「わからんかね？　敵がどれほどの脅威であろうとも、無限牢《ろう》ならばかならず事態を収束させる。そうした前提があるからこそ、今ここの話が進行するはずではないかね？」

その意見には、ほかの盟主たちも同意らしい。

返答を求められたボッチは、しばらく黙ってから、ふたたび口を開いた。

「司教ベルガナム・モートレットは、おそらく札持ちだ」

しんと、審議会が静まりかえった。

札持ち《カードホルダー》。

あるいは〈ＡｖｅＣＥｎｔ〉。

それらの言葉は、連盟のトップにとって特別な意味を持つ。

「……なにを言い出すかと思えば」

と、あきれたような口調で、盟主エローズが沈黙を破った。

「その可能性はわれわれも考慮に入れ、またリングボルド警壱級《けいいっきゅう》も言及しています。林檎《りんご》が狙《ねら》われ、盟主にはふたたび牙《きば》が剝《む》かれた。むしろ、結びつけないほうがおかしい」

「そのうえで現場に向かえる粛清官《しゅくせいかん》の数を減らしていると？　だったら、やはり正気の采配《さいはい》とは言えないと自分で思わないですかね」

「大いなる負債を狙っているのは連中だけではない！　まだなにも確定はしておらんのだ。憶測で話を進められては困るぞ、タイダラ警壱級」

「確定していないからなんだっていうつもりですかね。いざ証拠があがってからみんなで仲良く頭を悩ませようとでも？」

目の前の台座に、ボッチが巨大な掌《てのひら》をバンと置いた。

「おれはリングボルドの性格をよく知っている。やつがあんたらになにかを確約したんなら、そいつは自分の首に代えても守ろうとするだろう。奪われた林檎は戻ってくるかもしれねェし、シュテルン家のご令嬢もぶじに帰ってくるかもしれねェ。が、もしもなにかの間違いでみすみす連中を取り逃してみろ。次に被害に遭うのが自分たちかもしれないと、まさか考えてねェとは言わないだろう？」

脅すような低い声に、返事をする者はいなかった。

ここぞとばかりに、ボッチは言葉を続けた。

「三十分だ。それ以上、ここで時間を費やしたら取り返しのつかねェことになる。三十分経っても解放されないようなら、おれは無理やりでもこの場を去るぜ。そして、そいつはだれにも止められねェし、また止められるつもりもねェと、ここではっきり宣言しておこう」

ボッチは、インジェクターを起動したわけでもない。

得物を抜いたわけでもない。

それでも彼の放つ圧に、盟主たちは固い唾《つば》を飲み、口を閉ざさざるを得なかった。

警壱《けいいっ》級《きゅう》粛《しゅく》清官《せいかん》——本来的に縛りつけようがない、それでいてなぜだか連盟が手綱を握れているだけの超級存在が、如実に怒りをあらわにしている。

その事実が、彼らを力ずくで黙らせていた。

——たったひとりの例外を除いて。

「タイダラ警壱級粛清官殿。貴官のご意見、ご要望はよく理解しました」

と、ボッチの真正面に座る男性が言葉を発した。

盟主長、エリヤ・ディオスだった。ここまで事態を静観していた彼は、いつものようにあつらえたように均整のとれた肉体で、姿勢よくボッチに視線を落としていた。

「まずは、お詫《わ》びしましょう。ただ今、一部非礼な発言も飛び交いましたが、われわれ盟主の総意として、あなたに敬意を払っていることはたしかです。これまで多くの市民が——無論、われわれの近親者も含めて——貴官の勇敢な行動によって、その命を救われてきました。今回、こうして職位妥当性を問う査問会の開催要請を受理こそしましたが、貴官に対する感謝の念、および敬意が損なわれたものではないことを、ここに明言しておきましょう」

「そいつはドーモ。ただあいにく、おれは敬意とやらを欲しがったことはいちどもないつもりですがね。今のおれが欲しいのは」

「——可及的速やかに査問会を終えるという確約。でしょう？」

「……そのとおり」

挑戦するようなかぼちゃ頭の目つきにも、盟主長は動揺をみせなかった。聞き取れるか聞き取れないか、こちらの勘違いに思える程度に小さく息をつくと、彼はうなずいた。

「確実な約束という意味でしたら、確約はできません。が、尽力いたしましょう。さきほども言いましたが、われわれもこの非常事態を受け、いくつか大きな意思決定を下さねばならないことがあります。双方の利益のためにも、確認の口上は省きましょう。原告側の主張についても、事前の資料で読まれていますね。となれば貴官に理解しておいてほしいのは、この場の法的な有効性のみです。念のため、こちらは貴官に明言していただいても？」

「連盟法第十八条特別追加条項。『特別裁量権を有する警壱級位の粛清官同士で、組織全体の存続にかかわるような重大な方針の齟齬《そご》が、実害を認められる強度で発生した際には、その裁定は過半数以上の連盟盟主が出席する審議会の決定に委ねられるものとする』」ボッチは条文そのものを暗唱し、それから言い足した。「きちんと理解していますよ。もっとも、おれはこいつが組織全体の存亡にかかわるような重大な方針だとは、ちっとも思っちゃいませんがね」

「ご理解いただけているならば、けっこうです。ほかの盟主も、もしご意見があれば現時点で申告をお願いいたします」

エリヤが周囲を見渡した。異論がないとみると、手にしているベルを鳴らした。

通称〈合意のベル〉と呼ばれる代物だ。

かつてDの一団が円卓にて会議をおこなっていた時代から受け継がれているという、盟主長のみが鳴らすことを許された、盟主たちの儀式用具だ。

「それでは本題に入りましょう。リングボルド警壱級《けいいつきゅう》のもとに提出された、貴官の信任性を懐疑する連盟員各位の意見書は、その多くが、貴官の連盟内規律の違反行為に端を発するものでした。これを受けて、われわれのほうで事前に問題点の洗い出しをおこない、審議をクリアするための基準を設けました」

「……基準」

「そのとおりです。すなわち、このような合意でした。貴官の不信任の嫌疑の裏側には、あなたの素性の不明瞭《めいりょう》さが多分にかかわっていると。──そう、ひとえにいって、貴官にはあまりにも不審な点が多い。その事実が各連盟員の疑いを強めているといってよいでしょう」

そこで、エリヤは手元のファイルに目を落とした。

「貴官が中央連盟の門を叩《たた》いたのは、十九年前の都市暦一三二年。当時、第四次黒抗争の影響で深刻な人材不足に陥っていた連盟が臨時でかけた兵士の募集に応じ、緊急特別枠として設けられていた警陸級位として就任。抗争が収束した際、当時の警務第七隊において指揮を執っていたガルシア・ヴドー警壱級は、貴官ほど優れた兵士はこれまでにみたことがないとまで評している。そして彼の言葉どおり、以降、貴官は大変にめざましい戦果を挙げてきました」

まるでニュースのアナウンサーのように、エリヤはボッチのプロフィールを淡々と音読した。それから、ふと目を上げる。

「――が、こうした任官の経緯に付随して、本来連盟が把握しているべき最低限のプロフィールが欠けてしまっているのは事実です。その点にかんして釈明はありますか」

「おれは戦乱のゴタゴタのなかで、いわば火事場で物を盗むかのようにして粛清官《しゅくせいかん》の冠をかぶった男だ。わざわざ言うまでもねェことだとは思いますが、もとはただの非正規市民ですよ。そもそも、素性もなにもあったもんじゃねェ。貧民街で生まれて、ものを食うのに困って、生きるために腕っぷしを使っただけだ。そいつが今さら遡及《そきゅう》して問題になるとでも？」

「そうは言いません。さきほども申しましたが、われわれは貴官に敬意を払っており、また今後ともぜひ良好な関係でいたいと考えています。ですので――」

「盟主ディオス、よろしいですか」と、そこでひとりの男が手を挙げた。

このなかでは若年の盟主バフォメだ。彼はさきほどからボッチに対する怒りをあらわにしており、今もなお素顔を真っ赤に染めていた。

「私は我慢なりませんな！　音に聞く火事場の功績は、それはもちろん認めましょう。が、今さらそのような自明の部分を話してもしかたがありますまい！　問題は、そうして警壱級位にまで至ってしまった人間が、今にして不信任を疑われているという一点でしょう！」

「あいにく、明かそうにも明かせるものが少ねェんですよ」と億劫そうにボッチは答えた。「無論、まともな学校にゃ通っちゃいねェし、そもそも親の顔も知らねェもんでしてね。市民権を登録するときに書いた住所はかわっちゃいませんよ。年齢も、書いたときから経った年数分が足されただけだ。よけりゃこの場で計算しましょうか？　簡単な足し算だ」

「貴殿はいちいち軽口を叩《たた》かねば会話できないのかね？」盟主メティクルがあきれ顔で言った。「そうした態度をみていると、なぜ弾劾を受けたのかよくわかるというものだ」

「——ひとつ、明かせるものがあるだろう」

そう、盟主バフォメが苛立《いらだ》ちを隠さずに言った。

「おれに、なにをどうしろと？」

「わかっているだろう——素顔だ！　言っておくが、この状況でドレスマスクをつけたままというのは言語道断、誠にけしからんことだぞ！　査問会に文句を言う前に、まずは自身の素行を顧みるといい！　われわれをだれと心得ている？」

「盟主バフォメ、ここは正式な合議の場です。どうかご静粛に」

エリヤの諭すような言葉に、相手は不承不承といったふうに黙ると、額の汗を拭《ぬぐ》った。

「タイダラ警壱級粛清官《けいいっきゅうしゅくせいかん》。話が前後しますが、今、盟主バフォメが口にした要求は、この場の査問会において、われわれが総意として求めるところです」

「……つまり、あんたがたはおれの素顔がみてェと？」

エリヤがうなずいた。「より正確を期して言っておきましょう。今回の審議の場でわれわれが求めているものは、貴官が職位の適格性を示すために差し出せる、いわば自己弁護としての二点の象徴です。その象徴をもって、貴官が職位に妥当すると、貴官のほうで証明するものとして承認させていただきたいのです」

象徴と、それにともなう合意。

これらは、かつて円卓を開いた初代盟主長エバ・ディオスが、旧文明における統治形態の根幹要素を汲み取って据えた、彼らの基本思考だ。

去りし日、粛清官の母体となった傭兵《ようへい》集団が、その象徴としてみずからの握る剣を差し出したのと同じように、今もなおそうした意志の体現を、なかば儀式的に求めている。

「さきほども申したように、今回の審議における争点のひとつは、貴官の出自の不透明性です。とはいえ貴官の生い立ちの背景が影響し、いわば裏を取るといった確認行為が取りづらく、またこれじたいが二十年近く前のできごとに遡及《そきゅう》する問題であるがゆえに、貴官からしても立証が難しいでしょう。よって、この場で示せる明確なかたちの象徴を求めているわけです」

「……ひとつ確認しても？　盟主長」

「なんでも」

「おれがマスクを取れば、どうやらふたつあるらしい関門の、そのうち片方を満たすと、そう解釈して支障ありませんかね」

エリヤが、ふたたび合意のベルを手に取った。

「いかがですか、盟主各位。こちらにかんしてはさきほども合意が取れましたが、こうして実際に被告の主張を直接耳にして、いざ異論が生まれたかたはどうぞこの場にて」

その問いかけに応える者はいなかった。むしろ、エリヤに注意を払う者さえいなかった。

だれもがボッチ・タイダラに注目していた。

ベルが鳴る。

「──かまいません。貴官の素性にかんしては、そちらをもって象徴として受理するものとしましょう」

いっそう強い視線を浴びたボッチは、かぼちゃマスクのなかでため息を吐《つ》いた。それはいっさい隠す気のない、明瞭《めいりょう》で大きなため息だった。

「おれごときの面《ツラ》ァ拝んで、それでなにがどうなるとも思えませんが……」

長身の男が、みずからを象徴するかぼちゃ形のマスクに手をかけた。

とくにもったいぶるわけでもなく、ひと息に取り外す。

一同の息を呑む声がした。だれもが知る粛清官《しゆくせいかん》の──どんな場でもマスクをはずさないことで知られる粛清官の──秘められし素顔をその目に焼き付けようと、視線を釘付けにする。

「……で、なにか面白いことでもありましたかね。有名な犯罪者と同じ顔をしている、なんつーサプライズもなくて申し訳ねェですが」

素顔を晒《さら》そうとも、彼の放つ低い声にかわりはなかった。

「ひとつ、質問してもよろしいですか」

と、唯一様子に変化のないエリヤが言った。

「差し支えなければ、なぜ貴官がそうもマスクをはずさなかったのか、教えていただきたい。相当古い同僚でもなければ、あなたの素顔はほとんどだれも知らないでしょう。おそらくは、あなたと親しい間柄の部下でさえも」

「その問いかけは、そっくりそのままリングボルドのやつにもしてもらいたいもんですが」

ハッと一笑を挟んで、ボッチは続けた。

「あいにく、たいした理由なんざありませんよ。ただ、おれたちはみな生まれたときからマスクをかぶせられ、マスクとともに生かされている。仮面《ペルソナ》が意識のスイッチになるってのは、だれもが納得できる言い分じゃないですかね。いざ無法者どもを狩る仕事をやるってとき、今となっちゃ、おれにはマスクのほうがはるかに素顔だというだけのことですよ」

その主張に納得したのかは不明だが、少なくとも、盟主長はうなずいた。

「いかがですか、盟主各位。素性の象徴は、これにて示されたものと判断しても？」

女性の盟主エローズが手を挙げた。

「後日、詳細なプロフィールを提出し直していただくというのは？　真偽が確認できないのはしかたがないとして、連盟として把握しておくべき情報ではないかと」

素顔のボッチが振り向き、彼女を一瞥《いちべつ》した。

「そういうしちめんどうなのが嫌だからこそ、おれは断りを入れたつもりなんですがね」

「そちらにかんしては警壱級《けいいっきゅう》の言うとおりです、盟主エローズ。今になって象徴をかえるというのは、円卓の作法に反します」

盟主長に諭されると、彼女は一瞬失敗したというような表情を浮かべたが、すぐに首を振り、「けっこうです」と口にした。

「じゃ、もうかまいませんかね。さっきも言ったように、こいつをはずしているとどうにもやりづれェもんで」

ボッチが巨大なマスクをふたたび頭にかぶせた。なんらかの電力が働いている高性能マスクなのか、装着と同時にかぼちゃに彫られた目の向こうに、ぼうっと光が灯《とも》る。

いつもの姿に戻ると、ボッチは懐中時計を覗《のぞ》いた。

「……時間がない。肝心のもうひとつの象徴とやらを聞かせてもらっても?」

「そちらにかんしては、おそらくあなたも見当がついているでしょう。――あなたの目の前にある、その宣誓書です」

ボッチの前の台座には、彼がおとずれたときより深茶色の革製のファイルが置いてあった。

そのなかには書面がおさめられている。

簡潔な文書と、盟主各位のサインが載った宣誓書だ。

「それは今回の審議会を受けて作成した、貴官にご提示いただきたい象徴の、もう片方です」

ボッチが、文面を音読した。

「『私は、中央連盟に属することをここに認め、同連盟の盟主に代表される意思決定に従い、みずからの能力を余すことなく揮《ふる》うとともに、けして離反しない旨をここに誓います』……」

「貴官からすれば懐かしいものでしょう。かつて貴官が任官した際にもサインをいただいた書類です。こちらに今いちどサインすることで、この査問会におけるもうひとつの象徴——すなわち、連盟員としての、現在の明確な所属意志をご提示いただきたいのです」

エリヤの言葉に、ボッチはしばらく黙った。書面を数秒ほど見下ろしてから「……なるほどな。そういうことか」と、小さくつぶやいた。

「どうかしましたか、警壱級《けいいっきゅう》」

「懐かしい、という言い方をするなら、たしかにこいつは懐かしい。が、ただ懐かしいだけでもない。おれの記憶が正しけりゃ、宣誓文の内容がかわっているように見受けますが」

ボッチの指摘に、盟主たちはわずかな動揺をみせた。互いに顔をみあわせ、しかし言葉を発しようとはしない。答えたのはエリヤだった。

「おっしゃるとおりです。そちらの連盟員宣誓は、十五年前に文面が一新されました」

「十五年前……というと、リングボルドの野郎が情報局のトップに就いたタイミングか。当時、やつが連盟内で規則やら組織体制やらをこそこそいじっていたとき、その一環で宣誓文にも手を加えていたってことか。こいつは知らなかったぜ」

ボッチはかぼちゃマスクのなかでクックッと笑った。肩を震わせる、いかにも思惑を感じさせる笑い方は、周囲に不安を与える。それに耐えかねたか、盟主エローズが聞いた。

「どうしたというのですか、警壱級。その内容を誓うことに、なにか不都合でも？」

「ええ。不都合かどうかはともかく、おれはこいつにサインを残す気にはなれませんね」

その発言に、一同は驚いた。

「署名する気がないと？　今そう言ったか、警壱級！」と盟主バフォメが声を荒らげた。「こんなものは当然、貴官にも同意してもらわねば話にならない宣誓のはずだろう！」

「おれが覚えている限りでは、おれが二十年前に誓ってやってもいいと思ったのは、『同連盟の盟主に代表される意思決定』なんかじゃねェ。あのときおれがヴドーさんの前で同意したのは、『共同体の市民を守り、治安維持に努める』ことのはずだ」

「同じことですよ、警壱級。われわれ盟主の意思決定の念頭にあるものは、なによりも偉大都《いだいと》市《し》の秩序維持です。文面が多少かわっただけで、本質的な部分に違いはありません」

「だとしたら、なぜわざわざ文言を一新したというんだ？　いや、そもそもその発言の真偽さえも疑うべきだといえるだろうが」

「どういうことだね？　タイダラ警壱級」

「わざわざ説明されずともわかるでしょう。あんたがたの意思でおれがこの場にこうして拘束されているという状況そのものが、本当に治安維持を第一としているかどうかを疑わしくしているんだ。なんどでも言うが、今がどれだけの緊急事態だと思っているんだ？　本当に治安を守りてェなら、今すぐにおれを解放するべきだと言っているだろう」

「思い上がったことを！　粛清官《しゆくせいかん》ごときがわれわれを糾弾できる立場にあると思うか！」

「糾弾しているわけじゃねェ。おれが正しくないと思う判断には、正しくないと言っているだけだ」

「詭弁《きべん》だ！　問題発言だぞ、警壱級《けいいっきゅう》！」

「――タイダラ警壱級粛清官」と、エリヤが口を挟んだ。

「今いちど確認させていただきたい。その宣誓書に、貴官はサインできかねると？」

「ええ」

「すでに申し上げたとおり、この査問会では貴官から象徴をいただき、また一連の質疑応答を踏まえて精査、のちに適切な判断をくだすということで合意が取れております。サインを拒むのでしたら、審議の段階へと至るまでもなくこの場で決断を下すことさえ可能ですが、貴官はそれでも構わないと？」

この場の決断――すなわち職位の即位剝奪《はくだつ》の話を聞いても、ボッチは微動だにしなかった。むしろつねのように、そのかぼちゃのマスクに彫られた口元は笑っていた。

挑発を兼ねた、確固たる自信とともに。

「サインできねェというのはたしかだ。が、そいつは、この文面のままでは、という断りが頭につく。たとえば、こうしたなら――」

ボッチはペンを手にすると、宣誓書の文言に線を引き、癖の強い筆記体でごりごりと文字を書き足していった。そして最後に自分の名を記し、巨大な手で紙を取って掲げた。

「『連盟盟主に従う』じゃなく、『市民を守り、偉大都市《いだいとし》の治安維持に努める』なら——つまりは、おれが二十年前に書いたときの文言と同じ内容なら——かわらずに忠誠を誓うと、ここに明言しておこう。このサインをもっておれの象徴として受理するかどうかは、盟主サマがたの機知に富んだご判断に任せますよ」

「なにを勝手な。われわれを愚弄《ぐろう》するか！」

「愚弄なんざしちゃいない。宣誓ついでにこいつもはっきり述べておきますが、おれはかつてDの一団が遺《のこ》した功績も、それを受け継いだ盟主サマがたの功労も、すべて真っ当に認めているぜ。偉大都市の名は伊達じゃない——こいつは間違いない」

だがな、とボッチは続けた。

「それでも、全面的な服従は誓えねェ。あんたがたとリングボルドのあいだにどういう取り決めがあったかは知らねェが、おれをこの場に留めたのは完璧な間違いだ。そしてこうした誤りを犯す危険性がある以上、おれが仕えるのは人間ではなく、この街そのものでなくてはならねェ。てめェのエゴを認めた言い方をするなら、己の信ずる正義といったほうがより正しいが」

そこでボッチは、くるりと踵《きびす》を返した。

「待て。どこへ行くつもりだ、警壱級！」

「タイムアップだ。これ以上、こんな茶番にゃ時間を割けませんよ——かわいい部下の命がかかっているもんでしてね。とにかく、ここでおれに示せるだけの象徴は示した。あとの結論はどうぞご自由に」

「査問はまだ終わっていない。無断で出て行くならば、衛兵を呼ぶぞ！」

その警告に、ボッチはマスクのなかであからさまに笑った。

「フッフッ、面白ェ冗談だ。本気でおれを止めたいなら蒼白天使でも連れてくるんだな。もっとも、おれとチェチェリィさんがぶつかるようなら、今本部にいる人間は全員おっ死ぬことになるだろうが。無論、あんたがたも含めてな」

「なっ……！」

「おれを追い出したいなら好きにすりゃいい。ただし、そのときはおれも好きにさせてもらうぜ。今までの規律違反なんざ比較にもならねェくらいには、好きにな。そしてそうなると、こんどはビジネス的な利益の話になる。おれを野放しにして連盟が得をするか損をするか、それぞれ企業の長をしているあんたがたなら、深く考えるまでもないことでしょう」

最後にボッチは、盟主長のエリヤを仰ぎみた。

真意の窺《うかが》えない目線と顔を合わせたあと、さっさと退室する。

円卓に残された盟主たちは、絶句していた。だれもが言葉をうしない、互いに顔を見合わせる。ただの脅しや虚勢ではなく、本当に被告は許可なくこの場を去ってしまった。

沈黙を破ったのは、またしてもエリヤだった。

「それでは、被告尋問の部は終わりとしましょう。次に、審議に入りたいと思いますが」

「果たしてその必要がありますかね？ 言語道断でしょう。あのような型破りな男をこのままにしてはおけませんぞ！」

顔を真っ赤にした盟主バフォメが、いかにも腹立たしそうに腕を組んだ。

「では彼の離反を許すと？ 盟主バフォメ、それはまったく現実的ではないでしょう」盟主メティクルが困ったように息をついた。「彼が残した言葉は的を射ている。警壱級《けいいつきゅう》レベルの戦力が連盟を抜けるようなことがあれば大問題だ。それになにより、彼を弾劾する声と同じくらい、支持する声もまた多いと聞きます。降格処分さえ反発を招きますよ」

「火事場は有言実行する男だ。むしろ小生には、こちらの審判次第では離反さえも辞さないという意志表示のために、わざとあのような傲慢《ごうまん》な態度を取ったと見受けられましたが」

「彼はあまりにも連盟の内外のことを知りすぎている。離反は当然避けるとして、やはり現場のことは現場の者に任せる以外にはないでしょう」

「私も同意見ですな。ここは現実的な落としどころをみつけるべきだ」

「しかしそれにしても、あの態度には問題がある！ 傍若無人も甚だしいですぞ。あれを許せば、一団の作り上げた名誉に傷がつくというものだ」

「粛清官《しゆくせいかん》のああした粗暴さは今にはじまったものでもありますまい。彼以外にも、多くの前例があります。兵士はしょせん兵士として、多くを期待すべきではないでしょう」

「よい側面をみてみましょう。われわれの危惧《きぐ》していた素顔の問題には、彼は意外にも頓着しなかった。写真にも、きちんとおさめましたね？　でしたら最大の懸念は、これで解消されたともいえます。審議において足りない部分は後日また召喚を要求するとして、とにかくこれで無限牢《ろう》への義理は果たせたということに……」

自然にはじまった討論を、盟主長は止めることはなかった。

ボッチがどのような態度を取ろうとも、終始かわることのなかった顔色そのままに、円卓の一席で、彼は盟主たちの話し合いに耳をかたむけていた。

7

ライラ・イライッザは、なにかをこわがるということがない。

相手が生き物である以上、かならず殺すことができる。そうした真理をもとに動くライラは、このときも例に漏れず、気迫において負けることはなかった。

たとえ相手が遥か見上げるような規格外の怪獣でも、臆することはない。

目の前では無数の触手が踊り狂っている。何百の剣が同時に振るわれているに等しい乱舞には、物理的にほとんど隙《すき》が――あるいはシンプルに言うなら、満足な空間がなかった。

ひとたび相手の尾が割れて叩《たた》きつけられるとき、いくらライラが小柄であろうとも、逃れる先は、針に糸を通すような、ごく狭いポイントだけ。そのポイントを、ライラは毎秒毎瞬、ただのいちどたりとも見逃してはならなかった。正着を誤れば、その時点で轢き潰《つぶ》される。

そう、止まれば死ぬ。

進んだとて、道を誤れば死ぬ。

そんな状況であるにもかかわらず——これはライラ自身にもふしぎなことだったが——ライラの頭を支配しているのは、目の前の脅威だけではなかった。

（どうして——？）

戦闘のスイッチが入ったうえで、なおべつのことを考えるというのは、ライラにとっても初めての経験だった。目の前に集中しなければならないのに、頭のなかの思考が止まらない。

だからこそ、なのだろう。

ライラは、自分でも思いもよらぬ行動を取った。

それは、荒れ狂う嵐のなかに、ほんの一瞬の隙が生じたときのことだった。

この巨大な相手のどこを懐と呼べばいいのかもわからないが、じりじりと距離を詰めていたライラが、気流を用いて跳び、避け、かいくぐり、ときには触手を気流カッターで切り抜けながら、どうにかふたたび接近した、その直後。

待ったをかけるかのように掌《てのひら》を前に向けると、

「――質問が！」

　と、ライラは叫んだ。

「……は？」と、相手が触手の乱舞を止め、首を傾げた。

「ひとつだけ、質問があるであります。戦闘時に余計なことを考えるなと教わっているではありますが、どうしても気になってしかたがないので、恥を忍んで聞くであります」

　意外にも、相手は問答無用ではなかった。長い金髪を掻《か》き上げると、会話に応える。

「なに？　あんたもこの身体が気になるクチ？」

「違うであります。自分が気になるのは、お姉さんのプロフィールであります。もしかして、お姉さんはノエルちゃんの舞台のバックダンサーの人でありますか？」

　その問いに驚いたか、サリサは返答に数拍を置いた。

「……なんでそう思うの」

「その服、ステージ衣装でありますよね。ノエルちゃんのライブ映像でみたことあるであります。とくにかわいいと思ったやつでありますから、よく覚えているでありますよ」

　サリサは、みずからのまとう服を一瞥《いちべつ》した。

「なに？　ファンなの、あんた」

「ものすごく。こないだのライブＤＶＤだってちゃんと初回特典版で買ったでありますよ」

「……そっか。ま、だからなにって感じだけどね。あんたに説明する義理も、意味もないし。

てか逆に聞きたいんだけど、もしかりにそうだとして、だからなんだっていうわけ？」

「なにって、そんなの――」

ごわっと、ライラの脚元から風が吹き抜けた。まるでオーラを放つかのように、緑色の粒子が気流のなかで動き回り、ライラの能力空間のなかで力を溜めていく。

「許せない、でありますよ。いや、もともとお前たちは許せないでありますが、もし犯人がノエルちゃんに、まるで仲間みたいな顔をして近づいて、利用したり騙《だま》したりして、あんなひどい事件を起こしたとしたら。もっと、ずっと許せないでありますよ……！」

龍のマスクが、恐れずに怪獣をにらんだ。もともと気分が上がりやすく、だからこそ過度な熱をいやがるライラのなかに、怒りを源としたエネルギーが滾《たぎ》っていく。

「……許せない、ね」

対して、相手の向けるマスク越しの目線は、どこまでも冷ややかだった。

「ねえ。あんたさ、家族いる？」

「いるでありますが」

「ふーん。元気？」

「だったら、なんでありますかっ」

あは、とサリサが笑った。あきらかに相手を小ばかにした笑い方だった。

「さっきさ、あんたのこと、ただの羽虫じゃないって言ったけど。あれ、やっぱ撤回するわ。

ほかのやつとは動き違うし、ひょっとしたらワンパンくらいもらうかもって思ったけど、そんなはずないね。あんたみたいな甘ちゃんの勘違い女に、あーしが後れを取るわけないから」

「自分が、なにを勘違いしているというでありますか」

「怒りの質、かな。元気な家族のいるやつがさ、好きな歌手をどうこうされたくらいで、許すとか許さないみたいな、そういう大仰な話すんなよ——耳障り、だから」

巨体が、ずるりと大きく転回した。ライラを捉えるために広げていた触手をいちど集結させて、二本に分かれていた尾を統一させていく。

そうして、大蛇さながらの姿に戻ったあと——

あたかも醜悪な花が伸ばす雌蕊《めしべ》のように、触手の群のなかから、色の異なる数本が姿をあらわした。赤黒い触手とはいっぷう異なる、それは漆黒の器官だった。

あれは——と、ライラは目をみはった。

「まさか、マザーワームの触手……!?」

「なに、知ってんの？　へえ。粛清官《しゅくせいかん》って、こんなものも習うんだ」

漆黒の触手は、表面が濡《ぬ》れそぼっていた。とろみのある液体がこぼれおちて、広場に転がる石の破片に触れる。その途端、ジュッと音を立てて表面が焼け、溶けていった。

強力無比な酸だ。石材が受けてこれなのだから、人の皮が触れればひとたまりもない。

マザーワーム——それは〝旅人喰いの触手《テンタクル》〟の雌の通称だ。

特殊な生態系を持つミセリアワームは、極端に雌が少ない。ほとんどの個体は雄であり、彼らは所属するコミュニティの女王に栄養を運ぶという重大な役割を与えられている。その際に提供するのは、獲ってきた餌《えさ》ではなく、たっぷりと栄養を蓄えた雄の肉体そのものだ。

女王は、歯の生えた捕食器官を持たない。かわりに際限なく分泌される酸をもって雄の肉体を溶かし、その中身を啜《すす》る。その際、特殊な酸性の液が起こす化学反応が雄の生殖器官を喚起して交配が起きる。そうしたグロテスクな生命の営みを、ライラは知識としては知っていた。

だが実際に雌の触手をみたのは、クリーチャー駆除の元プロであるライラにとっても、今このときが初めてのことだった。巣の奥に棲むマザーワームはキャラバンの道中にはあらわれないから、これまでお目にかかったことはなかった。

「こいつを摂りこんだのは、もう覚えてないくらい昔かな。でも、印象は深くてさ。これを入れてからだよ、あーしの性癖が壊れちゃったの」

サリサは、なぜだか感慨深げにそう口にすると、

「さすがのあんたでも受けられないでしょ、液体は。覚悟しときなよ、勘違いちゃん」

次の瞬間。

巨体ごとのしかかるようにして、触手の尾がライラに迫った。急接近してきた触手の尾から、ライラは即座に気流を噴かせて一時離脱する。

瞬時、尾から分解した無数の触手が襲いくるのは、さきほどと見た目そのものはかわらな

い。が、ライラからすればまったく状況が違った。

触手が軽く身を震わせるだけで、周囲に酸が飛び散るせいだ。

みずからの操る無数の触手にも酸が振りまかれ、その厚い肌を溶かしていき、それぞれの口《こう》蓋《がい》からは、雄のワームたちの悲鳴が漏れた。

（こ、これはっ……！）

これまでは避けながらも攻めの姿勢を貫いていたはずのライラが、回避にのみ偏重して位置を後退させていく。対して、こんどは逆にサリサのほうが攻めに回っていた。

マザーワームが、その身を回転させながらライラを取り巻いた。

吐き出された酸が、まるで雨のように降りかかる。その一滴だってもらうわけにはいかず、ライラは大回りの退避をおこなった。左右からはべつの触手が挟みこむように構えており、ライラは宙への回避を余儀なくされた。

それは、相手の放った布石だった。

うねる触手の数本を、ライラは気流カッターで切り裂いて撃退する。

が、あまりにも多勢に無勢か、まるで詰将棋のようにライラを追いつめて、とうとうその背後に向けて、対処不可能の触手が迫った。

「——はい、終わり」

相手が無感動に放った言葉は、そのまま事実となるはずだった。

だが、いざ触手の牙《きば》が接触しようという瞬間――

「ライラァッ！」

大声とともに、張ったのは空の盾。

テオリの作った盾が、触手を弾いた。

自由落下するライラを、テオリが受け止める。すかさず追撃しようとした幾本の触手には、豪速で迫った粒子弾が邪魔をした。

「あ、ありがとうございます、フラベル警参級《けいさんきゅう》！」

「ばかやろ！　礼はいいから、はやく立て直せ！」

離れた位置でバットを構えたエノチカが、すぐさま二発目の貫通弾を放った。

「ちっ。めんど……」とぼやいて、サリサがとぐろを巻くようにして身を翻し、弾《たま》を避けた。

その回避行動の際に、ついでのようなかたちで轢かれそうになったテオリは、ぎりぎりのところで触手の大群をくぐり抜けると、どうにかサリサの足元から抜け出した。

「ライラ、平気か！　すまねえ、だいぶ任せきりにした」

「テ、テオ。助かったであります……」

「お、お前……！」

背から降りたパートナーの姿に、テオリが息を呑んだ。

その身体は、傍《はた》からみてもあきらかなほどの疲弊《ひへい》ぶりだった。身体じゅうが高熱に燃え上がり、擦《す》り傷と切り傷にまみれて、肩で大きく息をついている。

ライラがこれほどのダメージを負う姿をみるのは、テオリもはじめてのことだった。

「だ、大丈夫でありますよ……まだ、やれるでありますから。それよりもテオ、解はみつけておいてくれたでありますか」

「あ、ああ。お前には、貴重な数分をもらった。ここで出せるだけの答えは、みえた。だが、そいつをやるには……」

「自分が無理をしないといけない、でありますか？」

先を察して続けたライラに、テオリが苦々しそうにうなずいた。

「そのとおりだ。悪いが、またお前頼りになる。かわりに、そこまでやってくれたら大丈夫だ。あの触手のバケモンに、ひと泡吹かせられる。聞いてくれ、作戦はこうだ――」

ごく手短に、テオリはライラのやるべきことを説明した。

その指示内容そのものには、複雑なところはなにもない。問題があるとすれば、けた違いに難しいことくらいか。

それでも、ライラが怯《ひる》むことはなかった。

どんな化け物だろうと、生者は生者だ。かならず、息の根を止めることはできる。

「やれるか？　ライラ」

「それをやったら、勝てるのでありますよね。なら、やれるかやれないかじゃなくて、やる、でありますよ。自分に任せるであります」

「おい、和服！」とエノチカが駆けつけてきた。「どうだ、作戦は伝えたか！ だったら、とっとと準備を――」

ちょうどそのとき、ガラガラと音を立てて、広場に残っていた最後の柱が倒壊した。

体勢を立て直したサリサが、依然としてダメージの窺《うかが》えない様子で、三人を見下ろした。

「なんだ。あんたら、まだ逃げてなかったんだ。無駄な抵抗して、なんか楽しいことある？」

その質問には、テオリが返した。

「無駄かどうかは、試してみなきゃわからねえだろ」

「無駄に決まってんじゃん。あんたらごときに負かされる程度の怪物具合なら、あーしもこんな目に遭ってないんだって。それとも知りたい？ あーしにどんだけキモいことができるか」

サリサが、ふしぎな行動を取った。

幾本かの触手を、広間の各所へと伸ばしていく。なんのつもりかと三人が身構えると、第三隊の隊員たちの死体に巻きついた触手が、それぞれサリサに吸い寄せられていった。

合計十体ほどの死体が運ばれて、サリサの眼前に吊るされた。

「まだあったかいね。ん、これならたぶんイケるかな」

まさか食う気か――と三人は疑ったが、そうではなかった。

サリサは後頭部に手を回すと、インジェクターを起動した。

その途端あらわれたのは、彼女の肌と同じ、ココア色の濃密な砂塵《さじん》粒子。ぬめるような質感の粒子が、ずるずる、ざわざわと音を立てて擦《こす》れ合い、男たちの死体に群がる。砂塵の向こうで、触手と人体の接面に靄《もや》がかかっていき、水気のともなう奇怪な音を漏らした。

まるで、どこまでも深く混ざり合っていくかのような――

次の瞬間。

べつの触手が伸びて、彼らを吊るしていた触手の先端を、躊躇《ちゅうちょ》なく切り落とした。

ぐちゃりと床に落下した死体が、痙攣《けいれん》しながらも起き上がる。

「んだよ、これ――」と、テオリの口から言葉が洩《も》れた。

一同が覚えたのは、戦慄《せんりつ》。

立ち上がったのは、人間ではなかった。本来首があったはずの場所には、赤黒いミセリアワームの触手が生えている。

――融合。だが、生まれたのは捕食者《マンイーター》ではない。人間がワームを摂りこむではなく、その逆だ。ワームのほうが主体となり、人間を摂りこんでいたのだった。

「……あーしの、ダチがさ」

と、静かな声でサリサが言った。

「すげー喜ぶんだよね、これをみると。人間を超えたことをすればするほど、それはすばらしいことなんだって、いつもいつも、本当に嬉《うれ》しそうな顔で言うんだ。あーしはさ、イカれているって思うし、こんなキモい力がすばらしいだなんて、ぜっんぜん、一ミリも思えないけど。それでも、そんな理解できないやつの言葉でも、取り返しのつかなくなっちゃったやつには、救いになったりもすんだよね――」

キシャアアッ！　と、異形の融合生命が声を上げた。ぐるぐると触手の頭を振り回すと、周囲にある餌《えさ》の存在を――三人の敵の存在を認めて、あきらかな臨戦態勢に入った。

「それ、テキトーに作ったし、そもそも死体と混ぜ合わせたから、たぶんすぐ死ぬけど。そのぶん必死に生きようとするから、けっこー手強いと思うよ？」

サリサの言葉を皮切りに、融合生命たちが動き出した。

迫った触手の首を、テオリは薙刀《なぎなた》の柄で受け止めた。その隙《すき》に迫ろうとしたべつの個体を、エノチカが粒子弾で攻撃した。

「……っとに、趣味悪すぎんだろ、この能力！　おい和服、お前は下がって力ぁ溜めとけ！　アタシがいっきに片づける！」

「っ、わかりました！　ライラ、あとは頼んだ！　こいつらはこっちでどうにかする！」

「了解であります！」

ライラは、最後に残ったぶんの粒子をすべて放出しきることにした。

もともと短期決戦が義務づけられている燃費の悪い能力は、この三回目の突撃に際して限界を迎えつつあり、過去に類をみないほどに、黒晶器官《こくしょうきかん》が痛みを訴えてくる。

が、痛みなどにかまっている暇はなかった。

自分のやるべき仕事は与えられた。

あとはもう、それに向かって突き進むだけだ。

「やあああああああっ！」

全力の気流を吹かして、ライラが突貫する。

「で、あんたはまたバカ正直に立ち向かってくるわけね。べつにいーけど、それじゃさっきと同じじゃん？　避けきれないでしょ、あんたじゃ」

マザーワームの触手が、酸を振りまきながらライラを出迎えた。

いくらライラが変則的な行動を取ろうにも、酸によって面を制圧するサリサの攻撃には、打つ手がないはずだった。

そう——さっきまでの戦い方では。

「同じ手は食わないでありますよ。ここで決め切るから、粒子の出し惜しみはなし！　これが正真正銘の、最大出力《フルスロットル》であります！」

緑色の粒子が弾けて、爆発的な風をもたらした。強靭《きょうじん》な触手たちが怯《ひる》むほどの気流が、ライラが跳躍すると同時、その脚の先端に力を集結させる。

マザーワームが宙にいるライラに触れようとした、その瞬間。

ライラが、ふたたび高く跳び上がった。

「はあ……っ!?」と、さしものサリサも驚愕《きょうがく》する。

「これぞ、奥義！　空中二段ジャンプであります！」

下方向から吹く強烈な風が、本来存在しないはずの足場を作り出した。それを踏みしめて、ライラが空を自在に駆け抜ける。天性の格闘センスが許す姿勢制御で、二段に留まらず、三段、四段と空中を跳びはねて、次から次へと襲いかかる触手の嵐を突破していく。

それも、ただ避けるだけではない。

攻めに転じたライラが、一瞬の隙《すき》をついてサリサ本人にまで肉薄した。それに勘づいたサリサが、触手の尾を回して大きく身を翻した。

「――引いた、でありますね？」

「……っ」

「弱点、みえてきたでありますよ。移動しようとすると尾を使うから、攻撃に回すぶんの触手が減る、でありますよね？　回避すればするほど、防戦一方になるでありますよ！」

サリサの操る触手の源は、彼女の巨大な尾として集約されている。サリサの取るアクションのすべてはこの尾に依存しており、攻撃に専念するときは分裂させ、移動するときは集結させる。そうした機能的な制約が存在する関係上、いちど守りに入れば、攻撃に使うぶんの触手の絶対数が減る。少なくとも、いったん体勢を立て直さなければ攻勢に出るのは難しくなる。

そんな性質を見抜いて、ライラは相手の本体を狙《ねら》う動きを徹底した。

どれほど微妙な隙間《すきま》だろうと臆せずにくぐり抜け、一陣の風となって迫ろうとする。

その無理やりな攻めを成り立たせるため、回避があまりにもぎりぎりとなり、触手の先端の牙《きば》が掠《かす》って、徐々にライラの肌が削られていく。

だが、その身が血まみれになろうとも、ライラはけして諦《あきら》めることはなかった。

「っ、うざいなぁ。なんでそんながんばれんの、あんた」

「言ったでありますよ、許せないって！　それに、この先には大事な先輩がいて、大好きなノエルちゃんだっているでありますから！　お前を倒して、自分が助けに行くのでありますから！」

「あーしこそ、言ったよね。好きなアイドルがどーのこーのくらいじゃ、たいした怒りじゃないんだって。ぬるいんだよ、あんた。言っていること、全部が！」

「あいにく、ただの好きなアイドルじゃないであります。お友だちなのでありますよ！　もう連絡先だって知っているでありますからね！」

「はぁ？　なんなの、その嘘《うそ》……」

ライラが、とうとうコアな戦闘区域を抜けた。加速度的に目減りしていく砂塵《さじん》粒子の残量を気にせず、大量の粒子を自分の足元へと送りこむと、まるで透明なトランポリンでも踏みこんだかのような急上昇をみせる。

敵を近づけさせまいと立ち回っていたサリサは、そのとき、自分が大広場の壁まで追いつめられていることに、ようやく気がついた。

ふわりと浮いて、ライラがもういちど、サリサの本体と同じ高さまで躍り出る。

空中、マスク越しの目が合った。

次の瞬間、横から吹き抜けた突風が、ライラを前方へと運んだ。

拳《こぶし》を構えたライラの右拳には、高密度の気流が渦を巻いている。残った粒子をすべて使い切り、必殺の風の刃《カッター》を形成していた。

「――あんた、ばか？」

正気を疑うかのように、サリサが口にした。

「はじめに試したじゃん。それ、あーしには効かないって」

サリサが、腕を広げた。みずからの身体を覆い隠す、巨大な触手の肉壁を作り出す。

それでも、ライラが止まることはなかった。

「ハアアアアアアア――――ッ！」

分厚い殻にこもったサリサに向けて、全力の一撃を振り向く。ガリガリガリッ！ と、高速回転するドリルが穿《うが》つような音が轟《とどろ》き、徐々に拳が肉壁に埋まっていく。

だが、

「ほら。だから、意味ないんだって」

厚い殻を貫くよりさきに、ライラを邪魔する触手が、その背後に迫った。

それは、初回の突撃と同じ顛末《てんまつ》。

にもかかわらず——龍の面に潜むライラの口角は、あがっていた。

「たしかに、意味ないかもしれないでありますね。——自分ひとり、だったら」

ライラに与えられた仕事は、この瞬間に完了している。

サリサを壁まで追いつめ、その視界を一時的にでも封じるという大仕事は。

肉壁を解いたサリサは、すぐに周囲の異変に気づいた。

自分のまわりに、紫色の砂塵《さじん》粒子が色濃く散布していることに。

「——ライラ、よくやった」

そう離れていない位置に、和服の粛清官《しゅくせいかん》がいた。その周囲には、即座に片づけたらしい融合生命たちが倒れていた。

傍《かたわ》らには、高密度な粒子の弾《たま》に向けてバットを構えている女粛清官の姿があった。

「お願いします、フラベル警参級《けいさんきゅう》」

「わぁってるよ。さすがのアタシも、新人にあんだけいいカッコみせられたら、ちょっとは気合いも入るっての……！」

途端、危機を感じ取ったサリサが動こうとした。

それよりもさきに、貫通弾が尾の真ん中に向けて放たれた。幾重にも折り重なる触手の群を貫くと同時、テオリが拳《こぶし》を握り、みずからの能力を解放する。

「喰らえ。こいつが、てめえを倒すための最適解だ――！」

数十メートルにも及ぶ怪獣と同程度の、最大規格の空盾が出現した。

ライラが死に物狂いで壁まで追いつめた敵を、まるでその場に封じこめるかのように。

＊

ほんの数分前のこと。ライラが二度目の突撃をおこなっているあいだに、テオリが自分の役割である戦略を練ろうと、エノチカに砂塵能力を聞き出している最中のことだった。

「――貫通と、反射」

と、テオリは復唱した。

「ああ、そうだ。アタシの能力は、粒子を集めて球体を作る。こいつは、アタシの命令で性質が切り替わるんだ。触れた物体を貫くか、それとも反射するかでな」

「それは、あの触手にも効くんすか。つまり、ちゃんと貫通を確認できているんすか？」

「まーな。だが、あまり意味はなかった。アタシの能力の特別なのは、貫通よりもむしろ反射のほうだ。反射させるからこそバットで打ち出せるし、バウンドして何回も貫通が狙《ねら》えるからな。っても、この場所だとそれは使えねえ。広すぎて反射角が読めねーし、いくら速度に自信があるっつっても、遠くで反射した弾は簡単に避けられちまう。第一、弾そのもののサイズがたかが知れている。あの尾っぽを作っている触手の何本かが破壊できたとしても、んなのは焼け石に水だろ」

自分の能力をよく理解している彼女は、あの触手の怪獣に対して有効打がないことがよくわかっているのだろう。テオリの頼みを聞いて自分の能力を明かしこそしてくれたが、すぐにバットを持って動こうとした。

「行くぞ、和服。みたとこ、いちばん勝ち目があんのはお前のパートナーだ。むしろ、あいつの能力をアタシに教えろ。アタシらでサポートして、どうにか一撃入れてもらわねえと」

「待ってください、警参級《けいさんきゅう》」

「これ以上は待てねーよ！　はやく手伝わないと死ぬぞ、あいつ！」

怒鳴るエノチカに対して、テオリはそれ以上の声を張り上げた。

「いいから、待ってください！　これが俺たちのやりかたなんすよ。あいつが攻めて、俺がなんとしても勝ち筋を探すっていうのが。だから、まだ質問があります」

「っ……」

「お願いします。この状況、勝機はあんたの能力のほうにあると俺は思っているんだ」

今まさに怪獣に単身で肉薄しているライラと、しゃがんで頭を悩ませるテオリを見比べて、エノチカは後頭部をぼりぼりと掻《か》きむしると、

「……っとに、変な新人どもだな。わぁった、教えるよ！　で、なにが知りたいって」

「その貫通弾って、どんな性質の物も反射できるんですか？　どれくらいの時間があれば問題なく切り替えられますか？　持続時間は……」

矢継ぎ早に質問して、テオリは自分が頭のなかに生まれたイメージが成り立つかを確認していく。その場に空盾を作り、作戦が可能かどうか実験してから、エノチカに考えを伝えた。

「どうすか？　できますか、警参級」

「……そのシチュエーションが作れんなら、たぶん、無理じゃ……ない。むしろアタシからすりゃ、いつもやっていることの延長線だけどよ」

「よし。ならその作戦でいきましょう」

思い立ったが吉日とでもいうかのように、テオリは立ち上がった。インジェクターを再起動して、さっそくパートナーの援護に向かおうとする。

それを、こんどはエノチカのほうが止めた。

「おい、まじでやる気かよ？　それ、失敗したら全員お陀仏《だぶつ》だぞ。第一、あの新人がひとりであいつを追いつめんのが前提になるだろ？　あのバカでけー化け物をだぞ！　机上の空論にもほどがあんだろーが！」

「どっちにしろ、このままじゃ全員死ぬだけすよ。それに多少無茶ぶりでも、あいつは俺のオーダーにはきっちり応えてくれるんで」

「んだよ。どっからきてんだよ、その自信は……」

「――あいつ、俺の選んだパートナーすから」

そんな説明にもなっていない説明を言うと、すぐにテオリは動き出した。

*

エノチカの放った貫通弾が、サリサの尾に着弾した。

いかなるものも貫通する性質を持つ豪速球が、触手の束をブチブチと貫いていく。その貫通弾は、すぐさまサリサの奥にある壁に衝突することになった。

その直前に、エノチカは弾《たま》の性質を反射に切り替える。弾が反射して戻ってくると同時、こんどは貫通の性質に戻し、ふたたび尾を横から貫いていく。

ここまでは、エノチカが単身でもおこなえた芸当だ。

が、違うのはその先。

戻った弾が衝突するのは、手前に張ったテオリの空盾だ。そこに弾がぶつかるとき、やはりエノチカは性質を反射に切り替える。するとまた弾は戻り、再度サリサの尾を貫く。

「こ、れは――!」と、サリサが声を上げる。

――無限ループの反射弾。

それに気づいたサリサが対処しようとするも、もはや間に合わない。なんどもバウンドを繰り返す粒子弾が、壁と空盾によって閉じこめられた怪獣の尾を貫き、壊し続ける。弾そのものは小さくとも、豪速で行き来する弾が次から次へと尾に風穴を空け、損傷を広げていく。

「終われ、終われよ、これで……!!」

肝心の攻撃役であるエノチカが集中し、完璧なタイミングの切り替えを繰り返した。

ミセリアワームの触手が血を噴き出し、肉を散らしていく。穴を穿《うが》つ高速弾と皮膚が擦《こす》れ合い、熱を生んで白い煙を上げさえする。千にも及ぼうという大量の触手が、閉じこめられた空間のなかで焼かれていく。

「あ、あああ、ああああああああああ————ッッッ!」

穴だらけになった尾が、とうとう自重に耐えきれなくなり、その場に沈みはじめた。そのタイミングで、数え切れない回数のバウンドを繰り返した貫通弾が、姿を消した。テオリが事前に聞いていたように、一定の時間しか顕現できないエノチカの能力が、その仕事を終える。

「——ライラ!」

身を振り回しながら倒れゆく巨体の頂点から、ライラの身体が振り落とされる。テオリは急いで駆け出すと、パートナーが地面に落ちる寸前にどうにか抱きかかえた。

「ライラ、無事か!」

「……テオ。やったで、ありますよ。ちゃんと、言われた場所に誘導したであります」

完全に力を出し切ったらしく、ライラは遠慮なく体重を預けてきた。

「ど、どうなったでありますか。あいつは」

「――さすがに、もう動けねえだろ。これは」

テオリは、倒れた怪獣の姿をみた。生える触手は無数に枝分かれしており、もはや尾の体裁を成してはいなかった。そしてほとんどの触手には、無数の風穴が空いている。

もはやまともに機能する触手の数は、はじめの一割以下だろう。再起できない証拠に、その化け物は起き上がることも、ろくに動くこともなかった。

「和服！」と、膝《ひざ》を突いたエノチカが声をかけてくる。「はやく本体にとどめ刺してこい！アタシももう、さすがに限界だ。あとは、お前に任せる」

そうだ、とテオリは思う。まだ、終わってはいない。

「ライラ、ちょっとここで待っていろ」

パートナーを横たえると、テオリは薙刀《なぎなた》を構えて、進み始めた。

触手の死骸《しがい》の海のなかということもあり、あまりにも巨大な怪獣の本体がどこにあるのか、すぐにはわからなかった。

触手の隆起が作る道の向こうに、テオリはようやく女の姿をみつけた。

みずからが生やす怪異な触手のうえに、彼女は仰向けに倒れていた。ロールシャッハ模様のマスクは着用したままだ。ここからでは、生きているか死んでいるかもわからない。

この触手に対するダメージが、本体にどのように届いているのかはテオリにもわからないことだった。確信が持てるのは、この女の首を落としたら完全に終わりだということだけだ。

「……今の」

と、相手が口にした。むくりと半身を起こして、マスク越しにみつめてくる。

「今の、戦法。考えたのはあんた？　和服くん」

（まだ、生きている――！）

抵抗できる状態ではなさそうだが、それでも警戒を保ったまま、テオリは答えた。

「だったら、なんだよ」

「んーん、なんでもないよ。ただ、納得がいっただけ。あの土壇場で戦略を考えて、ちゃんと実行できるって自信があったから、あーしをみても逃げなかったんだね。はじめの連中とは違って、たんに無謀ってゆーか、傲慢《ごうまん》なバカってわけではなかったんだ」

「負け惜しみかよ、そいつは……」

「あはは」と、相手は少女のように笑った。「そうかもねー。だってプラマイでいったら、さすがにこれはマイナス収支だし。あーあ、前哨戦《ぜんしょうせん》で熱量《カロリー》を使うなんてもってのほかだったんだけどな。ちょっと熱が入りすぎちゃったわ」

「なに言っていやがる。マイナスもなにも、てめえはここで終わりだ。生かして捕らえるにゃ、てめえは危険すぎるからな」

テオリは薙刀を振り上げて、相手の首に照準した。

相手は常識はずれの融合生命——慈悲もなく斬《き》るつもりだった。

「和服くん。それから、あのぴょんぴょん跳ねてた龍のマスクの子も。認めたげる。あんたたちは、傲慢《ごうまん》なバカではないよ」

それを辞世の言葉と認め、テオリは刃を振るった。

そのとき。——はずれるはずのないとどめが、はずれた。

サリサの根元からあらわれた触手が、その柄を止めたからだった。

「そう。あんたらは、傲慢なバカじゃない。——そのかわり、ただのバカだね。いっ、たい、ど、こ、の、だ、れ、が、出、し、て、い、る、分、の、触、手、で、全、部、だ、っ、て、言、っ、た、の、?」

続いて、目の錯覚のような光景が繰り広げられる。

サリサの腰の下、触手との接合点に、無数の小さな触手がうごめいた。それはみるみるうちに大きくなり、彼女のなかから取り出されて、外にあらわれていく。穴が空いて死んだ触手を切り離しながら、新たに生まれた触手群がサリサの身体を持ち上げ、上空に運んでいく。

どうあがいても薙刀《なぎなた》の切っ先など届かない位置にいってしまうと、テオリは急いで身を翻し、パートナーのもとに駆けた。

「……うそ、だろ」

振り向いて、テオリは絶句した。

そこにあったのは、なんら変わらぬ相手の姿。機能しなくなった触手群のかわりに、また新たな触手を尾のように結合させて立ち上がる、融合生命のおそろしい姿だった。

「あのさ。期待させたなら、ごめんけど。あんたたちがやったこと、無意味だから」

まるでダメージの窺《うかが》えない声色で、相手がそう口にした。

「だから、はじめから言ってんじゃん。無駄なんだって。あーしは、マジでどーしようもない、みにくい化け物なんだって。逃げていいから、はやくリングボルドを呼んでこいって。どうして、自分たちなんかでどうにかできると思ったわけ？」

（ばかな。そんな、ありえねえ。こんな、こんなことが……）

目の前の光景を、テオリはどうにか疑おうとする。

だが現状を認めれば認めるほど、募るのは絶望感だけだった。

完璧な振り出し。それに対して、自分たちはすべてを出し切っている。

もはや、勝機を探そうという気概さえもなかった。テオリのなかにあるとすれば、敵の力量を見誤ったことに対する、自責の念くらいか。

だれも、言葉を発しようとはしなかった。

カランと、エノチカがバットを投げ捨てた。降参するかのようにあぐらを搔《か》いて座り、首を垂れる。

ライラに至っては、微動だにすることもない。どうやら気を放してしまったようだ。

「ようやく諦《あきら》めてくれた？　ならもう、終わらせていいかな——」

そんな、無慈悲な言葉のあと。

はじめにみたのと同じように、サリサが尾をふたつに割った。

大質量の落とす巨大な影が、三人の姿を覆い隠す。

「……っ」

反射的にライラをかばう体勢を取ると、テオリは砂塵《さじん》粒子を散布した。

それは、無意味だとわかりきっている抵抗だった。空盾の強度には自信があるが、このサイズの一撃は、試すまでもなく防ぎきれないはずだ。

それでもテオリは自分たちの前方に、結末のわかっている盾を張ろうとする。

触手の束が、すぐそこまで迫る――。

そのとき。


「新たな粛清対象を確認　戦闘態勢を再開する」


背後から聞こえたのは、だれかの声。

真っ黒い物体が後方から伸びて、真正面から触手を防いだ。

それは鎖だった。巨大な鎖が、触手群を捕らえる手錠のようにして絡まり、力技で受け止めている。尾が分離して触手の群を伸ばそうとすると、さらに上からかぶせるようにして、鎖のほうもまた拡張して食い止める。

力比べの途中で、鎖がその身を大きく振るい、巨大な尾を撥《は》ね返した。

テオリが振り向くと、そこには機械式のモノアイマスクをつけた大男が立っている。

色の褪《あ》せたタールのような、チャコールグレーの砂塵粒子をまとわせた男が。

彼の背後には、銃器を構えた特別部隊の補佐員たちがずらりと並んでいた。

ウィン、と機動音を鳴らしてモノアイが左右に動き、周囲の惨状をたしかめた。その視線が一巡したあとで、最後にエノチカへと注がれた。

「エノチカ　無事なようでなによりだよ」

「け、警壱級《けいいっきゅう》……っ」

「これから僕は粛清をおこなう　この場を退避するといい　ついでにその規律違反者も連れることを許可しよう　それと秘匿警報を鳴らすから　そのつもりで」

それだけ告げると、ロロ・リングボルドは単身で敵に向かった。

規格外のサイズをもった融合生物に、まるで臆することなく歩を進めていく。

「ロロ・リングボルド……」と、サリサが放心したような口調でつぶやいた。

相手の姿をよくみたいのか、ロールシャッハ模様のマスクをはずした。その素顔は、口調から受けていた印象そのままに、ごく若いようだった。

「あんた、かわんないね。そのぶきみな面《マスク》も、まったく肌をみせないのも。体温を感じないところまで、そのまんまだ」

「きみこそかわらないじゃないか　サリサ・リンドール　見た目が変化しないのは　その呪われた力の副産物かな　あれからいったいどれだけの生物と交じったんだい」

「さあね、かぞえる気もなかったから。――あんたを殺すためなら、なんでも食べるって、そう決めてたから」

「わざわざご指名というわけか　べつに光栄とも思わないけど　ちょうどいいな　僕もきみには用があるから　とびきりの用がね」

ロロを取り巻く砂塵《さじん》粒子が、濃霧のように広がっていく。ガシャン、ガシャンと音を立てて、次から次へと鎖が生み出されていく。

直後、ロロが腕を振るった。

それに呼応して、巨大な鎖が鞭《むち》のようにたわみ、サリサの肉体に迫った。

対してサリサのみせた挙動は、先ほどまでテオリがみていた回避行動とはいっぷう異なる。尾を振り回して一回転すると、前傾姿勢を取る。巨体とは思えぬ俊敏さで鎖のひと振りを避けると、尾を十本ほどに分裂させ、まるで威嚇《いかく》するかのように触手の群を掲げ、照準した。

マスクをつけ直すと、深い、暗い声でサリサが口にする。

「……ようやくだ。ようやく、あんたを殺せる。この手で、その首を、捻《ひね》ってやれる」

「職業柄　恨まれるのは慣れているけど　さすがに逆恨みはあまり気分がよくないな」

ロロがマスクの側面に手を添えた。インジェクターとは異なるスイッチを押すと、その場にけたたましいサイレンの音が響きはじめた。

「——来るといい〝怪異錬成〟また牢獄《ろうごく》の奥底に縛りつけてやろうじゃないか」

「やっべ……！」と、そこでエノチカが動き出した。

「おい和服、さっさと来い！　うしろ退《ひ》くぞ、はやく警壱級《けいいつきゅう》から離れるんだ！」

茫然《ぼうぜん》と事態を眺めていたテオリも、あわてて動き出した。ライラを背負うと、エノチカについて退避をはじめる。

そのとき、眼前に広がる奇妙な光景に気がついた。

ロロが連れてきた機動隊の面々が、広場の壁に沿って、総じて背を向けていた。警壱級を援護するつもりはないらしく、銃さえ構えずに、背中側でしかと手を組んでいる。

「なんだあれ、どうして……」

「いいから、急げって！　もう、うしろみるんじゃねーぞ！　いいか、絶対にみるなよ！　秘匿警報が鳴ったときの警壱級の粛清は、だれもみちゃいけねーんだ。例外は、ねえ！」

背後で轟音《ごうおん》が鳴り響く。サリサが尾を叩《たた》きつけたときの、内臓ごと揺れるような震動が、ふたたびこの場を支配し始める。

果たして、あのどうしようもなかった化け物と、警壱級の交戦がどうなるのか——

興味はあるが、それでもテオリは振り向かなかった。広場の端まで退却すると、気絶しているライラを守るようにして抱きかかえて、エノチカがマスクを押さえつけてくるのにも抵抗せずに、まるで空爆から身を隠すかのように、その場をやり過ごすことに専念した。

依然として戦火の渦中。

命拾いしたことに対する安堵《あんど》の念は、まだ湧《わ》いてはいない。

＊

これは、記録されなかった戦闘の風景だ。


秘匿警報が鳴り、だれもロロ・リングボルドのおこなう本気の粛清を観測していない。

唯一の例外は、粛清対象だった。

〝怪異錬成〟サリサ・リンドールの戦術は激変している。これまで彼女は、虚勢ではなく、真の意味で本気を出してなどいなかった。あんな羽虫を潰《つぶ》すのに全力を出しては、肝心なときに動けなくなる——もっとも、想定よりはエネルギーを消費してしまったのも事実だが。

今までとは異なり、サリサ当人も大きく座標を変え続けている。さながら竜が暴れるがごとく、長く太い尾が引きずり、より大胆に広間のオブジェクトを巻き込み、その大質量を信じさせぬほどの機敏さで対象に迫った。

分離した尾が大きく展開する。サリサが同時に、それぞれを独立させて有意に動かすことのできる最大の本数――六九二本――をもってして、物理的に逃れようのない包囲攻撃を放つ。

百花繚乱《りょうらん》の舞い。

対して、サリサに比べれば遥かに小柄な粛清官《しゅくせいかん》は――ロロ・リングボルドは、おそれも、おののきも窺《うかが》わせることはなかった。ウィンとモノアイを動かし、必要最低限の情報を周囲から吸い取る。チャコールグレーの砂塵《さじん》粒子をざわざわと流すと、無限の鎖を召喚した。

――牢鎖《チエイン》。ロロがみずからの能力をそう呼んでいることを、サリサは知っている。

牢鎖の仕組みはシンプルだ。粒子が切れるまで、ロロは無数に鎖を生み続ける。その鎖は発生源となる粒子の膜を支点として、無類の膂力《りょりょく》を発揮する。けして壊れることのない縄で捕らえ、対象を強くその場に拘束し続ける。

言うならばロロ自身が牢獄《ろうごく》のようなものだ。

融通が利かず、割れず、壊れず、破れない、冷たい監獄の体現者。

牢鎖が折り重なり、ロロ自身を堅牢《けんろう》に守った。サリサがいかに力ずくで押し潰そうとしても、その牢獄を破ることができない。ズガガガガガ、と無数の連打を繰り返したあと、サリサは尾を集結させる。堅く結びついた尾が、ロロに向けて叩《たた》きつけられた。

超威力の衝撃を受けて、それでも牢獄は突破されない。

かわりに壊れたのは地面だった。神殿広場の床が大きく沈下して、ロロを守る檻《おり》が、あたかも跳ねるかのように宙に浮いた。それと同時、牢鎖《チエイン》の一部が自発的に解かれる。

その檻《おり》のなかで、ロロは砂塵《さじん》を密集させていた。

伸ばした左手の前方——砂塵の渦から、サリサの尾に匹敵するほどの大質量の鎖が飛び出る。思わず力比べに出たサリサは、すぐに失着に気づいた。ガシャン、ガシャンと音を立て、みるみるうちに物量が増え、サリサの巨体を覆いつくさんと侵食してくる。

「——っ」

焦り。そして、怒り。

にどと捕まるつもりはない——。そしてこいつには、かならず地獄をみせる。

サリサはロールシャッハ模様のマスクのなかでカッと目を見開く。

全神経を集中させて、自分の細胞と同和して生きる触手たちを完全な制御下に置き、連盟の兵士たちの踏む行進よりも正確に足並みを揃《そろ》え、巨体を転回させる。

少なくない量の触手《リソース》を犠牲にしながらも、それでもサリサは牢鎖から解き放たれる。

それは純然たる力勝ちだ。本来突破されないはずの足枷《あしかせ》から抜けたサリサは、鉄の仮面に隠れるロロの驚きを知ると同時、ここが勝負の仕掛け時であると悟った。

いかに最強格の粛清官《しゆくせいかん》であろうとも、今の大技に使った粒子の消費量は痛手だったはずだ。このタイミングで自分を捕らえることができなかった——そのツケを、ここで払わせる。

尾から数十本の触手を分離する。等間隔に伸びたそれは、まるで沖合に着く船が水底に向けて投錨《とうびょう》するかのよう。ざくざくと広場の各所に触手が刺さり、全体の姿勢を制御し固定する。

「死ね、リングボルド……!!」

サリサの異形の身体は、ここにきてさらなる異形をみせていた。相手に向けられた尾の先端で、触手群が結びつき鋭角を示す。触手の一本一本が持つ牙《きば》をすべて前面に向けた、三十メートルを超える全長の掘削機として、ロロ・リングボルドただひとりを照準している。

この一打を止められる者はいない——この世に、いるはずがない。

わずかでも触れればミンチになる必殺の一撃を、サリサは放つ。大きく引いて力の蓄えられた尾が弩砲《バリスタ》のように放たれ、回転を伴いながら一直線に相手へと向かう。

怒濤《どとう》の質量が着弾するまでの、ほんの一瞬の間隙で。

サリサは、みずからの目を疑った。相手がインジェクターを起動するかのようなポーズを取っていたからだ。否、すでに砂塵能力は使っているから、解除か。だが、なぜ——

疑問に思ったときには、答えが出ていた。ロロ・リングボルドの身体から、これまで操っていた粒子とは異なる彩色の、侘びしげな深緑色の粒子がこぼれ出ている。

ロロの手には、長い機械式のブレードが。

新たな砂塵粒子が剣に絡まっている。サリサには、わからない。ひとりで二種類の粒子を操っているわけも、あんな棒切れで自分を迎撃しようという意図も、なにひとつ理解できない。

だが、最大に理解できなかったのは、次の瞬間に自分が迎えた末路だった。

「――次元斬り」

刀身からみえない斬撃《ざんげき》が放たれた。世界が割れるような音を知覚したときには、サリサの全力の一撃は――その触手の群が、根こそぎ両断されていた。

もともと血に溢《あふ》れていた広場が、いよいよ海の様相を呈する。無数の断面から噴き出るワームの体液が雨のごとく降り注ぎ、倒壊した女神像の眼から血涙を垂れさせる。

その赤い海を、ロロ・リングボルドが闊歩《かっぽ》する。

背後には無数の鎖と、手中にはただ一本のブレードを携えて。

「まだわかっていないようだから教えてあげよう　僕ら警壱級《けいいつきゅう》粛清官《しゅくせいかん》の壱には　ある特別な意味が込められている」

「が……ァ」

根本から尾を切断されてうごめくサリサを、モノアイが無感動にみつめる。

「それは〝唯一無二〟の壱だ　美しき偉大都市《いだいとし》を支える基幹システム　統制のための規律を守り　永遠《とわ》に栄華を紡いでいく　そのための暴を有するのは　警壱級《僕たち》だけなんだよ」

視界が薄らぐ。意識が朦朧《もうろう》とする。思考が整わない。自分の細胞の奥深くで繋《つな》がっているワームたちの悲鳴が聞こえる。ギャーギャーと喚《わめ》くみにくい砂塵《さじん》共生生物の、その核となる本質が臆病《おくびょう》であることは、彼らと密に融合したサリサだけの知る真実だった。

頭のイカれそうな激痛を堪《こら》え、喉《のど》の奥から、覚束《おぼつか》ない声を出す。

「お姉ちゃん。あたし、まだ、踊れるから。みててね。あれから、けっこう、うまくなったんだよ……」

細胞の奥から替えの触手を繰り出し、新たな尾で立ち上がって、サリサはふたたび構えた。

まだ、終わりではない——

その悪魔の掌《てのひら》のごとき醜い捕食器官の群は、完全には死んでいない。

「あきらめが悪いな　しかたない　なんどでも斬《き》ってあげよう　きみが格の違いを学ぶまで」

相対する粛清官《しゆくせいかん》が、まるで感情の宿らぬ声でそう言った。

8

——無理を通したいのならば、相応の代価を支払うしかない。

それはシルヴィ・バレトがこれまでの人生経験で学んだ、ひとつの真理といえた。

自分が高望みをしていることは重々自覚していた。敵に洗脳されたパートナーを——それも自分よりも戦闘技術に優れる相手を——無傷とは言わないまでも、取り返しのつくかたちで取り戻したいと願うのは、やはり強欲なのだ。

そう——欲が強い。存分に甘やかされて育ったせいか、欲しいものはどうしても欲しくなってしまう。自分がそうしたわがままな性格であることは、いやというほどわかっている。

完璧という揺るがぬ理想を、シルヴィはあれからずっと追い求めている。

そのために必要なものは、代価だ。

一寸先の死。そうしたリスクを、シルヴィは今この瞬間も払い続けている。

戦闘がはじまってから、シルヴィはすでに一分弱もの時間を費やしていた。

ここまでやり過ごせてきたのは、ひとえにシルヴィの優れた間合い管理の能力と、シンの戦術に対する深い理解によるものだった。特別な塵工《じんこう》体質を利用した曲芸的なカタナ捌《さば》きは、たしかに変則的で相手にしづらい。だがそのかわりに、シンの戦闘はだれよりも理知的だ。

行動にかならず意味を持たせ、無駄なアクションは採らない。元一流の暗殺者のクレバーな戦略は、彼から直接近接戦のノウハウを学んできたシルヴィにとって、つねにぎりぎりで解ける難問として振りかかっていた。

相手がカタナを振り下ろした。雨傘を開いて、シルヴィは真正面から受けにいく。膂力《りょりょく》で劣ることはわかっているから、長い柄を地面に刺しこみ、衝撃をそこで受け止める。

（きた。千載一遇のチャンス――！）

シルヴィは目的を果たすためのビジョンを、すでに頭のなかに構築していた。

ガードと同時、シルヴィは柄のスロットを転回する。第二スロットにあわせると、雨傘の前面に大量の穴が開いた。

防御と同時に自動で照準が成立する、面制圧の散弾銃《ショットガン》。

それを、シルヴィはパートナーに向けて放った。そのタイミングは完璧だ。生半可な相手ならばまず間違いなく蜂の巣にできると確信が持てる、必殺のジャストミート。

だが、自分のパートナーは、まったく生半可な相手などではない。

(彼なら、かならずこれに対応する。だから、そこを――)

シルヴィの予想どおり、シンは散弾銃を受けることはなかった。

だがそれでいて、シンが取った行動は、けして単調な回避とはいえなかった。

雨傘と接触したカタナの力を、わずかにゆるめる。

それと同時、力のベクトルを横に換えた。雨傘の先端部分に刃を引っかけるようにして、ずばりと払う。雨傘が九十度近くも弾き飛ばされて、射出された散弾銃は明後日《あさって》の方向に飛んでいき、同時に盾をうしなったシルヴィが無防備になる。

そのふところに向けて、間髪いれずに返しの刃が迫った。

本来であれば、決定打となるはずの一手。

だが、シルヴィの抱いた感想は、

(よかった――)

だった。

パートナーの戦闘を間近で学び続けてきたことを、今このときよりも感謝したことはない。

相手が反撃してくるだろうという読みが、このときのシルヴィに先手を許していた。

コートがはためき、シルヴィが左手に隠し持っていた物が明かされる。

弾き飛ばされた雨傘の盾の内側で、ハンドガンの銃口がシンに向いていた。

ここから、シルヴィの構築した勝利への道筋が辿《たど》られる。

シルヴィの満たすべき要件は、麻酔銃の命中だ。この九ミリ弾が詰まったハンドガンではない。とはいえ、このタイミングで麻酔銃を採用するわけにはいかなかった。

その理由は、麻酔銃の弾頭としての威力のせいだ。麻酔銃は、特殊な弾薬を使用する関係上、通常の銃に比べて弾《たま》の性能が大きく劣る。それゆえ、シンの着用する塵工《じんこう》製のボディスーツを貫くためには、ごく至近距離での発砲が必要不可欠だった。

そのための布石が、ハンドガンだ。

シルヴィの読みでは、シンはまだ、ここまでは対応してくる。雨傘という、構造上どうしたって相手の手元が隠れてしまう武器と対峙《たいじ》するにあたって、こうした罠《わな》の存在は向こうも予見してくるはずだったからだ。

さらには、もうひとつ。

シルヴィには、この次に相手が取る行動に対する、とある確信があった。

（――チューミーには、ひとつだけ弱点がある……）

それは、これまでシルヴィも言葉に出して指摘したことはない弱点だ。あるいは弱点と呼べるものかもわからないくらいの些末《さまつ》な特徴――むしろ粛清官《しゅくせいかん》として長く戦っていくなら、あったほうがいいとさえ言える癖かもしれない。

その弱点とは、守り癖だ。

相手のふところに大胆に潜りこむ戦法を好みながらも、シンにはつねに強い防衛センサーが働いている。かつてだれよりも身体を傷つくことをきらった彼は、相手に反撃される危険性を感じ取ったとき、かりにそのまま攻撃を続けたほうが勝利する見込みが高いときでも、あえて身を引いてしまう癖があるのだった。

そうした相手の癖を踏まえて、シルヴィはみずからの思う完璧な作戦を立てていた。

まずは起点として、このハンドガンのトリガーを引く。こちらの迎撃を確認した時点で、シンは好機にあった攻撃を中断し、いったん体勢を立て直そうとするだろう。運が悪ければ相打ちとなるような決戦をきらい、再三の機会を窺《うかが》うはずだ。

シルヴィが狙《ねら》うべきはそこだ。自分がだれよりも自信のある技術——拳銃の早撃ち《クイックドロー》を、ここで使う。

ハンドガンを撃ち、捨て去ると同時に麻酔銃を抜く。相手が逃れようとした隙《すき》を使い、零距離と呼べるほどに肉薄してから麻酔銃を撃ちこむ。

それはいかにシンといえども避けられない弾丸となるだろう。

そうすれば、シルヴィの目的はかなう。

どちらの命もそのままに、すべてをありのままのかたちで取り戻せるはずだ。

(──やってみせる。今のわたしなら！)

自分に視《み》えているビジョンを信じて、シルヴィはトリガーの指を引いた。

──が。

まったくの予想外──シルヴィの計画を土台から否定する行動を、シンが取った。

こちらの銃撃を、まるで避けようとしない。まともに鉛玉を受けるかもしれないというリスクを知りながら、それでもシンはカタナを振り向こうとした。

シルヴィの思考が静止する。

どうすれば。

撃てば、こんどこそ当たるかもしれない。だが撃たなければ、自分がこのままやられる。

考えている時間はなかった。どちらかといえばただの反射で、シルヴィは気づいたときにはトリガーを引いていた。

「……っ！」

ハンドガンから放たれた弾《たま》が、シンの右肩に着弾した。その衝撃のせいか、カタナの軌道がわずかにずれる。

しかし、さすがの切れ味──さすがの剣術か。

はずれたはずの斜めの一閃《いっせん》が、無視できないダメージとしてシルヴィに振りかかった。

(どうして)

なぜ、自分の読みがはずれたのか——その疑問の答えは、すぐに明かされた。

「離、れろ——」

と、相手が口にした。その機械音声には、明確な怒りの色が宿っていた。

「俺の、妹から。ランから、離れろぉッ!!」

これまで聞いたことのないほどの怒声を叫び、シンが追撃のモーションに入る。

そうか——とシルヴィは悟った。

自分が間違っていたのだ。これは、自分が出会ってからのシンではない。まだ妹が傍《そば》にいたときの、その手で懸命に肉親を守っていたときのシンなのだ。

今まさに妹が襲われていると信じている彼は、普段とはまるで異なる、憤怒に支配された理性のない戦闘を繰り広げた。まるで我が子を守る熊のように、だれよりも獰猛《どうもう》な戦いを。

シルヴィは考えることをやめている。

否、したくとも思考できないでいる。脳に回す分の酸素が、ほんのわずかにもないからだ。

相手の気迫が、先ほどまでとはまるで異なっている。全神経を目の前のカタナのひと振りひと振りに注がねば、すぐさま頭と胴が切り離されるという確信がある。

激流のごとき剣術を受ける最中、シルヴィが思うことができたのは、たったひとつだけ。

(戦闘の、天才——)

自分のパートナーは、あきらかに天賦の才を有している。もちろん特別な塵工体質《じんこう》を宿し、かつては目的のためにおのれを鍛え上げてきたという過去もあるが、それだけでは説明のつかない、独特にして真似《まね》のできない武術のセンスを宿している。

それを、シンは自分ではなく、妹の身体が持つ才覚だと言っていた。

強引な攻めを成り立たせるための、各攻撃のセクションを無理やり繋《つな》げる即興の戦術が、この怒りに衝《つ》き動かされた連撃のなかにも、しかと存在している。

防ぎ、避け、追撃を逃れても、こちらの手番《ターン》が巡ってこない。無限にも思える防戦を強いられて、シルヴィは肉体とともに、なによりも精神が削り取られていることを自覚する。

これこそが、シルヴィがもっともおそれていた状況だ。防戦に明け暮れて、なにもできないまま無為に時間が過ぎていくということが。

自分にはタイムリミットがある。着々とインジェクターの稼働限界時間は近づいており、それを超えた瞬間、シンはこの斬撃《ざんげき》に加え、あの破壊的な砂塵《さじん》能力までをも駆使するだろう。

そうなれば、いよいよ成す術《すべ》がない。

にもかかわらず、打開策はなかった。麻酔銃を命中させるなどもってのほかで、それどころか通常の弾丸を掠《かす》らせることさえもかなわないような、圧倒的な劣勢にある。

今のシルヴィには、完璧を得るためのビジョンが視《み》えない。

どうしたって、自分か相手、そのどちらかが命を落とすしかない——

とうとう、そのときがおとずれる。

壁まで追いつめられていたシルヴィの眼前で、相手が覗《のぞ》けぬ眼光を黒犬のマスクの下に隠し、怒りに震えた刃をこちらに向けていた。

シルヴィは、ふと思い出した。

以前にも、同じ光景を目にした。

スマイリーの隠れ家で、自分が人質に取られたとき。復讐《ふくしゅう》を果たさんと心に誓っていた彼は、カタナを構えて踏み入ってきた。

あのとき、結局シンは斬《き》らなかった。シルヴィには全貌《ぜんぼう》の覗けない理由で——あるいは当人にさえも不明瞭《めいりょう》な理由で——復讐の怒りに振り上げたカタナを、振らずに止めたのだ。

だがこんどは、そうはならない。

きっと彼は、このまま剣を振り抜くだろう。夢のなかにいる、最愛の妹を生かすために。

すでに好機は逃し、現実的な解決策はどこにもない。

だからこそ最後に残された、唯一の活路がそこにあった。

シルヴィさえも想定していなかった、たったひとつの冴えた完璧が。

黒晶器官《こくしょうきかん》が喚《わめ》いていた。

いつものことだ。稼働限界時間が近づいてくると、叫び出したいほどの痛みがシルヴィの後ろ首に生まれる。普段ならば、シルヴィはそれが苛烈《かれつ》になる前にインジェクターを解除する。

だが、このときのシルヴィはそうしなかった。

際限なく上がっていく熱を、あえてそのままにする。

全身の血が沸騰し、滾《たぎ》っていく。噴火する前の火山のように、激情が足元からせり上がり、身体じゅうを支配していく。

相手が今にも自分を刺そうとしている。それでも白犬のマスクのなかで視線を落として、シルヴィはそのときがおとずれるのを待っていた。

この熱が閾値《しきい》に達して、自分の力が逆転するときを。

時の流れ方が奇妙だった。相手の物理的な動きを知覚しながらも、シルヴィの体内ではぐんぐんと時間が過ぎ去っていく。

感覚的、としか言いようのない理解で、シルヴィは必要なだけの時が満ちたことを悟った。

次の瞬間――

ズズズ、と空間ごとゆがむかのような錯覚が、自分と相手を同時に襲った。それは、ただの錯覚ではなかった。実際に、周囲の景色には多大なる変化がおとずれていたからだ。

真っ黒い砂塵《さじん》粒子の塊が、突如としてシルヴィのまわりにあらわれる。

超常現象とさえ呼べるような、圧巻の量の粒子が、どこからともなくシルヴィの身体を渦巻き、周囲の空間を満たしていく。

「────ッ⁉」

その衝撃の現象に、夢のなかにいる相手は、たしかな動揺をみせた。

「……う、ぅ。ぁ」

呻《うめ》き声が漏れて、シルヴィはみずからの肩を抱き、倒れないように力を込めた。頭が割れるような痛みに耐えかねて、その口から絶叫が響き渡る。

地獄のような苦しみ。

それでも、パートナーをうしなうよりはずっとマシだった。

周囲には、加速度的に砂塵《さじん》粒子が増えていく。

それらすべてが、シルヴィの意思のもとに置かれている。

不測の事態を受けて、それでもどうにか攻撃を加えようとする黒犬の粛清官《しゆくせいかん》に向けて、シルヴィは腕を振るった。生まれたばかりの粒子の塊を動かして、相手の身体を包みこんでいく。

──無理を通したいとき、支払うべきは代償だ。

それがわかっているから、彼女は辛苦のともなう力の奔流を止めない。

シルヴィ・バレト警肆級《けいよんきゆう》粛清官。

砂塵の砂塵能力者。

集合と消失の性質を併せ持つ砂塵粒子の、そのいずれかの特性を操る。通常時は消失のみを顕現させるが、感情的な昂《たかぶ》りが限界を超えたときには、真逆である集合の性質を扱う。

以前は、暴走というかたちでしか発揮することはなかった。

今はそうではない。いや少なくとも——今だけは、そうなるべきではない。

初めてこの力をみせたときに比べて遥かに成長した精神力で、シルヴィは今にも途切れそうな意識を懸命に繋《つな》ぎ止め、みずからの能力を全力で行使する。

絶対に譲れない、おのが渇望する理想のために。

＊

つい数刻前のことだった。

「——鞍馬《くらま》くん。ひとつ、質問してもいいかしら」

出撃前に、研究室でデータ解析を終えたあとのことだ。集合場所に向かう前に後輩たちと合流したシルヴィは、その隙間《すきま》時間を使って、ずっと気になっていたことをテオリにたずねた。

「なんですか、先輩」

「あなたがベルガナム・モートレットの夢幻にかかっていたときのことよ。ライラさんが、あなたの目を覚ましたのよね。それはいったいどういう方法だったの？」

「はい！　それにかんしては、自分がお答えするであります。テオをフルボッコにして説教してやったら、なんかわからないうちに正気に戻っていたでありますっ」

「おい待て、ライラ。適当なこと言って先輩を困らせんな」

「でもそのとおりでありますよ？　あと頭をなんども揺すってやったであります。ちょうどねぼすけさんを起こすときみたいな感じだったでありますね」

「あんな乱暴な起こし方するやつがあるか！　いいからお前、さっさと飯を取ってこいよ。集合時間までまだあるっつっても、はやく行くに越したことねえんだぞ」

「そ、そうでありました。すぐに戻ってくるので待っていてくださいでありますっ」

ライラが本部の下層階にある食堂へとすっ飛んでいった。戦闘前にどうしても腹ごしらえをしなくてはならないらしく、ライラの強い希望でこの場所に集合したのだった。

その後ろ姿を見届けると、テオリが言った。

「実際のところ、どういうふうに目が覚めたかってのは説明しづらいすね。なんていうか、やつがみせてきた夢幻は、そのまま夢みたいなものだったんすよ。シルヴィ先輩も、これまでにおかしな夢ってみたことありますよね？」

「ええ」

「夢って、どんな変な現象が起きても普通のことととして受け入れてしまうじゃないですか。それと同じ要領で、ダスト教の連中に協力するってのが、ごく自然なことに思えていたんすよ。

むしろ、否定してくる先輩たちのほうが異常だって思いこんじまっていて」

テオリが申し訳なさそうに肩を落とした。どれだけ周囲が許そうとも、味方に刃を向けたという事実は、彼にとっては苦々しい経験として残り続けてしまうのかもしれない。

「あそこにいたヤミトオワって宗教徒が、時間が来るまで夢幻はけして醒《さ》めないって言っていたんすけど、たぶん本当だと思います。ベルガナムの野郎は、俺とはそこまで相性がよくないとも言っていたから、俺の夢幻が解けたのは、偶然の面が大きいんじゃないかと。第一、俺が夢幻にかけられた時点では、歌姫の声なんか知りもしなかったですし」

「……そう」

どうやらたしかな方策はないらしく、シルヴィは顔を落とした。

「――ただ」と、テオリは続けた。

「それでも、きっかけっていうんなら、ひとつだけ思い当たることはあります。つっても目覚める前後の記憶が不明瞭《めいりょう》で、そこまで自信はないんすけど」

「本当に？　お願い、教えてもらえる？　間違っていてもいいわ。どんな情報でも助かるの」

顎《あご》に手を当てたテオリは、数秒ほど思案してから、

「……なつかしさ」

と、つぶやいた。

「え？」

「なつかしさ、です。俺、あんときライラのやつに、なんつーか、過去の印象深かったことについて言われて。というかまあ、あいつに耳元で怒鳴られるってことじたいもそうだったんすけど。とにかくそれを聞いたときに、自分の記憶のなかの光景と、今みている光景に、でけえ齟齬《そご》があることに気づいて、それで糸をたぐるみたいにして違和感の正体に辿《たど》りついたんすよ」

「……過去の、印象深いこと」

「はい。なので、もしできるならシン先輩にも、なんか現実の記憶を呼び覚ませるようなことをしたらいいんじゃないかと思うんすけど。まあ、つっても難しいすよね。すんません、ふわふわしていて、あんま役立つことが言えなくて」

「ううん、いいの。ありがとう、鞍馬《くらま》くん。よく覚えておくわ」

ライラが両腕に大量の弁当を引っ提げて戻ってきて、一同は移動をはじめた。

そのあいだも、シルヴィはずっとテオリの言葉について考えていた。

深い夢から醒《さ》ますような、昔の出来事。自分たちにとって印象の強い、過去の現象。

もしそれがみつかれば、賭《か》ける価値はあるかもしれない。

＊

砂塵《さじん》の大群が、その場を満たしていた。

黒い嵐はごうごうと周囲を駆け抜けて、全体に混じるほんの微細な赤色の粒子を吹き飛ばし、雷雲のようにシルヴィの頭上に集合して、そのエネルギーをさらに溜めていた。

物理的な粘度を感じるほどの砂塵粒子。かりに砂塵嵐《ダストストリーム》が起きたとしても、これほどまでに高密度の粒子は発生しない。一定以上の密度で集合した砂塵粒子は、アトランダムに発信するみずからの電波的命令により、すぐに周囲の粒子に消失をうながしてその質量を減らすからだ。

しかし、今はシルヴィがそれを許さない。

砂塵の集合も消失も、果ては行く先さえも、今だけはシルヴィの振る指揮棒《タクト》の下にある。

莫大《ばくだい》な量の砂塵粒子の司令塔となったシルヴィは、自分たちを閉じこめる砂塵の膜を作り出した。退路を絶ったあとで、うろたえるシンの身体を絡めとっていく。カタナを持つ腕を捉えて、まるで侵食するかのようにして砂塵をまとわせて、その動きを封じる。

「ッ……、っ！」

空いているほうの手がダガーを抜いた。こちらに向けて放たれようとした刃物は、しかし飛ぶことはなかった。同じようにして砂塵の渦が取り巻いて、身動きを取れなくしたからだ。

必死に暴れる相手に、シルヴィは歩み始めた。

ゆっくりとした歩幅は、それが限界だった。少しでも油断すれば、張り詰めていたものが破裂して、すべてが台無しになってしまう。

黒犬のマスクのなかで、相手がなにかを喚《わめ》いていた。夢のなかでふたたび肉親をうしなおうとしている彼が、全力で抵抗を試みている。

シルヴィがようやく目前まで辿《たど》り着いたとき。

もはやいっさいの抵抗が無意味だと知り、観念したか、相手の動きが止まった。

ざわざわと周囲を取り巻く砂塵《さじん》の音のなかに、シルヴィは相手の漏らした声を耳にした。

「……ちゃ。に、い」

その言葉は小さく、はじめは聴き取れなかった。ざわめく砂の音が一瞬だけ薄れたとき、シルヴィは機械音声の奥に潜んでいた、そのあどけなさの正体を知った。

「お兄、ちゃん。わたし、もっと、お兄ちゃんと、遊びたい……」

そうか——とシルヴィは気づく。

夢のなかで、ふたりはまさに同じ身体を共有しているのだ。今、この黒犬の仮面の向こうにある素顔は、彼であって、彼ではない。

今ここにいるのは、兄であり、同時に妹でもあるのだ。

そう悟った途端、シルヴィは心に痛みを覚えた。

それは残酷さのためだった。自分が率先し、強い意志を掲げ、渇望して、目の前にいる夢のなかでしか生きられない少女の命を、この手で奪おうとしている。

そこまで自覚しながらも、わたしは力の行使をやめようとしないでいる。

「……はじめましてね、ランさん」

そう声をかけると、相手のマスクが持ち上がり、こちらを覗《のぞ》いた。

「聞いて。あなたのお兄さんはね、あなたのことを、心の底から愛していたの。そしてこの先もずっと、一生涯、あなたを忘れることはない。本当よ。だって、思わず聞いていて嫉妬《しっと》してしまうくらいだもの」

おそらく傷が完全に癒《い》えることはないのだ。故人を弔い、その遺灰を砂塵とともに宙へ捧げようとも。それでも、傷がもたらす痛みとの付き合い方はかわっていく。傷口に触れずに、その輪郭《りんかく》だけをうまく指先でなぞれば、それは記憶を起こすためのよき呼び水となってくれる。

現に、彼はそうするようになった。こぼれた思い出話を聞かせてくれるとき、そこに悲壮感はすでになく、ごく穏やかに細められた赤い瞳《ひとみ》が、優しく遠景に向くことを知っている。

そうだ——夢想とは、けして悪いことではない。

それでも。

「夢は、どこまでいっても夢なのよ」

「……お兄、ちゃ」

「ごめんなさい。——あなたのお兄さんは、わたしがいただいていく」

そう決別を告げて、シルヴィは相手の身体に腕を回すと、かたく結んだ。

言葉にならぬ動揺が、間近、伝わった。

赤い心の針が揺れる。

さざめく砂塵《さじん》のなか、シルヴィは腕の力をゆるめなかった。硬いボディスーツの向こうの、本来は届かぬはずの体温に触れると、シルヴィの脳裏にも、かつての光景が鮮明に蘇った。

あのときは、自分が暴走していた。止めてくれたのは、彼のほうだ。

今はすべてが逆だ。自分たちの頭上に振りかかる時間の重さと、それが生み出していく不可逆の変化に、おそろしさも寂しさも感じず、シルヴィはむしろ、この先もそうした変化とともに、このままふたりで歩んでいくことを望んでいる。

だから、それは未来への希望に満ちた抱擁だった。

少なくとも、シルヴィのほうはそう感じた。もっとも、およそすべての物事がそうであるように、相手の心情までは知る由もなかったが、それでも。

長い時間が経過した。

砂塵の形成する漆黒の多層はとうに失せ、されどふたりはそのままでいる。

「……。」

「……シルヴィ。俺は」

「いいのよ、チューミー。なにも言わなくて」

「だが」

「いいの。本当に、いいのよ」

「……。」

「ごめんなさい。やっぱり、ひとつだけ聞かせて。

——いい夢だった？ チューミー」

「……ああ」

と、相手はうなずいた。

「いい夢だった。本当に……本当に、いい夢だった」

それならよかった。

一点の嘘《うそ》偽りもなく、シルヴィは心からそう思った。

その門の造形をみて、彼が無意識のうちに想起したのは、懐かしいシュテルンの屋敷だった。エデンの仮園にかまえる屋敷も、このような形状の門に囲われている。

この神殿に近しい意匠が窺《うかが》えるのは偶然だ。塵禍《じんか》後の文明再建において人間が真似《まね》たのは一にも二にも旧文明時代の産物であり、おもに荘厳さを表そうとすれば、どれもがある程度の部分で似通った外観となる。

シーリオは迷わずに足を進めていった。

その道中には、あたかも趣味の悪い彫像のように、幾人もの宗教徒が凍りついていた。襲いかかってきた宗教徒の数を、シーリオは数えてさえもいなかった。

長い階段のうえには、塵神殿の本殿の入り口があった。

近づくにつれ、とある音が耳に入ってくるようになった。

9

階段を昇るたび、音は大きくなっていく。はじめシーリオはそれを、なにかしらの弦鳴楽器が奏でられているのかと勘違いしていた。が、そうではない。

これは女性の歌声だ。高音域を泳ぐ声の連なりが、この乾いた空気を揺らしている。

その音響は、シーリオが重厚な扉を押して開けると、いよいよ明瞭《めいりょう》となった。

塵神殿、本殿の中枢。

祭壇の大広間。

燃えるように紅い天鵞絨《てんがじゅう》の続く先には、年季の入った三ツ眼の女神像があった。

柔くたわんだ薄い織物を、神権を有す者らしからぬ婀娜《あだ》やかな肉体のうえに羽織り、ひび割れた球体――地球――を、今まさに抱擁せんとしている。

まるで時間ごと繰り抜いたかのように、その動作が鮮やかに凍結された石造の神。

その真下に、ひとりの男がいた。

彼は跪拝《きはい》するではなく、ただ女神像を大きく見上げていた。だがふしぎなことに、祈禱《きとう》の所作がないにもかかわらず、世の深淵《しんえん》に触れるような篤《あつ》い信仰心が、なぜだか見て取れる。

そして、祭壇の右上。

錆びついた螺旋《らせん》階段を昇った先――中二階の壇上に、彼女の姿があった。

クリアマスクの向こうで、虚ろな目をしたノエルが喉《のど》を震わせている。

その目前には、複数の人影が――ドレスマスクをまとわぬ人々が、木椅子《いす》に着席している。

いっさい動かぬ彼らは、どうやらみなすでに死んでいるようだった。

「――この、天地礼讃のための唱歌は」

場の静けさを割る、ひとつの声がした。

「かつて荒野を練り歩いた吟遊詩人たちが砂塵《さじん》を讃《たた》えて詠み、女神の試練を生き延びた人類のあいだに広く伝わっていったものです。俗世的な言い方をすれば、とっくに宗教色をうしなった伝統歌ということにされていますが、わたくしはそれをとくに非難はいたしません。どのような経緯であれ、女神の偉大さを称える歌謡を人々が知り、口にするのは、好ましい……。歌姫も、かつて学び舎で歌った過去があるようですね。おかげで、すばらしき独演を楽しませてもらえました。もっとも、彼女のよき夢のために、死者たちの列席も許しはしましたが」

振り向いた男の素肌には、黒点が散らばっている。

重篤な砂塵《さじん》障害を患っているだろう男の顔には、しかし、至福の笑顔が浮かんでいた。

彼こそが大司教、ベルガナム・モートレットその人であることは、あまりにも自明だった。

「さあさ、歓迎いたしますよ、〝夜鳴り寒柝《ナイト・コール》〟のシーリオ・ナハト警弐級《けいにきゅう》。おおいに期待すべき高位の器とお会いでき、光栄の至りと言うほかありません。おかげさまで今宵《こよい》の秘跡は、ただの儀を超えた、特筆すべき混沌《メイヘム》として昇華されることでしょう」

祭壇の間の中央で歩みを止めて、シーリオは声をかけた。

「ひとつ、問う。貴様の目的は、なんだ」

「目的」相手が、興味深そうに流し目をくれた。「ふむ、それが気になると申しますか」

「当たり前だろう。貴様は盟主の家族を誘拐《ゆうかい》し、彼らの秘匿する林檎《りんご》さえも掠《かす》めた。本来であれば、それで仕舞いだったはずだ。なぜわざわざ、連盟の勢力を呼び立てた?」

フフフ、と相手は笑った。「そうですか。この状況をみながら、わたくしたちの教義を多少なりとも知りながら、なおもわかりかねるとおっしゃいますか。いいでしょう」

ローブの内側に手を伸ばし、ベルガナムがとある物を取り出した。

(――あれが)

シーリオは、目を瞠《みは》った。

金色に光る果実。――欠片《かけら》の林檎が、ベルガナムの手に掲げられている。

シュテルン家の夜として、かつて主人からその存在を知らされた塵工物《じんこう》。連盟がどこかに隠し持っているとされる砂塵兵器を、直接その目に捉えるのは、このときが初めてだった。

「此度《こたび》の目的のひとつが、この忌まわしき産物であったことはたしかです。わたくしは教義のために、これをもらい受ける必要がありました。されど、これもまた教義のために、ただもらい受けるばかりで終わらせるなど、そのような機会の損失は認められなかったのです。あなたが知るべきは、わたくしがいかに女神を敬愛し、彼女の愛を欲し、殉じているか、ただそれだけといえましょう」

「どういうことだ」

「ですから、混沌《メイヘム》ですよ。今宵は、その秘跡を執り行うにふさわしい場が用意できました。女神に捧げるに値する、十全に整えられた舞台が。そして今、奪われた物のために、怒りに震える兵士たちがその軍靴を打ち鳴らし、この塵神殿へと行進しています。まさしくあなたが、この場に誘《いざな》われたように」

シーリオは、耳を疑った。

「まさか貴様は、ただ闘争がしたいがために。ただそのためだけに、この状況を用意したとでもいうのか？」

「なにを疑う必要がございますか？　血の滴る苛烈《かれつ》な闘争のため——すばらしく、また美しき混沌のため！　これ以上の動機など、この塵溢《ちりあふ》れる世界のどこにもありはしない！　あなたには聴こえませんか、この跫音《きょうおん》が！　この震動が！　それらがもたらす、女神賛美の叫喚が！」

それは偶然か、はたまた必然か。

ベルガナムの叫びと同時に、本殿の全体に数度、大きな揺れが迸《ほとばし》った。

さきほどの地下道で自分たちを襲った震動だ。それがまた、ここにきて再始動している。おそらくは宗教徒の仲間が、連盟の勢力との交戦で引き起こしている戦闘の副産物だろう。

「だが、それならば林檎《りんご》だけでよかったはずだろう。なぜ歌姫の身柄を解放しなかった」

「ご無礼を承知で答えさせていただくならば、それこそ愚問といえましょう。彼女に許された女神の奇跡は、このわたくしとじつに相性がいい。運命的、といっても過言ではないほどに。この先の混沌のためにも、ぜひに教団の巫女として、歌姫にはご協力いただきたいのですよ」

——ノエルを、この先も利用する。

その宣言をシーリオが耳にしたとき、ごわっと、おびただしい量の砂塵《さじん》粒子が発生した。

水色の粒子が、祭壇の間を満たしていく。それは無意識の放出であり、シーリオ当人にとっても意外な現象だった。

怒りゆえの非制御は、どんな局面でもするべからざることだ。

だが、今だけは……と、シーリオは力の漏出をあえて抑えなかった。

どうしても、許すことができなかった。まったく理解のできない、くだらない動機のために、自分の大切なひとが危険に巻き込まれているなど、考えたくもない。

相手は、シーリオ当人をみていなかった。

恍惚《こうこつ》とした表情で、溢れる砂塵を眺めている。

「おお、なんとすばらしき濃度でしょうか。ふしぎとたおやかさを感じる賛美色に、肌を刺すような鋭い冷気が流れて……。ああ、はやくその奇跡を、ご自慢の粛清を披露していただきたいものです」

「あいにく、だが。私はきょう、ここに粛清官《しゅくせいかん》としては来ていない。だから貴様に、降伏の勧告をおこなうつもりもない。貴様の罪をかぞえることも、罪状を唱えて聞かせることもない。

──ただ、対価ばかりは要求させてもらう」

「ほう？ して、その対価とは？」

「──万死だ。貴様には、それをくれてやる」

ベルガナムの顔面に、満面の笑みが咲いた。

「おお、なんとありがたきことか！ よき混沌には、双方の闘気が不可欠──すでにして熱が灯《とも》っているのでしたら、それ以上のことはございません！ それではまずは、試練を！」

ベルガナムが腕を振るった。放たれた桃色の砂塵《さじん》を伝い、中二階の舞台に立つノエルに触れると、彼女は身を震わせ、その歌声を止めた。

「よもや、事ここに至って詳しく明かす必要はございませんね？　彼女の歌声と、わたくしの夢幻。このふたつが掛け合わさるとき、そこには無類の調和が生まれ、無比の混沌を成すための力が生まれると。この試練を超えてわたくしに刃を向けられるならば——このわたくしが全力の混沌《メイヘム》を成すための器であると、名実ともにそう認めてさしあげましょう」

ふたたび、ノエルが動き出した。

まるでぜんまい仕掛けの人形のようにぎこちなく、周囲を見渡す。

「まあ。きょうのライブも、たくさんのお客さんがいらしているのね。嬉《うれ》しい。わたし、一生懸命歌うわ」

んん、とノエルが喉《のど》の調整する。

「さあ。ご手腕拝見といたしましょうか、粛清官殿《しゆくせいかん》——」

そして。

ノエルがインジェクターを起動して、その奇跡の声を解き放った。

歌姫のスカイブルーの粒子と、大司教のショッキングピンクの粒子が混ざり合う。薄紫色と化した粒子のみせるオーローラが、祭壇の間の宙を舞い、シーリオへと振りかかった。

聖堂に鳴り響くは天女の歌声。

シーリオがふいに思い出したのは、四番街のパーティホールのことだった。あの中庭で誘拐《ゆうかい》未遂に遭う前、ノエルは悠々と夜空の下で歌い、自分の前をかろやかに歩いていた。

シュテルンの一族と隔てられたシーリオには、もう彼女の生歌を聴く機会はおとずれないはずだった。まかり間違っても、彼女の歌うステージに足を運べなどしない。先の周年式典でも、万全な警備のために、シーリオはみずからをその歌声から遠ざけていた。

だが、いつでも知りたいと思っていた。今や歌姫と囃《はや》されるあるじの、だれもが絶賛する歌声を聴いて、自分もみなのように、その真髄に触れることができたら。

しかし、それは過ぎた望みだ。

自分が彼女の真価を身に染みて理解することは、これまでも、そしてこれからも、ない。

なぜならそれが、夜としての自分の使命だからだ。

「……はて?」と、ベルガナムが首をかしげた。「感応値が、まるで上がらない? いや、それどころか……これはむしろ、下がっている? いったい——」

「教えてやろう。歌姫の砂塵能力は、その感動を熱で伝えるものだ。それは奇しくも、私の能力とは真逆の性質のものとなる。そう——この冷気の前では、情動さえも、凍りつくのだ」

シーリオの周囲には、豪雪のように砂塵粒子が渦巻いている。

熱を奪う砂塵能力。凍結の力によって、その身体の周囲は完全に冷え切っている。ノエルの粒子を弾くようにして、彼女の伝える熱を——感動を伝える触媒を、遮断し切っていた。

それだけではない。濃霧のように広がる二種の粒子のなかを、シーリオの砂塵《さじん》粒子がすでに潜伏していた。

ベルガナムの足元を、霜が走った。相手の動きを封じるための氷は、さして厚くはない。事前に聞き及んでいたベルガナムの力であれば、脱出は容易な程度の足止めだ。

だからこそ、シーリオの狙《ねら》いはべつにあった。

白い外套《がいとう》を翻し、片手に刀身のない剣を構える。前面に向けて存在しない刃を向けると、次の瞬間、その先端が光った。

水色の粒子が刀身として集まり、力を顕現させて伸びていく。

それはまるで、氷の架ける橋だった。

シーリオの砂塵能力は、攻撃性のみならず範囲にも優れるが、一定以上の距離を置いたときには、どうしてもその指向性が弱まってしまう。遠く離れた場所にも正確に氷結の能力を揮《ふる》うには、その弱点を補うための補助道具が必要だった。

それが、この刀身のない剣だ。

その名は、Cレイピア。

かつてボッチの開発した、シーリオ専用の特殊剣。柄から放出される電磁波が砂塵粒子に指向性を帯びさせ、剣を向けた一点に導くことを許す、特別な塵工《じんこう》武器だ。

「――!!」

Cレイピアから伸びる氷の切っ先が、ベルガナムの胸に刺さった。着弾と同時に、氷の侵食をはじめる。相手が完全に凍りつくよりも先に、シーリオはとどめの一撃を放った。

狙うべきは完全なる先手必勝。

相手にあらゆる行動を許さぬうちに勝負を決める、息もつかせぬ連続攻撃だ。

続けざまに呼び出したのは、大広間の高い天井に浮かぶ氷の大玉だった。恨みを晴らさんとでもいうかのように無数の棘《とげ》が生えた、圧倒的質量の氷塊。

「これは――!」

ベルガナムが、少年のように澄んだ瞳《ひとみ》で氷塊を見上げた。

直後、氷の塊は落下して――いっさいの慈悲もなく、ベルガナムの身体を圧し潰《つぶ》した。

大質量が、古い女神像の半身、祭壇、その他の宗教的内装を巻き込んで破壊し、割れた欠片《かけら》が刃のように周辺を飛び散る。

「フゥ、フッ」

能力の奥義を駆使した大技の連発に、シーリオははやくも息が上がった。ほんの数秒ほど、氷塊の下敷きとなったベルガナムの様子を窺《うかが》うと、バッと中二階へと目を向けた。

救い出さねば。今すぐに。

駆け出そうとしたシーリオは、しかし、そこに予想外の光景をみた。

いまだ夢幻のなかにあるノエルの周囲を、依然として桃色の粒子が揺蕩《たゆた》っている。

それが示す事実はただひとつ。

まだ、能力者は死んでいない。

「……フフフ。フフ、フフフ」

笑い声がしたのは、巨大な氷の面の下からだった。

「まこと、幸甚の至り。やはり、わたくしの勘に狂いはありませんでしたね。きょうこの場におとずれるなら、それは無限牢《ろう》に勝るとも劣らぬ至高の器であるはずだと、そう信じておりましたが……ああ、これぞ導きの福音か。まるですべてが満ち足り、充足するかのよう……」

ふたたび構えたシーリオの耳に、ごく愉快そうな声が届いた。

「よいでしょう、氷の奇跡を許されし器よ。よもや、一片の文句もございません。あなたが、この善き日にわたくしが混沌を捧げるに足る戦士であると、司教の名において認めましょう」

次の瞬間。

想像もしていなかった出来事が、シーリオの視界で起きた。

じゅわりと、氷が溶けだしていく。まるで噴火でも起きたかのように、彼を覆う氷塊の水分が気化して、白い煙となってあたりを満たしていく。その下では、ガギリ、ゴギリと、なにかが変形を繰り返す音が鳴る。

（なにが——！）

起きているのかと、シーリオが粒子を追加しようとしたとき。

けたたましい破裂音をともなって、巨大な氷が吹き飛んだ。

あらわれた相手の姿をみて、シーリオは絶句する。

「この祝福の御業をおみせするのは、ひさかたぶりのことです。なにせ本気で混沌《メイヘム》をおこなうときでもなければ、なかなか披露する機会にも恵まれないものですから——」

そう口にする相手の。

脚は、八本。

巨大な腕からは、幾本もの槍《やり》のごとき武装が生え。

全身は、特別な甲殻を持つ蟲《むし》のように硬い外殻に覆われ。

本来透けていたはずの素顔ごと、あたかもドレスマスクのように飾りつけている。

蜘蛛《くも》だ。——漆黒に光る、まるで生体の戦車を思わせるフォルムの、巨大な蜘蛛。それと融合するかのようにして、ベルガナムの大柄の身体が上部に生えている。紫色の宝石が埋めこまれた巨大な槌《つち》を手にして、こちらを愉しげに睨《にら》んでいる。

途端、シーリオは部下たちが言及していた、ベルガナムの塵工《じんこう》体質を思い出した。

(鋼よりも硬い肉体。そうか、ローブの下に隠れていたのは——)

「——〝覇塵の戦車蜘蛛〟。ピソク・スパイディアということか……!」

「ご名答。これぞわたくしの受けた数多《あまた》の祝福の、その最たるものです」


ピソク・スパイディア。

その種は軍勢においてこそ〝旅人喰いの触手《テンタクル》〟に劣るが、いざ個体として衝突したときには、この世のどんな砂塵《さじん》共生生物であろうとも一方的に屠《ほふ》るという。

自然界の食物連鎖の頂点にある、おぞましき蟲《むし》の王だ。

「それでは、はじめましょうか。すばらしき闘争を、すばらしき死闘を！　ほかでもない、かの麗しく尊大な、親愛なる女神に捧げるために。いざ、尋　常　に　！」

ぐわりと。

ベルガナムが、異形の右腕を照準した。肘《ひじ》に据えられた巨大な生体器官には、尖《とが》った槍《やり》のような物体が装填《そうてん》されている。その器官全体が、あたかも蒸気機関が押すかのようなピストン運動をみせた瞬間、内容物が射出された。

その正体は、装甲されし蜘蛛《くも》が持つ硬い甲殻の一部。

高速で迫る物体に対し、シーリオは氷の盾を張る。

あっけなく盾は破砕され、無数の欠片《かけら》が身を襲った。ガラスの雨のような氷の礫《つぶて》を浴びながら、しかしシーリオは敵から目を背けなかった。

全身の痛みも。

酷使する黒晶器官《こくしょうきかん》の、その身を蝕《むしば》むような苦しみも。

そのすべてを意識の外に置いて、これまで積んできたすべての訓練を注ぎこまんとして、シーリオは砂塵《さじん》粒子の密度を高めていく。

「ああ、みなさん、とっても盛り上がってくれているのね！　わたし、もっともっと、一生懸命歌うわ！　だから、ぜひ最後まで聴いていって――ノエル・シュテルンの歌を！」

祭壇の間で、歌姫がよりいっそう高らかに声を響かせた。

その幻惑の歌声が響く空間で、御家の敵を討たんと、シーリオは刺突剣を一直線に構えた。

＊

〝覇塵の戦車蜘蛛《ぐも》〟。

その名には、かの砂塵共生生物が淘汰《とうた》を乗り越えるために獲得した生存戦略の、その方策が端的にあらわれている。

砂塵渦巻く荒野の覇者に許されたのは、戦車の称号だ。

その由来はふたつ。炭素に構成される強硬な装甲に覆われた肉体と、まさしく発明兵器のごとく放たれる、強力無比な飛び道具だ。

体内で生成したメタンガスをもとに高圧力を発生させ、甲殻を弾丸として使用する。秒あたり三百メートルに満ちる速度の、げにおそろしき大砲だ。

それの二射目が、今まさにこちらに向けられている。

(――単純な回避は)

とてもではないが、かなわない。シーリオにできるのは、直撃を免れるための盾の創出が限度だ。が、それも音速に迫るほどの飛来物を完全に防ぎきるほどの厚さでは作れない。

盾が割られることを前提として、シーリオはふたつの防護壁を形成した。弾頭を受けるものと、飛び散る破片を含めた二次的な脅威から身を守るための氷だ。

着弾。

人の丈にも匹敵する巨大な弾《たま》が空を切って飛び、氷の盾を爆散させた。視界に振りかかる氷の破片が光を反射してきらめく向こうから、シーリオはけして目を逸《そ》らさない。

この砲撃が布石であると、わかっていたからだ。

人と蜘蛛の融合した、まさしく悪魔然とした姿形のベルガナムが、八本の巨大な脚で力強く床を踏みこむと、

「計二発――よく耐えました、が！」

フッ、と姿が消えるかのような速度で、こんどは彼自身が接近してきた。

人体とはまるで異なる構造の、多脚を利用した高速の疾駆。

――むしろ好機である。と、そう思った。接近戦は、シーリオのほうこそ望んでいたからだ。凶悪な融合生命、それもピソク・スパイディアの肉体と混ざり合っているとなれば、ベルガナムの近接戦はたしかに脅威であろう。

が、それ以上の脅威が自分の砂塵《さじん》能力であると、シーリオは知っている。ひとたび氷の接触さえ叶えば、そこを起点として、対象の熱を際限なく奪いゆく。

この力にだけは、自信がある。

かりにこちらの粒子操作を凌《しの》ぐ機動力の相手であっても問題はない。凍結の力の真髄は、ひとえにその攻撃のバリエーションに宿るといっていいからだ。前兆となるモーションをともなわず、それでいて致命傷となりうる氷の刃を、粒子の残量が許す限り放つことができる。

このときシーリオが採用したのも、そうした前触れのない凍結の剣だった。

ベルガナムの軌道を正確に読み、あらかじめ張っていた粒子を、罠《わな》のように解放する。それは大広間の床から生える氷柱として、相手を出迎えるカウンターの刃として顕現した。

(――決まる)

そうシーリオが予感したのは、これまでの戦闘経験が導く帰納的な思考だった。このタイミング、この粒子操作の自由度、これほどにガラ空きの胴なら、迎撃はまず成り立つ。

その読みじたいは、正しかった。

シーリオにとって意外だったのは、命中したあとのことだった。

「凍れ――」

シーリオは、ベルガナムの胸部に刺した氷に、即座に侵食をはじめさせた。凍りつくほどに周辺の熱を奪う粒子が、みるみるうちにベルガナムの身体の自由を封じてゆく。

「これは。おお、これは、なんと……」

ベルガナムは自身の凍りゆくさまを眺め、それでも歓喜の声を漏らした。

パキリ、コキリと音を立てて氷結が進み、ベルガナムの装甲に守られた素顔にまで氷が届こうというとき――シーリオは、聞き慣れぬ異音を聴いた。

音の発生源は、ベルガナムの異形の左腕だった。肘《ひじ》の部分に蓄える、その膨らんだ丸い瘤《こぶ》のような機関が、あたかも内部でエンジンを吹かすような音を立てる。

次の瞬間――ボゥッと、それは灯《とも》った。

黒々とした装甲に、瞬時のうちに熱が伝導する。ジュワリと音を立てて、まさしく熱した鉄板に落とした氷と同じ要領で、装甲に接触する氷が融解をはじめた。

それだけではなかった。

解き放たれたベルガナムが、間近、左腕をこちらに向けた。

大木の洞のように空いた、器官の穴。そのなかから爆音が弾けると、マグマの噴火を想起させる火炎の渦が、シーリオに向けて放たれた。

「――――ッ!?」

まるで予想しなかった攻撃に、シーリオは驚愕《きょうがく》した。

ベルガナムを凍りつかせるために消費していた粒子を呼び戻し、シーリオはみずからの目前で力を顕現させた。今や至近距離にあるふたりの間に、急遽《きゅうきょ》として厚い氷壁が張られる。

火炎そのものは、防壁に阻まれた。いくら高熱であろうとも、気体熱の放射であれば、すでに固体として発現している氷塊が融かされることは、そうそうない。

そのかわりに、上下左右を吹き抜ける強烈な熱風が、シーリオの全身を襲った。

四肢が灼熱に焦がされ、苦悶《くもん》に満ちた声が口から洩《も》れた。その痛みばかりではなく、急激な酸素の欠乏によって意識が持っていかれるような感覚を覚えた。

絶好の追撃機会に、ベルガナムは装甲の下に見え隠れする口角をあげていた。

護符を埋めこんだ大槌《づち》が、シーリオの目前に迫る。

刹那《せつな》の思考。

盾は出せない。いや、かりに出せたとて、これは防げない。

で、あるならば。

シーリオは、Cレイピアの、その刀身のない剣を縦に構えた。手元の起動スイッチを入れると、インジェクター装置を流用した砂塵《さじん》保管の筒から粒子が流れこみ、氷の剣があらわれた。

細く顕現する性質上、どうしても守りには向かないCレイピアの刀身で、シーリオは真っ向から大槌のひと振りを受け止めた。衝突の瞬間に破壊されていく刀身を、破壊されると同時に粒子を投入し、その場で断続的に修復することで、無理やり剣としての役割を真っ当させる。

剣は、耐えた。

耐えられなかったのは、肉体だった。

（こ、れは……ッ）

鍔迫《つばぜ》り合いの一瞬で悟ったのは、この化け物が持つ圧倒的な膂力《りょりょく》。そもそもの得物の規格差もあり、自分では受け止められない力なのだと悟った、その直後。

構えたCレイピアごと、シーリオの身が弾き飛ばされた。砕けた氷の結晶と、ゆらめく水色の粒子と、空気を伝って舞う炎を巻きこんで、シーリオは大広間の端まで追いやられた。

「ぐ、う……ッ」

膝《ひざ》を突いたシーリオに向けて、

「――すばらしい、い。ああ、じつにすばらしいです、ナハト警弐級《けいにきゅう》殿」

戦闘に耽溺《たんでき》するベルガナムが、恍惚《こうこつ》とした口調でそう口にした。

火のまわった絨毯《じゅうたん》を異形の多脚で踏みしめて、ゆっくりと歩を進めながら。

「よもや、この死線を乗り越えるとは！　偉大都市《いだいとし》広しといえど、この火筒《ほづつ》の存在を知らずして今の窮地を切り抜ける者は、やはり最高峰の器、一流の粛清官《しゅくせいかん》をおいてほかにはいないでしょう」

ベルガナムの左腕の器官からは、残り火が噴いていた。

「……そうか。貴様、塵工体質《じんこう》の権化というわけか」

あの器官は、シーリオの知る限り、ピソク・スパイディアのものではない。つまりこの相手は、戦車蜘蛛《ぐも》の皮を借りたうえで、さらにべつの生体武器を載せているということだ。

「いかにも。わたくしは、この身にあらん限りの女神の祝福を受けております。とっくに、人の身など辞しているのですよ。つまらぬ人間業の成すものは、もうこの身体のどこにも残ってはおりませんとも」

炎の光源に照らされる蜘蛛の姿は、たしかにその言葉に嘘《うそ》がないことを物語っていた。

弱者を人ならざるものとして狩り、あまつさえ人のかたちを保つ執着さえも持たぬ砂塵《さじん》信奉者は、身も心も、とっくに人間であることを捨てきっているのだろう。

「さて、よもやこれで終わりとはおっしゃいませんね？　ぜひ混沌の続きを！　あなたの身に赦《ゆる》された奇跡を、この塵神殿で、女神の祭壇で――この場で、存分に披露するのですッ！」

シーリオは、外套《がいとう》を投げ捨てた。その細身に一本、ただCレイピアを構えて、黒晶器官《こくしょうきかん》を駆動させる。

まとう凍えの力の限界は、もう、そう遠くはない。

それでも、とうに覚悟を決めていた男はむしろ、これ以降に覚醒《かくせい》じみた闘争をみせた。

ひと握りの戦闘人であるはずの粛清官《しゅくせいかん》のなかでも限られた、まったく天性の戦いぶりを。

酸素の希薄な戦闘空間で、それでもシーリオは目の前の相手のわずかな隙《すき》を拾い続けている。針に穴を通すような闘劇は、時計の短針が進むごとに増していく祭壇の間の火災の、その中央で繰り広げられていた。

ベルガナムは、笑っていた。

笑いながら、この大司教は存分に火を撒いている。その塵工体質の仕組みはわからないが、火を吐くメカニズムは、シーリオには見当がついていた。

もともとみずからの生み出すガスを利用する戦車蜘蛛の性質を流用して、その生体武器のなかで気体燃料を生み、着火しているのだろう。

この熱機構が生み出す戦闘上の用途はふたつ。

火炎の放射と、自身の過熱化だ。

瘤《こぶ》の部分に熱が溜まると、それはベルガナムの身を包む甲殻に伝わり、身体そのものが燃えるかのような過熱状態を作り出す。

塵工体質の化け物——複数の特別な砂塵加工を受けた男だけができる、人間どころか、生体としての常識を超えている所業だ。

だが問題は、ベルガナムの脅威そのものではなかった。

粛清官《われわれ》が気にすべきは、つねにしてただひとつ。

いかにして殺すか。凍結の砂塵《さじん》能力で導ける勝利の方法は、この相手には限られている。なによりも険しく、また困難な道だ。

成功の確率は極めて低い。それでも、試すほかない。

今シーリオがいるのは、戦車蜘蛛《ぐも》の、その極限といえるほどのふところだ。大槌《づち》が眼前で振るわれるなかで、シーリオの操る水色の粒子は、完璧な運動を繰り返していた。

シーリオが採用したのは、攻めの姿勢だ。

一撃でも喰らえば終わりに繋《つな》がる戦闘領域で、あえて守りを捨てている。

(隙《すき》を――)

(探すのだ、わずかな隙を――! かならず、そこを突け!)

大槌をぐるるように避けて、シーリオは氷の剣山を生やした。その切っ先が襲うのは、ベルガナムの胴を覆う甲殻の、ある一点だった。

が、分厚い装甲はけして刃を通さず、また熱によって氷の侵食を許すこともなかった。しかし無駄に終わった結果を、シーリオは気にすることはなかった。

わずか距離を置くと、こんどは敵の身体を覆い尽くすような、氷のドームを張った。足止めにさえならない壁を、ベルガナムが振り回す大槌が、飴細工《あめざいく》のように粉砕した。

しかし、もといた場所にはすでにシーリオの姿はなかった。

裏手にまわっていたシーリオが掲げる手には、等間隔で浮いた氷の礫《つぶて》があった。弾丸のように迫る礫が、振り向いたベルガナムの甲殻に向けて連射される。

ガガガガガ、と身を打つ衝撃を物ともせず、ベルガナムが左腕を構えた。

ふたたび放射のためのチャージが終わったか、豪快に火を撒いた。

火事場に慣れているシーリオは、その炎の軌道を正確に見抜き、あえて盾を作らなかった。

致命傷とならないのなら、護身は必要最低限でいい。盾を張るのに粒子を使うくらいならば、攻撃にまわす。半身に火を浴びながらも、シーリオは左右の床から二本の氷柱を生やし、ふたたび相手のふところを刺した。

それもやはり、ろくに通じなかった。

だが、それで構わなかった――今のところは、まだ。

「なん、と――」

と、ベルガナムが驚きの声をあげた。

「なんという猛攻か！　おお、粛清官《しゆくせいかん》よ――戦士よ！　あなたの姿勢は、まことすばらしい！　その意気や、その闘気や良し！　今、わたくしは本当に、心から口にできます。きょうこの祭壇の間をおとずれたのが、あなたでよかったと！　本当に、本当に！　本ッ当、にィ！」

感動の言葉を吐くベルガナムの目は、潤んでさえいた。装甲の下に隠れる瞳《ひとみ》がぎょろりとシーリオを覗《のぞ》くと、おそろしい笑顔のまま、攻撃を仕掛けてくる。

「すばらしい、すばらしい――あまりにも、すばらしいッ！　想像以上、期待以上だ！　これほどまでに混沌《メイヘム》じみた獰猛《どうもう》さ、原始的な戦意の発露、純粋な殺意をみられるとはッ！　まさにこれこそが女神の求めた正しき闘争のかたちです！」

戦いながらベルガナムが賛辞の言葉をやめなかったのは、シーリオ当人も気づいていない、この場の異様さのせいだといえた。

たしかに、見てくれの化け物はベルガナムのほうだ。おぞましい融合生物が炎を撒きながら剛腕を振り回し、ひとりの人間を圧倒している。

だが、その実は異なる。もしこの場に観測者がいれば、真に異様であるのが、人間のかたちをしたほうであることに気づくだろう。危険を顧みず、声も発さず、得も言われぬ気迫を放ちながら、決死の姿勢で攻め続ける男の姿は、なかに修羅を秘めているようにさえみえた。

シーリオの身体が削れていく。

打撲を受け、炎で焼かれ、ダメージがとめどなく蓄積していく。まとう礼服がとうとう血に染まりきっても、その無理な攻勢を解くことはなかった。

やめるのは、ただひとつの狙《ねら》いが通るまで。

それまでは、たとえこの身が朽ちても戦い続けると決めていた。

そしてそれは、げんにそうなるはずだった。

そのアクシデントが起きるまでは。

ベルガナムが右腕の射出口を照準した。近接距離に入ってからは使っていなかった、戦車蜘《ぐ》蛛《も》特有の生体兵器。

いよいよ動きの鈍ってきたシーリオに向けて、ベルガナムは槍《やり》の弾丸を放った。

この段に至っても、シーリオが防御にまわることはなかった。最低限の回避をおこない、むしろこれさえも好機であると言わんばかりに、相手の甲殻に向けて太い氷柱を突き刺した。

そのとき、ようやく、バキリと、装甲に微細なひびが入る音が聴こえた。それはまだ、決定的な破壊ではない——だが、それでいて確実な変化だ。

その進展を得たかわりに、代償を支払うことになった。

放たれた大槍が掠《かす》り、シーリオの脇腹を抉《えぐ》った。

そのときシーリオが目を見開いたのは、傷を負ったからではない。

シーリオが気にしたのは、この槍の行く末だった。

今の射出の角度、自分たちの位置関係——

(——まさか)

轟音《ごうおん》が、大広間に響き渡った。

放たれた大槍が流れ着いたのは、祭壇の間の中二階。

フロアが粉砕された。がらがらと石積みの床が崩壊していき、すべてのものが土台ごとなだれていく。長椅子《いす》も、ランプも、死体の群も——簡易的な木造の台に立つ、ノエルも。

その下には、鋭利に尖《とが》る氷の残骸《さんがい》が。

気づいたときには、シーリオは戦場を捨てて駆け出していた。

「お嬢さまァ────ッッッ!!」

その咆哮《ほうこう》に先行したのは、シーリオの放った砂塵《さじん》粒子だった。

寸前のところで彼女を抱きかかえると、粒子が自分たちを取り巻いて、まるで円環を描くようにして密度を高めていった。

それは巨大な厚い氷の繭《まゆ》となって、ふたりの姿をそっくりと覆い隠した。

10

ノエル・シュテルンは、舞台の上にいた。

目の前には映写機が置いてある。からからと回るフィルムが、セピア色の映像を送り出している。「起」と表題が流れる。

映ったのは本宅の庭だ。ワンピースを着た自分が、だれかを追いかけている。逃げているのは、シュテルン家の使用人のマスクを被《かぶ》る少年だ。これは、鬼ごっこの最中だ。

鬼役の少女が転んでしまった。すぐさま少年は足を止めて、様子をうかがった。少女が動かないままだと知ると、あわてて起こそうとする。そのとき、少女はきゅうに起き上がって、手を伸ばして相手のマスクにタッチした。やった、と彼女は喜んだ。これでわたしの勝ちよ！

演技だったのだとわかると、少年はほっと胸を撫《な》で下ろした。いっしょに遊んでこそいるが、まかりまちがっても、少年は相手をけがさせるわけにはいかない立場なのだ。幼いながらも苦労を抱えている少年の事情をろくに知らず、少女のほうはキャッキャと喜んでいる。

このときはまだ、なにも起きてはいない。

ただ、いっしょにいると楽しい、ちょっと年上の幼馴染《おさななじみ》だと思っているだけ。


次に「承」と表示される。さきほどよりも身体の大きくなった少年が、執事たちの宿舎の前で訓練に励んでいた。

木陰のなかで、少女がその様子を眺めていた。この時間に本宅から少し離れたこの場所まで来ると、使用人たちの訓練姿が覗《のぞ》けることを彼女は知っているのだ。

レイピアを懸命に振る少年を、彼女は幹に隠れてじっとみつめている。そのマスクのなかの表情は透けない。それでも観賞するノエルには、彼女がどういう顔をしているのかわかる。

訓練が終わると、少女は駆け出していった。少年に声をかけるも、首を振られる。どうやらなにかを頼み、そして断られたようだ。となりにいた執事長にも、なにかを諭される。

もう、ふたりは昔のようには遊べなくなっているのだ。

自室に戻ると、少女はむすっとした顔で考え事をした。なにか、いい策を考えなければ。

お嬢さまと執事なんてつまらない。こんな変な関係じゃなかったらよかったのに。

章が「転」となる。少女は機嫌よく鼻歌を歌っていた。となりには、ずっと身長の高くなった少年が立っていた。紅茶を淹《い》れる彼の横顔を、少女はちらと盗み見た。

昔はもう少しだけ輪郭《りんかく》が丸かった気がする。高い鼻とシャープな顎《あご》。かわらないのは鋭い目つきと、素顔のときは欠かさない眼鏡くらいのものか。

ふと、視線が合った。ほんのわずかにだけ微笑《ほほえ》んで、もう入りますよ、お嬢さま、と彼は言った。それから、ほかに用がないかを聞いてくる。

なにもないわ、と少女は答えた。

本当は、言いたいことがたくさんある。ふたりのときは、昔みたいに砕けた話し方をしてくれたらいいのに。こんな距離の感じさせる敬語なんかやめてくれたらいいのに。

心に秘めているものがたくさんある。それでも、それを口にするなんて考えられなかった。

少女は、こんどは突っ伏して、赤らんだ顔でもういちど相手をみた。お嬢さま、お行儀が、と諭されて、しぶしぶもとの姿勢に戻った。

もどかしい。

変化がほしい反面、ほしくない。知ってほしいが、本当に知られてしまうのはこわい。

だから少女は、問題を後回しにする。

今はまだ、タイミングが悪いだけ。この日常がずっと続けば、いつの日か、きっと。

最後に「結」を迎える。

少女の願いに反して、ふたりの日常は続かなかった。思いもよらぬかたちで、自分たちは終わりを迎えてしまった。

窓の外では、少年が同僚たちに見送られて車に乗るところだった。もう主人とは別れを済ませており、あとは去るだけという姿を、少女は見送っていた。

その姿がすっかりみえなくなってしまうと、その場にしゃがみこんで、大声で泣いた。いつか涙が枯れるかと思いきや、そんなときはこなかった。幼い少女にとっては――狭い鳥かごのなかで生きる彼女にとっては、それはひとつの世界の終わりにも等しい別れだった。

少女は文《ふみ》を待った。かならず届けると約束させた手紙の到着を、待ち続けた。来る日も来る日も待っていた。年がら年じゅう冷えている偉大都市《いだいとし》の、涼しい時期と、肌寒い時期と、とても寒い時期と、凍えるように寒い時期が、それぞれ巡っていく。

なのに、いつまで経っても手紙はこなかった。少女は不安になり、執事長にたずねた。が、だれも彼の行方を知らないという。音信が途絶えたということは、彼の身になにかあったのではないか――いちどそう疑うと、食事が喉《のど》を通らなくなった。

それから間もないうちに、ようやく一通の手紙が届いた。その手紙はふしぎで、送り主の住所が書かれていなかった。それでも、字はたしかに彼のものだった。内容もまたふしぎだった。自分の無事を報《しら》せているだけで、それ以外にはなにもない。

彼の移り住んだ土地がどんなところで、どういう生活を送っているのか、少女の知りたいことはなにも書かれていない。だが、とりあえず無事を知って、少女は安心した。

手紙は、また送ってくれるはずだ。

そしていつか、きっとまた会える。

そのときは、自分にも勇気が芽生えているはずだ。ずっと言えなかった言葉が、口にできるようになっているはずだ。

少女は手紙を大切にしまうことにした。自分たちの写真を集めたアルバムに挟むと、毎日のように見返して、思いを巡らせ、続報を待ち、星の浮かぶ夜空を見上げた。

それきり、報せはにどと届かなかった。


「結」が終わる。しかしひとつの物語が終わりを迎えようと、生きている限り、人生は当然のように続いていく。ひとたび坂を転げた車輪が、そう簡単には止まらないのと同じ要領で。

少女の世界は、ほんの少しずつ広がっていった。昔に比べて徐々に視野が広くなり、わがままを言わなくなり、それなりにはいろいろなことがわかってくる。

新しい日々を送るなかで、それでも少女はかつてのことを忘れられないでいた。

自分のことをバカだとは思っている。一刻もはやく忘れるべきだ。こんなにも長いあいだ連絡をくれないのだから、相手はきっと、本当は自分のことなどどうでもよかったのだ。

仕事だから、しかたなく相手をしてくれていただけなのだ。

だというのに、どうしてわたしは……

彼が自分の名を呼ぶときの、落ち着いていて静かなのに、どうしてか冷たくない、むしろ温かみのある声を思い出すと、きっとそんなことはないはずだと、そう都合よく思ってしまう。

ある日のこと、少女はニュースをみていた。最近人気の歌唱ユニットが、アサクラ社の所有するライブホールでコンサートを開き、大絶賛を受けているのだという。彼らの曲は偉大都市《いだいとし》のみならず、外の世界にまで広まりつつあると、アナウンサーは言っていた。

ふと、少女の頭にある考えがよぎった。

向こうが報せてくれるまで、自分たちは永遠に音信不通だと思っていた。だが、もしかしたら……やりようによっては、そうとも限らないかもしれないと、気づく。

「——有名に、なれば」

偉大都市じゅうに……いや、偉大都市の外にまで広がるくらいに、有名になれば。

相手に、自分の今を伝えることができるのではないか。いや、それだけじゃない。

もしそれが、昔の自分と違って、ずっと格好よくて、魅力的だったとしたら？

そこまで考えてから、すぐに少女は首を振った。おろかな妄想だ、自分なんかにできるわけがない。ばかな考えはやめようと、思考を切り替えようとする。

それでも、ただ夢と呼ぶにはあまりにも夢見がちな考えが、いつまでも頭を離れなかった。


突然、映写機の再生が止まった。

ノエルは振り向いた。そこには、観客たちがいた。

そうだ。ぼうっと映画なんてみている場合ではない。これからコンサートなのだった。

緊張は、もう慣れっこだった。舞台に立つようになっても小心者のままだったが、かわりに本当の自分を、弱いノエル・シュテルンを隠して、偶像《アイドル》として振る舞う術《すべ》を会得していた。

第一、これは周年式典の特別なステージとは違う。あれの緊張は、格別だった。

もし自分の歌う姿が都市の外まで届けられるとしたら——彼にみてもらえるとしたら、あの舞台のはずだったからだ。

さっそく、ノエルは歌い始める。

この歌を届けたい相手が聴いてくれているのか、いつか聴いてくれるのかもわからない。

まるで虚無に向けて声をかけ続けるかのよう。

それでもノエルは歌に色を乗せる。人が知れば、きっと狂気じみた執念だと笑うだろう。

だからこそだれにも明かしていない真実を、大衆に向けた恋歌のなかにひっそりと隠して、ありったけの想いを叫び、届けてきた。

ライブの最中、ひとりの客にノエルは目を留めた。

知らないマスクだ。細い、白い、男の人が、暴れている。興奮したファンが問題を起こすのはままある光景だが、それでも少し、目に余るくらいの素行をしているようだ。

本当にまずかったら、スタッフさんが止めてくれるとは思うけど……。

ノエルはなぜだか、彼の姿から目を離すことができなかった。だれかに似ている気がする。自分のよく知る、あのひとに。この場にいるはずのない、大切な幼馴染《おさななじみ》に。

そんなはずはないというのに。

それでもノエルは、ありえない可能性を無視することができなかった。

もし歌うのをやめて、舞台を捨てて、話しかけにいってみたらどうなるのだろう。

ああ。会いたいなぁ、とノエルは思う。

もういちどだけでいい。そうしたら、自分は前に進めるかもしれない。ちゃんとした大人になって、父の言う役割とやらを受け入れられるようになって、変われるのかもしれない。

「リオ……」

つぶやき、思わず歌を止めてしまう。

ほかでもない自分が望んで立ったステージだというのに、みずから歌声を消してしまった。

果たして、その罰なのだろうか。舞台が瓦解して、ノエルは落ちていく。燃え盛る底へ。冷気の広がる下へ。だれかの血が滲《にじ》む床へ。――夢の奥地へ、ノエルは堕《お》ちていく。

*

歌声は止まり、空間は白んでいた。

強い冷気がただよい、白波のような塵《じん》のベールが、あたりを満たしている。

氷の繭《まゆ》の内側、シーリオの腕のなかで、彼女は目を瞑《つむ》っていた。その肌は、死人のように青ざめていた。それでも、目にみえる場所には外傷がない。クリアマスクは割れているが、彼女自身を傷つけてはいなかった。

迷いなく、シーリオは自分の仮面をはずした。インジェクター装置のバンドだけを残して取り払うと、眼鏡をかける。破損した相手のマスクを脱がせて、かわりに自分のマスクを着用させようとした。そのとき、相手が目を開いた。

彼女の持つ巴旦杏《はたんきょう》の瞳《ひとみ》が、大きく震えた。

「ああ、わたし、夢をみているのかしら。リオが、いるわ。こんなところにいるはずないのに」

「……お嬢さま」

「どこにいたのよ、リオ。ずっと――ずっと、探していたのよ。心配、していたのよ。会い

たかったのよ。なのにあなたは、いつまで経っても、ろくに報《しら》せもくれないで……」

シーリオには、わからなかった。

この虚ろな目をしたノエルがいるのが、現実なのか、それとも夢幻なのか……。

それから、いや――と思い直した。どちらでも構わない。

今は、時間がない。ほんのわずかたりとも。

大切な主人が砂塵《さじん》の毒を吸わぬようにと、シーリオは白面のマスクを着用させた。

ちょうどそのすぐあとで、繭《まゆ》の外壁に、戦車蜘蛛《ぐも》の大槍《やり》が突き刺さった。

深々と貫通した槍は熱されているのか、じゅわじゅわと音を立てて氷を融解させていった。

槍がその自重に耐えかねて落ちるよりも先に、次弾が到来した。

最大硬度を誇る氷の壁があっけなく破壊されて、水の粒を撒き散らした。

繭が開くと、途端に呼吸さえも難するような熱気に包みこまれた。

祭壇の間には、今やすっかり火がまわりきっていた。震動はここにきて増しており、天井のシャンデリアを大きく揺らして、側廊の内装のことごとくが落下している最中だった。

火と砂塵と蒸気が作る、まさしく混沌とした視界の向こうに、大司教ベルガナムの、異形のシルエットが浮いていた。

「――戦火のなかで、敵に背を向ける。粛清官《しゅくせいかん》としては正解かもしれませんが、混沌を成さんとする戦士としてはいただけませんね、ナハト警弐級《けいにきゅう》。さあ、続きを！」

戦闘狂の宗教徒が、高らかにそう叫んだ。

衰弱した様子のノエルの周囲に、可能な限り厚い氷の壁を残すと、シーリオは最後の戦いに向けて立ち上がった。

「……リオ。また、行ってしまうの？」

その背に向けて、声をかけられた。

「お願い。その前に、ひとつだけ教えて。あなたが連絡をくれなかったのは、わたしのことなんて、とっくに忘れてしまったから？　もしそうなら、そのまま振り向かずに行って。そうしたらわたしも、がんばって、あなたのことを、忘れるわ……」

その声は、なぜだかあどけなく、まるでいつかの少女のように聴こえた。

途端、なによりも強く名残惜しさを覚えて、シーリオは振り向きたくなった。

それでも、そうすることはなかった。

この状況で、御家に仇《あだ》なす者から目を離すわけにはいかない。だがそれでいて、問いに答えぬわけにも、嘘《うそ》を告げるわけにもいかなかった。

「お嬢さま。私がお嬢さまにお仕えした日々を忘れたことは、ただのいちどもございません。それでも、私は行きます。あの日から私は、とうに夜。シュテルンのための剣ですので」

そう言葉を残して、シーリオは進んだ。

けして振り向かずに、敵のもとへと。

「……ああ、よい表情です。やはり塵《じん》を恐れる面など、真の戦士には不要ですね」

子どものごとく無邪気に、それでいて悪鬼のように醜悪に笑いながら、司教ベルガナムはこちらを見下ろしていた。

「あなたの目は、まったく死んではいない。その目に宿る光をみていると、この敗戦濃厚の状況でも、なにかをしてくれるのではないかと、心が期待に震えます。ああ、高位なる器よ。あなたは、その身に赦《ゆる》された女神の奇跡で、いったいなにをみせてくださるのですか」

それは——と、心で答える。

それは、その身をもって知るといい。

Cレイピアを構えて、シーリオは仕掛けた。


——あくまで砂塵《さじん》戦闘の理《ことわり》で、考えるならば。

もはやこの時点で、シーリオには有効な手立ては存在しないはずだった。

これまでの激闘のなかで、シーリオに可能な技は、ほとんど明かしていたといっていい。

それどころか、粒子展開の速度や、実際に対象を凍らせるまでに要するタイムラグ、能力を連発するのに必要な間隔など、戦いが長引けば長引くほどに、こちらの情報は伝わっていく。

これほど戦術を知られてしまえば、本来は勝負に出るための隙《すき》を作り出すことはできない。

隙を作るとは、意表を突くこと。

すなわち、未だみせぬ奥の手を使うこと。

それがひとつだけあった。この状況でなら——猛火の広がる戦場でなら、シーリオが単身ではできないはずの大技が、たったひとつだけ。

戦車蜘蛛《ぐも》が、右手に大槌《づち》を、左手には槍《やり》のごとき装甲を構えていた。すでに加熱されているのか、その先端は白熱化している。凶悪なふたつの武具を振るい、ベルガナムが迫った。

対して、シーリオはその場を動こうとしなかった。

おこなうべきは、もはや回避でも、攻撃でもなかった。必要なのは、ただ正確な粒子操作を念じることだけだ。

腕を掲げたシーリオの頭上では、粒子が渦を巻いていた。

怒髪冠を衝《つ》くかのように、水色に光る粒子が宙を制覇している。

大槌が振るわれる直前に、シーリオは力を解き放った。途端、巨大な冷気の一団が、流れるように自分たちを襲った。猛火の渦中、うだるように熱された空間に合流すると、みえない空気同士が激しくぶつかり合い、強烈な上昇気流を巻き起こした。

ゴワァッと、竜巻に呑まれるかのように、ふたりの身体が高く、高く舞い上がってゆく。周囲の炎を風圧で失せさせ、散らばる内装すべてを巻き込むほどの強風によって。

「なッ、に……!?」

完全に予想外だったのだろう、ベルガナムは驚愕《きょうがく》に声を上げた。

対照に、シーリオはどこまでも冷静だった。火事場での戦闘経験に富むシーリオは、この特別な秘策をこれまでもなんどか使ったことがある。

これで、隙《すき》は作った。

あとは、矛先をはずさぬだけだ——

吹き荒れる激流のなかで、シーリオは人生で初めて手にした武器——刺突剣を、照準する。

官林院《かんりんいん》の教官よりも先に、自分に戦闘の基礎を教えてくれたのは、先代の夜だ。

あるじを守るために磨いた技術を、今このとき、シーリオは万全に発揮せんとする。

(——一刺入魂)

狙《ねら》うは、ベルガナムの胸部。堅牢《けんろう》な装甲を持つ敵を討つために死に物狂いで打った楔《くさび》は、今や些細《ささい》なひびとしてあらわれていた。

だが、十分だ。こと物質の靭性において、0と1の差は、天と地ほどに大きい。

Cレイピアの根元が光った。

直後、神速の刃が伸びる。レイピアのなかに蓄えていた粒子をすべて使い切り、シーリオの作れる限界の硬度を持った氷の剣が、ベルガナムの胸に突き刺さった。

まだ、わずかに威力が足りない——そう悟ると、躊躇《ちゅうちょ》なく黒晶器官《こくしょうきかん》を稼働させた。

すでに限界を迎えていた器官がとうとう血を噴き、不可逆のダメージを残した。かわりに不足分の粒子が注ぎこまれ、剣は鞏固《きょうこ》に、より威力を増し、敵を穿《うが》たんと尖《とが》った。

「貫、けエエエェェ――――――――ッッッ」

想いが。

もし、決定的な結果を残すとするならば。

背後に守らなければならない者のいる男の叫びが、届いたということになるのだろう。

「おお。なんと、すばらしい、光か……っ」

司教がみずからの胸を眺め、そう口にした、次の瞬間。

全力の刺突剣が装甲を貫き、内部に秘めたベルガナムの心臓を破裂させた。

上昇気流の突風が止み、舞い上げられたもののすべてが堕《お》ちていく。シーリオの身体を受け止める者はいなかったが、それでも構わなかった。

どこか懐かしい感覚――

自分は役目を果たせたのだという充足感が、全身を包んでいった。

＊

意識が遠のきそうになる。

朦朧《もうろう》とした視界がこれ以上薄れぬように、燃える火の欠片《かけら》であえて掌《てのひら》を焼いて、シーリオは立ち上がった。

地獄の底のような光景が、目の前に広がっていた。

倒れた異形の男の傍《そば》に、光る物をみつけた。

――林檎《りんご》だ。シュテルンの守るべき秘宝が、落ちていた。それを拾い上げると、シーリオはふらつく足で、大切なあるじのもとに帰ろうとした。

最大の関門は、抜けた。

あとはノエルを安全なところまで連れていくだけだ。もう砂塵《さじん》はひと粒たりとも出せないが、きっと連盟の勢力がそう遠くないところにいるに違いない。

だが、いざシーリオが踵《きびす》を返そうとしたとき。

目端に捉えたのは、うごめく影だった。

ベルガナムの身体が、うぞるうぞると、動いていた。その内部がおぞましく躍動して、激しく隆起を繰り返している。

「フ、フフ……」

いったいなにが――と疑問に思うより先、笑い声がした。

「ああ――ああ、すばらしい一撃でした。あなたには、心からの賞賛を、贈らせていただきたい。本気の混沌のなかで、真正面からひ、ひ、ひとつ、うしなうのは、果たしていつぶりか……」

ゆっくりと、相手が起き上がった。

口からはひと筋の血を垂らし、胸には穴が空いてこそいるが、死んではいない。

大司教は、復活していた。

（バカな――）

自分はたしかに、相手の心臓を刺したはずだ。氷の感覚越しに、内臓の破裂を感じ取ったはずだ。だというのに、なぜ……。

「そう驚かずともよいでしょう。すでにして申し上げたはずです。わたくしは、幾多の女神の祝福を受けていると。もはや人の身など、完全に辞しているのだと。そう、目に視《み》えぬ身体の内側でさえも」

「まさか、貴様は……」

「ええ。わたくしは、この身に七つの心臓を有しております。いえ、厳密には心臓ではなく、主要な臓器の代替《スペア》となる組成を持っている、といったほうが正しいですが」

平然と、ベルガナムはそう答えた。

信仰のためには当然の肉体改造であると、そう言わんばかりに、あっけからんと。

つまり、この相手はこう言っているのだ。

あと六回刺さねば、死なないと。

「ああ、高位なる器よ。あなたの混沌は、世界を生き抜く力は、じつにすばらしかった。さしものこの身も、限界が近い。それは、認めましょう……」

よろよろと、ベルガナムが歩み始める。

満身創痍《まんしんそうい》――それでも、彼がまだやる気であることは、火をみるよりもあきらかだった。

「とはいえ、生きてさえいれば、混沌とはなんどでも挑むべきもの。際限なき闘争の果てにこそ、殉教の精神は試されるのですから。さあ――ぜひに、死闘の続きを……！」

狂信的な執念を抱く司教が、大槌《づち》を振り上げた。

互いに死に損ないの身。

それでもまだ戦闘が続こうという、まさにそのとき。


凶器の一撃が、止まった。

シーリオがみたのは、宙を描く白銀色の軌跡。その軌跡はベルガナムの放った一撃を真正面から受け止めて、それどころか容易に弾き飛ばした。

シーリオの目前に、何者かが立ちはだかる。

巨大な背中――少年のころにあこがれ、それからずっと追いかけていた背が、そこにある。

「よォ。無事かよ、シーリオ」

今や聞き慣れた野太い声。火の粉のような砂塵《さじん》粒子をその身にまとわせ、つねにして笑うかぼちゃのマスクが、敵から目を離さずにそう言った。

「タイダラ、警壱級《けいいっきゅう》。なぜ……」

「悪ィな、遅れてよ。いや、今回ばかりは本気で悪いと思っているぜ。だが詫《わ》びも弁明も、全部は後回しだな」

「おお。どなたかと思えば、これは、これは……！」

と、ベルガナムが狂喜の表情を浮かべる。

「なんと嬉《うれ》しき誤算《サプライズ》か。かの高名な粛清官《しゆくせいかん》が、この土壇場で来てくださるとは！　やはり今宵《こよい》は、運命の重なり合う日か。火事場殿、お噂《うわさ》はかねがね！　ぜひにあなたの奇跡を知りたいと、常日頃から思っておりました」

「おまえ、そのぼろぼろの身体でやる気か？　ならとっとと来いや、蟲《むし》野郎。こちとら、てめェの御託を聞き流すような時間も惜しいもんでな」

「願ってもおりませんとも！　すばらしき闘争のためならば、かりにこの身朽ち果てようとも目は背けません。ああ、ぜひ真なる混沌を、このわたくしにィ……！」

割れた装甲を気にも留めずに、いざ戦闘を再開せんと、ベルガナムが前傾に構えた。

そうして、燃え盛る祭壇の大広間では、最後の粛清戦がはじまろうとしていた。

これは、中央連盟の作戦が開始してしばらくが経過した、日の回る境の出来事。

時計の長身と単身が頂点で重なる時間――かつてこの世に砂塵があらわれた瞬間と伝えられている時刻――には、本殿の頂点にある大時計が、決まって福音の鐘を鳴らす。

だがその音は、この場に駆けつけた警壱級粛清官と、身を引きずりながらも戦いに邁進《まいしん》しようとする大司教の、その開戦の火ぶたが切って落とされる合図とはならなかった。

むしろどちらかといえば、休戦を報《しら》せる鳴音といえた。


「──そこまでになさい、司教」


両者の境に、線が走った。地が割れ、大きな切れ込みを作ってふたりを分断する。

声がしたのは、頭上だ。

祭壇の間の、三階。女神の天井絵が描かれた天井の、すぐ真下。

バルコニーのごとく祭壇を見下ろせる場所に、ふたりの人物が立っていた。

片方は、黒百合の花弁を模した仮面を被《かぶ》る、黒いドレスの女。

もう片方は、包帯の巻かれたマスクを被る、白衣を着た男だ。

「寡婦……」と、見上げたベルガナムが口にした。「なぜ、あなたがこちらに？」

「なぜもなにもないでしょう。シュテルンの林檎《りんご》を奪ったという報せのあと、まったく音沙汰《おとさた》がないのだもの。どうせ自分のところの教団を使って勝手を起こすつもりだろうと思ったら、想像どおり……いえ、想像以上ね。あなたも踊り子も、プレイヤーとしての自覚がなさすぎる」

寡婦と呼ばれた女は、大火のまわる祭壇の間を見渡すと、あきらめるように首を振った。

「戻りなさい、司教。どのみち、もうろくに戦える状態でもないでしょう」

「お断りします。今は、神聖な混沌《メイヘム》の最中です。それも、ごく特別なる混沌の！　これを放棄するなどという冒瀆《ぼうとく》行為は、わたくしにはできませんとも！」

「冒瀆？　あなたの信仰に興味はないけど、冒瀆というのなら、この身勝手なふるまいこそがそうではないの？　あなたの求める大混沌は、あくまでこの先にあるものよ」

――大混沌。そう聞いたベルガナムの笑みが消えて、かわりに険しい表情が浮かんだ。

苦々しく歯軋《はぎし》りをすると、「……林檎が」と、言葉を吐く。

「林檎が、相手の手に渡っております。それでもよろしいと……!?　あの御仁の約束したものは、かの忌まわしき道具がなくては成せないものなのでは？」

「かまわないわ。今回、わたしたちの欲したものは波風よ。シュテルンの林檎なら、連盟側にまわってもさして問題はない。あなたの仕事はとうに済んでいるし、もうやるべきこともないの。とにかく戻りなさい。あまりなんども同じことを言わせないでもらえるかしら」

ベルガナムが、震える槌《つち》の振り下ろす先を探していた。

その震えが、ぴたりと止まる。

ふたりの粛清官《しゅくせいかん》を、いかにも惜しそうにみつめると、

「楽園殺し。たしかに、それこそがもっとも優先されるべき、女神に捧げる供物か――」

と、つぶやいた。

「……よい、でしょう。それが女神のためであるならば、教義には例外も認められる。この場はひとたび預けることに、いたしましょう」

「おい、勝手に話を進めてんじゃねェぞ。てめェらの退《ひ》く退かねェは、おれが決めることだ」

ボッチが三階に向けて、そのかぼちゃ頭を上げた。

「その黒百合のマスク……マダム・ドルトラだな。てことは、おれの予想どおりか？　咎人《とがにん》どもが檻《おり》抜けてなにする気かは知らねェが、迎える末路は同じ穴の底に帰ることだぜ」

「……火事場のボッチ。あなたは、あの日には関係がなかったわね。それでも、連盟に従うならば罪は同じよ。いずれ迎える楽園の死が、そのままあなたたちの死になる。それまでは、その欠片《かけら》の林檎《りんご》を大切に保管していなさい。そう、けしてだれにも渡さぬように」

寡婦が、踵《きびす》を返す。

その背に向けて、ボッチが腕を構えた。

「待てっつってんだよ。このおれから逃げられると思ってんのか」

「そうね。たしかに、あなただけなら苦労するかもしれないわね。でも、今はそうではないでしょう？　引き時を知るべきなのは、あなたも同じなのではなくて？」

寡婦の隣に立つ包帯の仮面の男が、砂塵《さじん》粒子を操った。

光が迸《ほとばし》り、祭壇の間の天井を繰り抜くようにして駆ける。次の瞬間、さきほどの床と同じように分断された天井が、ずずずと音を立ててスライドしはじめた。

「ちっ……」と舌打ちすると、ボッチはシーリオを抱えて、さらにはその奥に眠る、氷に守られたノエルのもとへと急いだ。

火柱の向こうで、ベルガナムの巨体が跳躍した。

「——ナハト警弐級《けいにきゅう》。今宵《こよい》はまことに、まことにすばらしき奇跡の体験を賜りました。次なる機会に恵まれたときには、ぜひわたくしと、もういちど本気の混沌《メイヘム》をお願い申し上げます。双方どちらかの命が潰《つい》え、灰燼《かいじん》となりて女神の胸元に還るまでを試す、美しき混沌を——……」

大広間の天蓋《てんがい》が降って落ちて、鼓膜の割れるような轟音《ごうおん》が鳴り響いた。

*

それと、ほとんど同時刻のこと。

本殿からほど近い西門。

〝怪異錬成〟サリサ・リンドールの姿は、すでに跡形もなかった。建造物ほどのサイズを誇った彼女の融合体は、そのほとんどが斬《き》られて散らばり、今や人のかたちに戻っている。

ただの女性のすがたで、瓦礫《がれき》のうえに倒れている。

それを見下ろす、歴代最硬を誇る粛清官《しゆくせいかん》――ロロ・リングボルドが、確固たる口調で言ってのける。

「ご覧のとおり　きみの負けだ　サリサ・リンドール」

「……くそっ、たれ」

虫の息のサリサが、血の混じる声で吐き捨てた。

「恨み事なら工獄で頼むよ　そこでならいくらでも聞いてあげよう」

ロロが機械式のブレードの先端を掌《てのひら》で押した。柄のなかに刀身が呑まれていき、すっかり小型の携帯武器のかたちに戻してから、次にサイレンを鳴らした。

二度目の警報は、ロロの秘密の粛清が終わった証《あかし》だ。彼の直属として働く補佐特別課の面々に加えて、伏せていた粛清官たちもまた顔をあげた。

「リングボルド警壱級《けいいっきゅう》！」と、隊員たちが駆けつける。

「彼女に薬を打って拘束を　第一等粛清対象だ　やりすぎるくらいでいい」

「はっ。警壱級はどちらに」

「このまま本殿に向かう　さっきから音がしているのが気がかりだ　だれかが僕の計画《プラン》を邪魔しようとしている」

そうして、ロロが先に向かおうとしたとき。

何者かが、上から降ってきた。

サリサを回収しようとする者たちの前に降り立ち、彼らの身体を吹き飛ばす。

「なに……!?」

「敵の増援か……!」

銃を構える彼らに向けて、襲来者はパール色の砂塵粒子《さじん》を放った。

「――動かないで!」

機動隊の面々に粒子が絡まる。敵の砂塵粒子に包まれるのは額に銃口を突きつけられるのも同義で、彼らのトリガーを引く指が止まった。

その襲来者の女は、いっぷう変わった服装をしていた。ダスト教とは異なる、またべつの宗教色のある修道服に身を包み、梟《ふくろう》のマスクを被《かぶ》っている。

「そのマスクは――」と、ロロが言った。

「いったいどういうことだ　きょうは亡霊でも蘇る日なのか　僕の見間違いでなければ　懐かしい零番街解放戦線の副長のマスクのようだが」

「見間違いではないわ。この仮面は、あなたが殺した男のものよ」

強い怨嗟《えんさ》のこもった声で、相手が答えた。

「わたしはあなたを、許さない。わたしの村を燃やした、あなたたちを。彼を獣に変えた、あなたたちを……!」

彼女の操る砂塵が、怒りに呼応するように、まとうおぞけを強めた。

そのとき、隊員のひとりがうろたえ、発砲しようとした。

「っ……、動かないでと、言ったでしょう！」

彼女が叫ぶと、銃を構える隊員たちの腕が急激に膨張し、バンと破裂した。

そのタイミングで、ロロが牢鎖《チェイン》を生み出した。間隔の細かい鎖を折り重ねて、部下たちを覆い隠すようにして守ると同時、襲来者を捕らえるためにべつの牢鎖を伸ばした。

が、そのときにはすでに、相手の姿はそこにはなかった。

西門広場の壁。そこに空いた穴倉にまで跳んだ梟《ふくろう》のマスクの女が、サリサの身体を抱えて見下ろしていた。

「覚えておいて、ロロ・リングボルド。わたしが、いつかかならず、あなたを……」

梟の女が、なにかをピッと投げつけた。

次いで、撒いていった粒子の力を解放する。触れたものがいっきに膨張し、高圧の爆破現象が起きる。濃い埃《ほこり》が晴れたときには、もうその姿はなくなっていた。

「け、警壱級《けいいっきゅう》。い、今のは！」

「追わなくていい　それよりも本殿のほうが大切だ　が」

ロロの目の前には、一枚のカードが落ちている。

普段とかわらぬ平然とした声で、こうつぶやいた。

「そうか――　復讐者《ふくしゅうしゃ》　か」

それは燃え盛る蠟の描かれた、トランプ然とした一枚の札だった。

*

崩れ落ちた天蓋《てんがい》によって、奇しくも炎の大半は鎮火していた。

中央連盟の増援部隊が辿《たど》り着いて、塵神殿の本殿の前では、多くの連盟員が周辺の調査をおこなっている。全体の被害状況や各主要戦力の生存報告が飛び交い、粛清対象の無力化と拘束が遂行されている。

シーリオ・ナハトは、限界を迎えて倒れていた。

すべてを絞り出した男の手には、大切なひとの手が握られている。眠りにつき、こんどこそ名実ともに夢のなかにいるであろう、世界でもっとも大切なひとの掌《てのひら》が。

「ありがとうございます、タイダラ警壱級。私は、またあなたに救われました。そして今回は、彼女の命さえも……」

「なにバカ言っていやがる。歌姫を守ったのはおまえだろうが、シーリオ——誇りに思えよ。そういうことをすんのが、粛清官《しゅくせいかん》の本来の仕事なんだからよ」

シーリオは手を握る力をわずかに強める。

あまりにも多くのことがあり、現実味の薄れていた一日のなかで、彼は幻視を恐れている。

それでも、その感触だけは、まったく疑いようのない――

彼が守り抜いた、真実のぬくもりだった。

楽園殺し《らくえんごろし》

夜と星の林檎

Apple on stars, all under night.

4

Epilogue／とある粛清官の話

空前絶後の大事件が、幕を下ろした。


事件にかかわっていた各関係者の容態が回復し、徐々に事情聴取に応えられるようになったのは、零番街における作戦が完了した翌日からだった。

中央連盟の情報部の職員は、昨年の獣人事件ぶりに眠れぬ毎日を過ごすことになった。連盟が総力をもってしても被害者数の特定さえ数日を要する事態は極めてレアケースであり、そのうえ情報規制と入念な検閲に奔走《ほんそう》させられていた。

また、単純な連盟の権威問題のみならず、主犯の公開と手口の公表はさまざまな面から悪影響が及ぶ可能性があり、その点が上層部では物議を醸した。差し当たり、事件後の初の本部発表では、たんにダスト教徒の過激派が起こした無差別テロということになり、それ以外の情報は頑として伏せられることとなった。

肝心の責任問題は、主要の警備を務めていた連盟側が全面的に取ることに決まった。会場の提供側であるアサクラや、演者側の主役であったシュテルンにかんしては完全な被害者であるというシナリオを貫くのが報道の核たる姿勢となり、随時発表が重ねられていく。

第一情報室副室長、アンドレ・バラニスタが舵を取った報道処理は、非常に巧みといえた。

批判の矛先が連盟のみに向かぬよう、ダスト教徒の過去の虐殺行為を広く公開し、また記録では三十九年ぶりに、公的な場で地下街について言及した。連盟の管轄外にある者たちの野蛮さを糾弾し、それにより地上の結束を強めるという荒業を用いる。しわ寄せというかたちで、異端派ではないダスト正教会に強いバッシングが向くことにはなったが、いざ金銭で解決できるところまでいけば、あとは時間が解決する。

そう、多くの物事は時間が解決してくれるものだ。

だが、そのなかでももっとも完治に時間を要するのは、如実に血の赤さを知った者たちだ。

偉大都市《いだいとし》暦一五〇周年記念式典テロ。

確定した連盟関係者の死傷者数は一〇二名、総負傷者数は四〇九名。

現場にいた粛清官《しゅくせいかん》の活躍もあり、あの規模の襲来にしては最低限に抑えられた人的被害は、しかしやはり、どうしても重たいと言わざるを得なかった。

死亡者の半数は警備を務めていた中央連盟の職員だが、一般の賓客にも甚大な被害が及んでおり、偉大都市の歴史でいっても、過去最大級のテロ被害として記録された。

そうして、延期開催された記念式典は、のちに〈血の祭典〉という不名誉な呼び名とともに人々の記憶に深く刻みこまれることとなった。

会場であるアサクラ・アミューズは、長期の休園を迎えた。

事件の中心部だったセレモニーホールは厳密に閉鎖されて、あらゆる事後処理が施された。零番街と繋《つな》がりうる地下通路は丸ごと埋めるという方針で早々に確定し、長らく偉大都市《いだいとし》の文化的シンボルであった同ホールは取り壊しが決定、およびこの痛ましい事件を記録するためのメモリアルを建立する予定であることが、連盟企業アサクラ社によって発表された。


事件から数日後のこと。

封鎖されているセレモニーホールをたずねる人影があった。

テロの被害者のひとりである彼女は、周囲の反対を押し切ってその場をおとずれていた。付き添い人として、自身も襲撃に巻き込まれて軽傷を負った、彼女の専属マネージャーが傍《そば》についていた。

彼女は、自分が立った舞台を眺めた。

遺体はすべて回収されていた。塵工《じんこう》薬品によって拭《ぬぐ》い取られた会場には、すでに血の匂いは残されていない。それでも、彼女はその場で起きた惨劇の残滓《ざんし》を感じ取り、深く黙禱《もくとう》した。

長い哀悼は、日が暮れても続いた。

みかねたマネージャーが彼女の肩に手を置いて、なにかを懸命に語りかけた。彼女は首を振ると、その場から立ち去っていった。その瞳《ひとみ》からは、涙がこぼれていた。

＊

ノエル・シュテルンは、どこか靄《もや》がかかったような視界を意識していた。

事件の説明を受けて、ノエルには自分がかけられた砂塵《さじん》能力の正体がわかっていた。悪い夢をみせる砂塵能力が、自分を攫《さら》った主犯の持つ凶悪な力なのだという。

果たしてその影響が残っているのか、ノエルには奇妙な感覚が残っていた。医師が言うには、事件から数日が空けた今、ノエルが砂塵能力の影響下にあることはまずないらしい。

だとするならばこの靄の正体は、果たして記憶の混濁のせいなのだろうか。

ノエルには、事件の只中にあったはずの自分をうまく思い出すことができないでいた。

どこか知らない場所でライブをしていたような気がする。ともすれば、犯人が自分に歌わせていたのだろうか。

なにが現実でなにが夢だったのか、ノエルには判然としていない。

それでも、間違いなく現実の出来事だといえることがひとつだけある。

自分のせいで多くの人が事件に巻き込まれ、その命を落としてしまったというのは、まぎれもない事実だ。

ノエルは、エデンの仮園に帰る。

ゆるやかに長く続く坂の上。そこに建つ巨大な屋敷を——自分の生家を、たずねる。

父クルトの容態は聞き及んでいた。ノエルを取り戻すために交渉に向かった彼はけがを負い、メティクル・ホスピタル本院の集中治療室で三日三晩にわたる医療措置を受けたという。

その結果、クルトは一命を取り留めた。

その報《しら》せにノエルが胸を撫《な》で下ろしたのも束の間、悪い報せが続いた。

どうやら彼の黒晶器官《こくしょうきかん》は機能不全に陥ってしまい、クルトが大切にしていた砂塵《さじん》能力は、生涯にわたって使えなくなったという。もとよりクルトには能力を使う必要はなかったが、それでも浄化の力は彼の誇りであり、シュテルン家当主としての代えがたき象徴だった。

今、クルトは医療施設をそのままシュテルン家の本宅に移し、継続して療養している。

ようやく面会のできる状態になったと聞いて、ノエルは一目散に向かったのだった。

ノエルはこわがっていた。もともと体調を崩しがちだった父が、この凄惨《せいさん》な事件を受けて半死半生のような身になっていたらと思うと、不安でたまらない。

「ただいま戻りました、お父さま」

広い書斎の中央に設けたベッドの上で、クルトは横になっていた。ノエルの気分とは裏腹に燦々《さんさん》と光る陽の光を、カーテン越しに細い目で眺めていた。

ノエルは駆け寄り、父の手を取った。いっそう細くなった手首を持ち上げて、彼の脈がしっかりと動き、きちんと生きているのだということを、指先でたしかめる。

「お父さま。ご無事で、本当に……本当に、安心しました。もしこれでお父さまの身にも万が一のことが起きていたら、わたしは本当に、もう」

ノエルの瞳《ひとみ》から涙がこぼれた。それが手の甲に落ちて、クルトはようやく顔を向けた。

「なぜ泣く。ノエル」

そう問う父の顔には、ノエルが想像していたような悲痛さはなかった。顔色が優れないことを除けば、むしろ、かつての威厳が戻っているようにさえみえた。

「なぜって、お父さまはわたしのために犯人たちに会って、おけがをされたのですよね。わたしのせいで、危険な目に遭われたのですよね」

「……自責か」つぶやくと、クルトはノエルの手を離した。「ノエル。お前がただ、私の無事を喜んでいるのなら、それには私も喜びをもって応えよう。だが、わずかでもうしろめたさがあるのなら、それは心の奥に隠しておくといい。あらゆる疚《やま》しさのたぐいは、シュテルンにはふさわしくないものだ。にどと、そのような涙は流すな」

その冷たい口ぶりに、ノエルは父が怒っているのかと疑った。

だが、そうではないようだった。普段のように、栄誉ある一族の振る舞いを自分に説いているだけに過ぎないらしい。

そうした言葉を、これまでのノエルは疎ましく思っていた。だが今はどうしてか、すんなりと受け入れることができる。

それでも、彼の要求するような振る舞いは、ノエルにはできなかった。

「お父さま。わたしには、耐えられないのです。多くの方が、多くの無辜《むこ》の市民が、亡くなったのですから。お父さま、どうか教えてください。お父さまがわたしの活動に反対なさっていたのは、シュテルンのためだけではないのですよね？　連盟盟主の家の者が大々的に動くことで、危険な勢力に狙《ねら》われるかもしれないと、そう危惧《きぐ》されていたのですよね？」

今にして、ノエルは深く後悔していた。

かねてより父が警告し、実際に誘拐《ゆうかい》に遭った過去もあるというのに、ノエルは自分の夢を優先させて、家を出てしまった。今回の凄惨《せいさん》な事件は、そうした自分の身勝手な行動が招いたことだという考えが、どうしても拭《ぬぐ》えなかった。

「お父さまが正しかったのだわ。私は、歌手なんてやるべきではなかった。自分の立場をよく理解して、ただ与えられた役割を守るべきだったのだわ」

そこでノエルは父の顔をみつめて、可能な限り明るい声で言った。

「ご安心ください、お父さま。わたしは、ノエル・シュテルンは、もう金輪際、舞台には立ちません。お父さまのおっしゃるように、シュテルンの末裔《まつえい》としての自覚を持ち、貞淑に生きて参りますわ――」

それは、この数日で考えていたことだ。

これほどまでに考えなしでおろかだった自分には、もう舞台に立つ権利などない。

自分は成長しなければならないのだ、とノエルは思う。子ども時代の執着は捨てて、いいかげん大人にならなければならないのだ。

それは夢の光景が啓示した出来事でもあった。うまく思い出せない、おぼろげな夢幻のなかで、この九年にわたって抱いていた初恋への執着が終わりを迎えたのをノエルは悟っていた。

振り向かずに離れていく白い背中――それに向けて、さよならを口にしたのだ。

「そうか。わかった」

ノエルの宣言に、クルトは瞳《ひとみ》を閉じた。

これで療養ちゅうの父の心労がわずかでも減ればと、ノエルは期待していた。

だが次の瞬間、彼はかつてないほどに鋭い眼光をこちらに向け、こう続けた。

「よくわかったぞ、ノエル――お前が、依然としてシュテルンの精神のなんたるかを、まるで理解していないということがな」

その言葉の意味が、ノエルにはわからなかった。

「今にしてお前が舞台を降りることは、この私が許さない。歌うのだ、ノエル。今までのように、いや、今まで以上に力強く、舞台で歌え」

「どういうことですか、お父さま。だってお父さまは、ずっとわたしの活動に反対して……」

「私がつねに念頭に置くのは、シュテルンの尊き精神だ。今この段に至り、歌手をやめることがすなわち家名に背き、その誇りを地に堕《お》とすとならば、事情はまったく異なる」

クルトが半身を起こした。高さの合った目線で、続ける。

「今ここで逃げてみろ、ノエル。そうすれば、市民からはどう思われる。誇り高きシュテルンが、卑劣な者どもの悪意に屈したものと看做《みな》されるぞ。そのような屈辱に家名が汚されるなど、私の目が黒いうちはけして許さぬ」

「で、ですが、お父さま。わたしが、ほかならぬわたしの存在が、だれかの悪意を呼んだのです。わたしが歌うことで、もしまたこんなことが起きるとしたら、わたしは」

「──目を逸《そ》らすな、ノエル！」

病人とは思えない力強い声で、クルトが一喝した。

「よいか、心して聞け。この偉大都市《いだいとし》においてシュテルンが担ってきた役割、その責務とは、ただ民に飲み水を用意しただけではないぞ。その真髄は、癒《い》やしだ。かつて渇いた大地で泥水を啜《すす》るしかなかった人々の喉《のど》を満足にうるおし、あすも生きるための希望を与える──この癒やしこそが、代々シュテルンの成し遂げてきた偉業なのだ」

「い、癒やし……」

「そうだ。だからノエルよ、もしお前が、お前のせいで傷ついた民がいると思うならば、そこから逃げるな。贖罪《しょくざい》とは、課された役割から降りることではない。お前の歌でだれかを傷つけたなら、お前の歌で癒やすのだ。百を傷つけたなら、千を癒やすのだ。それが、お前の成すべきことだ。けして弱音を吐くことでも、逃げ出すことでもないのだ。よいな!」

ノエルの頬《ほお》を、ふたたび涙が伝っていく。

泣くなと言われたのに、どうしても止まらなかった。

あいかわらず、厳しいことを言うひとだと思う。もういちど舞台で歌う自分の姿を想像したとき、それがどれほどこわいことなのか、きっとわかってくれているに違いない。

にもかかわらず、逃げてはならないというのだ。

勇気。——ノエルのずっと欲しかったものがなければ、成し得ないことをしろというのだ。

それでも、

「お父さま……」

こくりと、ノエルはうなずいた。

その声も、仕草も、今はまだ力が弱かった。その様子を、いつもの真意をはかるような目でしばらく眺めてから、父はその厳しい視線を離した。

書斎の机のうえに置いてある、たったふたりだけになってしまったあとの家族写真——あそこに置いてあったものだったかしらと、ノエルは頭の片隅で考えた——を一瞥《いちべつ》すると、果たして娘の返答を満足に思ったのかどうか、深く息を吐いた。

「——さて。お前の話は、終わりか? ノエル。それならばこんどは、私が話しておかねばならないことがある」

「お父さまが、わたしに？」

「ああ。私がしたいのは、お前の身の振り方についてだ。こうなった以上、お前にはかならず歌手を続けてもらう。だが同時に、私がこれまで言ってきた役割も、依然としてあり続ける」

「……それは、跡継ぎの話でしょうか。でもお父さま、今は、そんな話は」

「わかっている。今すぐにどう、などとは言うまい。お前がまたこれまでのような日常を送れるようになるまでは、私とて待つつもりだ。だがそれでいて、ひとつの大前提についてはこの場でたしかめておきたいのだ。それは今ここで共有せねばならない、重要な話なのだ」

「今ここで、ですか？」

「そうだ。その前提とは、シュテルンが迎える新たなる血には、相応の品格が求められるということだ。盟主には及ばずとも、この偉大都市《いだいとし》の発展に与してきた良家、あるいは個人として功績を持つ精悍《せいかん》なる男児でなければ、断じて迎え入れることはできない。これはいいな？」

「は、はい」

普段とは異なる切り口に、ノエルはいったいなんのことかと訝《いぶか》る。良家の子息を婿に取ろうとするのは、とくにことわられずとも、当然クルトが求める条件だとはわかっていた。

だからこそ、次に続いた言葉は衝撃的だった。

「本当にわかっておるのだな？　ノエル。無論、なにがあろうとも使用人の身分の者と婚姻関係を結ぶなど、絶対に許可はできない。これを、きちんと肝に銘じておるのだな？」

「……、……え？」

驚きに、眼《まなこ》が大きく広がった。

途端、ノエルが思い出したのは、とある光景だ。今の今まで薄らいで消えていた、幻像のような記憶のなかの一節。

廃教会のような場所で、自分は父に、なにかとんでもないことを口にしてしまった気がする。大切な肉親に向けて言うべきではない、とてつもなくひどい、恥ずべきことを。

そこで、ノエルは秘めたる感情を明かしさえしたのだ。

「まさか――」

あれは現実の出来事だったのかと知って、ノエルの臓腑が冷えた。

「お父さま！　お父さま、聞いてください。違うのです。わたしは、わたしは本当にあんなことを思っていたわけではないのです。なにか、とても悪い夢が、わたしを衝《つ》いて……」

「釈明はいらぬ。敵の卑劣な能力の影響下にあったお前の言動を叱責《しっせき》するようなことはしない――いっさいは不問とする。ただ私があらためておきたいのは、たとえどのような事情があろうとも、お前が使用人と結婚するなどということは、絶対にありえないという大前提だけだ。よいな？」

重たい声で問われ、ノエルは首肯した。

それもまた、わざわざ明言されずともわかっていたことだからだ。第一、自分にはもう、過去に執着するつもりはなくなっている。

「わかったのなら、よい。最後に、もうひとつ話しておかねばならないことがある。こちらは、当主の領域の話だ」

続いたのは、ふたたびわからない話だった。

「お前に当主の座を譲ることはできない。初代当主さまのなされた取り決めを、この私が破るわけにはいかぬからだ。だがシュテルンの本家は、今やわれわれふたり。どうしたって私のほうが先に世を去る以上、正統な跡取りが生まれるまでは、当主としての役割の一部を、お前と共有していかねばならぬ」

「それは、わたしにシュテルン社の経営を任せたい、ということでしょうか？　でもお父さま、そういったことは、わたしにはあまり自信が……」

「いや、そうではない。私が言っているのは、あくまでシュテルン家の内部の話だ。より具体的な話をするなら……」

そこでクルトは、躊躇《ちゅうちょ》するように言葉を止めた。めずらしく罪悪感のようなものが窺《うかが》える瞳《ひとみ》で娘の顔色を覗《のぞ》くと、意を決したように、その先を紡いだ。

「単刀直入に言おう、ノエル。――私がしたいのは、夜の話だ。われら星《シュテルン》の一族に仕える、万能にして鞏固《きょうこ》なる、なによりも頼れる剣の話だ」

＊

シルヴィ・バレトは果物の皮を剝《む》いている。

広い病室の洗面台にマンゴーの皮が落ちていく。ひとくちサイズにカットすると、そのほかにもベリー類やオレンジ、メロンなどがたんまりと盛られたガラスのボウルに移していく。

ひととおり準備が済むと、シルヴィは最後に手元に残ったひとかけらを口に含んだ。

甘くておいしい。

連盟企業のバフォメ社が売る果物は、百年も前に偉大都市《いだいとし》で復活した、旧文明由来の特別な遺伝子改造種だという。

砂塵《さじん》能力と科学技術が融合して作られた、企業努力の結晶とも呼べる食品だ。

科学とは優れたものだとシルヴィはあらためて思う。正しい知識と適切な環境さえあれば、能力に依存することなく、だれでも再現性のある現象を引き起こすことができる。

もっとも、だからこそおそろしい部分もあるのだが。

砂塵増幅器や、それに類するものが事件を起こすように。

眠っているパートナーを起こさないよう、シルヴィは物音を立てずにベッドの隣の椅子《いす》に腰をかけた。それから、もうなんども繰り返し読んだ、先日の粛清案件の報告書を手に取った。

いまだ追記や改訂のされていない報告書だが、ここには自分たちが危惧《きぐ》していた規律違反の問題が消滅しているという事実が明示されていた。

というのも、報告書には第七指揮の粛清官《しゅくせいかん》の名はいっさい記されていなかったからだ。

当然、自分たちがあの場にいたことは筒抜けとなっている。それどころかシルヴィは、あの現場で第二隊と呼ばれていた、ロロのパートナーが指揮する部隊の面々に保護されていた。

にもかかわらず、これだ。

つまり、ロロ・リングボルドはそういうシナリオを組むことにしたらしい。

シルヴィは、その裏に潜むものを想像する。規律違反を起こした粛清官を、彼はぜひとも公的に罰したかったことだろう。だがそれでも、彼は第七指揮の独断専行そのものをなかったことにするという方策を選んだ。

当然、ここにメリットはある。手柄は丸ごと第一指揮のものとなり、式典テロの犯人たちを粛清した部隊として、連盟内外から賞賛を受けることになる。

重傷を負ったが、辛くも生還したというキャナリア・クィベル警参級《けいさんきゅう》と、そのパートナーであるウィリッツ・アルマ警参級。そして第一等粛清対象と渡り合い、ロロが来るまで単身で持ちこたえたエノチカ・フラベル警参級のうち、近くだれかが昇級することだろう。もっとも、当人たちがそれで納得すれば、だが。

ともあれ、この報告書はかたちばかりのものだ。

第一指揮は、たしかにダスト教徒の大半を粛清した。それでも主犯格を取り逃がしたことや、彼らが盟主から奪い取った特殊な塵工物《じんこう》についてては、なにも記述されていない。

真実を記した文書は、情報局の奥深くに収められているのだろう。

粛清官のあいだでも名の知られた補佐課のベテランが一命を取り留めたことや、自分が下した助祭のリッツ・イーサマンも含めた生き残りの宗教徒たちがつつがなく投獄された報告を流し読んでから、シルヴィは手元の資料をたたんだ。

なんどたしかめようとも、やはりここには、自分が本当に知りたい情報は書かれていない。

自分はすべてを知らなければならないと、そう考える。

とくに林檎《りんご》と呼ばれる砂塵《さじん》兵器については、なによりも深く知るべきだ。

盟主にまつわる遺物――自分の父がかかわっていたかもしれず、それによって殺害されたのかもしれない、連盟の抱える負債については。

「ん……」

ふいに声がして、シルヴィは顔をあげた。

もぞもぞとベッドのなかで動いて、黒髪に包まれた少女の顔が出てきた。いかにも眠そうに目を擦《こす》って、大きくあくびをする。

「おはよう、チューミー。まだ眠い？　もし眠れるなら、寝たほうがいいわよ」

「……いや。もう、さすがに起きる」

敵の能力に囚われていたシンは、精神的に深い部分まで潜っていたせいか、しばらく眠ったままだった。起きる頻度は次第に増えていって、きょうあたりにはベッドから降りられるようになるだろうと予想していたが、どうやら当たりだったらしい。

「なんだか、変な夢をみていた気がする……」

「どんな夢?」

「俺とお前が執務室に行ったら、シーリオのやつがおかしな眼鏡をつけていたんだ。あいつの頭よりも大きいレンズをしていて、俺が変だと指摘すると、このほうがよくみえて便利だとか、わけのわからないことを言うんだ。でも、本当は困っているのがわかるんだ。ボッチにもらったやつだから、文句が言えなかったみたいで……。それで、三番街にあらわれた大きいヒヨコを倒す任務を、俺たちにやらせようとしてくるんだ。変な眼鏡で、まじめな顔して」

「なにそれ」とシルヴィは笑った。「本当に変な夢ね。わたし、そんなおかしなのはみたことがないわ」

くるると音がした。シンの胃が鳴った音のようだった。

シルヴィはさきほど用意したフルーツのボウルを持ってきた。礼を言うと、シンは冷たいマンゴーを取り、もそもそと食べ始めた。

「うまい」

「よかった。本当は、もっとちゃんと栄養のつくものを食べたほうがいいのだけれどね。きちンと胃が起きたら病院食をもらうか、軽く外にでも食べに行きましょうか」

シンはうなずくと、しばらく黙って果物を食べていた。

ふとした拍子に、顔をあげる。

視線を注いでいるのは、シルヴィの顔ではなく、身体のようだった。

夢のなかで、シンが斬《き》った箇所だ。シルヴィの体幹を斜めに通った裂傷。とはいえ、シルヴィはうまく回避しており、深手とはならなかった。粛清官御用達《しゆくせいかん》の塵工《じんこう》薬液の効果もあり、すでにおおよそ回復しているといっていい。少なくとも、こうして立って歩ける程度には。

どちらかといえば、ダメージが大きいのは黒晶器官《こくしようきかん》のほうだ。こちらは、今もなお痛んでいる。それでも後遺症が残るほどの損傷ではなかったのは意外だったが、それにかんしては、シルヴィの黒晶器官を研究している女科学者が理由を推測していた。

「シルヴィちゃんさ、今回、制限時間そのものを長く超過したわけではなかったんだよね？　それなら、ある仮定のうえだったら、これくらいの負担で済んでもおかしくはないかも」

「ある仮定というのは？　スナミさん」

「粒子の集合のほうの砂塵《さじん》能力を、シルヴィちゃんが制御できるようになっている場合だよ。能力を使っているとき、負担を感じていたのが本当に後ろ首だったか、思い出せる？　もしそれ以外の場所だったとしたら、負荷がかかっていたのは黒晶器官じゃないはずだよ」

もしそうだとすれば、朗報といえる。攻撃面を銃撃に頼るほかない自分に、もしあの力がわずかでもコントロールできるようになれば、また話は大きく変わってくる。

とはいえ、今はまだわからないことだ。あの場で無理をしたのに変わりはなく、シルヴィは最低でもひと月はインジェクターの使用禁止命令が出ていた。

「シルヴィ。お前は今回の一件、謝らなくていいと言っていたな」

「ええ。むしろ、謝ったら怒るとも言ったわ。わたしはどうしようもなかったことを謝られるのが苦手なの。だって、どうしようもなかったのだもの」

「お前がそういう性格なのはわかっているつもりだ。だからこれ以上は言わないが、少なくとも、ひとつだけ約束してくれないか」

「なにを?」

「俺のせいでできた傷痕《きずあと》を、すべてきれいに消すことだ。俺に言われなくてもそうするかもしれないが、それでも……そうすると、約束してほしい」

シンが言っているのは塵工《じんこう》整形の話だ。粛清官《しゆくせいかん》のような戦場に立つ者のみならず、事故などによって傷痕が残った者が利用する、偉大都市《いだいとし》に数ある能力施術のサービスのひとつだ。

「ん、そうね。どうしようかしら」

「なぜだ?　消したほうがいいに決まっているだろう」

快諾してもらえると踏んでいたのか、シンは驚いた。

「たしかに、傷痕なんてなくなったほうがいいことのほうが多いわ。それでも、残るからこそいつまでも忘れないでいられることもあると思うの。それでいうなら……今回の件は、この先にもちゃんと、今のまま、ありのままで持って行きたいのよ」

「でも……俺は嫌だ。ぜんぶ、忘れてほしいよ」

「ごめんね、チューミー。あなたが気負ってしまうことを言っている自覚はあるわ。それでも、あなたならわかってくれる話だと思うの」

シルヴィは、相手の病院服越しの腹部を、触れずに人差し指で示した。

「二年前のあのときの傷を、あなたも消してはいないでしょう。いえ、理由を聞いているわけじゃないの。わたしの今の気持ちと同じ理由でそうしたとも言わないわ。それでも、変わった部分があるからこそ、残ったものが浮き彫りになることがあるって、そう思わない？」

すぐ間近でみつめられて、シンはいつものように恥ずかしげに顔を逸《そ》らした。

手に届くところにマスクがないとわかると、もぞもぞと布団のなかに隠れてしまう。

「……お前の言っていることは、たまにむずかしくて、よくわからない。なんで消してくれないんだ。俺がこうして頼んでいるのに」

「ふふふ、いじけないで。ね？　出てきてよ、チューミー」

「ことわる」

シルヴィは、そこだけ露出している頭に触れて、黒い髪を指ですいた。相手がいやがらなかったので、そのまま撫《な》でながら、そろそろまた髪を切ってあげないとな、と考えた。

プィッ
あ

彼女はとても満足している。

差し当たって、今の自分がもっとも大切にしていたものが戻ってきたことに。

なによりも仕事の疲れが取れる時間を、シルヴィはそのまましばらく満喫することにした。

＊

メティクル・ホスピタル本院の廊下にて。

ひとりの女粛清官《しゅくせいかん》が、その病室をがっつりと覗《のぞ》き見していた。

「む、むむむ。これはなんだか、ぜんぜん入りこめない雰囲気であります」

「おいライラ、やめておけって。はやく行くぞ、出直すんだ」

和服を着た粛清官――鞍馬手織《くらまており》は、小声で怒鳴るという器用な技を披露している。

いつみつかるかと考えると、肝が冷えてしかたがなかった。

「やっぱり先輩たち、自分がいないときのほうがずっと楽しそうであります。メチャゆるさんでありますよ、こいつは……！」

「いいから離れろって、ほら」

テオリはライラを無理やり引きはがすと、スライド式の扉を音もなく閉めた。いかにも不満そうに唇を尖《とが》らせたライラを、そのまま離れた場所まで連れていく。

「むむ〜。せっかくお見舞いを持ってきたのに出直すことになるなんてがっかりであります」

ライラの手には紙袋が提げられている。そのなかにはライラが選んだおすすめの菓子だの漫画だのレコードだのが収められているようだった。

「しょうがねえだろ、ありゃ。というか普通にノックして入りゃよかったものを、お前がチャーンスとか言って覗《のぞ》いたのがよくなかったんだよ。なんだよチャンスって」

「だってだって、先輩たちのこと、もっと知りたかったんでありますよぅ。秘密が多そうなのに、聞いてもぜんぜん教えてくれないでありますし。シルヴィ先輩、どうしてシン先輩のこと、たまに彼とかって呼ぶんでありますかね?」

「……それはなんか、いろいろと事情があんだろ。他人が詮索《せんさく》するようなことじゃねえよ」

テオリは辟易《へきえき》する。自分のパートナーのこういう厚かましい部分は、どうにも好きになれなかった。自分の育った遊郭地区では、他人様《ひとさま》のことにむやみやたらと首を突っ込むのはご法度だったものだが、キャラバン育ちのライラは文化が違うのだろうか。

そう考えてから、首を振った。いや、これは間違いなくライラ個人の性質だろう。

「それならどうするでありますか? 普段ならオンの日でありますけど、捕食事件も解決しちゃった今、仕事もとくにないでありますからね」

「……なら飯でも行くか? 一番街だし、グランモールのほうでも行きゃお前の好きな食べ放題の店があんだろ」

「テオとふたりで行ってもなんもおもしろくないでありますっ」

「てめえがどっか行きたそうにしていたから言ってやったんだろうがよ！　俺のほうこそごめんってか、そんならいっかい地元に帰るわ！」

「うーむ、それならとりあえず解散でありますかねえ」

ふわわ、とライラがあくびをした。

その様子を横目でみて、テオリは思案する。

やるなら今しかない。が、いざ実行に移そうとすると二の足を踏んでしまう。

やっぱりいいか、と、そういうわけにはいかない、のふたつが交互に押し寄せてくる。そのうち、どうして俺がこんなことで悩まないといけないんだ、というイラつきが大きくなり、

「おい、ライラ！」と、思わず大きな声が出てしまった。

「な、なんでありますか」

「ちょっと一瞬、外に出るぞ」

テオリは笠のかたちをしたマスクを装着すると、病院の一階から中庭に出た。

あたりにはだれもいなかった。飾り気のない植え込みと、なんの変哲もないベンチが置いてあるだけだ。

「どうしたのでありますか、テオ」

テオリは振り向くと、数秒ほどためらってから、和服の下におさめていた小さな包みを取り

出した。

「ん！」と、それを差し出す。

「？　なんでありますか、これ」

「いいから、受け取れ」

ライラは首をかしげながら包み紙を手にした。色のついたテープを剝《は》がすと、

「……これは」

出てきたのは、ネコの小さな人形だった。

アサクラ・アミューズのマスコットキャラ、モニネコだ。式典テロの日にテオリが壊してしまった赤モニとは対になる、青モニのキーホルダーである。

「それ、やる。あんときのことは、悪かった。言い訳するつもりは、ねえ。どういう状況であれ、ひとにもらったもんをああしたのは、最低だった。こいつは、その詫《わ》びだ」

外に出ておいてよかった、とテオリは思った。自分でもわかるくらい顔が赤くなっており、とてもではないがマスク越しでなければできることではなかった。

ライラはじっと青モニを眺めていた。こんなに長く黙るのは初めてではないかというほど、なにも言わずにしばらくみつめていた。

「んだよ。なんか言えよ」

「……これ、どこで買ったでありますか？」

「それこそグランモールだよ。俺は一日検査入院しただけだから、その帰りに寄った」

アサクラ・アミューズの外にもモニネコグッズのショップはたくさんあるらしく、病院にいた女性の看護師にたずねてから、わざわざ店頭に向かったのだった。

「テオが？　ひとりで？」

「そうだよ！　だったらなんだよ」

要領の得ない質問にテオリが怒る。するとライラは、

「あはは。あはははははっ」

と、肩を震わせて笑った。

「あ!?　なにがおかしい」

「あははは！　だって強面《こわもて》のテオがひとりで、あのかんわゆいモニネコショップに行って、これを買ったということでありますよね。そんなの面白すぎるであります！　ぷぷぷぷ！」

「て、てンめェ……！　お、俺がどれだけ恥を忍んで店に行ったと思って」

「しかし青モニでありますかぁ。自分はお店をみていた感じだと、ヒロインモニの桃モニちゃんがいちばんかわいいと思ったでありますけどね。どうせくれるなら好みを聞いてからにしてほしかったでありますよ」

「あぁ!?　んじゃ返しやがれ、この野郎！」

手を伸ばしたテオリから、ライラはひょいと身を翻した。

「いやであります！　いちどもらったものは返さないでありますよーだ」

けらけらと笑いながらライラが離れていく。頭に血がのぼったテオリは本気で奪い返そうとしたが、さすがの身体能力か、まったく捕えることができなかった。

すっかり意気消沈すると、テオリは力なくベンチに腰掛けた。

「でもまあ、やっぱり青モニもかわゆいでありますね。しょうがないから使ってあげるでありますよ。ベルズのスクラップにするのがいいでありますかねえ」

ライラが隣に座った。もういちど怒鳴ってやろうかと思うも、満足そうにキーホルダーを眺める姿をみて、テオリはその気がなくなってしまった。

ふたりはしばらく、やけに快晴の青空の下で座っていた。

日差しがあたたかい。あれほどの事件があったというのに、こうしていると平穏そのもののように感じてしまう。

「ライラ」

「なんでありますか」

「次は、勝つぞ」

その言葉の意味は、ライラにもすぐに伝わったようだった。

あの塵神殿で出会った、本物の怪物。あれを倒すための作戦を、結局テオリは考えつかなかったということになる。

それは、思い返すたびに頭を掻《か》きむしりたくなる事実だった。

なにせ、本来ならここでこうしていることもなかったのだ。無限牢《ろう》があらわれなければ、自分たちはあそこで死んでいたはずだ。

「もう、にどとあんな計算違いはしねえ。だから次も頼んだぜ、攻撃担当」

「自分も、もっともっと動きを磨くであります。だから次も頼んだでありますよ、防御担当」

顔を向けないままこつんと握りこぶしを合わせると、ふたりの粛清官《しゅくせいかん》はそのまましばらく、昼間の中央街が作る街の音に耳を傾けていた。

＊

病床から起き上がったシーリオ・ナハトの身に起きたのは、いくつかの理解不能だった。

すさまじい高熱にうなされながら、その合間に断続的な覚醒《かくせい》を迎えるたび、自分はこれまでのようにはいられないだろう、と朦朧《もうろう》とする頭で考えていた。

それは、ロロ・リングボルドが自分の正体に勘づいていたからだけではない。

ごく単純に、おのれの黒晶器官《こくしょうきかん》の限界を悟っていたからだ。

ベルガナムとの戦闘の最後に、シーリオはたしかに器官の組織が破れる感触を知覚した。決定的なかたちで壊れてしまった黒晶器官は、ほとんどのケースで同じようには使えなくなる。

にもかかわらず、精密検査を終えたあとの医師は意外なことを言ってきた。

「たしかに黒晶器官はオーバーヒート状態にあったようです。もしかすれば、インジェクターの使用時間にはいくらか制限が設けられることになるかもしれません。が、能力そのものが使えなくなるような後遺症のたぐいは、現段階では認められませんよ」

シーリオは耳を疑った。が、たしかに渡された検査結果をみても、いざ起き上がってから黒晶器官を意識した感覚でも、どうやら言われたとおりのようだった。

たんに奇跡というにはあまりにも奇妙だ。もちろん朗報であることには違いないが、シーリオにはふしぎでしかたがなかった。

この現象について説明がつくのは、これよりずっと、ずっとあとのことになる。


もうひとつの理解不能は、自分の処遇だった。

塵神殿でノエルを救い出すため、シーリオはいくつもの連盟法に抵触した。のちに控えていた情報局の審問には無断欠席し、そのうえで参加の許可されていない粛清現場に独断で向かった。それも、粛清官特権を一時的に剝奪《はくだつ》されている状態で、である。

本部に戻った途端に拘束され、そのまま罪人として扱われてもなんらふしぎではない。

粛清官でなくなれば、夜としての自分の任務に支障が出る。こうなった以上、シュテルン家に迷惑がかかる前に身を隠したほうがよいかもしれないとさえ考える。

だが、そうした剣呑《けんのん》な雰囲気はどこにもなかった。

そもそも病院に監視の目がなかったのが、まず奇妙といえる。

死にかけていた身、さすがに治療を受けるのは許すにしても、連盟法の重大な違反者ともなれば、複数の職員が張りついて動向を見張ってくるはずだ。

だというのに、シーリオが起き上がったという病院側の報告のあと、様子をうかがいにやってきた衛生課の職員には、なんら変わった様子はなかった。

「ご無事のようでなによりです、ナハト警弐級《けいにきゅう》。粛清官《しゅくせいかん》特権のもとに、このまま臨時の休養を取られることも可能ですが、やはり普段のようにすぐに職務にお戻りになられますか？」

「その。ひとつ、聞いてもよいだろうか」

「？　どうぞなんでも」

「私については、なにも本部で聞き及んでいないか？　なんといえばいいのか、その、身分的な問題、とでもいえばいいのか」

きょとんとした顔で、その若い職員は首をかしげた。

どうやら、なにも知らないようだ。

「いや、すまない。なんでもない、忘れてくれ」

彼はてきぱきと看護師とやりとりすると、今後の経過観察を本部の医療室で請け負えるように必要な処理をおこなってから、最後にシーリオのところに戻ってきた。

「どうされますか、警弐級。本部にお戻りになられるなら、お車を手配いたしますが」

「では、頼めるか」おそるおそる、シーリオは答えた。

「承知いたしました。それでは、準備を済ませてお待ちください」

彼は部屋を出て行こうとする。その前に振り返ると、

「ナハト警弐級。私は式典会場の例の解凍作業には参加しませんでしたが、大変多くの命を救われたと聞いております。職務熱心なのはけっこうですが、衛生課としてひとこと言わせていただくなら、もう少しご自身の身体にも気を遣っていただきたいものですね」

と言い残した。


本部に戻ったあとでも、違和感は消えなかった。

シーリオの粛清官手帳は問題なく機能しており、入り口のゲートをくぐるときもアラームが鳴ったりなどはしなかった。

エントランスで待ち構えていた各課の職員も、だれも自分の連盟法違反の話をしようとはしない。あらためて事件後の処理や聴取書の作成、被害状況の詳しい共有と対処などを筆頭に、周年式典の警備主任を務めていた者として成すべき仕事が振られるばかりで、シーリオの懸念していたような出来事は起きなかった。

情報局の所属職員が執務室にたずねてきたときには、とうとうきたかと身構えたが、それも

思っていたような話ではなかった。

「ナハト警弐級《けいにきゅう》殿、リングボルド情報局長から伝書です。どうぞ、ご確認ください」

一枚の印刷書類を読むと、そこには式典テロの責任問題について書かれていた。

責任を取って辞任しろ、とはどこにも書かれていない。今回の事件発生の経緯や要因を鑑みて、貴殿の粛清官《しゅくせいかん》としての能力の信任性が問われるとは判断できず、ただ今後の一層の活躍によって挽回《ばんかい》を望むものである、というような旨の内容がごく事務的に記されている。あとはせいぜい譴責《けんせき》や減給など、かたちばかりのペナルティが課されているのみだった。

「……これだけか？」

「はい、私が局長から仰せつかったものはそれだけです。失礼します」

当然のように言って、その情報局員は去っていった。


シーリオは代理として腰をかけている指揮官席で、腕を組んで思案していた。

目の前には書き上げなければならない始末書や指令書のほかに、〈周年式典襲撃テロ〉粛清案件の詳細を記した報告書が置いてある。

薄々勘づいてはいたが、報告書を読んで、シーリオはひとつのことを確信していた。

（リングボルド警壱級《けいいっきゅう》は、おそらく完全なかたちでの火消しを狙《ねら》っている……）

粛清当日にあった出来事は、どれもこれもが改竄《かいざん》されているようだ。

シーリオが直接話を聞きに行ったところ、あのとき自分を独房から出してくれた補佐課の職員も、その無断行為を追求されることはなかったようだ。

こうなってくると、シーリオにはふたつの選択肢があった。

ひとつは、ロロ・リングボルドやアンドレ・バラニスタなどの、あの日の自分の拘束にかかわっていた地位のある人物に、直接事情を聞きに行くこと。

もうひとつは、シーリオのほうも、このままなにもなかったことにすることだ。

正解なのは、おそらく後者だ。わざわざたずねに行くのは、藪《やぶ》をつついて蛇を出すようなものだろう。この状況を自分に提示することによって、ロロは暗にこう述べているのだ。

差し当たり、こちらの要件も、そちらの要望も満たされたと。

これで満足したなら騒ぐな、と。

かといって、これで解放されたとは言い難い。むしろ言い換えれば、ロロからは依然として喉元《のどもと》に刃を突きつけられている状況ともいえる。情報局がその気になれば、いつでもシーリオからエムブレムを奪うことは可能なのかもしれない。

シーリオはこの先を考える。

やはりシュテルン家とは、これまでのようには連絡が取れなくなるだろう。執事長との密会は中断するべきだ。まずは自分の立たされている状況を、なんとか秘密裏に伝えなければ。場合によっては、もう金輪際、ビルケットと直接会うことはなくなるかもしれない。

それはシーリオからしても悲しいことだ。自分を育ててくれた先代の夜のことを、勝手に親のように思っていたからだ。なにより、彼の口から近況を聞けていたからこそ、シュテルン家とのかかわりを持ち続けることができていたのだ。

だが、それもしかたのないことだ。

執事長も、お館さまも、お嬢さまも、みなが無事のまま事件は終わったのだ。

それ以上、自分が望むべきことはなにもない——そう納得して、シーリオは仕事に戻った。


だが、最大の理解不能に見舞われたのは、それからさらに数日後のことだった。

部下たちと一同に会するミーティングをおこなったあとで、シーリオは連盟盟主クルト・シュテルンから、突如として呼び出しを受ける。

理由は、娘の舞台の被害者数を最小限に抑えてくれたことへの感謝の意を述べたい、とのことだった。

大々的な会合を開くべき状況ではないので、手数だがシュテルンの本邸まで赴いてほしい、という追報までついてくる。

しかもその通達は、あろうことか中央連盟を通して公的に届けられた。

完全に硬直するシーリオに対して、かの連盟盟主に直々に呼ばれるという栄誉ある報を持ってきた職員は、いったいどのようなお屋敷なのでしょうねぇと、羨《うらや》ましそうに口にしていた。

＊

それから一週間後のこと。

結局、シーリオはクルトの招待を受けて、シュテルン家の屋敷の前に立っていた。

ロロに身の上を疑われている関係上、御家とかかわりを持つべきではないとはわかっていたが、なにか自分には及ばない考えをクルトが持っているのかもしれないと、意を決して訪れることにしたのだった。

エデンの仮園の奥に構える巨大な邸宅の玄関口には、使用人たちがずらりと並んでいた。一様に同じ従者のマスクをかぶった彼らは、車を降りたシーリオを歓迎していた。

「ようこそいらっしゃいました、ナハトさま。ドレスマスクをお預かりいたします」

「いや、構わない。じ、自分で持とう」

「かしこまりました。それでは、こちらへどうぞ。段差がありますので、お足もとにお気をつけくださいませ」

ひとりの侍女に先導されて、シーリオはおそるおそる屋敷の奥に足を踏み入れる。

案内などされずとも、間取りは完璧に把握している。が、相手はそれを知っているのか、いないのか、ごく普通の客人を扱うようにして自分を導く。

向かう先は、食堂だった。

両開きの扉が開いた先には、豪奢《ごうしゃ》な飾りつけのされた長い食卓がある。

素顔のクルト・シュテルンが、すでに着席していた。その姿をみて、シーリオは息を呑んだ。かつてと異なり、痩《や》せ細った身体。まだ本来は病床に伏せているはずの身であることが伝わってくる、血相がよいとはいえぬ肌色。だがその目の威厳だけは、昔とかわらない。

いたのはクルトだけではない。その背後には、執事長のビルケットが従っていた。

「お、お館さ――」

あるじの無事をその目でたしかめて、シーリオが深い安堵《あんど》を覚えるとともに声をかけた。そのとき、わざとその言葉にかぶせて、クルトが起立して口を開いた。

「よくぞ来てくれた、ナハト警弐級《けいにきゅう》。私がシュテルン家当主、クルト・シュテルンだ。このたびは貴官の働きによって、娘の舞台の参列者が多く助けられたと聞いている。心より、感謝を申し上げよう」

当主に倣い、その場の者たちが全員、頭を下げる。

シーリオは驚きのあまり、言葉をうしなってしまった。

使用人のひとりが椅子《いす》を引いて、シーリオに座るように促してくる。

だが、シーリオには席につくことができなかった。使用人の身分でお館さまと対等に食事をするなど、許されるものではない。

「？ いかがしたか、ナハト警弐級。ささやかではあるが、ぜひ昼食の場に招待したいと伝えてあったとは思うが。それとも、なにかこちらに不手際でもあっただろうか」

「い、いえ。し、失礼いたします」

渇き切った声で答えて、シーリオはおそるおそる着席した。

まったく意味がわからないまま昼食がはじまってしまう。よく趣向を凝らして盛りつけられた皿にも、注がれた上等な白ワインにも、シーリオはほとんど手がつけられなかった。

食事のあいだ、クルトが談話を先導した。こちらの体調を窺《うかが》うところからはじまり、これまでシーリオが粛清官《しゆくせいかん》として挙げてきた輝かしい功績についてたずねてくる。

そのほとんどに答えられず、相槌《あいづち》とも呼べないなにかを返すだけのシーリオをみて、

「ふむ。ナハト警弐級はどうやら相当に無口な方とみえる」

などと言い、軽く笑いさえした。

（お館さまは、いったいなにをお考えに……）

混乱するシーリオは、助け舟を求めて、ついビルケットに視線を送った。

伏し目をしていた執事長は、ほんの一瞬だけ目をあわせると、意味深な光を目じりに宿らせた。が、その意図がシーリオにはわからなかった。

「む。この者が気になるか、ナハト警弐級」とクルトが気づいて言った。

「これは、シュテルンにもっとも長く仕えている男だ。当家の古くからの慣習で、最上の従者

を夜と呼ぶ習わしがあるのだが――この男が、まさにそうでな。もう、数十年ものあいだ後継を継ぐ者があらわれず、このような化石のごとき身体に鞭《むち》打って今も働いておるのだ」

くく、とビルケットが含み笑いをした。「これは手厳しいことをおっしゃる。が、いくら邪魔者扱いされようとも、まだまだお仕えする所存ですぞ」

そんなふたりのやりとりに、シーリオは衝撃を覚えた。

ようやく、メッセージのようなものがもらえた。

今のはつまり、すでにシーリオが夜ではないと暗に伝えているのだろうか。

それはそれで、納得のいくことだ。感謝の意を伝えるという旨で昼食の場が設けられたが、むしろ実態はその逆といえる。ノエルをあれほどの危険に晒《さら》した以上、最上の従者にはふさわしくないとして、その任を解くというのはありえないことではない。

だがそうだとして、こんな奇天烈《きてれつ》な場を設ける必要があるとも思えなかった。

結局なにもわからないまま、昼食の時間は終わってしまった。

「ふむ。警弐級《けいにきゅう》は無口のみならず、節食な方でもあるようだな。口に合わなかった、などということがなければよいのだが」

「め、めっそうもございません。わ、私は、その」

「気にしないでいただきたい。あるいは軽い食後酒か、紅茶と茶菓子くらいならば入るだろうか？　もしよければ場所をかえて食休みの時間でもいかがだろう。――ビルケット、ご案内してさしあげろ」

「はっ」

「私は少々、失礼する。医者の言いつけで、決められた時間に薬を飲まねばならなくてな。ではナハト警弐級、またのちほど」

クルトが食堂を去っていく。

「では、こちらへどうぞ」と、ビルケットが案内した。

それに、シーリオは急いでついていった。ほかの使用人たちの目がなくなり、廊下を行くビルケットとふたりだけになると、周囲を気にしながら、小声で声をかけた。

「執事長。これは、いったいどういうことですか。私にはお館さまのお考えがわからず、どうすればいいのか皆目見当もつきません。どうか教えてください、執事長。……執事長！」

相手が一向に足を止めないので、シーリオは思わず大声をあげてしまった。

ビルケットはしわの刻まれた顔で振り向くと、ふしぎそうな顔をした。

「はい？　ああ、申し訳ありません。みてのとおり老いぼれなものでして、耳が遠く。なにか御用でしたか？」

「し、執事長……！」

懇願するようなシーリオの言葉を無視して、ビルケットはかまわず先に進んでいった。

「どうぞこちらへ。当主はすぐに戻って参りますので、それまでどうかお待ちください」

通されたのは、ティールームだった。

ビルケットがさっさと退室してしまい、シーリオはひとりその場に取り残される。

この場所のあまりの懐かしさに、思わず焦りが一瞬、失せてしまった。

聞くところによると、ここの内装を決めたのは、亡くなった奥さまなのだという。ミニチュア趣味の彼女が好んだ、けして広くはなく、それでいて解放感のある喫茶室だ。

シーリオが茶を淹《い》れていた時代からなにもかわっていない。猫足のサイドテーブルには、当時とかわらないレコード再生機と、十枚程度のアルバムが置いてあった。違うところがあるとすれば、そこにノエル・シュテルンのアルバムが加わっているくらいだった。

（お嬢さま……）

塵神殿のことを思い出して、シーリオはレコードを手に取ろうとする。

そのとき、扉が開いた。

こんどこそクルトに事情を問おうと思い、顔を向ける。

そこで、シーリオはふたたびの絶句をする。

そこにいたのは、クルトではなかった。

「こんにちは、粛清官《しゅくせいかん》さん。はじめまして――ノエル・シュテルンです」

入室したのは、ごく控えめな装飾のドレスに身を包んだ、ひとりの美しい女性だった。

＊

シーリオには、かけるべき言葉がみつからなかった。

もう話すことはなかったはずの、かつてのあるじ。あの日シーリオに与えられた任務を聞かされていなかったはずの、だれよりも大切な、シュテルンの末裔《まつえい》。

その当人が、目の前にいる。

あれから九年ものときを隔てて、今、自分の目の前に。悪しき夢幻のなかではなく、正しい現実をみているはずの状態で。

「お、お嬢さま……」

と、無意識に言葉が漏れる。

「？　そのように畏まる必要はございませんわ。なにせ、あなたこそがわたしの恩人なのですもの。ぜひご自宅のようにおくつろぎになってくださいね。さあ、おかけになって」

ノエルが椅子《いす》を引こうとする。シーリオは慌ててそれを止めて、自分で引いた。あるじに対して、なにを間違ってもそのような真似《まね》はさせられない。

シーリオが観念して座ると、ノエルもまた対面にふわりと腰をかけた。

「お飲みになりますか、粛清官さん」

ノエルがポットに手を伸ばそうとする。すでに用意されていた紅茶を注ごうとしたので、あわててシーリオが先に取った。

「わ、私がお淹《い》れいたします」

「大切なお客さまにそんなことはさせられませんわ。どうぞわたしにお任せを」

「し、しかし」

「お願いします、粛清官《しゆくせいかん》さん。恥をかかせないでくださいな」

やけに強い目でにらまれて、シーリオは引き下がってしまった。

結局、茶はノエルが注いだ。広がる紅茶のかおりで、シーリオはすぐに、これがノエルの好きな調合であることに気がついた。

「さきほどの昼食会、ご一緒できなかったことをお詫《わ》びしますわ。本来なら、わたしこそ率先して感謝の意を述べるべきだったのに。どうしてもはずせない用がありましたの」

ノエルが音もなく紅茶を啜《すす》って言った。

シーリオの精神は、とうとう限界を迎えつつあった。

あらゆる拷問よりも、この状況にこそもっとも耐えがたいものがあった。

まるで狐につままれたような気分だ。こうしていると、自分がこの屋敷で従者として仕えていたという事実に、徐々に自信が持てなくなってくる。

この段になって、よもや本当にすべてが夢なのではないかと、シーリオは眼鏡をはずし、強く眉間《みけん》を揉《も》んでみた。だが、おそるおそる目を開けても、状況はなにもかわっていない。

いや——ひとつだけかわっている。

ノエルが、自分をみつめていた。

昔とかわらぬ巴旦杏《はたんきょう》のかたちの瞳《ひとみ》が、優しく自分を捉えている。

「ノエルお嬢さま」

「お嬢さま《レディ》、はいりませんわ。せめて簡単な敬称《ミス》に留めていただけませんこと？」

「お嬢さま《マイレディ》」と、シーリオはかたくなに呼んだ。「恥を忍んで、正直に言います。私にはもう、なにがなにやらわかりません。お館さまも、執事長も、お嬢さまも、いったいどのようなおつもりなのですか」

答えないノエルに向けて、シーリオは立ち上がり、必死の声で続けた。

「どうかお教えください。お嬢さまは、私の特別な役割にかんして、すでにお館さまから事情をお聞きになったのでしょうか。そして、その任が解かれたことを暗にお伝えになっているのですか？　もしそうでしたら、もちろんそれは受け入れます。ですので、どうか」

「どういうことかしら、粛清官さん。わたしにはおっしゃっている意味がよくわかりませんわ。あなたの特別な役割というのは、なんのこと？」

「ですから、私が九年前に夜を拝命し、シュテルンのお屋敷を出たことです」

「夜はビルケットさんよ。今も昔も、かわらずね」

どうやら、ここまで訴えても無駄のようだ。

いよいよ肩を落としたシーリオに向けて、

「――でも」

と、ノエルが言う。

「仮定のお話だとしたら、とっても興味深いわ。つまり粛清官《しゅくせいかん》さん、あなたがおっしゃっているのはこういうこと？　あなたは九年前まで、このシュテルンの屋敷で働いていた。そしてわけあって屋敷を離れて、粛清官になった……」

ノエルがおもむろに席を立った。

丸テーブルをまわり、シーリオのすぐ前に立つと、言葉を続ける。

「粛清官になったことは、お屋敷の主人と執事長しか知らなくて、その娘はなにも聞かされていなかった。そんなひどい事実を知っていたにもかかわらず、あなたは誠実に、誠実すぎるほどに主人の言いつけを守って、娘にはなにも言わずに、いえ、それどころか嘘《うそ》までついて、屋敷を出たと。連盟本部とエデンの仮園なんて、同じ中央街で、ほんの目と鼻の先のはずなのに、黙って九年も……九年もよ、信じられる？　九年も、連絡を取らなかったと。そんなにも長いあいだ、相手がどれほど心配していたかも知らずに、相手がどんな気持ちで待っていたかも知らずに、ずっと、ずっと……」

言葉の最中、相手の瞳《ひとみ》にみるみる怒りが宿っていくことにシーリオは気づいた。

自分の目の色がかわっているとと自覚したか、ノエルはそっと瞳を閉じた。

身体のなかに湛《たた》えられた憤怒を追い払うかのように、深く深く、息を吐く。

それから、取り繕ったような顔でにっこりと微笑《ほほえ》んだ。

「でも、それもすべて仮定のお話ですものね。実際には、そんな事実はありませんわ。だってもしそんなことがあったら、そのかわいそうな娘は人間不信になってしまうもの。きっと父親には怒りっぱなしで、いっしょに楽しく昼食をとるだなんてもってのほかになってしまうわ」

「お、お嬢さま……？」

「それよりも、せっかく仮定の話だったら、ほかに気になることがあるわ。あなたは、どんな気持ちでお屋敷を出て行ったのかしら。ずっとなりたかった夜になれて、明るく前向きな気持ちだったの？　それとも、後ろ髪を引かれる思いだったの？　どうなのかしら、粛清官さん」

問われ、シーリオはうろたえた。

逃げようとした視線を、逃がさないとでもいうかのように、ノエルが両手で頰《ほお》を押さえた。

「――答えて」

「それは……」

シーリオは目を伏せると、観念して白状することにした。

「後ろ髪が引かれるどころでは、ありませんでした。屋敷を出る前は、いえ、出たあとも、しばらくは連日連夜、眠れぬ夜を過ごしましたが……それでも、私がそうすることが、御家のためには必要なことでしたから」

それは夜として、本来は口にすべきではない弱音といえた。

だが、すべては本当のことだ。夢寐《むび》にも忘れないとは、まさしくあのことだったのだろう。

喫煙をはじめたのも、ちょうどそのころのことだった。

「……それなら、本当はずっと、会いたいと思っていたの」

「はい。それは、もう。いつでも、またお嬢さまには、いつの日かお会いしたいと。昔のようにお仕えしたいと、そう、心より願っておりました。たとえ、どれほどの時間が経ったとしても……」

じわりと、ノエルの瞳《ひとみ》に涙が浮かんだ。

陽の光を反射する透明な水が、途端に溢《あふ》れて落ちてゆく。

完全に決壊するよりも先に、ノエルはシーリオの胸に顔をうずめた。


「リオっ……ありがとう。本当に、ありがとう。また、あなたはわたしのことを助けてくれたのね。ずっと見守っていてくれたのね」

「めっそうもございません。すべては当然のことですから。お嬢さまがご無事で、本当によかった……」

「当然なんかじゃないのよ。これまであなたがやってくれたことに、当然のことなんてひとつもなかったの。別人になれだなんて残酷な言いつけ、あなたは守らなくてもよかったのよ。帰ってきたかったのなら、そう頼んでよかったのよ。でも、いい。あなたが無事で、こうして会えたなら……これからも会えるなら、もうわたし、それだけでいい……」


それから満足いくまで、ノエルは大声で泣き続けた。

なによりも強く、もうけして離さぬとでもいうかのように、相手の身体を摑《つか》んで、子どものように、大声で。

*

それから、しばらく経ってからだった。

きゅうに静かになったノエルが、突如として動いた。

「ぜったいに、ぜったいにこちらをみないでくださいね」と言うと、ティーテーブルに置いてあったナプキンで目元を拭いて、背を向けたまま、シュテルン家のマスクを着用した。

素顔をすっかり覆い隠すと、けろっとした口調で口にする。

「申し訳ありません。鼻炎と立ち眩《くら》みのせいで、とんだご迷惑をおかけしましたわ」

どうやら、まだそういう体《てい》で話すつもりのようだ。

それでも、シーリオはようやくその意図がわかってきていた。

ロロ・リングボルドと同じで、彼らもまたすべてをなかったことにしようとしているのだ。粛清官《しゅくせいかん》として自分を招き、おおやけに受け入れることで、逆に過去の繋《つな》がりを絶とうとしている。

もっとも、完全に断交するという手段のほうが有効であるように思えてならなかったが、そこにはありがたい温情があったのだろうとシーリオは推測する。

いずれにせよ、本当の意味では問題ない。どのような状況であれ、立場であれ、自分の心はいつでもシュテルンとともにあるのだから。

朽ちて死ぬ運命を待つばかりだった独房から救い出してくれた、陽の漏れる屋敷のなかに。

かくして、その白昼夢のような一日が幕を閉じた。

客人として丁重に招かれたシーリオ・ナハト警弐級《けいにきゅう》は、シュテルン家の親子と執事長、その他大勢の使用人たちに見送られて、屋敷を去っていった。

車内で振り向くと、一同の前に出てきたノエルが、いつまでも大きく手を振っていた。

そのマスク越しの表情は、やはり透けてはいない。

それでもシーリオには、彼女がもう泣いてはいないことがわかる。

最後に、彼女はまたぜひ会いたいと言い、シーリオは、当然のこととしてうなずいた。

彼女のお願いを、自分はもうにどと無碍《むげ》にしなくてよいのだ——。

そう考えると、かつてないほどに晴れやかな気持ちになりながら、かつての少年執事は、エデンの仮園の坂をゆっくりと下っていった。

最後に、ふと考える。

別れ際にお館さまが口にした言葉の意味が、シーリオにはよくわかっていなかった。

「ナハト警弐級。貴殿はなかなかどうして、精悍《せいかん》な男だな。生まれも育ちも申し分なく、頭脳と能力に優れ、誇れる功績を挙げており、なによりも社会的な地位がある……」

「い、いいえ。私にはもったいないお言葉でございます、おやか……盟主、シュテルンさま」

「ふむ。謙虚すぎるのは少々いただけないがな。ともあれ、もし娘がこの先たずねることがあれば、ぜひ紳士的に受け入れてもらいたいものだ。——この私が、許可しよう」

シーリオがようやく意図を理解したのは、それからまた時間が経ったある日、ノエルが連盟本部の第七執務室に、もうなんどめになるかもわからない訪問をしてきたときのことになる。

そのときのシーリオは、こんどこそ間違いなく、生涯最大の困惑を味わうことになる。

だが、それはまだ先の話だ。

＊

それから数か月が経過した、ある日の夜のこと。

仄暗《ほのぐら》い場所で、ノエル・シュテルンは深呼吸をしている。

本番前のコールを聞きながら、震える手足を必死に押さえつけている。

これからやるのは、一世一代の大勝負だ。

式典テロのあとの、はじめてのライブだ。

あの痛ましい事件のことを考えると、ノエルはいつでも心が苦しくなる。

追悼式の遺影にあった、多くの罪のない市民たちの顔が鮮明に頭に浮かんできて、ノエルの胸のなかが申し訳なさと罪悪感でいっぱいになって、際限なく沈んでいく。

いつまでも忘れられない――これほどまでに憎いのに、どうしてか憎みきることができない――かつての友だちの顔と、その理解のできない裏切りを思い出して、叫び出したくなる。

それでも、アイドルの仕事とは、暗い顔を浮かべることではない。

自分の役目は、この歌で人々の心をわずかでも癒《い》やし、少しでも多くの笑顔を作ることだ。

それが誇り高きシュテルン家の末裔《まつえい》、ノエル・シュテルンのなすべきことだ。

そう信じて、彼女は目を開ける。

すぐとなりには、デビュー当初から応援してくれているマネージャーの姿がある。

ここからはみえない招待客の専用席には、父の姿もある。

だれよりも大切な、自分がこうして勇気を持つきっかけを与えてくれたひとの姿もある。

自分の復活を待ってくれていた、大勢のファンの姿がある。

だから、彼女は力強くマイクを握る。


「本番、はじまります。5、4、3、……」


カウントダウンに合わせて、ノエルはまばゆい光のなかへと飛びこんでいく。

そうして、舞台はふたたび幕を開ける。

ここに、ひとりのパパラッチがいる。

これまで数多《あまた》の芸能人のスキャンダルを抜いてきた、そのベテランのパパラッチには、このごろずっと背を追いかけている有名人物があった。

かの大人気アイドル——歌姫、ノエル・シュテルンだ。

プライドある狩人とは、上質な得物だけを狙《ねら》うものだ。それでいうなら、ノエルはみごとに彼のお眼鏡にかかっていた。

彼女の芸歴はドラマチックだ。盟主の娘でありながら、当時はだれも名を知らなかった弱小事務所に所属し、小さなライブハウスで歌い始め、活動当初からカルト的な人気を誇った。それから瞬く間にトップの座まで駆けあがったあとで、あのおそろしい〈血の祭典〉を迎えた。

しばらくの活動休止を経てからふたたび歌い出したとき、彼女はなんと、これまでのような砂塵《さじん》能力を用いたパフォーマンスは今後おこなわないと宣言し、それによってファンの数は大きく減ったが、今ではまた全盛期に迫るほどの集客をするようになっている。

一時的なブームに終わらず、偉大都市《いだいとし》のスターの座を確固たるものとした彼女には、しかし浮ついた話がまるでなかった。かの清楚系アイドルに特定の相手などいるわけがないというフアンの声を証明するかのように、スキャンダラスな噂話《うわさ》はひとつも立つことがない。

とはいえ、彼にはひとつの確信があった。かの歌姫も年頃の娘であるのはたしかだ。かならずやシャッターにおさめるべき熱愛の瞬間があるに違いないと。

そうして、彼は思いきり法に抵触する行為をはじめた。

無数にいるSPの監視の目をくぐり抜け、追跡をおこなう。歌姫のルーチンを可能な限り把握して、場合によっては行動を先読みして回りこむ。

なにがなんでも、決定的な瞬間を捉えてやる——そう彼は心に決めていた。


彼の地道な尾行作業は、なかなか結実しなかった。

いちど歌姫がスペアマスクを着用して中央街のショッピングモールで待ち合わせをしていたときは、いよいよ男かと期待したが、やけに声の大きな、龍のマスクをした女と会っていただけだと判明して、肩を落としたりなどもした。

それでも、ある日のこと、彼はようやくキナ臭いものを感じ取ることに成功した。

どうやら歌姫は、頻繁に中央連盟の本部に出入りしているようだ。盟主の家族である関係上、そういうこともあるのかもしれないが、それにしてはいささか奇妙だ。服装にはあきらかに気合いが入っており、ランチボックスのようなものを提げていることも多い。

そこで彼は自分の持ち物のなかでもっとも高価な、カメラ機能付きの望遠鏡を持ち出した。

歌姫が本部に入ったあとで、複数あるうちの左ふたつのエレベーターのどちらかを利用し、そのうえで乗りこんだのが彼女ひとりであれば、点灯するランプで何階に向かったのかがわかる。執念深く張り込みをして、彼はようやく、歌姫の利用しているフロアを割った。

ここで、彼は金を使うことにした。一部の性根の腐った職員が流す、真偽の不明な連盟内の情報を売っている場所が、十八番街にある。彼が買ったのは、偽である可能性が低い情報——本部の階層別の見取り図だ。そこで彼は、歌姫の行く階層には、執務室と呼ばれる、上級の粛清官《しゅくせいかん》が使っているらしい一室があることを知った。

歌姫の相手が粛清官であると仮定すると、合点がいく部分も多い。歌姫は、〈血の祭典〉で粛清官に命を救われたという。危険な戦場で芽生えた恋——じゅうぶんにありうることだ。

都合のいいことに、その執務室とやらはフロアの端にあり、大きな窓があるようだった。問題はカーテンの存在と、あの高所にある一室のなかを鮮明に撮るのがむずかしいことだった。だが、彼は諦《あきら》めなかった。

歌姫が本部をたずねる可能性が高い日には、二番街にある高層ビルの屋上に横たわって、さながらスナイパーのごとく、望遠鏡で覗《のぞ》く。

どうやら普段は、白い服を着た細身の男がひとりでいることが多いようだ。やけに仏頂面をしているが、なかなか二枚目の男だ。あれが、果たして歌姫の相手なのだろうか。

来る日も来る日も、彼は辛抱強く望遠鏡を覗いた。歌姫が男と逢っているという確証のない状況で、それでも自分の勘だけを信じて待ち続けるのはつらいものだった。

そうして何週間も経過した、ある日のこと。

待ちに待った瞬間がおとずれて、彼の胸が期待に打ち震えた。レンズのなかに、たしかに歌姫の姿がある！　マスクをはずして、今や若い女のだれもが真似《まね》するようになった髪型をした、どうみてもオフの日の歌姫が写っている。

素顔の歌姫が、相手の男に向けて語りかけている。

もちろん、なにを話しているかなんてわからない。が、男が相手の言葉にうなずき返し、続けてなぜだか大きく後ずさりしたとき、歌姫のほうが相手の胸に飛びこむのがみえた。正面から腕をまわして――あともう少しだけ顔がこっちに傾けば――ビンゴだ！

彼は狂喜して、その場でデジタル写真を確認した。どれも、かなりうまく撮れている。ふたりとも素顔だ。歌姫は頬《ほお》を赤らめながら、あきらかに自分の意思で相手を抱きしめている。

やった！　俺はとうとうやったぞ！

大急ぎで荷物をしまうと、彼はビルを駆けおりていく。

この生涯最大のすっぱ抜きは、売り方に気をつけなければならないものだ。買い手のほうもかなり限られてくるだろう。が、それでも間違いなくスクープとして世に出回ることになる。

その一大センセーションを作るのは、自分なのだ。

長く孤独な戦いに打ち勝った男は、なにはともあれまずはひとりで乾杯しようと、行きつけの店に向かうことにした。

そうして有頂天になって路地裏を歩いていると、

「――動くな。動けば殺す」


と、声をかけられた。首筋には、ひやりとした物が突きつけられている。

何者かが、自分の背後に影のように張りついていた。

「ここに三百万ある。これで、その写真をすべて買い取らせてもらおう」

背後の人物が、男のふところに厚い封筒を差しこんだ。

「きょうみたことをだれかに話せば、私はかならずお前をみつけてこの手で殺す。お前がどこへ逃げようが、どこへ隠れようが、かならずそうする。私が本気であることが伝わっているか。伝わっているなら、左手をゆっくりあげろ」

冷酷に告げながら、相手はナイフをわずかに首に埋めてきた。

男は恐怖のあまりうなずきそうになり、寸前でそれが自殺行為であることに気づいて、言われたとおり、震える左手をおそるおそるあげた。

「持っているものをすべて置いていけ。それから、振り向かずにまっすぐ進め。にどと彼女を詮索《せんさく》するな」

刃が離れたとわかるや否や、男は荷物をすべて手放した。

命がけでやっているつもりだったが、いざこんな局面になると惜しいものはなにもなかった。この男はプロの殺し屋かなにかで、自分はとんでもないことに首を突っ込んでいたのだ。

あっさりとプライドを捨てたパパラッチは、悲鳴をあげて駆け出していった。


「――ふぅ」

ゲスな盗撮屋が走り去ったあとで、その老齢の執事はひとり息をついた。

かつてお館さまのために磨いた技術も、今や手練《てだ》れを相手に披露することはほとんどない。

だが、もうとっくに現役でなくなった自分には、こうした地道だが重要な仕事こそが適役なのだということはよくわかっており、不満などなにもなかった。

なんといっても、今のシュテルンには、だれよりも頼れる未来の花婿候補がいるのだから。

そしてなんたる偶然か、その花婿候補は、自分が昔からよく知る青年なのだ。

彼は昔から、自分の言いつけはなんでも難なくこなしてきた。あらゆる点において、彼が自分よりも優れる存在となったのは間違いない。

唯一、彼が自分から継げなかったことがあるとすれば、それは表情か。一流の従者ならば面《マスク》よりも不変の顔であれという初代の夜が提唱した教えを、彼はついぞ守れなかった。可能な限りポーカーフェイスでいようと努力しているのは伝わるのだが、油断したときはすぐに表情がかわってしまうのだ。それは、彼が子どものころからのかわらぬ特徴だ。

だが——

パパラッチが撮った写真を確認したときの老執事もまた、思いきり破顔してしまう。

そこにあるのは、お似合いの若い男女の姿。男性のほうは動揺のあまり硬直しているが、女性のほうは、いかにも幸せそうに笑っている。

あなたのことを愛していると、その瞳《ひとみ》が訴えかけている。

本来なら今すぐにでも破棄しなければならない写真を眺めながら、その老執事はマスクのなかに、いつまでも消えない笑みを湛《たた》えていた。

もう、自分が心配すべきことはなにもないのだ。

楽園殺し《らくえんごろし》

夜と星の林檎

Apple on stars, all under night.

4

連盟本部の秘密通路を、その粛清官《しゆくせいかん》はゆっくりと歩いている。

青白いトンネルのような道だ。この先に続くのは、本部の裏手にある特別な場所――水晶宮と呼ばれる、連盟盟主たちの集う仮宿だ。

いつか本物の楽園《エデン》に至るための、この箱庭都市における中心点。

「よォ」

その道程の中間で、彼は声をかけられた。

「あいかわらず幽霊みてェな雰囲気だな、リングボルド。正直いってぶきみだぜ」

「……きみに言われたくはないね　タイダラ」

壁に背を預けて、火事場のボッチが待ち構えていた。

「僕はこれから盟主さまに報告がある　きみと話している時間はないんだけど」

「悪いが時間は作ってもらうぜ。なんつっても、おれがきたのは借金の取り立てのためだからな」

「取り立てだって　僕がきみに借りたものがあったかかな」

「記憶喪失にでもなったか？　ふたつあんだろ、でけェ借りがよ。今回、シュテルンの林檎《りんご》を取り戻したのはどこのどいつだと思っていやがる」

「公的な記録では　僕ということになっているけど」

　ハッ、と相手はかぼちゃ頭のなかで笑った。

「改竄《かいざん》だらけの記録に意味なんざねェだろ。おまえは勝手に火消ししたつもりになっているかもしれねェが、なにも消せてねェんだよ。起きちまった事実はだれにもかえられねェんだ」

「言っておくけど　あの日きみたちがしたことはあくまでも邪魔だよ　僕の部隊だけで問題なく林檎は回収できていた　きみの部下が邪魔をしなければ　僕が無能狩りと接触して　彼を粛清できていたんだ　むしろきみたちのせいで対象を逃したかたちになったといえる」

「仮定の話を断定するんじゃねェよ。それともこんどこそ本気で堂々巡りでもやるか？　今だったらいくらでも付き合ってやるぜ、おれのほうは」

　ロロ・リングボルドのモノアイがウィンと動き、ボッチと見合った。

「要求はなにかな　言うだけ言ってみるといい」

「二年以上前の話だ。当時おれに認可が下らなかった粛清案件っていや、すぐにわかるだろ。なァ、リングボルドよ――スマイリーの林檎は、あれからどうなったんだよ」

「……。」

「だんまりは効かねェぞ。ＢＣＯ研究所が作った怪物、復讐《ふくしゅう》狂のスマイリーは林檎を持っていた。あるいは、その在り処を知っていた。問題は、その林檎がどうなったか、だ」

「ふたつある貸しとやらの片方が　それだと言いたいわけか　タイダラ」

「いや、こいつを含めたらみっつだな。あのとき、当然おまえはスマイリーの粛清も林檎《りんご》の回収も、そのどちらもやりたかったんだろうが、やつの復讐《ふくしゅう》ビジネスに盟主ルナ家の親族が巻き込まれるまでの大事《おおごと》になっちまった以上、二兎を追うような余裕はなくなった。とはいえ今さら林檎のほうは回収できませんでした、ってんじゃ盟主連中には説明が通らない。だからこそおれを止めずに、また火事場が勝手に粛清しちまったってシナリオを組んだんだろうが」

「きみの違反行動を認めたことはないよ　第一あの件にかんしては　僕はまだ許していない　きみがエミール・ラフ……スマイリーを始末してしまったのは　このうえない悪手だった」

「ふざけたこと抜かしてんじゃねェぞ。あれが生け捕りできるタマだったとでも思ってんのか？　いいからとっととおれの質問に答えろや」

　ロロは長く沈黙した。まったく生気を感じさせない、肌のほんの一片たりとも露出させない粛清官《しゅくせいかん》は、そのモノアイの光さえも一瞬弱めて、動きを停止させる。

　それから、ようやく顔をあげた。

「黙っていたとしても　また首を突っ込まれて余計な混乱を呼ぶだけか　いいだろう　状況だけ教えると　あの林檎の欠片《かけら》は中央連盟として奪還はできていない　そして僕の読みでは　アヴェッセントもまだ手にしていないはずだ　だからおそらくは」

「──近く争奪戦になる、ってわけか」

ロロが、無言で肯定する。

「おまえはおれを規律違反の塊というが、これでも守るべきものは守っているってのはわかっているよな。誓って言うが、おれは自分から部下にあれの話をしたことはなかったぜ」

「それは知っている　そこまで違反していたら　僕はきみをこの手で粛清しているよ　盟主さまがたのトップシークレットなのだから」

「だが、いつまでもそうってわけにはいかない。だろ？　去年の増幅器然り、一部の塵工物《じんこう》がやばいって事実は、徐々に浸透している。そうでなかったとしても、てめェんところの子飼いの部下だけで捜索させるには、もう荷が勝ちすぎるようになってきたんじゃねェか」

「まさか　だから自分たちを加えろとでも言うつもりじゃないだろうね　そういう話なら受けるつもりはないよ　人手はじゅうぶんに足りている」

「……フッ。フッフッ」

通路のなかに、ボッチの低い笑い声が鳴り響く。

「おまえ、そんな感情のねェ声をしているわりに、あいかわらずハッタリはわかりやすいな。いずれ林檎の存在は全体に公表して、でかく動くつもりなんだろ。だが悪いが、情報局から一歩でも外に出りゃ、分があんのはおれのほうだぜ」

「仮定の話を断定口調で進めているのはどっちかな　僕はきみのわかったような含み笑いが虫唾《むしず》が走るほどに嫌いなんだ　話が終わったならはやく消えてくれないか」

「ま、いい。もうひとつ聞きてェことがあったが、お忙しい情報局長サマの時間をとらねェように、札持ち《カードホルダー》の連中についてはおれのほうで勝手に調べておいてやるよ」

ボッチが動き出した。すれ違っていく相手を、ロロが振り返る。

「タイダラ　今回の査問会で事が済んだと思っているなら　とんだ勘違いだと言っておこう」

「……。」

「僕はかならず　いつかきみを暴く　なにがあろうと　かならずね」

返事をせずに、ボッチは背負う黒い棺《ひつぎ》をがしゃがしゃと揺らして去っていった。

ロロのほうもかまわずに進んでいき、ふたりの仲の険悪な警壱級《けいいっきゅう》は、互いに違う方向へ向けて別れていく。

＊

水晶宮の奥深くで、クルト・シュテルンは掌《てのひら》のなかの林檎《りんご》を眺めている。

初代当主が遺《のこ》したシュテルンの秘宝。その存在を知られ、狙《ねら》われた塵工物《じんこうぶつ》。

これを、ずっと手放してはならないと考えていた。理由の第一は、もちろん初代当主の手記があったからだ。だがクルトは――だれにも明かしてはいない理由で――ひとつの懸念、あるいは疑念と呼べるものを、この塵工物に対して抱いていた。

たしかに林檎は、術者の砂塵粒子《さじん》に増幅と変質をうながすものだ。

だが、この呪われし塵工物の秘める機能はそれだけではないといわれている。

否、そう囁《ささや》かれている。

そうだ——だれも、真にはその言葉の意味を知りはしないのだ。なぜ林檎は欠片なのか。すべてが集められたときに真なる果実として結実するとして、それはなにを意味するのか。

真実は闇《やみ》のなかにある。陽の覗《のぞ》かぬ空、永遠に日輪の巡らぬ常闇のなかにだけ。もしも真実を知る者がいるとすれば、それはクルトの目には自明のことであるように思われた。

だからこそクルトはみずからの手の者を連盟に送りこんだのだ。彼に求める働きはシュテルンに迫る脅威を未然に防ぐことでもあったが、それだけが理由というわけでもなかった。リスクを承知しながら、それでも林檎にまつわる真実を知らねばならないと考えていたからだ。

が、すべては過ぎたことだ。

もしこれが一種の遊戯《ゲーム》であったとするならば——　負けたのはシュテルンのほうとなる。

「盟主シュテルン」

声をかけられ、クルトは林檎を差し出した。

だれにも渡すな——そう言いつけられた秘宝が、水晶宮の深い場所へと収められていく。

かつて円卓の場で交わした合意。シュテルン家の林檎が狙われるようなときには、これを連盟の管轄下に置くという取り決めが、今ここに果たされる。

「ここに差し出された林檎《りんご》は、盟主シュテルン、あなたの盟主位をあらわす象徴として正当に受理されましょう。それに私には、やはりこの負債は連盟として一括に管理しておくことが最良の手に思えるのです」

エリヤの言葉には、もはやうなずくことしかできなかった。

「ご子女ともども、ご無事でなによりでした」

「返す言葉もございません。自業自得であったと思われるでしょう」

「けしてそんなことは。あなたは危険を承知しながら、それでもみずからの道を選んだ。私は、その意志を尊重しています。盟主の座を継いだあなたにまみえた、そのときより」

「……ありがとうございます、盟主ディオス」

答えながら、クルトはふと奇妙な感覚に襲われた。

かつて林檎をはじめて双眸《そうぼう》に認めた際に抱いたのと同じ感覚——ある種の気持ち悪さを。

人智を超えた産物。そのなかに潜む、深い欲望の念が手をこまねいているような気がする。

これは果たして超越的な観念なのだろうか。クルトは、この感情さえも言語化することができない。自分が大いなる世界のなかに置かれた、林檎を取り巻くための駒のように感じられるという、そうした得体の知れない錯覚は、ほかのだれにもうまく説明することができない。

「参りましょう、盟主シュテルン。リングボルド警壱級《けいいっきゅう》より、大事な報告があるようです」

最後に、クルトは振り向いた。

林檎はすでにそこにはない。後悔に勝《まさ》ったのは、肩の荷が降りたことに対する解放感だった。たしかにシュテルンはあるものをうしないはしたが、すべてが終わったわけではない。この先も続いてゆくシュテルンの血統に、あるいは自分の手放した重みが、いつの日かまた舞い戻るときがくるのかもしれない。

このごろずいぶんとよくなった顔色の頬《ほお》に触れると、クルトは円卓へと戻ることにした。

*

水晶宮の奥は、あたかも水底のよう。シュテルンの誇る、巨大な水槽に負けず劣らずに。

青白い空間にぽつんと置かれた机のうえには、いくつかの林檎が置いてある。

金色の結晶体ではない。光沢を放つ瑞々《みずみず》しい本物の林檎が、合計で七つ転がっている。

その林檎の中心には、祝杯が置いてあった。

まるでいつかだれかに飲み干される運命を待っているかのように。

そこに注がれているのは、生き血のように真っ赤な液体。

濃密な甘いかおりを醸し出し、いつか口にする者に心地よい酩酊《めいてい》を与える——

それは、芳醇《ほうじゅん》なる蒸留酒《カルヴァドス》だった。

（完）

あとがき

人間、だれしも忘れられない読書体験というものがあると思います。

ぼくにもあります。高校一年生のころでした。当時、父親に勧められた海外小説を通学電車のなかで読みはじめたら、あまりのおもしろさに手が止まらず、登校途中ということも忘れてページをめくり続け、気がついたときには環状線を二周していました。

もちろん学校はとっくに始まっていましたが、そんなのはどうでもよいことでした。いったん最寄り駅まで戻って、駅前のマクドナルドで読みふけり、上巻が終わったので家に帰って下巻を手にして、そのまま深夜まで読み進めて、その日じゅうに完読しました。

あれだけ分厚い小説をひと息に読破したのは、ほとんど生まれて初めての経験でした。ぼくは、世のなかにはスゴい作家がいるものだと感心しました。

小説のタイトルは『犬の力』。ノワール小説の名手、ドン・ウィンズロウの傑作です。

べつに、そうした経験から作家を志すようになったなどということはまったくないのですが、今思えば、自分でも小説を書くようになったときに、無意識のうちに「あの作家のようなことをやりたい」と望んでいたのだと思います。つまり、千ページにも及ぶような大長編を仕上げて、それでいてエンターテインメントの域におさめておくというようなたぐいの創作を。

本作でその望みが叶えられたのかは、読み手が決めることなので、もちろん筆者のぼくには、成功したのかどうかなんてわかりません。ですが、二十代の最後、節目として書いた本作でそれに挑戦できたというだけで、さしあたり満足しております。

ともあれ、ふたたび刊行まで期間の空いてしまった三、四巻、いかがだったでしょうか。読者の方々には大変長らくお待ちいただきました。著者としては、わずかでも思い出に残る本になってくれたら、それ以上のことはありません。

以下、謝辞です。

校正・校閲・装丁など、製本のために尽力してくださった方々、ありがとうございました。

担当編集の渡部《わたべ》さん。引き継ぎシリーズにもかかわらず大変よく気を回していただき、そればかりか連続刊行というスケジュールもこころよく許可してくださって、感謝しております。

イラスト担当のろるあさん。この四年間でとことん進化した画力を間近で見ることができて、大変感無量でした。今後もきっとさらなる進化を遂げられるのだと思います。いちファンとして楽しみにしております！

そして最後に、読者のみなさまへ。以前もこう書いた気がしますが、今後の展望はやっぱり、著者のぼくにもわかっておりません。それでも、またなにか物を書く機会があったら、またみなさんに買って読もうと思ってもらえるものを書くつもりでいっぱいです。

それではまた、どこかでお会いできたら。

二〇二三年八月某日　呂暇郁夫《ろかいくお》

GAGAGA
ガガガ文庫

楽園殺し4 夜と星の林檎
呂暇郁夫

発行 2023年10月23日 初版第1刷発行

発行人 鳥光 裕

編集人 星野博規

編集 渡部 純

発行所 株式会社小学館
〒101-8001 東京都千代田区一ツ橋2-3-1
[編集]03-3230-9343 [販売]03-5281-3556

カバー印刷 株式会社美松堂

印刷・製本 図書印刷株式会社

Printed in Japan ISBN978-4-09-453154-1